Retour à Little Wing

www.autrement.com

NICKOLAS BUTLER

Retour à Little Wing

Roman

Traduit de l'anglais (États-Unis)
par Mireille Vignol

Éditions Autrement **Littératures**

Pour Regina, Henry, Mom & Dad.
Pour Swan, qui entend les couchers de soleil.
Et pour Levon Helm (1940-2012).

« Mais allez-y, mon garçon, je préfère être tué par vous qu'épargné par n'importe quel autre homme. »

Moby Dick, Herman Melville

H

Nous l'invitions à tous nos mariages ; Lee était célèbre. Nous adressions les faire-part à sa maison de disques, dans un gratte-ciel new-yorkais, pour qu'elle lui transmette les enveloppes tape-à-l'œil en papier doré lorsqu'il était en tournée à Beyrouth, Helsinki ou Tokyo. Des lieux qui dépassaient notre entendement et nos moyens limités. Il envoyait des cadeaux qui nous parvenaient dans des cartons défoncés, ornés de timbres étrangers – foulards élégants ou parfums pour l'anniversaire de nos femmes, petits jouets précieux ou bibelots pour la naissance de nos enfants : hochets de Johannesburg, poupées russes en bois de Moscou, chaussons en soie de Taipei. Il lui arrivait de nous téléphoner – friture et échos sur la ligne, un chœur de gloussements de jeunes filles en fond sonore –, et l'on s'étonnait toujours de ne pas lui trouver une voix plus gaie.

Des mois passaient avant qu'on le revoie, puis un jour il rentrait, hâve et barbu, les yeux fatigués mais pleins d'un soulagement heureux. Nous savions que Lee se réjouissait de nous voir, d'être à nouveau parmi nous. Nous lui donnions toujours le temps de récupérer avant de renouer, nous sentions qu'il avait besoin de décrocher et de retrouver son équilibre. Nous le laissions longuement dormir. Nos femmes lui apportaient des ragoûts et des lasagnes, des salades, et des gâteaux sortis du four.

Il aimait sillonner sa vaste propriété en tracteur. Nous présumions qu'il appréciait la chaleur de la journée, le soleil et l'air frais sur son visage blême. Et la lenteur de ce vieux John Deere, fiable et patient. La terre qui fuyait sous ses pieds. Sa propriété n'était pas cultivée, bien sûr, mais il roulait dans les jachères, à travers les herbes et fleurs sauvages, une cigarette ou un joint au bec. Il souriait toujours sur ce tracteur, les cheveux ébouriffés, d'un blond clair au soleil, comme des aigrettes de pissenlit.

Il avait un nom de scène, mais nous ne l'utilisions jamais. Nous l'appelions Leland ou simplement Lee, parce que c'était son nom. Il habitait dans une vieille école loin de tout, à une dizaine de kilomètres de notre ville de Little Wing, en pleine campagne. La plaque sur sa boîte aux lettres indiquait : « L. SUTTON ». Il avait construit un studio d'enregistrement dans l'ancien petit gymnase, dont il avait isolé les murs avec du polystyrène et une moquette épaisse. Ses disques de platine étaient accrochés aux murs, ainsi que des photos de lui côtoyant des stars de cinéma, des hommes politiques, des grands cuisiniers, des écrivains. La longue allée de gravier était criblée de nids-de-poule, mais ça ne suffisait pas à dissuader l'empressement de certaines jeunes femmes. Elles venaient du monde entier. Elles étaient toujours belles.

Le succès de Lee ne nous avait pas surpris. Il n'avait jamais renoncé à sa musique. Tandis que nous autres allions à la fac, à l'armée, ou nous retrouvions piégés dans la ferme familiale, il s'était planqué dans un poulailler abandonné pour jouer sur sa guitare déglinguée, plongé dans le silence du fin fond de l'hiver. Il chantait d'une singulière voix de fausset capable de vous arracher des larmes, certains soirs autour du feu, dans les ombres imprévisibles projetées par les flammes jaune orangé ou la fumée noire et blanche. Il était le meilleur d'entre nous.

Il écrivait des chansons sur notre coin du monde : les champs de maïs à perte de vue, les forêts reboisées, les collines bossues et les vallons striés. Le froid tranchant comme une lame, les journées trop courtes, la neige, la neige, la neige. Ses chansons étaient nos hymnes – nos porte-voix, nos micros, nos poèmes de juke-box. Nous l'adorions ; nos femmes l'adoraient. Nous connaissions toutes les paroles de ses chansons, et parfois, nous y figurions.

*

Les noces de Kip étaient fixées pour octobre, dans une grange qu'il avait rénovée à cette occasion. Elle était située au cœur d'un élevage de chevaux, le contour des prés tracé par des clôtures barbelées. La grange jouxtait un petit cimetière de campagne où l'on pouvait facilement compter les tombes incrustées de lichen et savoir combien de défunts reposaient sous les épaisses mottes de terre. Un recensement, pour ainsi dire. Tout le monde avait été invité au mariage. Lee avait même abrégé sa tournée australienne pour être présent alors que, dans notre groupe d'amis, Kip et lui étaient probablement les moins proches. D'après ce que j'en savais, Kip ne possédait pas un seul album de Lee et chaque fois que nous l'apercevions en ville, il conduisait en baragouinant comme s'il arpentait encore la bourse de commerce, équipé d'une oreillette Bluetooth.

Kip venait de rentrer dans le Wisconsin après neuf ans comme courtier à la bourse de marchandises de Chicago. Le monde semblait s'être à nouveau rétréci. Pendant des années, des décennies – notre vie entière, en réalité –, nous avions écouté le cours des matières premières dans nos pick-up, sur les ondes moyennes de la radio. Nous y entendions même parfois la voix de Kip, interviewé dans son bureau à Chicago, une voix de baryton familière et posée annonçant les fluctuations du marché… des variations qui déterminaient si nous allions oui ou non pouvoir payer l'orthodontiste de nos enfants, prendre des vacances en hiver, ou acheter une nouvelle paire de bottes. Il nous racontait des choses que nous ne comprenions pas vraiment et que pourtant nous savions déjà. Les graines de notre avenir étaient semées dans les cotations du lait, du maïs, du blé ou du soja. Du bacon et du bétail. Loin de nos exploitations et entreprises agricoles, Kip devait sa réussite à la manipulation du fruit de nos efforts. Nous le respections malgré tout. Il faut reconnaître qu'il avait une intelligence farouche ; ses yeux s'enflammaient dans leurs orbites lorsqu'il nous écoutait attentivement rouspéter contre les représentants de semences, les pesticides, le prix des engrais, de nos outils, et les aléas de la météo. Il gardait un almanach agricole dans sa poche arrière et comprenait notre obsession de la pluie. S'il n'était pas parti, il aurait pu devenir un prodigieux fermier. L'almanach, m'avait-il confié un jour, était presque entièrement obsolète, mais il aimait l'avoir sur lui. Il mettait ça sur le compte de la nostalgie.

À son retour, Kip avait acheté le complexe désaffecté de la fabrique du centre-ville. Avec son silo de six étages, le bâtiment le plus élevé de Little Wing nous avait toujours surplombés en promenant ses longues ombres sur nos journées, comme un cadran solaire. Quand nous étions tout petits, c'était un lieu animé ; on y stockait le maïs avant de l'expédier dans des trains et les fermiers venaient y faire leurs achats de gros, en carburant, en semences ou autres produits. À la fin des années quatre-vingt, cependant, le complexe avait été laissé à l'abandon : le propriétaire avait essayé de vendre au moment où personne n'achetait. Il n'avait fallu que quelques mois aux jeunes de la ville pour commencer à briser les fenêtres à coups de cailloux et décorer les silos de graffitis. Pendant le plus clair de notre vie, la fabrique n'avait été qu'une citadelle obscure flanquée d'une voie de chemin de fer rouillée, envahie de laiterons, d'ambroisies et d'épilobes. Les planchers étaient encrassés de merdes de pigeon et de guano de chauve-souris ; l'eau croupissait dans le vieux sous-sol en pierre. L'intérieur des silos était infesté de rats et de souris qui mangeaient les restes de grain – il nous arrivait de forcer l'entrée pour les canarder à coups de 22 et, à l'occasion, la chevrotine ricochait contre les murs des tours. Nous repérions les petits yeux perçants des rongeurs à l'aide de lampes électriques. Un jour, Ronny avait volé une fusée éclairante dans le coffre de la voiture de sa mère et l'avait lancée dans le silo ; elle avait repeint l'obscurité sulfureuse en rose bonbon pendant que nous faisions feu à volonté.

En dix mois, Kip avait presque terminé la rénovation de la fabrique. Il avait embauché des artisans locaux, supervisant chaque détail des travaux. Le matin, il était sur le chantier avant tout le monde et ne rechignait pas à se servir d'un marteau ou à se mettre à genoux, s'il le fallait, pour gâcher le ciment ou Dieu sait quoi. Nous tentions d'estimer la somme qu'il avait engloutie dans le bâtiment : ça se chiffrait assurément en centaines de mille, peut-être en millions de dollars.

Que ce soit à la poste ou au supermarché IGA, il nous exposait ses projets avec ferveur. « Tout cet espace, disait-il. Vous vous rendez compte ? On peut *tout* faire, tout, dans un espace pareil. Des bureaux. Des industries légères. Des restaurants, des pubs, des cafés. Je veux y ouvrir un café, c'est déjà ça de sûr. » Nous faisions de notre mieux pour l'accompagner dans ses rêves. Petits, nous avions brièvement connu la fabrique car nos mères venaient y acheter des salopettes, des chaussettes de grosse laine et des galoches. Un endroit qui sentait la nourriture pour chiens, la poussière de maïs, le cuir neuf, l'eau de Cologne bon marché et l'haleine fétide de vieillards. Mais ces souvenirs étaient encore plus lointains.

« Tu crois que les gens auront envie de dîner dans la vieille fabrique ? » lui demandions-nous. « Faites preuve d'un peu d'imagination, les mecs, nous susurrait-il. C'est exactement le genre d'attitude qui a tué cette ville. On a besoin d'ambition. »

La caisse électronique neuve était à côté de l'ancienne, l'originale. Kip l'avait conservée. Il aimait se pencher sur la vieille machine, les coudes sur les surfaces lustrées pendant qu'un de ses employés tenait la nouvelle. Il avait installé quatre écrans plats près des caisses pour pouvoir suivre les distantes fluctuations des marchés, les radars de la météo ou la politique en temps réel ; il parlait à ses clients du coin des lèvres, les yeux rivés aux infos. Il lui arrivait de ne pas du tout les regarder. Mais il avait redonné vie à la fabrique. Les vieux garaient leur pick-up rouillé sur le gravier du parking et, adossés à leur véhicule encore tiède, ils buvaient du café fade dans le cliquetis des moteurs ; ils bavardaient en crachant un jus noirâtre dans les gravillons et la poussière. Ils appréciaient ce regain d'activité autour de la fabrique. Les camions de livraison, les représentants de commerce, les équipes de construction. Ils aimaient parler avec les jeunes fermiers comme les jumeaux Giroux ou moi, qui y allions souvent. Nous nous moquions de Kip devant tous ses écrans plasma flambant neufs, et lui faisait de son mieux pour nous ignorer.

En fait, Lee avait écrit une chanson sur la vieille fabrique, avant sa restauration. La fabrique dont nous nous souvenions, celle qui paraissait sans doute réelle à nos yeux.

*

Notre ami Ronny Taylor était alcoolique. La boisson lui avait joué un sale tour. Un soir, ivre, il était tombé sur le trottoir devant le bar des VFW[1], dans la rue principale, et il s'était violemment cogné la tête, se brisant aussi quelques dents. Il s'était montré gueulard et agressif ce soir-là : il avait dragué les copines et épouses d'autres types, renversé des verres, et avait été vu deux fois en train de se soulager dans la ruelle derrière le bar, la bite à l'air frais en entonnant *Toute la*

1. VFW : Veterans of Foreign Wars, association d'anciens combattants.

pluie tombe sur moi. Le shérif Bartman n'avait pas eu d'autre choix que de l'embarquer pour ivresse sur la voie publique : il voulait moins lui chercher des noises que le faire cuver en sécurité et éviter qu'il finisse par prendre le volant d'un pick-up et aille embrasser un chêne à cent kilomètres à l'heure. Mais bien sûr, le mal était déjà fait. Toute la nuit et tôt le lendemain matin, pendant que Ronny était bouclé en cellule de dégrisement, son cerveau s'était vidé de son sang. Quand le shérif l'avait transporté aux urgences de l'hôpital d'Eau Claire pour y être opéré, il était trop tard. Les séquelles seraient lourdes et irréversibles. Personne ne l'avait exprimé clairement, mais nous nous étions demandé si tout cet alcool n'avait pas fluidifié son sang et aggravé l'hémorragie. Ronny n'avait plus jamais été le même, il était devenu comme une nouvelle version ralentie de lui-même. Plus heureux peut-être, mais aussi moins lucide. Un inconnu le rencontrant pour la première fois l'aurait sans doute jugé un peu *lent*, mais peut-être normal après tout et, dans un cas comme dans l'autre, il n'aurait jamais pu se représenter le jeune homme qui avait habité ce même corps avant. Son débit était moins rapide et il se répétait fréquemment. Ça ne voulait pas dire qu'il était bête, ou handicapé, quoique je me demande parfois si nous n'avions pas tendance à le traiter comme ça.

Ronny avait suivi une cure de désintoxication qui avait duré plusieurs mois où il était souvent attaché au lit. Nous allions le voir à l'hôpital et lui tenions la main. Il avait une poigne féroce et ses veines semblaient prêtes à bondir de sa chair en sueur. Ses yeux exprimaient une peur que j'avais seulement vue chez les chevaux. Nous lui épongions le front et faisions notre possible pour le garder parmi nous.

Nos femmes et nos enfants lui rendaient aussi visite, ce qui lui plaisait. Ça le forçait à s'adoucir. Nos enfants apportaient du papier et des crayons ; ils dessinaient des portraits grossiers de lui, dans des couleurs toujours joyeuses, avec un soleil radieux ou un arbre effeuillé à côté de sa tête. Après leur départ, nous le surprenions parfois pleurant à chaudes larmes, les dessins serrés dans son poing ; d'autres fois, il les manipulait avec tendresse et les étudiait attentivement, comme s'il s'agissait d'objets sacrés. Il a gardé ces portraits et les a ensuite affichés dans son appartement.

Après cette période, il était sorti du tunnel et nous nous étions occupés de lui du mieux possible, parce qu'il était un des nôtres et n'avait aucune autre famille : il avait perdu ses parents quand il avait une vingtaine d'années – asphyxiés au monoxyde de carbone dans leur chalet à Spider Lake, près de Birchwood. Ronny était l'orphelin de Little Wing.

Il avait fait du rodéo en professionnel. C'était un tendre avec les chevaux, une brute avec le bétail. Il savait manier le lasso et, même avant l'accident, son corps avait subi divers traumatismes et blessures graves. Quand il venait dîner à la maison, mes enfants lui demandaient parfois d'énumérer tous ses os cassés. L'inventaire prenait du temps.

« Voyons voir, disait-il en ôtant ses bottes de cow-boy éculées. Bon. Je sais déjà que je me suis cassé les os des dix orteils, c'est certain. » Il enlevait ensuite ses chaussettes trouées. Ses moignons d'ongles jaunis étaient de la couleur laiteuse et sale du quartz ; ils semblaient pousser par bravade. « Il me semble que certains de ces orteils ont été cassés deux fois. Un brahmane furieux atterrit où il veut, voyez-vous, et il arrive que ce soit sur vous. » Ronny prenait notre fils Alex, le posait sur son dos dans le salon, puis il faisait semblant d'être un taureau, s'écrasait doucement sur le corps du petit garçon et lui chatouillait les côtes, les aisselles et les orteils. « À Kalispell, ils ont voulu couper mes deux petits doigts de pied, mais je me suis enfui de l'hôpital avant qu'ils puissent m'endormir. J'avais appelé une copine qui m'attendait devant la porte en faisant ronfler le moteur… »

« Et cette cicatrice, disait-il en montrant sa pâle cheville droite, un taureau nommé Ticonderoga a foncé sur moi et cassé ma jambe en deux. »

Il n'existait pas meilleur jeu au monde pour mes gamins : combien de vêtements Ronny Taylor allait-il quitter, de combien d'os cassés se souviendrait-il, sur combien d'horribles cicatrices pourraient-ils promener leurs petits doigts ?…

Mais sa chute d'ivrogne avait mis un terme à sa vie de rodéo, ce qui nous avait attristés. Il avait abandonné le lycée pour faire du rodéo et se retrouvait sans qualification ni formation.

Lee payait ses frais médicaux, son loyer, sa nourriture et ses vêtements. Nous n'étions pas censés être au courant, mais nous avions grandi avec Rhonda Blake, employée au service administratif de l'hôpital d'Eau Claire, et elle l'avait confié à Eddy Moffitt un soir au bar des VFW. La voyant hocher la tête avec un sourire engageant, Eddy était allé la voir, lui avait offert un verre et lui avait demandé ce qui lui arrivait.

« Tu sais, je risque de me faire virer si j'en parle, lui avait confié Rhonda, mais c'est un truc de fou. Les gens devraient être au courant. J'ai jamais entendu parler d'une aussi bonne action. Bon Dieu, j'y joue peut-être mon boulot, mais je vais te dire, ça vaudrait encore le coup. »

Et elle avait raconté à Eddy que Ronny n'avait pas d'assurance. Ses frais d'hospitalisation avaient largement dépassé les cent mille dollars.

« Un jour, on a eu un courrier de New York. Une enveloppe à en-tête de maison de disques, à l'attention de Ronny. Et tiens-toi bien : elle contenait un chèque de cent vingt-trois mille dollars. »

Elle avait descendu sa bière d'un trait, les yeux humides.

« C'est trop chou, avait-elle conclu, je pouvais pas garder ça pour moi. »

Eddy nous avait tout répété lors d'une rencontre de football au lycée (nous contre Osseo). Aucun d'entre nous n'avait d'enfant en âge d'aller au lycée, mais quand on habite dans une ville aussi petite que Little Wing, dans le Wisconsin, les matchs de foot et de basket du lycée sont autant de prétextes de sortie. Après tout, ça occupe une soirée et c'est un loisir familial bon marché. C'était donc sous les gradins, certains partageant une blague de tabac à chiquer Red Man, d'autres se passant un sac de graines de tournesol, que nous avions tous écouté Eddy nous raconter l'histoire, tandis que les supporters hurlaient au-dessus de nos têtes, les bottes cognant sur le bois des planches, le métal de la structure instable nous saupoudrant de rouille. Des canettes en alu et des emballages de hot dogs froissés pleuvaient autour de nous. Nous avions croisé les bras et craché, en essayant de nous représenter à quoi ressemblait un chèque de cent mille dollars.

Lee était déjà notre héros, mais cette découverte n'avait fait qu'accroître notre amour pour lui et alimenter sa légende. Le lendemain, nous étions tous allés acheter dix de ses albums, alors que nous les avions déjà en double à la maison. Et l'argent ainsi dépensé était précieux car, pour beaucoup, nous avions du mal à joindre les deux bouts ; nous aurions pu l'économiser ou faire les courses. Mais non. Nous avions posté ses albums à des amis et des parents lointains, ou les avions donnés à des bibliothèques et des maisons de retraite.

Ronny n'a jamais vu une seule facture : les avocats de Lee se chargeaient de toute la logistique.

Ronny n'aurait jamais à se soucier de rien. Il n'avait même pas l'air de se douter qu'il avait un mécène dans sa vie, mais peut-être que si, après tout, je n'en sais rien. Tout ce que je sais, c'est que Lee n'en a jamais parlé et Ronny non plus. Mais bon, c'était un juste retour des choses, après tout. L'appartement de Ronny était couvert de posters de Lee qui dataient de longtemps avant son accident et son opération. La plupart avaient jauni au soleil, ou s'étaient encrassés dans la cuisine. Ils avaient recouvert ces murs miteux bien avant que Lee ne devienne célèbre. Ronny avait toujours été celui qui l'aimait le plus.

*

Les invitations au mariage de Kip étaient alourdies par le carton épais, les rubans et les paillettes. Nous les avons transportées de nos boîtes aux lettres et véhicules jusqu'à nos maisons avec soin, et un certain respect, comme si elles renfermaient des nouvelles exquises, inestimables. Nous connaissions vaguement sa future femme, Felicia, originaire de Chicago, qui exerçait maintenant son activité de consultante à partir de leur nouvelle maison à la sortie de la ville. Nous avions du mal à comprendre pour quoi ou pour qui exactement elle était consultante, mais Eddy soutenait que c'était en lien avec l'industrie pharmaceutique. Elle avait accompagné Kip au bar des VFW à quelques occasions : elle était toujours belle et impeccablement maquillée, coiffée et manucurée. Nous n'étions pas près d'oublier les escarpins qu'elle avait portés tout l'hiver, ni le vernis rouge vif au bout de ses orteils. Elle était sympa, mais quelque chose dans son attitude donnait l'impression que notre ville n'était qu'une étape pour elle, une espèce d'escale, et que c'était aussi ce que nous représentions. Nous étions des escales sur lesquelles elle passerait un jour en avion en nous faisant signe. Des amis à survoler.

Nous avons scruté l'invitation, surpris d'y lire que Lee jouerait une chanson à la cérémonie. Il n'avait joué à aucun de nos mariages ; bien que nous l'ayons tous souhaité, nous n'avions jamais pensé à lui demander une telle faveur. Nous n'avions jamais pensé à inviter l'artiste, seulement l'ami.

Peu après la réception des invitations, Lee est rentré d'Australie, l'air encore plus surmené et éreinté que d'habitude. Nous lui avons donné quelques jours, comme d'habitude, puis ma femme Beth l'a invité à un dîner et un bon feu de joie à la maison. Il adorait jouer avec nos enfants et appréciait que nous n'ayons pas de télévision par câble : notre seul et unique poste était un vieux modèle hérité de mes parents qui ressemblait plus à un gigantesque meuble en bois qu'à un objet capable de nous relier au monde extérieur. Nous avions en revanche une chaîne assez récente – je collectionne les vieux vinyles – et il rougissait chaque fois qu'il passait devant et remarquait un de ses 33 tours sous l'aiguille. Nos enfants connaissaient toutes ses chansons par cœur.

Les gamins ont hurlé en voyant apparaître les phares de son vieux pick-up dans l'allée de la maison. Ils faisaient la ronde, galopaient, entonnaient à tue-tête les refrains connus de ses chansons.

– C'est bon, c'est bon, leur a dit Beth en riant. Ça suffit, maintenant. Essayez de ne pas étouffer tonton Lee. Il est fatigué, d'accord ? Il vient d'arriver d'Australie. Alors ne lui cassez pas trop les pieds.

Après les avoir chassés de l'entrée, elle a jeté un coup d'œil dans la glace, pincé les lèvres et s'est rapidement passé les doigts dans les cheveux.

Il est apparu sur le palier avec un bouquet d'œillets qu'il avait manifestement acheté en toute hâte à l'IGA. Beth a pris les fleurs, puis l'a serré dans ses bras. Il s'était amaigri au fil des ans et ses cheveux commençaient à s'éclaircir, mais il les gardait longs. Il portait la barbe et ses avant-bras étaient couverts de tatouages.

– Salut mon pote, m'a-t-il dit avec un grand sourire. Qu'est-ce que je suis content d'être de retour ! Tu m'as trop manqué.

Lee avait toujours eu le don des bonnes étreintes. J'ai senti ses côtes contre les miennes, ses longs bras autour de moi. L'odeur de tabac dans sa barbe et ses cheveux.

– Tu nous as manqué aussi, lui ai-je dit.

Puis les enfants l'ont attaqué et il s'est effondré en feignant la capitulation. Beth et moi sommes allés dans la cuisine chercher le repas, que nous avons apporté dans notre vieille salle à manger, déjà éclairée aux bougies. Beth s'est approchée du tourne-disque, a retourné son album et placé l'aiguille dans la bordure de sillons noirs.

Nous avons entendu Lee grogner en trébuchant vers nous, traînant Eleanore et Alex, les bras sous leurs aisselles, secouant la tête.

– Et si on écoutait autre chose, hein ? a-t-il dit. J'arrive plus à me supporter.

*

Nous l'avons regardé manger ou plutôt dévorer son repas : c'était un plaisir de le nourrir. Nous avons bu du vin en écoutant du jazz ; les feuilles d'automne aux couleurs vives qu'on voyait par la fenêtre avaient séché sur les branches. Il n'était pas impossible qu'il neige.

– Il paraît que tu vas jouer une chanson au mariage de Kip, ai-je dit après un certain temps.

Lee s'est carré dans son siège en soupirant.

– Ouais, ça en a tout l'air. Il m'a envoyé un texto un jour à l'improviste. J'étais tellement surpris que j'ai répondu sans réfléchir. J'aurais peut-être dû, d'ailleurs.

– Et ça ne te dérange pas ? a demandé Beth. De chanter, je veux dire. Et pour Kip, qui plus est ?

Il a haussé les épaules.

– Tu sais, je l'aime bien, Kip, mais c'est pas comme si on était proches. C'est plus une connaissance qu'un ami, à ce stade. Mais je suis revenu pour vous voir tous et – je sais pas – pour le soutenir. En souvenir du bon vieux temps et tout le tralala. Il a fait des trucs bien. La fabrique, pour commencer. Je trouve que c'est une bonne chose pour la ville. Quoi qu'il en soit, je préfère être ici qu'en pleine brousse australienne.

– Allons, a souri Beth en posant le menton dans sa main, tu n'as pas une vie si terrible.

Elle a tracé quelque chose sur la table de son autre main.

– Non, a-t-il répondu, je vis bien. Très bien. Mais je me sens seul parfois. Loin des gens en qui j'ai confiance. Des gens qui ne veulent pas me soutirer quelque chose. Vous savez, ça… ça vous change au bout d'un moment. Et je refuse que ça me change, moi. Je veux pouvoir revenir, vivre ici, et être qui je suis. Avec vous tous.

Il a poussé un long soupir et bu une bonne rasade de vin.

Nous l'avons imité et nous avons trinqué à sa santé en entrechoquant nos verres dans un carillon étouffé. Un silence a suivi. On n'entendait que les pieds des enfants qui se balançaient sous la table et le vent qui soufflait dans les maïs desséchés et les branches des arbres. Lee a retrouvé son sourire et s'est versé un autre verre de vin ; ses dents avaient pris une teinte violacée et il avait l'air heureux.

– Vous savez, je préférerais avoir vos vies, a-t-il fini par dire.

J'ai embrassé la main de Beth, que j'ai gardée dans la mienne, et je l'ai regardée. Elle m'a souri, en rosissant, puis elle a baissé les yeux.

Lee s'est alors levé de table. Les poings coincés dans le creux des reins, il s'est étiré comme un chat avant de ramasser nos assiettes et d'aller les déposer dans l'évier de la cuisine. Beth l'a suivi, les verres à vin serrés entre ses longs doigts, et j'ai pris le temps de les regarder, côte à côte ; il lui passait la vaisselle mouillée qu'elle essuyait avec un torchon. Il avait les mains savonneuses, puis elle aussi, ils se balançaient légèrement en cadence avec le jazz. Je me suis senti bien de nous savoir tous ensemble, de le compter à nouveau parmi nous. J'ai pris un vieux journal et des allumettes et je suis sorti dans le noir allumer un feu de joie.

Le vent portait le froid, toutes les étoiles brillaient, le châle blanc bleuté de la Voie lactée était grandiose. J'ai ramassé une brassée de bûches dans notre réserve de bois, je l'ai portée dans le foyer circulaire à l'arrière de la maison, puis j'ai cassé du petit bois, frotté une allumette, soufflé doucement sur les flammes naissantes. J'ai toujours adoré les feux de bois.

Lee est sorti de la maison ; j'ai senti sa présence derrière moi.

– Tu veux un joint ? m'a-t-il demandé.

J'ai regardé tout autour, alors que nous n'avions aucun voisin à plusieurs centaines de mètres à la ronde.

– Les gamins sont couchés ? ai-je demandé en me frottant les mains et en soufflant dessus pour les réchauffer, des relents d'alcool encore présents dans mon haleine.

– Beth est en train de les mettre au lit, a-t-il dit avec un grand sourire. (Nous sommes restés un moment silencieux.) J'avais besoin de cette soirée, mec. Besoin d'être avec vous. D'être dans un endroit où je peux souffler un peu. Manger un bon repas. T'as pas idée…

Il avait des feuilles à rouler à la main et il m'a fait passer un sac, lourd et odorant, même à travers le plastique. Il a pincé l'herbe dans la feuille et léché les bords. Il avait toujours fait de superbes avions en papier.

– Si on partageait juste le tien ? lui ai-je demandé.

– Pourquoi pas…

Nous sommes donc restés comme ça, le visage rouge et orange devant le feu, enveloppés de deux sortes de fumée, tandis que les cieux tournoyaient lentement et que, de temps à autre, d'étrangement belles lumières décrivaient des arcs avec la terre.

À un moment, Lee s'est mis à rire en hochant la tête. J'ai touché la flanelle de sa veste en demandant :

– Qu'est-ce que c'est ? Quoi ?

– Je sors avec quelqu'un.

– Ah ouais ? Tu sors *toujours* avec quelqu'un.

– Cette fois, c'est différent.

Il m'a regardé en haussant les sourcils. La fumée était épaisse dans nos poumons, gluante et bonne. On se faisait passer le joint.

– Alors, qui est-ce ? Allez, vas-y, dis-moi tout.

Je me suis étranglé avec la fumée quand il m'a dit son nom et j'ai craché dans la nuit avant de me frapper la poitrine du poing. Lee sortait avec une star de cinéma qui figurait régulièrement dans les pages en papier glacé d'au moins trois magazines qui traînaient chez nous. Son élégance était réputée, sa beauté insondable, son talent indéniable.

Il m'a regardé en hochant la tête, encore tout sourires.

– Et qu'est-ce qu'elle fabrique avec un déguenillé comme toi ?

– La chance frappe au hasard, m'a-t-il dit en haussant les épaules, mais je voyais qu'à l'évidence il était amoureux.

– Je l'ai invitée aux noces de Kip, m'a-t-il dit un peu plus tard. J'ai trop envie de vous la présenter.

– Bon Dieu, Lee, je suis… merde alors, je suis vachement content pour toi, lui ai-je dit, alors que dans ma poitrine un truc me pinçait, une espèce de jalousie. Je suis vachement content pour toi, ai-je répété en regardant fixement le feu, au-delà des flammes, vers les braises qui palpitaient dans les oranges, des plus pâles aux plus vifs.

Je me suis demandé ce que ça faisait de caresser le corps d'une femme aussi belle, d'être avec elle. Puis j'ai secoué la tête pour chasser ces pensées et je suis revenu auprès de Lee, heureux et fier de lui.

Bizarre, ai-je pensé à cet instant précis : sa vie ressemble à la mienne tout en étant complètement différente, bien que nous ayons tous les deux grandi dans le même petit coin du monde. Et pourquoi ? Comment nos chemins ont-ils divergé en restant étroitement liés ? Pourquoi se trouve-t-il là, derrière chez moi, dans ma ferme, avec en doux fond sonore les mugissements et beuglements de près de deux cents vaches ? Comment se fait-il qu'il revienne, cet homme célèbre, cette personne au nom familier, dont la voix reconnue par des millions de gens rend son anonymat impossible dans de si nombreux endroits ?

J'ai eu des difficultés à lever les yeux vers le ciel nocturne sans penser à Lee et à sa renommée. En ce moment précis, dans le monde entier, des gens écoutaient sa musique. Je l'ai regardé tirer une dernière taffe sur le joint avant de l'envoyer dans le feu d'une pichenette. Lee était incandescent.

*

Ronny restait fréquemment dans la vieille école quand Lee n'était pas en tournée. Ils faisaient de la musique ensemble ; Ronny cognait sur la batterie, Lee adressait des sourires encourageants à son ami diminué. Ils faisaient des tours de tracteur, au soleil.

Lee préparait tous les repas de Ronny – petit déjeuner, déjeuner et dîner. Ils s'installaient tous les deux sur l'énorme véranda, en silence. Ils observaient les vols en piqué des chauves-souris qui se détachaient sur fond d'étoiles. Ils écoutaient les chouettes. Ils regardaient les cerfs brouter dans les champs.

Lee veillait à la sobriété de Ronny. Ils s'installaient ensemble dans leurs fauteuils en bois avec une tasse de café ou de chocolat chaud : c'était bon et suffisant. Lorsqu'il était avec Ronny, Lee était clean, la plupart du temps. Et s'ils sortaient un soir ensemble au bar des VFW, pour regarder un match des Green Bay Packers, manger un hamburger ou partager une barquette de fromages en crottes[1], Lee ne lâchait pas son ami, il lui commandait des Coca-Cola et suivait avec une attention sincère et captivée sa conversation et ses observations parfois alambiquées. Avant l'accident de Ronny, aucun d'entre nous n'avait vraiment compris que l'alcoolisme avait failli lui coûter la vie, que la bouteille était devenue son plus proche compagnon quand il partait en tournée de rodéo. Après le spectacle, avachi dans la baignoire d'un quelconque motel, le corps couvert de bleus sous la glace, il se soûlait à la bière bon marché ou à la mauvaise vodka. La boisson était devenue sa compagne et sa berceuse, son aiguille et son oreiller.

1. Morceaux de cheddar caillé frais.

*

Lee avait fait abattre et empailler un taureau, qu'il avait rivé à un plateau monté sur quatre roues solides. Les deux amis faisaient rouler le taureau mort dans un champ de Lee, puis ils passaient l'après-midi à le croiser sur le tracteur ; Ronny tenait le lasso, le faisait tourner d'une main experte au-dessus de son visage hilare et le lançait dans le champ où il ne ratait jamais les deux cornes luisantes de la bête impassible.

– Ses muscles n'ont rien oublié, disait Lee en hochant tristement la tête. Je devrais lui acheter un cheval.

*

L'enterrement de vie de garçon s'est soldé par un désastre. Kip avait loué une limousine extra-longue et acheté des polos assortis que nous devions porter à cette occasion. Il avait prévu une journée de golf. Trente-six trous. Il avait loué le terrain entier et le club. Des rumeurs de strip-teaseuses circulaient. Mais Kip n'avait pas invité Ronny et Lee était furieux. Je n'étais pas surpris. Kip agissait trop vite, parlait trop vite, écoutait rarement : il avait toujours été comme ça. Ronny et lui n'avaient jamais eu d'atomes crochus, et peut-être que, finalement, aucun d'entre nous n'avait réellement d'atomes crochus avec Kip. Ronny, en tout cas, se contentait de le dévisager, même quand nous étions jeunes, et lui disait des trucs du genre : « Franchement, Kip, qu'est-ce qu'on en a à cirer de l'accès aux grandes écoles ? Je te demande un peu. Y a une teuf à la carrière ce week-end. Voilà ce qui me motive. Je suis motivé pour aller y tirer un coup. » Quand j'avais imaginé la fête de Kip, je m'étais représenté ses anciens collègues de Chicago : des hommes en costume-cravate, buveurs de cocktails, familiers des notes de frais, diplômés de bonnes universités et conduisant de belles voitures. Ces hommes apporteraient leurs propres clubs et chaussures de golf à crampons. Ils auraient les mains lisses des employés de bureau. Peut-être que Kip n'avait pas voulu inviter Ronny pour le protéger, ou parce qu'il était trop embarrassé. Mais je savais aussi que, pour Lee, ces excuses ne tiendraient pas la route ; son amour pour Ronny avait une dimension quasi vertueuse.

Ronny avait noté la date du mariage sur un calendrier fixé par un aimant sur le côté du réfrigérateur et, les mois précédents, il nous demandait régulièrement quand l'enterrement de vie de garçon était prévu.

– Faut absolument enterrer sa vie de garçon, nous répétait-il. C'est forcé. C'est le dernier hourra, pas vrai ? Le dernier hourra.

J'avais été peiné de penser que Ronny ne se marierait peut-être jamais.

Lee et moi sommes allés chez lui le jour de la célébration.

– T'as reçu ton invitation ? a demandé Lee en regardant nerveusement la pile de courrier amassé sur la table, qui consistait surtout en pubs, coupons, propagande politique, offres bancaires – aucune facture n'étant jamais postée chez lui.

– Non, a répondu Ronny. Elle a sans doute été perdue à la poste. Mais je sais qu'il veut m'inviter.

– Bien sûr, mon pote, a répondu Lee qui fulminait. Bien sûr. Tu veux bien attendre un moment ? Je vais passer un coup de fil rapide.

Il m'a lancé un regard appuyé qui me demandait de surveiller Ronny, de le divertir. J'ai allumé la télé et changé de chaîne jusqu'à ce que je trouve un programme sur un troupeau de buffles du Montana.

– Tu peux utiliser mon téléphone ! a crié Ronny, mais Lee avait déjà dévalé l'escalier.

Je l'ai regardé arpenter le trottoir sous la fenêtre en vociférant dans son portable. Il avait l'allure d'un mec crevant d'envie de défoncer quelque chose à coups de pied. Il est revenu un peu plus tard, le visage cramoisi.

– Écoute mon pote, y a aucun problème ! a-t-il annoncé en entrant. Figure-toi que Kip vient juste de recevoir ton invitation par retour de courrier. Il avait dû se tromper d'adresse ou va savoir quoi.

Ronny regardait des buffles brouter dans des étendues immenses de prairies.

– Ce que je comprends pas, a-t-il dit, c'est pourquoi il m'a pas donné l'invitation en main propre. Je lui fais coucou tous les jours en passant devant la fabrique.

Un tel manque de logique lui a fait hocher la tête, puis il a ri avec bonhomie.

– J'en sais rien, mon pote, a répondu Lee en soupirant. C'est une bonne question.

Il avait les poings serrés. Il a regardé par la fenêtre. C'était une belle journée d'octobre. Soleil clair et lumineux, feuilles d'automne en un brasier frais sur les terres. Dans l'air : une odeur de pommes trop mûres et de fumier.

Peu après, une limousine s'est arrêtée devant l'appartement de Ronny et a klaxonné six fois. Lee m'a regardé et j'ai vu – je me suis rendu compte pour la première fois – qu'il était devenu puissant, un homme qui peut changer le cours des choses d'un simple coup de fil. J'ai vu qu'il avait l'habitude d'obtenir ce qu'il voulait, qu'il n'était pas taillé pour les déceptions.

Ronny s'est détourné de la télévision, le visage radieux.

– C'est l'heure de faire la fête, a-t-il dit, le sourire jusqu'aux oreilles.

Il nous en a tapé cinq, avec force et vacarme, j'en avais la paume cuisante.

– C'est la fête, avons-nous répété en acquiesçant, avec tout l'enthousiasme que nous pouvions rassembler.

Nous sommes descendus vers la limousine qui tournait au ralenti. Nos meilleurs amis y étaient déjà installés, ainsi que quelques inconnus, dont une photographe – une jeune femme avec deux appareils différents autour du cou. Elle semblait déterminée à immortaliser avec un Nikon sophistiqué tout ce qui représentait le moindre intérêt, en prêtant une attention particulière aux débordements extravagants de flûtes de champagne, canettes de bière ou verres à whisky entre nos mains.

– Ouais ! a hurlé Ronny, en goûtant le moment. Ouais ! Ouais ! Ouais ! C'est la fêêêête !

Le petit groupe a machinalement fait écho à son enthousiasme.

Nous avons suivi Ronny, tête baissée, à l'intérieur de la limousine et, le temps de nous asseoir, le véhicule avait quitté la rue principale et s'orientait comme l'aiguille géante d'une boussole vers le terrain de golf. La musique, qui m'était inconnue, passait à fond et Lee s'est penché vers moi.

– Ne quitte pas Ronny des yeux. Ne le perds jamais des yeux, m'a-t-il dit. Tu m'entends ?

J'ai acquiescé en comprenant que la limousine et la fête étaient une mauvaise idée, comme toute cette affaire, et que nous étions maintenant piégés dans cette mauvaise idée. Après avoir exigé que Ronny soit invité, Lee s'apercevait que cette fête représentait un sérieux danger pour son ami. Il était tendu, les poings et la mâchoire serrés.

– Donne-lui quelque chose à boire, m'a-t-il demandé en un grognement dans le boucan. Mais attention, pas de bière, pas d'alcool.

J'ai attrapé une canette de Coca-Cola que j'ai ouverte pour Ronny, qui en a bu une grande rasade.

– Ouais ! a-t-il hurlé en reprenant son souffle et en s'essuyant la bouche sur son avant-bras. Ouais !

– Écoutez-moi tous ! Ho hé, écoutez-moi ! a crié Kip. Écoutez ! (Il tapotait un couteau suisse contre sa flûte de champagne.) J'ai une déclaration à faire, d'accord ? C'est l'heure des déclarations ! (Il me faisait l'effet d'un chef scout incapable de contrôler ses troupes.) Vous allez tous fermer votre grande gueule, oui ou non ? Écoutez-moi !

– Dis-cours ! a scandé la bande. Dis-cours ! Dis-cours !

Le groupe était principalement composé de nos amis mais, à cet instant, j'ai eu l'impression qu'il n'y avait que Lee et moi, avec Ronny à nos côtés. La photographe a braqué son appareil sur nous – sur Lee – et la lumière du flash nous a momentanément aveuglés. Ce n'était pas étonnant, elle semblait seulement intéressée par Lee et je l'imaginais déjà effacer Ronny et moi des photos. Je me suis demandé si c'était ça, la gloire : une suite d'inconnus avec des appareils photo vous aveuglant temporairement pour quelques portraits originaux. Ce qui m'a fait repenser à un cours d'histoire du collège où nous avions appris que certains Amérindiens estimaient qu'on leur volait leur âme lorsqu'ils étaient pris en photo.

– Je ne peux pas vous dire ce que ça représente pour moi de vous avoir tous réunis aujourd'hui, a dit Kip, pour m'aider à célébrer ma grande journée de demain. Je suis vraiment ému, les mecs, vraiment.

Mais il n'avait pas l'air ému. Ses cheveux, brun-roux, épais et longs, étaient pommadés pour dégager son visage calme et résolu ; son collier taillé ras suivait sa mâchoire volontaire ; son sourire figé n'était pas loin d'être ironique.

– Felicia et moi, a-t-il poursuivi, nous avons été ravis de votre accueil quand nous sommes revenus parmi vous. Vous nous avez reçus à bras ouverts. Et nous sommes heureux de votre enthousiasme pour la fabrique. Je ne sais pas si vous êtes au courant, mais ça compte plus que tout pour nous. Quant à demain… (Il a alors marqué une pause avec la solennité bidon et le flair dramatique d'un maître de cérémonie chevronné.) Nous irons tous à la vieille grange pour des noces superbes et pour faire la méga teuf !

Il n'avait pas encore terminé son soliloque que Ronny a crié : « C'est la fête ! » en brandissant les poings dans l'air vicié et aviné. Des petits rires incertains se sont échappés, mais Lee a passé un bras autour des épaules de son ami et s'est appliqué à lui murmurer à l'oreille. J'ai observé ses lèvres, car je n'arrivais pas à l'entendre. « T'éloigne pas de moi, mon pote, l'ai-je imaginé lui dire, on va faire la méga teuf ensemble, d'accord ? Toi et moi. »

Après un hochement de tête indulgent à l'attention de Ronny, Kip a poursuivi :

– Bon, écoutez-moi. Je vous ai préparé un petit cadeau, d'accord ? Des polos. C'est pas grand-chose, mais c'est toujours ça, non ? J'aimerais que vous les enfiliez maintenant. Parce que aujourd'hui, on fait équipe. Une équipe de copains. Vous voyez ce que je veux dire ? Je veux qu'on s'amuse. Je veux qu'on oublie tout le reste aujourd'hui, entendu ? Alors c'est parti. J'ai dit ce que j'avais à dire. Maintenant, il est temps de s'amuser.

Il a pioché dans un sac-poubelle noir une multitude de polos rouges brodés pour l'occasion sur la poitrine gauche : deux clubs de golf croisés et la date. Il les a fait circuler. Il a même frappé sur la vitre en plexiglas du chauffeur et lui en a tendu un. Puis ce fut le tour de la photographe. Le sien était une, voire deux tailles trop petit pour elle, et j'ai détourné les yeux quand elle a courageusement déboutonné son chemisier pour enfiler le maillot moulant. Certains ont applaudi l'apparition, aussi fugace que frustrante, de son ventre et de son soutien-gorge. Puis Kip a lancé un maillot à tous ses amis rassemblés autour de lui. Enfin, tous, sauf Ronny Taylor, qui s'est décomposé presque imperceptiblement, les mains vides et tendues. Lee s'en est immédiatement aperçu et lui a tendu son polo.

– Tiens, mon pote, lui a-t-il dit. Kip a dû oublier de m'en prendre un.

Mais quand Ronny s'est tourné vers son ami, on voyait à son visage triste qu'il n'était pas dupe. Il a hésité un moment avant d'enlever sa chemise. Nous avons alors vu les cicatrices de son époque rodéo : un morceau de viande grossièrement arraché près de l'épaule, des points de suture sommaires de quelque ambulancier d'arène ou urgentiste de campagne. Son ventre, toujours admirablement plat, était ondulé de muscles et le tatouage sur son cœur disait « CORVUS » (le nom de scène de Lee) en lettres floues et bleues, à côté d'une représentation maladroite d'un corbeau perché sur un fil de téléphone. Les tatouages n'avaient pas loin de dix ans et précédaient la célébrité de Lee ; nous n'étions alors que des gamins.

– J'arrive toujours pas à croire que t'aies fait ça, lui a dit Lee en promenant un doigt sur le tatouage de son ami.

Il a souri en hochant la tête.

– Je croyais en toi, lui a-t-il répondu avec le plus grand sérieux. Je crois toujours en toi. T'es mon ami.

Dans la limousine, tous les regards étaient braqués sur eux. À l'extérieur de la longue voiture, le monde suivait son cours – lente circulation de véhicules, un tracteur de temps en temps, un vieux fermier marchant sur le bas-côté pour se rendre à la banque, à la bibliothèque, ou en ville – mais à l'intérieur, la vie était un diorama de bouches bées, de regards fixes, de souffles retenus. Puis Kip a rompu le silence :

– Et toi, Lee, où est ton polo ?

– J'en ai pas eu, a répondu Lee avec sérieux en posant la main sur le genou de Ronny. Mais t'en fais pas pour moi, chef. Ça n'a aucune importance.

– Mais…, a commencé Kip.

Ses yeux se sont posés sur ce qui, à l'évidence, était le polo de Lee, devant lui, sur les épaules de Ronny, mais à l'affaiblissement de sa voix, nous avons compris qu'il n'insisterait pas. Bien que nous ayons tous revêtu l'uniforme à l'exception de Lee, avachi sur les sièges en cuir luisant, dans sa chemise de flanelle et son sempiternel jean déchiré, Kip n'avait pas l'intention de relever le défi. Il a frappé du poing contre la vitre du chauffeur et nous avons pris de la vitesse, tandis que le volume de la musique lourde de basse envahissait le véhicule géant.

*

Nous étions des fermiers, dans l'ensemble, pas des golfeurs. Mais c'était une belle journée et le vaste terrain était spectaculaire, le parcours verdoyant et chatoyant, le ciel sans un nuage pour l'encombrer. Kip avait loué des voiturettes que nous conduisions par deux. Je devais partager la mienne avec Eddy Moffitt, mais j'ai remarqué que Kip était avec Lee. La photographe n'a pas tardé à prendre plusieurs clichés des deux hommes côte à côte, les clubs de golf à la main. Un peu à l'écart, Ronny examinait la liste des équipes, le doigt glissant sur la feuille, sans jamais y trouver son nom. Je l'ai vu se gratter la tête et j'ai glissé à l'oreille d'Eddy :

– Dis-moi, ça te dérange si je fais équipe avec Ronny ?

Eddy, notre agent d'assurance à tous, est un brave type ; il a immédiatement compris.

– Hé Ronny ! a-t-il crié. Ronny ! Ho, t'es avec Hank, viens ici !

Il m'a gentiment frappé le dos de sa grosse main épaisse, puis il m'a tiré vers lui.

– Je sais pas à quoi joue Kipper, a-t-il murmuré, mais c'est du gros n'importe quoi. Enfin, bref, amusez-vous bien. Je vais aller au bar du club. Voir si les strip-teaseuses sont déjà arrivées.

Il m'a encore une fois tapoté le dos du plat de la main. Eddy avait travaillé la terre pendant de longues années avant l'accident de tracteur qui avait précipité sa ferme dans la faillite. Il n'avait pas d'assurance à l'époque – il n'avait jamais pu se permettre d'en prendre une –, et les frais médicaux l'avaient ruiné.

J'ai serré la main de Ronny, nous avons trouvé la voiturette avec deux sacs attachés à l'arrière et nous sommes allés au premier tee. Une glacière pleine de bières était fixée juste au-dessus des clubs. J'ai remarqué que Ronny s'y intéressait immédiatement et, à chaque bosse, on entendait les glaçons tinter contre l'aluminium froid. J'ai freiné et je suis descendu pour me débarrasser de la glacière. Quand la voiturette de l'équipe formée par les jumeaux Giroux est passée, j'ai tendu la glacière à Cameron, qui a eu l'air surpris tandis que son frère Cordell faisait ronfler le moteur, sans doute pour s'apprêter à filer à toute allure si nous changions d'avis. Ronny m'a paru un peu dépité et je l'ai vu passer la langue sur ses lèvres gercées en regardant nos amis boire dans la tiédeur du soleil, la gorge engloutissant la bière, les lèvres humides, l'air soudain empreint du doux arôme d'ale américaine bon marché. C'était l'odeur de notre enfance : l'odeur des silos, des granges et des moissons. La bière était notre remontant ; je compatissais au malaise de Ronny. Son cerveau n'était pas endommagé au point d'avoir oublié les lumières tamisées de nos bars favoris et la musique de leurs juke-box. Les nuits que nous avions passées, garés en pleine campagne, allongés sur le plateau d'un vieux pick-up, vidant des dizaines de bières et jetant les canettes vides dans les fossés, des champs de maïs à perte de vue. Les amours avinées qui suivaient : le tâtonnement de doigts, le poids de seins, la caresse de jambes, la lutte contre les fermetures récalcitrantes, les tiraillements pour se débarrasser de jeans trop serrés. Nos meilleurs souvenirs carburaient tous à la bière et j'ai remarqué à quel point son vice préféré manquait à Ronny : une soif insatiable sévissait toujours sur les courts-circuits de son cerveau. Une partie de moi avait envie de l'aider, mais je ne le pouvais pas, naturellement, je ne l'aurais jamais fait. Nous aurions peut-être pu lui offrir un demi de temps en temps, mais personne ne voulait prendre ce risque, *à quoi bon ?* Qu'est-ce qui aurait pu en ressortir de bien, franchement ?

Nous avons joué au golf pendant plusieurs heures, le visage brûlant au soleil, les lèvres gercées et craquelées. Des voiturettes nous ont ravitaillés en cheeseburgers, hot dogs, bouteilles d'eau et de Coca mais, malgré tout, le golf nous a exténués. Après avoir décrit un arc au-dessus de nos têtes, le soleil a entamé sa plongée à l'ouest. Ronny et moi avions un jeu sans la moindre finesse. Mais, de temps en temps, nous réussissions un coup et propulsions la petite balle à travers prés, vers une balise derrière une incision de terre. Au final, nous avons bien ri et j'ai soudain compris pourquoi Lee aimait tant Ronny. Bien sûr, ils étaient tous les deux célibataires, camarades naturels, sans femme ni enfants pour entraver leurs jeux, et c'est peut-être pour ça que je n'avais pas appelé Ronny plus souvent, que je ne l'avais pas invité à m'accompagner à la chasse aux grouses ou à aller voir le concessionnaire pour chiffrer le matériel. Je ne sais pas. Il était gentil, tendre et sincère. Nous avons passé l'après-midi sur le parcours, nous encourageant mutuellement pour nos swings, et il me posait les meilleures questions : sur Beth et les enfants, la ferme et les tracteurs. Il ne se souciait pas de nos maigres revenus, nos véhicules d'occasion ou nos piètres placements. Il ne s'intéressait qu'aux choses réelles. Je l'ai invité à venir dîner à la maison.

– Merci, m'a-t-il répondu. Qu'est-ce que je dois apporter ?

– Rien du tout, Ronny. Tu nous suffis.

Trente-six trous de golf plus tard, les paumes criblées d'ampoules, nous nous sommes dirigés vers le club, même si Ronny semblait heureux de continuer à rouler en observant les différents trous – tous les replats, les bunkers, les mares et les étroits fairways. Nous n'étions pas les premiers à rentrer. Presque tous les gars étaient arrivés : déjà soûls, ils glissaient sur la pente de la camaraderie ou d'une agressivité sauvage. Debout sur le comptoir, deux filles nues dansaient, le corps luisant de champagne renversé, semblait-il. J'ai vu le visage calciné de Ronny s'épanouir en un grand sourire. J'ai souri aussi.

– C'est la fête ! a-t-il lancé d'une voix forte, sur quoi le groupe entier s'est tourné vers lui et a hurlé son assentiment.

Ronny est soudain devenu leur mascotte. Quelqu'un me l'a arraché et l'a poussé vers le comptoir et vers les danseuses où il a regardé, bouche bée, leurs corps fermes et bronzés. Elles affichaient ces charmes de plus en plus familiers, effrontément rehaussés, avec des balafres de chirurgie esthétique soulignant les seins d'un trait sombre ; leurs regards au-dessus de nos têtes exprimaient à la fois un enthousiasme et un ennui prodigieux. Je me suis aperçu que, pour elles, Ronny devait sembler normal, et même bel homme. Avant son accident, il avait été élu « roi de la soirée », au lycée, et il avait fréquenté les plus belles filles de la ville. Son corps était aussi svelte qu'à son époque rodéo, son visage marqué d'une beauté brutale. Il observait les danseuses qui lui rappelaient visiblement une époque antérieure de sa vie, dans une quelconque ville de l'Ouest où il était peut-être tombé amoureux, l'espace d'une ou deux nuits. La magie d'un motel de Butte, Billings ou Bozeman. Il était parfois trop facile d'oublier que Ronny était encore viril.

Je me suis donc placé en retrait du groupe et j'ai observé Ronny à distance, tandis qu'il fixait les danseuses, ses doigts se tendant parfois vers leurs mollets galbés, leurs ongles d'orteil vernis, leurs chevilles souples.

La nuit tombait quand Kip et Lee ont fini par rejoindre le club, le visage salement brûlé, les cheveux en bataille, l'air fâché. Ils ont rejoint un coin opposé du bar, sans un regard pour les danseuses nues au-dessus de leur tête et je les ai vus tous deux commander ce qui ressemblait à du whisky. Ils ont descendu leur verre d'un trait, avant d'en commander un deuxième. Des éclats furieux passaient dans leurs yeux. Après un troisième verre, Lee a fini par s'éloigner du comptoir et s'est affalé sur un siège à côté de moi.

– Cet enculé m'a fait jouer tous ces trous de merde, sans exception, a-t-il râlé. Les trente-six. Tu parles d'une marche funèbre à la con. (Les glaçons ballottaient dans le liquide de son verre qui ressemblait à de l'essence.) Il m'a massacré ! Chaque trou. Et pas d'un ou de deux coups. Non, je te parle de six ou sept coups. À chaque trou. Et pas question de mulligan, aucune concession. Il a tout compté. Et il se foutait ouvertement de ma gueule tout du long. Tête de con.

Lee examinait Kip, au comptoir.

– Du calme, Lee, lui ai-je dit. Faut qu'on soit tous copains demain.

Je continuais à surveiller Ronny. Il brandissait un billet de un dollar, un seul, comme une torche. L'une des femmes a pris le billet entre ses seins et j'ai cru le voir soupirer en une espèce d'extase. Le groupe, qui s'était éloigné du comptoir, le regardait aussi. Les gars l'approvisionnaient en billets de un dollar.

– Il peut aller se faire foutre, a repris Lee. Non mais, sans blague ! Il peut se faire mettre bien profond. Il m'arrive de toucher dix mille dollars pour faire une simple apparition et chanter une seule chanson, bordel. Et cet enculé me traite comme ça. Ben merde.

Il s'est alors tu, et moi aussi ; ses paroles ont flotté dans l'air comme une fumée impossible à dissiper. Je ne l'avais jamais entendu tenir ce genre de propos avant ; je ne l'avais jamais entendu parler d'argent avant. Il serrait et desserrait les mains sur ses genoux, puis il les a levées et passées dans ses cheveux.

– Excuse-moi, mec, m'a-t-il dit. Je déconne, là. C'est son grand jour. Qu'est-ce que j'en ai à branler qu'il me foute la pâtée au golf ? J'y joue jamais. C'est qu'une petite balade digestive pour bobos.

On est restés assis un moment ; je n'avais rien à dire. Je sortais d'une année difficile à la ferme : l'effondrement des prix du lait avait coïncidé avec une hausse exorbitante du gasoil et des engrais. J'avais dû remplacer ma moissonneuse et payer l'ablation des amygdales d'Eleanore. Avec notre cheptel de laitières, on en était au point où l'on savait qu'on devait *se développer ou mourir*. Soit nous investissions davantage et prenions de nouvelles vaches, soit nous devions songer à abandonner. Beth et moi étions endettés jusqu'aux yeux et nous n'avions aucun moyen d'économiser pour l'éducation des enfants ; nos investissements avaient capoté, comme ceux de tout le monde. Beth venait de rapporter de la documentation sur les bons alimentaires et la couverture maladie universelle. J'avais du mal à trouver le sommeil et je n'avais aucune idée de ce que j'allais faire si mon exploitation échouait. Jusqu'à ce jour, je n'avais jamais vraiment eu la notion de l'argent que Lee gagnait, même si nous avions spéculé, évidemment. Mais j'ai alors compris que ses revenus étaient à l'instar de ses voyages : inconcevables pour moi. Et cette prise de conscience brutale m'a beaucoup chagriné.

J'avais envisagé d'emprunter de l'argent à Lee dans le passé, pendant une période particulièrement difficile, Beth m'y avait même encouragé. Mais je ne m'y étais jamais résolu.

– Écoute, Lee…, ai-je commencé.

Il m'a regardé, les pupilles encore rétrécies et furibondes. Je n'ai pas réussi à continuer.

– Bon, m'a-t-il dit, allons chercher Ronny et tirons-nous. Je dois récupérer Chloe à l'aéroport tôt demain matin. Autant partir d'ici avant que ça tourne mal.

Au même moment, Kip s'était approché de nous et nous tournait autour, la photographe par-dessus son épaule, en équilibre sur la pointe des pieds, prenant des photos dans la lumière tamisée du club. Kip avait une bouteille de Johnnie Walker Blue à la main et l'alcool luisait sur ses lèvres.

– Alors, qu'est-ce que t'as fait de ton uniforme ? a-t-il beuglé à Lee, avec une espèce de sourire moqueur. (Il lui a doucement poussé le bras.) Hein ?

– Souviens-toi, t'as oublié le mien, lui a répondu Lee en hochant la tête.

– Mais non. C'est plutôt toi qui l'as donné.

Lee s'est tourné vers Kip en haussant les épaules et j'ai remarqué le décalage qui s'était effectué : ils n'étaient plus amis, ni même en termes amicaux, ils n'étaient plus que deux hommes qui ne s'appréciaient pas, qui ne partageaient plus rien, au-delà de leur géographie commune. À partir de maintenant et pour toujours, leurs chemins se croiseraient seulement par hasard.

– Alors, quand vas-tu te décider à me la présenter ? a hurlé Kip pour se faire entendre par-dessus la musique infernale.

Derrière lui, les danseuses étaient descendues du comptoir et frottaient leurs hanches fauves contre Ronny.

Lee a dévisagé Kip.

– « Quand je vais me décider » ? Mais bordel de Dieu, Kip. Qu'est-ce qui te faut, son putain d'autographe ?

Kip a pris le temps de digérer les paroles de Lee, puis il a souri et s'est tourné vers les danseuses.

– Le chauffeur peut vous ramener, si vous voulez, les gars. Ça serait dommage que tu t'esquintes la voix à me gueuler dessus.

Il a avalé une gorgée de whisky et a rejoint le groupe mais, à ce stade, je n'y reconnaissais plus grand monde. Les Giroux étaient partis. Eddy aussi.

Nous nous sommes levés, avons entraîné un Ronny plutôt réticent, et nous sommes sortis, les tympans en compote, des relents de parfum étrange dans les cheveux, le nez calciné. Ronny s'est affalé sur la banquette en cuir souple et a regardé le ciel par le toit ouvrant. Il affichait un grand sourire et avait deux bouts de papier dans la poche de son Wrangler : chacun avec le numéro d'une danseuse – Lucy et Brandi – décoré de cercles en rouge à lèvres où elles avaient embrassé le papier.

– C'est pas mon premier rodéo, les gars, nous répétait-il. Oh que non… C'est pas mon premier rodéo.

Lee a passé un bras autour de son épaule et ils ont regardé les étoiles ensemble. Je leur ai souri, puis j'ai fermé les yeux et j'ai laissé le chauffeur me ramener chez moi pour y retrouver mon lit, ma femme et mes enfants.

*

Je me souviens du lendemain matin avec une clarté absolue. Le chaos à la maison, les parents de Beth avec les enfants au rez-de-chaussée et le vacarme des dessins animés à la télé. Beth passait un peu plus de temps que d'ordinaire sous la douche. La radio d'une chambre diffusait un match de football joué tôt. J'ai noué ma cravate devant la glace. Elle avait appartenu à mon père ; la soie s'effilochait par endroits, le motif était passé de mode. Je n'ai pas aimé mon reflet dans le miroir ce matin-là, le nez rougi par le coup de soleil de la veille, le feu du rasoir sur la joue, un double menton naissant. J'ai rentré le ventre en boutonnant mon pantalon. J'avais sans doute besoin d'un nouveau costume, mais nous n'avions pas de budget pour ça. J'ai refait le nœud plusieurs fois ; la soie restait élimée, l'ensemble trop étroit. Dans la glace, la ligne de mes cheveux m'a paru presque timorée, comme si elle fuyait mes sourcils, et j'ai soudain appréhendé la rencontre avec Chloe. Lee nous avait invités à un brunch chez lui avant de rejoindre la ferme d'agrément de Kip. Il était allé chercher son amie à l'aéroport de Minneapolis au petit matin. Nous devions prendre Ronny au passage.

Beth a changé cinq fois d'ensemble ce matin-là, essayé plusieurs paires de souliers, différents colliers et boucles d'oreilles. Je la comprenais. Si j'avais eu plus d'un costume, j'aurais fait de même. En l'état actuel des choses, je suis resté assis sur la vieille chaise bancale de notre chambre et je l'ai regardée. Elle était belle à mes yeux. J'ai vu qu'elle s'était rasé les jambes, qui s'échappaient, souples et tendues, de la douce étreinte de ses escarpins. Elle s'est ébouriffé les cheveux et a pincé les lèvres devant la glace.

– Qu'est-ce que t'en penses ? m'a-t-elle enfin demandé en se tournant vers moi.

Je me suis levé et approché d'elle, comprenant en cet instant que nous avions déjà commencé à vieillir et que nous vieillirions ensemble.

– Je pense que tu es belle, ai-je répondu avant de l'embrasser.

– Hé ! Attention au rouge à lèvres !

Elle m'a repoussé en riant avant de se rapprocher à nouveau de moi. Le menton niché dans le creux de mon épaule, elle m'a entraîné dans un slow au milieu de notre chambre, la moquette élimée sous nos plus beaux souliers fatigués.

– Je t'aime, même si t'es pas une rock star, m'a-t-elle dit.

– Je t'aime, même si t'es pas une starlette, ai-je répondu.

Nous nous sommes à nouveau embrassés et avons descendu l'escalier main dans la main, satisfaits de nos vêtements. Les gamins sont venus nous dire au revoir. Le père de Beth m'a serré la main et j'ai remarqué pour la première fois que la peau de son annulaire gauche avait presque englouti son alliance. L'anneau faisait partie de lui, comme un fil de barbelé progressivement absorbé par l'écorce d'un arbre de clôture. Ça m'a rendu plus heureux – moins… je ne sais pas, tendu. J'ai su qu'on allait rester ensemble, Beth et moi, quoi qu'il arrive à la ferme ou ailleurs.

La ville était en ébullition. Les chambres d'hôte et les motels affichaient complet, les VFW et les autres bars éparpillés dans la ville étaient bondés. Il y avait même du monde au Coffee Cup Café et les clients faisaient claquer la porte moustiquaire en sortant du restaurant, un gobelet en polystyrène à la main. La rue principale grouillait de véhicules étranges aux plaques d'immatriculation d'autres États. D'après Eddy, plus de cinq cents invités étaient attendus. Un camion entier de fûts de bière était arrivé de Milwaukee, un second transportait les alcools forts. Les traiteurs n'étaient pas du coin ; ils avaient été embauchés à Minneapolis. J'imagine que Kip n'avait rien laissé au hasard ; il voulait tout ce qui se faisait de mieux.

Le jour était teinté d'une nuance dorée de gris, la gaze des nuages obscurcissant parfois la médaille éclatante du soleil. La journée idéale pour porter une veste.

Ronny était assis sur le trottoir devant son appartement, les cheveux mouillés ramenés en arrière. Il avait un petit bout de mouchoir en papier rouge collé au menton, là où il s'était coupé en se rasant. Il nous a joyeusement fait signe en nous voyant arriver, complètement à l'aise dans son costume étroit en polyester, sa chemise blanche et sa cravate bolo de cow-boy. Il avait visiblement donné un bon coup de cirage à ses santiags.

– T'es beau comme un cœur, Ronny Taylor ! lui a dit Beth en glissant sur la banquette de notre pick-up tandis qu'il s'installait près de la vitre.

Elle lui a fait une bise sur la joue et il a rougi quand elle a effacé le rouge à lèvres sur sa peau extra-douce après rasage.

– Merci, Beth, a-t-il timidement répondu.

Nous avons écouté la radio tout le long du chemin : résultats sportifs régionaux, météo, une histoire de couguar aperçu aux environs de la ville. Le pick-up tenait bien sur les routes de campagne et nous avons rejoint la maison de Lee en silence, partageant un bonheur fébrile. Chloe était une grande actrice, célèbre et adulée. Elle jouait dans des pièces de Broadway entre deux projets cinématographiques. Elle avait remporté un Golden Globe pour son interprétation d'une femme poète dont le nom nous échappait.

Ils étaient sur la véranda de Lee quand nous nous sommes engagés en cahotant dans son allée ;

déchaussés, les pieds nus posés sur la balustrade, ils nous ont fait des signes enthousiastes dès qu'ils nous ont aperçus. Même à une cinquantaine de mètres, j'ai distingué la vapeur qui s'échappait de leurs tasses de café et la fumée en volute qui provenait sans doute de joints, dans le cendrier préféré de Lee. Une grande harde de cerfs broutait dans le champ voisin et Lee nous l'a montrée du doigt avant que nous arrivions à l'ancienne école.

– Ils ont passé toute la matinée là ! a crié Chloe, tout sourires, la main en visière au-dessus des yeux pour se protéger d'un rayon de soleil qui caracolait entre les nuages.

– Super, a répondu Ronny avec enthousiasme. J'adore le gros gibier.

Beth lui a donné un petit coup de poing dans les côtes et nous nous sommes arrêtés en riant.

Je n'avais jamais rencontré de célébrité avant, hormis Lee, et comme je l'ai déjà dit, on avait beau savoir qu'il était célèbre, on ne pensait pas vraiment à lui en ces termes. Mais rencontrer Chloe… là, j'étais scotché. Ses cheveux sentaient la vanille et je me souviens de sa fine ossature entre mes mains quand elle m'a étreint. Elle avait des cheveux blond vénitien, épais et lustrés, et de grands yeux écarquillés, légèrement rosis par la beuh. Elle m'a tenu le biceps sans serrer pour pouvoir me scruter le visage, d'un regard que je souhaitais admiratif, jusqu'à ce que je finisse par baisser les yeux sur mes vieux souliers.

– Lee dit que t'es son meilleur ami, a-t-elle annoncé sans me lâcher. C'est un honneur de faire ta connaissance, Hank.

– Mais… je croyais que c'était moi, ton meilleur ami, a protesté Ronny, le regard sincèrement meurtri.

– C'est toi, a répondu Lee en le touchant. Mais faut surtout pas le dire à Hank.

– J'adore tes films, ai-je dit à Chloe. T'es ma Juliette préférée.

Elle a poliment rougi, en recroquevillant la voûte d'un de ses charmants pieds. La plante était sale et j'ai eu très envie de tenir ses pieds entre mes mains et de les masser.

Beth m'a tiré de ma rêverie en me donnant un petit coup sur le bras.

– Je croyais que c'était moi, ta Juliette préférée, a-t-elle dit.

Nous avons tous ri, puis Chloe et Beth se sont étreintes. Lee est entré dans la maison ; il est revenu avec une boîte de médicaments cylindrique, orange, qui contenait deux autres joints. Il en a donné un à Beth et un à moi.

– On a oublié de préparer le brunch, alors il va falloir se contenter de ça. Tu veux un Coca ? a-t-il demandé à Ronny, mais ce dernier ne lâchait pas Chloe des yeux, il ne pouvait pas s'en détacher, ni arrêter de sourire.

*

Nous avons passé une bonne matinée. Tous ensemble sur la véranda jusqu'en début d'après-midi, avachis dans nos beaux habits, nos souliers jetés dans un coin. Nous avons regardé les cerfs en fumant des pétards tandis que la journée se réchauffait doucement et que le soleil réduisait en cendres la traînée de nuages. Chloe nous a posé des questions sur nos enfants et, après avoir fouillé dans mon portefeuille et dans le sac à main de Beth, nous lui avons montré quelques photos écornées, aux couleurs passées, de nos gamins quand ils étaient bien plus jeunes.

– Désolés, on devrait en prendre de nouvelles, nous sommes-nous excusés. Ils sont beaucoup plus grands maintenant.

Presque tous nos amis avaient de nouveaux téléphones portables sophistiqués, mais ni Beth ni moi. Nous nous contentions de nos vieux portables à clapet dont l'appareil prenait des photos trop pixelisées pour être décentes. Eleanore et Alex nous taquinaient en les qualifiant d'« antiquités ». Mais assis là, avec ces vieux clichés, expliquant à Chloe quel âge Alex avait à l'époque, ou qu'un autre avait été pris lors de nos dernières vacances en famille dans le port de Duluth, je me suis senti envahi de fierté et d'une conscience de notre propre mortalité, comme si nous étions plus âgés que Lee et Chloe en cet instant, alors que ce n'était pas vrai, naturellement. Mais nos vies étaient radicalement différentes.

– Y a pas meilleurs gamins au monde, a dit Lee. Je les adore. Ils sont fabuleux.

– Ils l'adorent, lui, a dit Beth en souriant à Lee.

Et dans la pause qui a suivi, j'ai cru entendre ce que Beth avait envie de dire à voix haute : « Il ferait un père formidable. Il devrait être père. »

Ronny est allé chercher des glaçons dans la maison.

– Il est déjà une heure, vous savez..., nous a-t-il dit en revenant. On n'est pas censés y être à une heure et demie ?

C'était un moment de lucidité surprenante pour Ronny et nous l'avons dévisagé un instant en digérant la question. Puis, sans un mot, Beth et Chloe se sont levées d'un bond et ont enfilé leurs chaussures. Nous avons tous couru vers le pick-up, effrayant les cerfs dans le champ. Nous allions arriver en retard – et défoncés – au mariage.

Beth conduisait avec Chloe sur le siège passager tandis que Ronny, Lee et moi étions installés sur le plateau, agrippés à ce que nous pouvions. Nous nous souriions, les cheveux fous au vent, revigorés par l'air frais qui nous déchirait les narines. Nous tambourinions du plat de la main sur le vieux métal des panneaux du bolide ; nous étions heureux, pleins de vie, nous foncions vers un mariage. J'imagine qu'à cet instant nous avions oublié de quel mariage il s'agissait.

– Vas-y ! Fonce ! avons-nous hurlé contre la force du vent.

Exalté par la vitesse du véhicule, Ronny a été pris d'un fou rire incontrôlable. Chloe et Beth ont échangé un regard avant d'éclater de rire à leur tour. La grange était encore à trois quarts d'heure de route, quoique… le pick-up filait à cent trente kilomètres à l'heure.

Lee et moi nous sommes assis, adossés aux vitres de la cabine, et nous avons regardé le monde fuir derrière nous : les couleurs de l'automne ponctuaient le vert immuable des sapins baumiers et des pins blancs, des lignes jaunes, d'autres blanches, d'une fiabilité presque absolue, dévidaient les kilomètres sous nos yeux. Granges rouges et blanches des fermes. Vaches, chevaux, moutons et, de temps à autre, la lenteur d'un buggy amish. À un moment, Ronny s'est mis debout dans la benne du pick-up, Lee et moi l'avons attrapé par les passants de sa ceinture, nous avons essayé de le tirer vers nous, mais il s'est dressé contre cette énorme trombe de vent, les bras dressés un instant en une croix de fer, les yeux clos, les cheveux balayés. Nous l'avons regardé avec un mélange d'inquiétude et d'admiration, et nous avons vu le vieux Ronny d'avant : son sens de l'équilibre, sa force, son énergie sauvage.

Nous sommes arrivés avec quelques minutes de retard seulement. Les champs alentour étaient engorgés de véhicules, des groupes marchaient maladroitement vers la grange sur des talons hauts ou dans des souliers en cuir verni probablement loués et trop étroits. Les plus âgés s'agrippaient à leurs jeunes parents. Les chevaux observaient la scène en broutant. Nous avons sauté du camion, essoufflés et souriants. Chloe et Beth respiraient une jeunesse radieuse. La robe de Chloe était taillée dans un tissu des plus fins, délicatement pailleté. Elle a chassé une mèche de ses yeux et s'est poudré le visage d'une main experte. Beth et elle partageaient un tube de rouge à lèvres et, avec le doigt, se corrigeaient mutuellement le tracé car il n'y avait ni miroir ni le temps d'en trouver un. Lee a craché dans la paume de sa main pour discipliner ses cheveux. Je l'ai imité, puis j'ai ajusté mon nœud de cravate. Ronny se contentait d'afficher un sourire heureux. Nous avons rejoint la foule, contents d'arriver tous ensemble. Mais Lee s'est soudain arrêté net. Son visage a blêmi.

Nous nous sommes arrêtés aussi en nous tournant vers lui.

– Merde, a-t-il lâché d'un ton incrédule. Merde, merde, merde. PUTAIN…

– Ta guitare…, ai-je terminé en comprenant.

Il a acquiescé et hoché la tête.

– Tu n'as plus qu'à chanter *a cappella*, lui a dit Chloe d'un ton léger, en lui prenant le bras. Ce n'est pas si grave, hein ?

– T'inquiète, mon pote, ai-je dit à Lee en lui donnant un petit coup de coude. Ça fera flipper un peu le Kipper.

Nous avons repris le chemin de la grange, devant laquelle nous avons remarqué un rassemblement de photographes, mêlés aux invités de la noce. Puis ils se sont soudain dirigés vers nous, les appareils photo dressés au-dessus de leurs têtes tandis qu'ils prenaient de la vitesse, certains s'approchant même en courant.

– Il n'a pas pu *embaucher* tous ces gens, a observé Beth.

Chloe a été la première à comprendre.

– Ce n'est pas grave, a-t-elle dit. Sérieusement, ça ne fait rien. Je crois que je reconnais certains de ces rigolos. Il suffit de leur parler. De leur donner ce qu'ils veulent, vite fait bien fait. Qu'on en finisse, d'accord ?

Elle s'est alors serrée contre Lee, dont le visage était cramoisi : il paraissait furibond. Chloe a posé ses mains délicates autour de la bouche de Lee ; je crois qu'elle voulait le forcer à croiser son regard pour tenter de l'apaiser.

Puis les paparazzis ont fondu sur eux ; ils ont failli renverser Ronny dans la débandade. Ils hurlaient le nom de Chloe, le nom de Lee, son nom de scène. Ils leur donnaient des instructions, demandaient à Chloe et « Corvus » de prendre la pose, leur indiquaient comment se tenir ensemble. Ils étaient très près du couple. L'un d'eux a tendu la main pour rajuster le bas de la robe de Chloe. Lee a lancé un coup de pied vers le gars, mais elle l'a retenu et son visage a changé, et je n'ai pas pu m'empêcher de penser qu'il se durcissait, même. Ses lèvres sont devenues pulpeuses, ses yeux froids et attirants comme des galets. Elle a avancé en lançant une jambe au pied assuré sur ses escarpins malgré la boue. Elle était parfaitement consciente de son image.

Lee s'est brutalement dégagé d'elle et s'est approché en douce de la grange. Je l'ai accompagné, Ronny nous emboîtant le pas. Kip était à l'entrée, où il accueillait des invités. Il a juste eu le temps de consulter sa montre avant que Lee lui empoigne l'épaule et le pousse dans un coin à l'écart de la foule. Il l'a agrippé par le nœud papillon et a approché son visage du sien.

– Qu'est-ce que c'est que ce bordel, mec ? a-t-il dit. Qu'est-ce que c'est que ce bordel ?

Kip a haussé les épaules, souri, repoussé la main de Lee et lissé son nœud papillon.

– Ben quoi, toute publicité est bonne à prendre, non ? Qu'est-ce que tu veux ? T'es célèbre. Ta copine est célèbre. Je sais pas, moi, je croyais que t'avais l'habitude de ce genre de truc. (Il a fait une grimace moqueuse.) Ça n'a pas l'air si terrible. Et puis, a-t-il ajouté avec une satisfaction évidente, c'est toi qui l'as invitée.

– Mais pas ici, mec, a grondé Lee. Pas ici. Jamais *ici* ! C'est chez moi, ici, tu comprends, CHEZ MOI.

Il fulminait et n'était pas loin des larmes. Il faisait les cent pas devant Kip, les poings blancs d'être serrés.

– Une dernière chose, a repris Lee, d'une voix dont il avait soudain retrouvé la maîtrise. (Il avait à nouveau approché son visage de celui de Kip, les veines de son front palpitaient. Je ne l'avais jamais vu dans une telle fureur. Ronny a posé une main sur son épaule et l'a doucement tiré vers lui.) Je chanterai une chanson. Après, on n'aura plus rien à se dire. Tu m'entends ? Définitivement. Je veux plus jamais entendre parler de toi. C'est bien compris ?

– C'est bon, a dit Ronny. C'est bon, mon pote.

Nous sommes alors entrés dans la grange et avons trouvé nos sièges. L'espace était noir de monde : certains perchés dans le grenier à foin, la plupart sur le beau plancher en bois refait, d'autres débordant même dans le sous-sol en pierre où les squelettes d'anciennes barrières à bovins étaient encore rivés au sol. Il restait pourtant beaucoup de monde qui papillonnait et sortait, regardait par les portes. Des bougies étaient suspendues aux chevrons et des tissus de tulle aux encadrements de porte.

Sous la lumière filtrée par des failles dans le revêtement, une puissante chaîne stéréo s'est mise à diffuser le *Canon* de Pachelbel et la future épouse de Kip est entrée par l'arrière de la grange, en robe blanche, un bras fermement crocheté au coude droit de son père. Elle était radieuse. Les joues ridées de son père ruisselaient de larmes. Ils ont évolué lentement parmi les invités, vers Kip et le pasteur, et en les regardant, je me suis demandé si la lenteur de la marche nuptiale visait à faire durer le plaisir du plus beau jour de la vie de la mariée ou simplement à ménager le père âgé qui se préparait à donner sa main. Les flashs crépitaient. Certains toujours braqués sur Lee et Chloe.

Au milieu de la cérémonie, le pasteur a fait signe à Lee, qui s'est levé sans bruit de sa chaise et dirigé à l'avant de la grange. Après avoir donné une poignée de main vigoureuse à Kip, il a embrassé la mariée sur la joue et lui a glissé quelque chose à l'oreille qui l'a fait sourire, le genre de sourire que je n'avais jamais vu avant. Il n'affichait rien de sa colère contre Kip. Ce qui donne une idée de sa grâce. Puis il s'est dirigé vers le micro. Tous les objectifs étaient braqués sur lui. Il a tiré sur son costume froissé et s'est lissé les cheveux.

– J'ai oublié ma guitare, a-t-il dit d'un air penaud.

La foule reconnaissante a ri, ce qui a percé l'abcès de tension de la cérémonie et soulagé l'ambiance ; certains ont même applaudi et sifflé. Lee a haussé les épaules, dressé ses mains vides vers le ciel et fait une moue voulant dire « foutu pour foutu »…

– Alors j'ai pensé qu'on pourrait se contenter de chanter en chœur. Chanter ensemble. On pourrait se tenir la main, tous ensemble, et chanter. Je pense que vous devez presque tous connaître les paroles de cette chanson, mais sinon, suivez-moi. Je vous guiderai. Et ne soyez pas timides, d'accord ? Il ne faut jamais avoir peur de chanter.

J'ai pris la main de Beth d'un côté et celle de Ronny de l'autre. Nous avons levé les yeux vers notre ami qui s'est mis à chanter. Nous l'avons accompagné. Tout le monde connaissait les paroles.

Wise men say, only fools rush in
but I can't help, falling in love with you[1].

Nous formions une ville, tous ensemble, une bande d'amis et d'inconnus en habits du dimanche, unis ; nous nous tenions la main et chantions, nos voix s'élevaient tout droit au sommet des chevrons en faisant vaciller les flammes des bougies, assez fortes pour résonner sur le toit en tôle rouillée et se répercuter dans les champs, où les chevaux devaient lever leur lourde tête et dresser leurs grandes oreilles en se demandant quel était ce nouveau bruit étrange. J'ai senti la main de Ronny dans la mienne, sa peau rugueuse, et je l'ai serrée en me sentant à la fois triste pour lui et heureux d'être à ses côtés, heureux qu'il soit là. Je me suis soudain revu tenir sa main à l'hôpital, toutes ces années auparavant, et j'en ai eu la gorge serrée. J'ai aussi senti la main douce de ma femme, dont j'ai suivi les veines et les ongles avec mon pouce ; j'avais dans le cœur un énorme puits d'amour que

1. « D'après les sages, seuls les imbéciles se précipitent, mais je ne peux m'empêcher de tomber amoureux de toi » (*Can't Help Falling In Love With You*, chanson rendue célèbre par Elvis Presley).

je sentais déborder, tout en le sachant intarissable. Devant nous, notre ami chantait, sa voix mêlée aux nôtres ; je lui ai fait un clin d'œil et il me l'a rendu.

La chanson s'est terminée, mais je n'ai pas lâché la main de ces deux personnes que j'aimais, et j'ai vu que beaucoup d'invités faisaient de même, qu'ils gardaient la main de leurs amis ou parents ou des voyageurs venus assister à ce mariage dans une grange. Lee s'est éloigné du micro puis, après un signe de tête destiné à Kip et un nouveau baiser sur la joue de Felicia, il est revenu s'asseoir. Chloe l'a tendrement embrassé sur la tempe ; ils avaient l'air amoureux.

Kip s'est tourné vers sa nouvelle épouse et l'a embrassée ; nous nous sommes tous levés pour applaudir. Des sachets de riz ont rapidement circulé tandis que les nouveaux mariés descendaient l'allée centrale et sortaient de la grange. Nous les avons bombardés de ces petits confettis blancs, qui s'accrochaient au voile de la mariée, à ses cheveux et au décolleté sur sa peau bronzée. Nous sommes sortis à l'air frais, où une haie d'honneur les attendait. Chloe et Lee s'étaient éclipsés dans un coin à l'extérieur de la grange, près des fondations d'un vieux silo en pierre, où ils fumaient des cigarettes en une posture élégante, presque malgré eux. Beth et moi avons félicité Kip, et Felicia, qui n'aurait pas pu être plus charmante en cette journée qui lui appartenait.

Le dîner a été servi sur de longues tables dressées dans un champ voisin. Nous avons bu du vin et bavardé, mangé du faisan, des gnocchis et des légumes verts accompagnés de pain frais encore tiède. Nous avons trinqué, entrechoqué l'argenterie contre le verre ; les nouveaux mariés se sont levés et embrassés à pleine bouche plusieurs fois, soutirant des applaudissements et sifflets supplémentaires. Tout le monde était heureux. Même Lee semblait satisfait, Ronny ne cessait de lui en taper cinq en chantant : « *Dar-ling so it goes, some things are meant to be-ee-ee !* »

Le crépuscule est tombé alors que nous nous enfoncions dans nos chaises pliantes, gavés et sirotant plus de vin que nécessaire. Les serveurs ont débarrassé les assiettes sales et disposé les tasses et soucoupes pour le café. Leurs bras s'activaient rapidement par-dessus nos épaules et la table a vite été garnie d'assiettes à gâteau, de cuillères propres, de petits pots de crème et de sucriers. Ronny avait une traînée de glaçage sur le visage. Beth l'a enlevée avec l'ongle et léchée d'un geste espiègle. Lee a sorti un paquet de cigarettes et l'a secoué. Il s'est planté trois clopes dans la bouche, les a allumées, puis en a passé une à Chloe et une à Beth. Ma femme l'a acceptée en souriant et a avalé une longue bouffée. Elle l'a gardée longtemps dans ses poumons, puis elle a soufflé, un jet de fumée grise s'échappant de ses lèvres. Je me suis reculé pour bien l'observer.

– Mais tu ne fumes pas de cigarettes, lui ai-je dit, les sourcils un peu plus froncés que nécessaire.

Elle a haussé les épaules et souri à Chloe.

– C'est un soir à fumer une cigarette.

Elles ont trinqué en riant. Ronny et moi avons aussi accepté les cigarettes et nous avons tous fumé en regardant les étoiles percer le bleu feutré et de plus en plus foncé de la nuit.

Un étrange bruit saccadé s'est annoncé au-dessus des arbres et des prés, à peine perceptible au départ, puis de plus en plus insistant. Floup-floup-floup-floup-floup. Nous nous sommes tournés pour scruter les prairies. Les chevaux étaient agités ; ils hennissaient, leurs dents énormes et blanches dans l'obscurité naissante. Un hélicoptère est soudain apparu au sommet des arbres, faisant ployer les branches et tourmentant les feuilles sur un rayon qui semblait dépasser le kilomètre. Les brins d'herbe dansaient frénétiquement. Avec son projecteur, l'hélicoptère a balayé les invités, dont un bon nombre lui faisaient un doigt d'honneur. Le faisceau a enfin trouvé Lee et Chloe. Nous avons vu un cameraman se pencher de l'appareil. Lee a jeté sa serviette sur la table et s'est dirigé à grands pas vers la grange.

– Je suis sincèrement désolée, a crié Chloe à l'intention de tous. Je vous prie de m'excuser.

Sa bonne foi ne faisait aucun doute.

L'hélicoptère a continué à tournoyer au-dessus de nos tables ; la nappe claquait comme une voile là où elle n'était pas lestée par l'argenterie ou la porcelaine, l'étoffe nous fouettait les genoux. Ronny s'est levé et a grimpé sur la table, les santiags pointues et brillantes sur le blanc de la nappe. Sa boucle de ceinturon était un souvenir d'une de ses victoires de rodéo, à Missoula.

– FICHEZ LA PAIX À MON AMI ! a-t-il hurlé. FOUTEZ-LUI LA PAIX, NOM DE DIEU !

Il pleurait. Nous l'avons fait descendre.

L'hélicoptère a fait quelques tours de plus avant de survoler la grange et de renoncer. Le soir avait drapé la grange de noir ; des petites bougies brûlaient partout ; quelques lanternes aussi. Certaines avaient été soufflées par l'appareil et les invités, armés de briquets ou d'allumettes, s'escrimaient à raviver autant de mèches que possible. Nous avons entendu une chanson de Sinatra dans la grange et nous sommes rentrés avec nos verres. Ronny était toujours contrarié.

Nous les avons trouvés dans le sous-sol, assis dans un coin, Chloe sur les genoux de Lee, la main caressant ses cheveux dégarnis. Il m'a semblé vieilli en cet instant. Je lui ai tendu une canette de bière, il l'a prise, a renversé la tête en arrière et bu. Mais il ne nous regardait pas. Nous sommes restés plantés en silence, les bras croisés.

– Ce n'est pas ta faute, a fini par lui dire Beth. On sait bien que tu ne voulais pas de tout ça.

– Je ne veux pas de tout ça, a-t-il vaguement répété. (Nous avons attendu qu'il termine.) J'ai besoin de prendre l'air.

Nous l'avons suivi dehors, dans la prairie ; Chloe et Beth ont enlevé leurs escarpins. J'ai desserré ma cravate. Nous avons rejoint les chevaux, aux yeux toujours exorbités et affolés. Ronny, qui nous précédait, leur parlait d'une voix basse et apaisante. Puis il s'est mis à chanter pour eux, une berceuse rauque, et nous nous sommes arrêtés pour le regarder.

– *Shall I stay, would it be a sin, if I can't help, falling in love with you…*, leur chantait-il.

Il a caressé le cheval devant lui, ses mains noueuses de cow-boy de rodéo pleines de tendresse sur le velours du nez de l'animal, puis sur les muscles de son grand poitrail. La bouche proche de l'oreille de la bête, il lui fredonnait sa chanson. Nous nous sommes assis dans l'herbe et nous l'avons regardé en écoutant son doux gazouillis.

*

Lee a déménagé à New York peu de temps après le mariage et nous l'avons vu de moins en moins. Il nous envoyait toujours des colis, parfois des lettres, mais ses visites s'espaçaient de plus en plus. L'herbe s'est mise à pousser dans son allée. Nos enfants se sont lassés de demander de ses nouvelles. Nous écoutions toujours ses disques, cependant, et ma fille a même commencé à jouer de la guitare. Elle avait scotché une photo de lui découpée dans *Rolling Stone* sur le mur près de son lit. On y voyait Lee sur scène quelque part dans le monde, un spot éclairant son visage en nage, les yeux fermés par la concentration, la bouche comme déformée sur le côté du micro. Il avait entre les bras la guitare qu'il avait précisément oublié d'apporter au mariage.

C'est pour Ronny que c'était le plus dur, mais nous avons fait de notre mieux pour combler le vide de l'absence de Lee. Je le conduisais à ses rendez-vous chez le docteur et je l'amenais faire ses courses. Nous cuisinions pour lui et il lui arrivait de garder nos enfants. Il était très gentil avec eux. Ils s'asseyaient sur ses genoux ou sur l'accoudoir tandis qu'il leur lisait des histoires de Dr Seuss. Ils corrigeaient souvent sa prononciation. D'autres fois, c'est eux qui lui lisaient des livres.

Un samedi après-midi, j'ai descendu notre longue allée en gravier jusqu'à la boîte aux lettres. C'était le printemps ; les fossés étaient pleins d'eau de la fonte, le vert des champs et des arbres encore timide. Je venais de vidanger un de mes vieux tracteurs. L'époque des labours et des semis approchait. J'ai passé la main dans la boîte et senti une épaisse enveloppe ; elle était expédiée de l'adresse de Lee à

New York. Le papier était beau, nos noms et adresse calligraphiés. Je l'ai ouverte.

Il épousait Chloe. Quatre billets d'avion se trouvaient à l'intérieur, ainsi qu'une note manuscrite :

> *Hank, t'as pas idée à quel point tu me manques. Viens nous voir.*
> *Assure-toi que Ronny reçoive son invitation.*
> *Et dis-lui d'amener une compagne.*
> *Grosses bises,*
>
> *Ton meilleur ami, Lee*

L

Le jour suivant le mariage de Kip, ils se sont rués dans mon allée comme des touristes en safari, gros objectifs braqués à travers les vitres de leur jeep de location, les yeux écarquillés derrière des lunettes de soleil grand luxe. La première voiture est même arrivée devant chez moi sans que je m'en aperçoive ; j'ai pris un fusil et je suis sorti sur la véranda en boxer. Ils ne savaient pas que le fusil n'était pas chargé, que je n'avais plus de cartouches depuis des mois. C'est une belle arme, mon Ithaca. Fusil à pompe avec gravures d'ornement et acier d'une jolie teinte bleutée. Je me l'étais offert la première fois que *Shotgun Lovesongs* avait été disque de platine. Ça m'avait paru de circonstance.

– Foutez le camp d'ici ! ai-je hurlé en pompant du vide dans le chargeur. Barrez-vous avant que j'appelle la police !

En vérité, il fallait au moins une demi-heure à la police pour arriver jusque chez moi – d'où l'intérêt d'avoir l'Ithaca. Ils sont partis dans une pluie de gravillons et une fine nuée de poussière. J'ai regardé leurs têtes se cogner au plafond de la jeep dans leur débâcle. Deux nouveaux intrus sont arrivés par le chemin ce matin-là et quand j'en ai eu bien marre, j'ai remorqué le taureau empaillé de Ronny à l'entrée du chemin et je l'ai planté là, un écriteau en carton autour du cou : « PRIVÉ ! PERSONNE N'ENTRE ! C'EST À TOI QUE JE PARLE ! »

Chloe a trouvé tout ça plutôt divertissant ; elle a le don de s'amuser de tout, comme j'ai pu le découvrir plus tard. Rien ne semble jamais la perturber. Ces semaines passées chez moi, juste après les noces de Kip, ont compté parmi les plus heureuses de ma vie. Chloe se promenant autour de la maison, pieds nus, dans une de mes vieilles chemises de flanelle. Ou nos soirées à deux, autour d'un feu près du ruisseau, pour se réchauffer et lutter contre la fraîcheur de l'automne après s'être baignés à poil. On allait parfois chez Hank et Beth où l'on préparait le repas dans leur cuisine et, tout en étant aux fourneaux, je regardais Chloe qui jouait par terre avec les enfants, aux dames ou aux osselets. Mais la plupart du temps, je la voulais pour moi tout seul. Je voulais lui faire découvrir mon univers, la faire tomber amoureuse du Wisconsin.

Les téléphones portables passent mal chez moi, alors j'ai toujours tenu à conserver une ligne fixe dont le combiné est accroché au mur de la cuisine. Ma connexion internet est tout aussi capricieuse, elle ne vaut souvent guère mieux qu'un bas débit. Chloe insistait pour que nous nous rendions, en voiture ou à pied, au sommet de la colline la plus proche où nous passions environ une heure, le temps qu'elle vérifie ses e-mails ou parle à son agent à New York. Je restais assis à côté d'elle, passant les doigts dans ses cheveux ou réchauffant une de ses mains entre les miennes.

Certains soirs, l'ennui nous poussait jusqu'au bar des VFW où, installés au comptoir, nous jouions aux dés avec un vieux gobelet en cuir ou regardions simplement un match de football à la télé. Il n'était alors pas rare qu'une jeune femme ou un homme d'âge mûr tapote l'épaule de Chloe d'un seul doigt et lui tende un magazine à signer ou un simple dessous de verre en carton pris sur le comptoir. Quant à moi, plus personne ne demandait mon autographe et c'était exactement ce que je voulais. Les soirées où personne ne nous adressait la parole étaient plus surprenantes : le bar était mort, nous étions perchés sur nos tabourets en compagnie d'un ou deux papis et nous jouions au crib ou à l'euchre en sirotant des cocktails, manhattan ou brandy old-fashioned. Dans ces moments-là, il m'arrivait de penser que nous pourrions peut-être nous établir à Little Wing, que Chloe finirait un jour par aimer le Wisconsin.

Un soir où nous rentrions à la maison, elle était serrée contre moi sur la banquette, nous nous tenions la main, et je lui ai demandé :

– Tu crois que… tu crois que tu pourrais envisager de vivre ici, un jour, avec moi ?

Elle s'est blottie tout au creux de mon épaule droite. Son haleine sentait le brandy et je savais qu'elle fermait les yeux pour s'endormir.

– Chloe ?

– C'est tellement calme ici.

– Mais ça te plaît pas ? Personne ne nous dérange, on peut mener une vie de gens normaux. Avec des amis normaux…

– Oh Lee, m'a-t-elle dit. Taisons-nous un peu, tu veux bien ?

– Non, allez… On devrait en parler.

Mais au fond de moi, je pensais : « Je veux t'épouser. »

– Je ne sais pas, mon chéri. Ça fait longtemps que je n'ai pas eu envie d'être normale. J'aime bien ma vie comme elle est. J'aime New York. Tout se passe à New York. Tout le monde veut être à New York.

Je ne pouvais pas lui dire : « Moi, je n'ai pas envie d'être à New York. »

– En plus, a-t-elle ajouté en bâillant, réfléchis un peu : on est très pris, tous les deux. Tu pars en tournée. Moi en tournage. New York est le choix logique. C'est facile d'en partir et d'y revenir. Tous les médias sont sur place. C'est là que les projets se décident. Les gens comme toi et moi, Lee, ne sont pas faits pour habiter dans les petites villes. (Elle m'a embrassé la paume de la main.) Tu comprends ?

*

Quand je n'avais nulle part d'autre où aller, je revenais ici. Quand je n'avais rien, je revenais ici. Je revenais ici et je créais quelque chose à partir de rien. Je pouvais vivre pour trois fois rien ; il n'y avait rien où dépenser de l'argent, personne à impressionner. Les gens d'ici s'intéressent uniquement à ta conscience professionnelle, ton amabilité et tes compétences. J'étais revenu ici et j'y avais trouvé ma voix, comme un truc qui serait tombé de ma poche, comme un souvenir depuis longtemps oublié. Et chaque fois que je revenais, j'étais entouré de gens qui m'aimaient, qui tenaient à moi, qui me protégeaient sous une espèce de cloche de tendresse. C'est *ici* que j'entends tout : le monde qui palpite différemment, le silence qui résonne comme un accord joué il y a une éternité, la musique dans les trembles, les sapins, les chênes et même les champs de maïs desséchés.

Comment expliquer ça ? Comment expliquer ça à l'être aimé ? Faut-il prendre le risque d'être incompris ?

K

Il y a treize ou quatorze ans, nous y grimpions avec un sac à dos plein de bières chapardées et peut-être aussi un, deux ou trois joints. Je n'ai jamais fumé, mais les autres, si : Lee, Hank et Ronny. On était toujours fourrés là-haut, surtout en été, quand il n'y avait rien d'autre à faire. La fabrique était fermée à l'époque, désaffectée, mais chaque fois qu'elle était sur le point d'être rasée, il y avait toujours quelqu'un pour faire un foin du diable, organiser une réunion municipale, ou même lancer une collecte de fonds – porc à la broche, vente de gâteaux, loterie pour un nouveau pick-up Ford – et la fabrique bénéficiait d'un nouveau sursis. Les taxes foncières étaient versées et les rumeurs commençaient à circuler sur quelque messie étranger venu sauver la mise, une corporation voulant donner un second souffle à ces vieilles poutres, briques et pierres. D'autres bâtiments, et des beaux, ont été démolis : l'ancien dépôt, la première poste, même un opéra vétuste ; un hôtel quatre étoiles transformé sur la fin en pension miteuse pour travailleurs immigrés, motards, anciens combattants du Vietnam puis, plus tard encore, en maison de retraite. Un immeuble tellement vieux qu'il n'avait pas de cage d'ascenseur. Les résidents les plus faibles étaient toujours logés au rez-de-chaussée. Dans la douceur des soirées de printemps, ou la fraîcheur des après-midi d'automne, ils étaient nombreux à s'asseoir sur la véranda surélevée, vestige architectural du vieil Ouest américain, des villes frontières. En fauteuil roulant ou sur des balancelles, ils suivaient la circulation sporadique de la rue principale. Le matin de la fête nationale, le 4 juillet, ils agitaient des drapeaux américains de leurs mains tremblantes en regardant passer le défilé et, pendant les semaines et les mois qui suivaient, ils continuaient à les agiter devant les cortèges funèbres ou la foule dominicale qui s'empressait de rentrer chez elle pour regarder le football après la messe... jusqu'à ce que le tissu rouge, blanc et bleu se décolorât et s'effilochât.

Mon grand-père y habita deux ans avant de mourir. Nous lui rendions visite le vendredi soir dans la salle à manger haute de plafond du vieil hôtel. La lumière était tamisée et le peu qui pénétrait semblait traverser les antiques fenêtres voilées, au verre plus épais en bas de la vitre qu'en haut. Je me représentais une autre époque, où les bougies et le kérosène projetaient une sorte de teinte dorée différente sur les nappes en lin. Nous mangions du cabillaud poché, de la purée et des pois avec des petits pains. Mon grand-père sortait les arêtes de sa bouche desséchée et les alignait sur le bord de son assiette. Il prenait toujours beaucoup de temps à extraire les arêtes de sa bouche, comme si c'était lui qui avait avalé l'hameçon. Il y avait aussi un bar et on racontait que, dans le temps – il y avait une éternité –, l'hôtel avait été un lupanar. Parfois, un vieil homme ou une vieille femme s'approchait du comptoir, cherchait le barman des yeux et répétait d'une voix triste et perplexe : « Je veux seulement boire un petit coup, rien qu'un petit coup. » Mais le bar était privé de bouteilles depuis que la pension s'était métamorphosée en maison de retraite.

Le vieil hôtel avait fini par être démoli en 1988 ; l'année de mes neuf ans. Mon grand-père était déjà mort et enterré dans le cimetière à l'entrée de la ville, près du barrage de la rivière de Little Wing, où l'eau était verdie par les algues en été, durcie par une épaisse couche de glace en hiver. On appelle cet endroit Lake Wing et il nous arrivait d'y faire du ski nautique en été, même si le « lac » n'était guère plus qu'une mare et que nos circuits étaient confinés à des cercles limités qui donnaient le tournis, derrière un petit moteur hors-bord qui aurait mieux convenu à une barque de pêche de cinq mètres en aluminium ; l'eau vaseuse était recouverte de tant de nénuphars et d'algues qu'on aurait presque pu marcher dessus avec une paire d'après-skis.

Il avait été inutile de faire appel aux experts en démolition. Le bâtiment avait été fouillé de fond en comble pour s'assurer qu'aucun vieillard ne se soit terré dans un placard à balais ou sous un escalier, puis, une fois l'hôtel certifié totalement vide, le plus gros excavateur que j'aie jamais vu avait descendu la rue principale, sa benne en acier dentelé prête à creuser. La brigade bénévole des pompiers projetait un jet d'eau régulier sur l'hôtel tandis que la pelleteuse rognait les vieilles briques et les boiseries. Les familles venues voir la démolition avaient déplié une couverture sur le trottoir et sortaient leur pique-nique. C'était un samedi d'octobre, chaud et sec. Ma mère nous avait donné des sandwichs au poulet grillé froid enveloppés dans des serviettes en papier. Nous avions bu le cidre chaud d'un thermos, mangé de la salade de pommes de terre, des mini-carottes et des cornichons. Papa était pompier bénévole et ce fut la première et dernière fois que nous le vîmes en action. En uniforme, sous son casque jaune fluorescent, il paraissait si officiel, si héroïque, si courageux.

Maman nous avait donné un petit coup de coude.

– Alors, il n'est pas beau, votre père ?

Le long des trottoirs, les anciens résidents de l'hôtel regardaient en mâchant leur langue comme du bœuf séché, l'air vaincus, anéantis. Je ne sais pas où ils sont allés après la démolition de l'immeuble, mais j'imagine qu'un grand nombre a dû finir à Eau Claire, un peu au nord de Little Wing. Leur pensée m'attristait, ils étaient sans doute disséminés dans différentes institutions, comme des écoliers dont les parents décident soudain de travailler dans une nouvelle ville ou un nouveau quartier – des enfants transbahutés sans avoir leur mot à dire.

Une fois le vieil hôtel rasé, il ne restait plus qu'un trou dans la rue principale, un espace entre la pharmacie et la quincaillerie, réduit à un tas de gravats. Des après-midi entiers, nous avions ramassé des briques dans notre brouette rouge mais, à notre âge, nous pouvions seulement la remplir à moitié avant qu'elle devînt trop lourde. Puis nous rapportions les briques à mon père qui nous en donnait dix centimes pièce. Il s'en était servi pour construire une cheminée extérieure, une petite grotte de feu autour de laquelle nous nous rassemblions pendant les mois de beau temps, un endroit où faire griller Chamallows et hot dogs.

*

Nous emmenions parfois des filles au sommet de la fabrique, mais en général, il n'y avait que nous. Nous quatre : Lee, Ronny, Hank et moi. La nuit, ça valait n'importe quel télescope, c'était bien supérieur aux planétariums que nous visitions avec nos profs de collège ou de lycée. Parce que au sommet de ces vieux silos en ciment et en bois, nous trouvions des petits coins pour nous allonger sur le dos, regarder les étoiles, boire de la bière, fanfaronner et rêver. Notre ville, Little Wing, s'étendait à nos pieds : pas grand-chose à y voir et en régression permanente, pas même un feu de voiture qui clignotait dans le noir, et nous étions tous d'accord, tous, pour la dénigrer, pour vouloir partir, aller ailleurs, n'importe où. Il y avait cette idée que rester ici représentait un échec, que c'était bon pour les péquenauds – allez savoir ce qu'on pensait à l'époque, ces nuits-là...

Hank et moi, nous préférions les matins. Les aubes, les levers de soleil. C'est drôle – mais j'imagine qu'il commençait déjà à entrer dans la peau d'un fermier à l'époque ; il se levait tôt, aidait son père dans l'exploitation laitière familiale, bricolait de vieux moteurs, écoutait les fermiers retraités ou ruinés à la sortie de la messe. C'était plutôt rare, mais une poignée de fois, nous avions escaladé les échelles en acier jusqu'au sommet de ces silos à grain et nous avions attendu, dans l'air frais et bleu, notre haleine à peine visible. Nous partagions soit un thermos de café, soit une bouteille de brandy ou d'eau-de-vie de mûre chipée dans le bar de nos parents. Et il y a sans doute eu un matin ou deux où nous n'avions rien apporté du tout, où nous nous étions recroquevillés, les genoux pliés, soufflant de l'air tiède dans nos mains en attendant que le soleil se levât et que le jour se réchauffât. Je n'y avais pas réfléchi à l'époque, mais avec le recul, je crois que c'était surtout moi qui appelais Hank, moi qui l'invitais. Nous parlions peu ces matins-là. Nous restions assis et regardions au loin, comme si nous attendions un bateau.

Je n'ai jamais visité le Grand Canyon, les parcs de Yosemite ou de Yellowstone, ni aucun de tous ces endroits dont on entend parler – des lieux spectaculaires, quoi. Mais, même sans être allé au Grand

Canyon, j'imagine qu'un lever de soleil doit y prendre une dimension quasi religieuse, les couches striées de toutes ces anciennes roches rouge, orange et ocre s'illuminant, toutes ces ombres majestueuses, violettes, profondes.

J'aimerais vous faire voir un lever de soleil du haut de ce silo, de *notre* gratte-ciel des prairies. J'aimerais vous montrer de quel vert le printemps est fait, de quel jaune les barbes de maïs se colorent quelques mois plus tard et le bleu des ombres matinales ; j'aimerais vous montrer le cours tortueux et lent des ruisseaux, les vallonnements à perte de vue, parsemés de fières granges rouges, de fermes blanches et de pâles chemins en gravier. Le soleil qui apparaît à l'est, énorme, d'un rose et orange incroyables. Dans les ravins et les vallées, le brouillard qui flotte comme de lentes rivières vaporeuses attendant de se consumer.

Je ne me souviens vraiment plus de qui j'étais, à cette époque, de la version adolescente de moi-même, de ce que je pensais. Je suppose que j'étais agité, comme tout le monde. Peut-être que je me sentais un peu seul. Peut-être que, perché là-haut, au sommet du silo, je croyais apercevoir quelque chose, mon avenir, un point à l'horizon où je finirais par atterrir, une version future de moi-même, une fille que je n'avais pas encore rencontrée, qui deviendrait mon épouse. Je n'en sais rien. Mais il faut croire que je m'y sentais bien. Peut-être même que je m'y sentais d'humeur artiste ou pensive ; des sentiments que notre ancien prof d'art plastique du lycée, M. Killebrew, ne nous aurait jamais cru capables d'éprouver.

Lee et Ronny préféraient les couchers de soleil et les levers de lune. Un train de marchandises en route pour l'ouest grondait dans la nuit, sans jamais s'arrêter, sa lumière de cyclope tranchant le noir, son sifflet, le bruit le plus perçant au monde et, perchés au sommet de cette tour, leurs jambes étaient en coton comme si la structure risquait de s'effondrer. Ces deux-là : toujours défoncés, toujours à chanter *Idiot Wind* ou *Meet Me In The Morning*[1], à jeter leurs canettes vides dans la nuit, sur les trains de passage, à l'écoute d'un crash, à l'écoute d'une sirène de police qui ne venait jamais, d'une figure d'autorité qui leur dirait : « Descendez de là, bon Dieu ! » Mais non. La ville entière était toujours trop clémente, trop endormie, elle somnolait devant les écrans de télé bleutés où le charme de Johnny Carson la plongeait dans un ronflement comblé.

Mais ces couchers de soleil… Ce sont eux qui me firent comprendre en premier que Lee n'était pas comme nous, qu'il était peut-être même destiné à devenir célèbre. Car lors des dix ou vingt minutes avant que le soleil s'éteignît à l'ouest, il exigeait toujours un silence absolu. Et je ne sais pas pourquoi, mais nous l'écoutions, nous lui obéissions. Nous restions assis, à siroter la bière de nos vieux, les yeux fixés sur le ciel caméléon, et nous écoutions Lee. Nous étions sa cour.

---

1. Chansons de Bob Dylan.

– Vous entendez ? nous demandait-il, mais d'un ton plus affirmatif qu'interrogatif. Vous entendez cette sonorité, cette note ? Je vous jure, cette couleur là-bas, ce rose. Quand ce rose se met à rougir, il est exactement comme cette note, j'arrive pas à la décrire, mais elle est aiguë, mélodieuse. Et cet orange, vous l'entendez ? Pas l'orange marmelade, celui dans les tons de pêche. Vous l'entendez ? Oh les mecs ! J'ai hâte d'entendre les bleus ! Les bleus et violets ! Puis la dernière longue note noire et grave – cette note de basse retentissante qui dit : « Allons, c'est l'heure, bonne nuit. Bonne nuit l'Amérique, bonne nuit. »

Je ne comprenais jamais trop ce qu'il racontait, mais j'essayais. J'essayais d'écouter, d'entendre la musique de coucher de soleil dont il nous parlait. Mais je n'y arrivais pas. Je ne l'entendais pas. Les autres, ils écoutaient *tout le temps* de la musique. Quand j'arrivais chez les parents de Hank – on était encore à l'école primaire ou au collège –, ces trois-là passaient des vieux disques du père de Hank au sous-sol ; ils écoutaient tout ce qui leur tombait sous la main. Puis Lee s'était inscrit à un club de disques après avoir vu une pub dans un magazine : « Dix albums pour un penny seulement ! » Un penny !

En primaire et au collège, Lee était le premier à avoir un Walkman ; il le trimballait partout – en cour de récréation, sur le chemin de l'école. Il essayait même de l'emporter en douce à l'église, de l'écouter pendant la projection de diapos éducatives à l'école, ou à l'heure du repas. Il écoutait attentivement toutes les cassettes – puis les CD – que les lycéens plus âgés lui filaient comme des produits de contrebande. Du gangsta rap, du metal et les premiers artistes de grunge. Public Enemy et NWA remplacés par Anthrax et Metallica, puis Nirvana, Stone Temple Pilots et Soundgarden. Pendant de longues années, il n'a porté que du coton. Chemise de flanelle et jean déchiré. Des baskets Chuck Taylor gribouillées d'épitaphes et de petits poèmes énigmatiques.

Au sommet du silo, quand le coucher de soleil était presque entièrement englouti dans une mer noir et bleu, j'admettais :

– J'ai rien entendu. Rien de rien.

Ça les faisait rire. Longuement. Puis Lee me disait :

– T'écoutais pas pour de bon. Je sais que tu *essaies* d'entendre, mais t'écoutes pas, mec.

Il essaya plusieurs fois de me faire écouter l'album *Kind of Blue*[1], mais ça ne m'aida pas du tout, parce que j'avais beau essayer, je ne trouvais rien à écouter – il n'y avait même pas de mots auxquels se raccrocher –, seulement des moments de trompette solitaire et de délicates notes de piano. Il restait tant de moments où il ne se passait *presque rien du tout.*

*

1. Album de Miles Davis.

Après notre mariage, Felicia me demandait toujours : « Pourquoi voulais-tu revenir ici ? Qu'est-ce que c'est ? Nous avions tout ce dont nous avions besoin à Chicago. Pourquoi revenir ? À quoi bon ? »

Je ne suis pas certain d'avoir réussi à répondre à ses questions, mais j'imagine que tout avait à voir avec ces matinées et ces soirées, avec ces gars. Nous étions unis par le sentiment d'être différents de notre milieu et aussi peut-être par un sentiment de supériorité par rapport à l'endroit qui nous avait formés. En même temps, nous en étions épris. Épris d'être les rois d'une petite ville, perchés sur ces tours abandonnées, dominant notre avenir, en quête de quelque chose – du bonheur peut-être, de l'amour, ou de la gloire.

Et lorsque je trouvais certaines de ces choses sur la Gold Coast, le Magnificent Mile ou le Loop de Chicago, je ne pensais qu'à une chose, rentrer à la maison, revenir d'exil, pour montrer à ces garçons devenus hommes ce dont j'étais capable : « Regardez. Regardez ce que j'ai fait. Regardez qui je suis devenu. Regardez-moi. »

C'est pour cela que je suis revenu. Sauf qu'aujourd'hui je suis le seul qui y remonte. Je suis le seul qui escalade le silo. Et quand je regarde un lever de soleil, je regrette de ne pas être resté au lit avec Felicia. Ou de ne pas être à Chicago, à attendre les taxis qui éveillent la ville.

R

Quand je montais les taureaux, je pensais à rien d'autre qu'à m'accrocher. Ma vie s'écoulait en tranches de huit secondes – ou moins la plupart du temps. Ça me manque. Aujourd'hui, je sais pas quoi faire et, parfois, j'ai l'impression qu'on me laisse rien faire. La vérité, c'est que je veux pas boire pour me soûler, mais peut-être que si je prenais un verre, je pourrais *déformer* un peu les choses, vous voyez ce que je veux dire ? L'aspect des choses, par exemple ? Ou même le temps ? Ma vie, elle se déroule désormais devant mes yeux comme une route qui va nulle part. Une de ces routes à travers les grandes prairies où vous pouvez conduire à cent quarante, cent cinquante ou cent soixante kilomètres à l'heure, et la seule indication de vitesse, c'est le boucan du moteur et l'aiguille de la jauge d'essence qui se rapproche du zéro de plus en plus vite. Sans un repère qui permet de mesurer votre vitesse. Pas d'arbre, pas de construction – quelques poteaux téléphoniques, si vous avez de la chance, mais la plupart du temps : rien.

Quand je me réveille, je fais souvent cent pompes, juste *parce que*. Parce que *pourquoi pas*, bordel ? Parce qu'à la télé, on montre toujours les mêmes grosses merdes. De vieilles infos recyclées en nouvelles infos et les vieux problèmes ressassés sans arrêt comme si ça devait me toucher ou m'énerver. Voilà ce que j'en ai glané, moi : de plus en plus de gens, de moins en moins de planète, et le tout qui se réchauffe de plus en plus. Ça résume à peu près la situation, en ce qui me concerne.

Les gens aiment bien régler mon poste sur le genre de programme qu'ils pensent que j'aime, d'habitude un documentaire sur la nature. Ou sur l'Ouest. Ou à propos de chevaux. Ça me donne l'impression d'être dans une maison de retraite ou un truc dans ce genre, avec une infirmière bien intentionnée qui entre dans ma vie pour choisir ce que je dois regarder, comme si j'étais pas fichu de me servir de la télécommande. Je pense qu'ils le font parce qu'ils savent plus quoi me dire, parce qu'ils sont tristes pour moi ou parce qu'ils me croient triste. Mais vous savez quoi ? La plupart du temps, je le suis pas. Je suis pas triste. Je m'emmerde mortellement, voilà tout. Je m'emmerde tellement que si je regarde un documentaire sur les chevaux sauvages du Colorado, je pense plus qu'à une chose : si j'étais un cheval sauvage, je déguerpirais et je galoperais sans jamais m'arrêter.

J'ai une furieuse envie de m'enfuir et je sais même pas où je veux aller. N'importe où, sans doute. Je sais qu'ils me croient pas capable de me débrouiller seul, mais c'est totalement faux. Je suis pas très intelligent – j'en suis conscient – mais je suis pas idiot. Et dans ma situation, j'ai l'impression d'être en cage. Je crois que les gens oublient que j'ai monté un nombre incalculable de taureaux et de chevaux, que je me suis bagarré dans des bars d'ici à Baton Rouge en passant par Boise et, qu'avant mon accident, je pouvais entrer dans un bar, n'importe lequel, aborder une fille et avoir une sacrée bonne chance d'en faire mon amie pour la nuit. Les doigts dans le nez.

Je suis un *homme*. Je suis une *personne*, bon sang. Et je tiens plus en place.

J'ai essayé de fuguer. Je le tente à peu près trois fois par an. En été principalement. Je me réveille le plus tôt possible, je fais mon sac, j'achète des provisions à la station-service et je me mets à marcher en direction de l'ouest. Je pourrais sans doute voler une voiture, mais ça me dit rien. Je suis pas un criminel. J'ai seulement envie de disparaître. En tout cas, c'est ce que je ressentais avant de rencontrer Lucy.

Cette ville exerce une espèce de gravité insensée. Je sais que c'est un drôle de mot, un mot savant, mais j'y ai réfléchi. Elle doit avoir une sacrée force, sinon Lee serait jamais revenu – or il est revenu. Kip et Felicia aussi. Sans parler de tous ceux qui sont jamais partis, comme Hank, Beth, Eddy et les jumeaux Giroux. Merde alors, ils sont jamais allés plus loin que moi quand je faisais du rodéo. Et je vais vous dire, c'est dingue, mais c'est les matins où j'essayais de partir, de fuguer, que je la sentais le plus. Cette attraction.

En marchant sur le bas-côté de graviers de la route du comté X ou Y, la vieille Route 93 ou Missel Road, je savourais la balade : les carouges à épaulettes, les cerfs surpris, le brouillard matinal et, ces matins-là, j'enfilais des baskets plutôt que mes santiags et j'aimais ça, j'avais l'impression d'être porté par deux nuages sous mes pieds.

Une fois, y a environ deux ans, j'avais sans doute fait une trentaine de kilomètres. Je savais que je me rapprochais du Mississippi, parce que le paysage changeait sous mes yeux, il devenait vallonné, avec des ravines de grès et des forêts fraîches et profondes ; je progressais lentement, les villes se faisaient rares et je crois que c'était l'heure du dîner, et là, figurez-vous que j'avais croisé Eddy Moffitt, qui rentrait à Little Wing. J'avais entendu les freins de sa Ford Taurus, puis il avait fait demi-tour et il avait roulé derrière moi. Alors au début, j'avais continué à marcher, puis je m'étais arrêté, assis sur les graviers, et j'avais écouté les insectes dans les arbres et le bruit de son moteur, jusqu'à ce qu'il l'arrête, qu'il descende et s'approche. Il portait ce qu'il porte toujours en été : une chemisette de travail, une cravate et un pantalon beige.

– Ronny, m'avait-il dit en se grattant la tête, t'es perdu ?

– Non, avais-je répondu en crachant.

– Mais alors, qu'est-ce que tu fais là ?

– J'en sais rien, je me suis juste mis à marcher.

Il s'était tapoté le ventre.

– Hum. Et si je t'offrais un café et quelque chose à manger ? Je meurs de faim et toi aussi si ça se trouve.

Je pense qu'il savait ce que j'avais en tête. Il est comme ça, Eddy. Il est perspicace, sensible – pas tout le temps, mais plus que les autres. Je savais qu'il pouvait pas se résoudre à me laisser là. Alors sans un mot, j'avais dépoussiéré le fond de mon pantalon et j'étais monté dans sa voiture. J'avais envie de donner des coups de poing – pas à Eddy –, mais bordel, j'aurais bien aimé fracasser une vitre, un phare ou un autre truc, n'importe quoi.

Eddy avait posé la main sur mon épaule :

– Allez, viens, on va casser la croûte.

*

Nous nous étions attablés dans le dernier restau de Little Wing, qui s'appelait le Coffee Cup : plateau tournant de gâteaux, murs tachés de marron par la fumée de cigarette et le gril, nappes à carreaux rouges et blancs qui collent aux mains et aux avant-bras comme du papier tue-mouches. J'y mange jamais si je peux l'éviter, parce que leur nourriture me traverse le corps comme si j'avais les intestins en passoire. Mais Eddy m'avait tenu la porte et m'avait guidé à l'arrière du restaurant, vers une rangée de cinq tabourets face au comptoir cabossé, avec des plats remplis de sachets d'édulcorant et de sucre rose, bleu et rouge, de coupelles de lait en plastique et de bouteilles de ketchup, juste à côté du gril. Howard, le propriétaire, nous avait fait un signe de tête exténué, mais nous étions que deux, sur un total de quatre clients.

– Salut Ronny, salut Eddy, nous avait-il dit en agitant sa spatule. La serveuse s'occupera de vous dans une minute.

Bien sûr, nous savions tous les deux que par serveuse, Howard voulait parler de son épouse Mary, que je distinguais tout à fait derrière Howard, tout au fond du restau ; elle soufflait la fumée de sa cigarette par une petite fenêtre crasseuse.

– Le Coffee Cup survit, avait déclaré Eddy en faisant une drôle de tête, grâce à la culpabilité des habitants du Midwest et à l'habitude du petit déjeuner dominical après la messe. J'ai beaucoup voyagé, mais il n'y a que dans le Midwest que les gens dépensent leur argent dans un restau qu'ils détestent, par pure pitié pour les proprios. Et sans doute aussi parce qu'on y connaît leur nom.

– Sans compter que c'est le seul restau de la ville, ça peut pas faire de mal.

Eddy avait haussé un sourcil et répondu :

– Non, t'as raison. Ça peut pas faire de mal, pour sûr.

Mary était bientôt venue remplir nos tasses avec sa cafetière qui sentait le café brûlé. Eddy avait commandé le rôti de bœuf avec du gravy et de la purée.

– Howard ! avait hurlé Mary vers le gril. Rôti de bœuf ?

Sa voix m'avait fait sursauter. Le restau était silencieux comme une église un lundi matin.

Il avait hoché négativement la tête.

– Tout est parti. C'est le coup de feu du soir, avait-elle ajouté en levant les yeux sur le plafond en fer-blanc moulé.

– Et le doré jaune grillé ? avait demandé Eddy.

Non.

– Un cheeseburger ?

– C'est possible, avait-elle répondu en opinant de la tête. Et toi, mon petit Ronny, qu'est-ce qui te ferait plaisir ?

Rien, mais j'avais commandé un morceau de tarte à la banane et à la crème, parce que c'était Eddy qui régalait et que j'aimais bien Eddy et aussi parce que je voulais pas rentrer dans mon appartement, même s'il y avait une drôle d'odeur dans le restaurant. Il arrive parfois qu'on ait simplement envie de compagnie et même si Eddy m'avait capturé au lasso et ramené à Little Wing, je savais qu'il l'avait fait par affection pour moi.

Mary avait regagné l'avant du restau qui donnait sur la rue principale, où rien ne bougeait – aucune circulation, aucun promeneur. Elle s'était assise à une table vide devant une partie de solitaire entamée, elle avait pris le temps de bien regarder par la vitre avant de se lever, de revenir vers le gril et de lancer notre commande à Howard qui l'avait accrochée au-dessus du feu et avait mis le hamburger d'Eddy sur le gril. Une odeur de graillon avait envahi la salle.

– Alors, m'avait dit Eddy, tu pars te promener, comme ça ? T'étais loin de Little Wing, dis donc.

Il avait siroté son café, arrangé les sachets de sucre et d'édulcorant par couleur, empilé et rempilé les petits pots de confiture et de marmelade par parfum.

J'avais acquiescé et haussé les épaules.

– J'ai pas de voiture.

– Tu sais que n'importe qui peut t'emmener si tu le demandes. T'as juste à demander. Merde alors, je suis sûr que Lee, Hank, ou même moi ou Kipper, on est prêts à te conduire à Chicago si c'est là que t'as envie d'aller. (Il avait craché sur une serviette en papier et essuyé le comptoir.) C'est dégueulasse, avait-il murmuré.

Je regardais les tourbillons au fond de ma tasse dans laquelle j'avais ajouté plusieurs sachets de lait en poudre.

– Je sais bien.

– Tu t'ennuies, c'est ça ? Tu cherches du boulot ?

J'avais levé les yeux sur Eddy. Derrière nous, au gril, Howard sifflotait une chanson qui me rappelait mon enfance ; mon grand-père la sifflait quand il nous conduisait en voiture – *Magic Moments* –, je crois que c'était de Perry Como.

– Je comprends, avait poursuivi Eddy. Vraiment. Ils te prennent tous avec des pincettes. Et toi, tu t'emmerdes à cent sous de l'heure. Pas vrai ? T'as envie de participer. Je vais réfléchir. Quelqu'un doit bien avoir besoin d'un coup de main. On va te trouver quelque chose.

Il me tapotait le dos quand Howard avait fondu sur nous, les deux assiettes à la main.

– C'est pour qui, le gâteau ?

J'avais levé le doigt.

En posant nos assiettes sur le comptoir, il avait soupiré :

– Y a pas un chat, ce soir.

Dehors, la nuit était tombée et j'arrivais juste à entendre le juke-box du bar des VFW. Quelqu'un avait choisi Bob Seger. Les jours et les semaines suivants, j'avais vu Eddy en ville, il me faisait signe de sa voiture, ou quand il allait à la messe avec sa famille, mais il m'a jamais appelé pour me parler de boulot et, après un certain temps, tout est redevenu comme avant, je me suis remis à fuguer, à fuir cette petite ville fatiguée.

B

Plantés sur le perron à côté de leurs grands-parents, nos enfants nous faisaient des gestes d'adieu sans afficher la moindre tristesse. Pour tout dire, ils souriaient en nous voyant partir et n'ont même pas attendu de nous perdre de vue pour rentrer à la maison, tirant mes parents par leurs vieilles mains. Ça fait une drôle d'impression quand vos enfants ne montrent aucun signe que vous leur manquez, et je dois reconnaître qu'à cet instant je me suis demandé si nous avions bien fait d'aller à New York, s'il n'aurait pas été plus courtois de lui adresser nos félicitations accompagnées d'un cadeau.

– Il nous a envoyé les billets d'avion, avait contré Hank un soir au lit. Quelle serait notre excuse ? Un agenda personnel trop chargé ? D'ailleurs, qui d'autre s'occuperait de Ronny ?

– J'en sais rien, la fille qui l'accompagne, peut-être ? Il n'est pas aussi démuni que tu le crois.

– Allez…, avait roucoulé Hank.

Je m'étais résignée en soupirant. Il est vrai que je n'avais jamais mis les pieds à New York et l'idée d'y aller m'enthousiasmait. Voir Central Park, Broadway, l'Empire State Building et tous les autres endroits et choses sans doute devenus invisibles à ses citadins. C'est étrange de penser que même un gratte-ciel peut devenir invisible ; je doute que ça m'arrive un jour. Je sais que ça semble naïf, mais chez nous, il y a des bâtiments que je ne manque jamais de remarquer, quelle que soit l'occasion. La fabrique de Kip, par exemple. L'église luthérienne où nous nous sommes mariés, Hank et moi. Ou encore le silo entre notre ferme et la ville où les gens taguent leurs annonces les plus importantes :

C'EST UN GARÇON ! WILLIAM CHRISTOPHER BURKE
1/6/11
3,8 KG
Ou :
J'AIME TINA
Ou :
VIVE LA CLASSE 1998 !

Je vérifie ce silo tous les jours au cas où quelqu'un aurait ajouté des graffitis dans la nuit. Mon univers est plein de repères que j'ai appris à aimer : le vieux chêne au milieu de notre champ de luzerne, le bloc erratique devant le lycée, même le restau routier à l'entrée de la ville avec son poteau gigantesque et son drapeau américain surdimensionné. C'est ce drapeau qui m'informe des décès ; j'ai immédiatement su, par exemple, que le fils Swenson ne reviendrait jamais d'Afghanistan.

Kip nous a tous conduits à l'aéroport de Minneapolis-Saint Paul dans sa Cadillac Escalade noire. Hank était devant à côté de lui et je partageais la banquette arrière avec Ronny et sa compagne, Lucinda.

« Mais tu peux m'appeler Lucy », m'avait-elle joyeusement annoncé quand nous nous étions serré la main devant la maison, en regardant Hank et Kip agencer nos bagages à l'arrière du 4 × 4 rutilant. Les bracelets qui lui ornaient le bras étaient trop nombreux pour être comptés.

« Lucy », avais-je répété en scrutant son visage.

Dans la lumière matinale de ce vendredi, j'imagine que je ne l'aurais pas prise pour une strip-teaseuse si Hank ne m'avait pas prévenue. Elle était attirante, certes, son corps avait toutes les courbes et ondulations d'usage et je mentirais si je disais que je n'ai pas guigné sa poitrine ferme et son décolleté profond. Ce n'était pas l'œuvre d'un soutien-gorge rehausseur – j'en avais essayé plusieurs après avoir eu les enfants et rien, aucune invention sur le marché, ne peut contrecarrer les effets de l'âge, de la gravité et de la maternité. Bref, Lucy était surexcitée à l'idée de ce week-end et je voulais l'imiter. Je me suis dit : « Ça sera sympa d'avoir une autre fille parmi nous. » J'ai toujours l'impression d'être la seule fille, ou la seule femme, au milieu de la bande de copains célibataires de Hank, à l'exception de

Kip, mais sa femme Felicia est presque aussi souvent absente que Lee.

Après son mariage, nous avions tous évité Kip pendant plusieurs mois, ce qui n'est pas si facile dans une petite ville. Nous ne le rappelions pas quand il laissait des messages, nous boycottions la fabrique, nous ne l'invitions ni à dîner ni à se joindre à nous autour d'un feu de joie. Dans la rue principale, au lieu de nous arrêter pour discuter avec Felicia ou lui, nous nous contentions de leur faire un petit signe rapide. L'hiver dans le Wisconsin est la saison idéale pour éviter les gens, car nous affrontons notre environnement gelé sous une couche de vêtements de plus en plus grands, de plus en plus épais, isolés sous nos bonnets et mitaines tricotés, les pieds emmitouflés dans des mukluks ou des bottes. Combien de fois, après ce mariage, avais-je fait un signe de moufle à Kip, alors que sous la laine crochetée je ne dressais que le majeur ? Et si Felicia ou lui m'avait prise à part et demandé pourquoi je ne leur avais pas dit bonjour à la poste, j'étais prête à mettre ça sur le compte de mon bonnet d'hiver, de mon cache-oreilles ou d'une angine ultra-contagieuse.

Mais à la mi-mars, Felicia en avait eu assez. Elle avait piqué une crise dans la supérette : elle avait flanqué un gallon de lait par terre en nous traitant tous de péquenauds demeurés. J'imagine que pour quelqu'un de l'extérieur, il est légitime de confondre loyauté et ignorance. Pourquoi refuserions-nous de trahir nos meilleurs amis pour quelques pièces d'argent ? Mais j'admets que, sur le coup, j'avais respecté sa colère. Tout le monde est si poli dans notre ville. À petite dose, la colère est divertissante, voire revigorante. Je n'étais pas dans le magasin le jour où elle était sortie de ses gonds. Mais les nouvelles circulent vite au sein de notre petit réseau. Les épouses en appellent d'autres qui appellent leurs maris qui appellent leurs copains.

Apparemment, Felicia faisait un passage éclair dans le magasin pour quelques emplettes et, dans le rayon des produits laitiers, elle avait dit bonjour à quelqu'un qui l'avait ignorée. Il n'en avait pas fallu davantage.

« D'après ce que j'ai entendu, nous avait rapporté Eddy, elle a gardé son sang-froid au début. Mais quand elle a tourné le coin de l'allée pour passer à la caisse, elle a explosé le gallon de lait par terre et lancé une brouettée de gros mots pas piqués des vers, et Dickie – c'est lui qui tenait la caisse ce jour-là – m'a raconté que le clou du spectacle, c'était de la voir marcher en plein dans le lait, perchée sur ses talons aiguilles noirs, comme si c'était une flaque d'eau printanière. Et toujours d'après lui, elle a pris une grosse pomme rouge à l'étalage et elle s'est barrée sans même la payer. »

Hank est un mec bien, de nature indulgente, et c'est ainsi qu'un soir, peu après l'esclandre, il avait invité Kip et Felicia à dîner. Ils avaient frappé timidement à la porte, ils s'étaient mis sur leur trente et un. Je revois leurs écharpes assorties, en cachemire rouge, élégamment nouées ; ils restaient plantés en attendant qu'on les invite à entrer, avec leurs deux bouteilles de vin qu'on ne risquait pas de trouver dans les rayons de notre boutique locale.

Notre maison était sens dessus dessous ce soir-là ; je m'en souviens.

J'avais pas arrêté de la journée : après les courses, j'avais fait du bénévolat à la bibliothèque et j'avais dû conduire ma grand-tante chez le docteur. Quant à Hank…

Hank avait été coincé dans le hangar pour réparer un tracteur qui devait bientôt retourner la terre de nos champs. Je sais que le printemps est une époque délicate pour lui. Il est impatient de ressortir, de se remettre au boulot. Alors je ne l'avais pas dérangé de l'après-midi ; j'avais préparé et cuisiné le poulet marsala dans notre cuisine exiguë et surchauffée. Je ne l'avais pas harcelé pour qu'il vienne ranger les jouets, magazines et emballages de bonbons qui encombraient la salle de séjour. Quand Kip et Felicia étaient arrivés, on aurait dit qu'une bombe venait d'exploser dans le salon. Nous n'avions pas encore dressé la table.

– J'adore votre maison ! s'était gentiment exclamée Felicia d'un ton un peu trop exubérant, même si j'avoue avoir apprécié son effort.

– Euh, je vais essayer de trouver Hank, avait dit Kip en reculant dans l'entrée.

J'avais appelé les enfants pour qu'ils viennent dire bonjour à Felicia, mais mon appel s'était heurté à un silence de plomb. Je les imaginais là-haut : Eleanore surfant sur l'ordinateur de Hank tandis qu'Alex feuilletait les pages de livres qu'il n'arrivait pas encore à lire. À moins qu'ils n'aient été en train de jouer ensemble dans leur « forteresse » : un assemblage de cartons reliés au chatterton qui formait une matrice de tunnels rectangulaires bancals.

– Laisse, t'en fais pas pour moi, m'avait dit Felicia. Je vais te donner un coup de main.

C'est ainsi que nous nous étions retrouvées bourrées, une heure avant de passer à table.

J'étais retournée à mon poulet et faisais la vaisselle avec frénésie quand elle était apparue : une bouteille déjà débouchée, tout sourires. Elle m'avait demandé :

– Où sont les verres ?

J'avais réfléchi au fait que nos beaux verres à pied étaient probablement poussiéreux au fond d'un placard que j'étais trop petite pour ouvrir sans monter sur une chaise.

– Ben, je crois que…

– Un verre à sirop fera l'affaire, m'avait-elle dit. Même un bocal de confiture, n'importe…

Je m'étais appuyée au plan de travail, j'avais croisé les bras et je l'avais regardée avec un de mes sourires.

– Je te préviens, m'avait-elle dit, j'ai l'intention de prendre une bonne cuite, ce soir.

– D'accord. C'est parti, mon kiki.

Ces hommes… Ces hommes qui se sont toujours connus. Ces hommes qui sont tous nés dans le même hôpital, qui ont été mis au monde par le même obstétricien. Ces hommes qui ont grandi ensemble, mangé la même chose, chanté dans les mêmes chorales, fréquenté les mêmes filles, respiré le même air. Ils ont développé une langue à eux, une communication par signes invisibles, comme des bêtes sauvages. Et parfois, être ensemble, tout simplement, leur suffit, quand ils se baladent en forêt, regardent la télé ou font griller des steaks. Je les ai vus faire. Des journées entières à débiter des stères de bois en échangeant une dizaine de mots à tout casser. S'ils n'affichaient pas en permanence un sourire radieux, on pourrait croire qu'ils s'ennuient ou qu'ils se vouent une haine sourde et farouche. J'avais regardé vers le hangar par la fenêtre. Je voyais les traces de pas de Hank dans la neige, les taches brunes là où il avait vidé sa tasse de café en revenant à la maison. Je l'avais imaginé là-bas, rejoint par Kip, en train d'examiner un moteur ou un arbre de transmission. Kip tenait peut-être l'entonnoir dans lequel Hank versait l'huile. Hank disait peut-être : « Kip, tu me passes une clé de douze et aussi une de treize. » Et peut-être Kip, toujours soucieux de plaire : « Tu sais, Hank, je connais un type qui peut sans doute te faire un bon prix sur un John Deere neuf. » Et peut-être que Hank, ignorant la proposition, conscient qu'on ne risquait pas de se permettre un nouveau tracteur : « T'es sûr que tu vas pas salir tes beaux habits ? Je peux te filer un bleu de travail si tu veux. » Puis, Kip : « Non, t'en fais pas. Au fait, t'as su que les Giroux ont acheté la terre d'Everett ? Dans quelques années, ils vont tout posséder, ces deux-là ! » Et Hank, entièrement concentré sur la machine devant lui : « Sans blague... »

Je ne suis pas de nature jalouse. J'ai conscience d'être désirable, intelligente, forte et sexy. Alors, la plupart du temps, Hank et ses amis me font seulement lever les yeux au ciel. Et à vrai dire, comme je l'ai déjà mentionné, Hank est un mec bien. Il ne traîne pas dans les rues jusqu'à point d'heure comme les jumeaux Giroux, il n'est pas du genre à draguer ou à faire des clins d'œil aux serveuses. Il travaille trop dur pour ce genre d'embrouilles. Mais dans les premiers temps de notre mariage, l'intimité qu'il partageait avec ces gars – Lee, Ronny, les Giroux ou même Kip et Eddy – me semblait désirable. J'avais envie de cette familiarité, de cette aptitude à courir et à se déplacer ensemble sans ressentir le besoin de parler. Cette espèce de calme.

La bouteille de pinot noir de l'Oregon était vide, nos verres pleins ballottaient en cadence avec nos gesticulations à travers la cuisine. Felicia avait mis un disque de Van Morrison. Elle était perchée sur une chaise, les genoux relevés, la pointe de ses longs pieds élégants dirigée de chaque côté.

– Mais enfin, m'avait-elle dit, comment veux-tu que je rivalise avec le passé qu'ils ont ensemble ? Comment est-ce possible ?

– Ce n'est pas une compétition. Tu en fais partie, maintenant.

– Foutaises ! m'avait-elle sèchement renvoyé. Allons, je vois bien que vous nous snobez tous. Je ne suis pas idiote.

C'était vrai, bien évidemment, et j'avais évité de la regarder dans les yeux à cet instant parce que je savais qu'ils risquaient fort d'être humides. J'avais bu une grosse gorgée de vin et choisi mes mots avec soin.

– Le truc…, avais-je commencé calmement, d'une voix posée.

Je dis toujours à mes enfants : « Quand on vous surprend à mentir ou à faire une bêtise, contentez-vous d'*arrêter*. Ne cherchez pas d'excuses. Taisez-vous. N'essayez pas de vous justifier. Contentez-vous de reconnaître vos torts. Dès que vous faites ça, tout s'arrange. Vous faites meilleure impression et vous vous sentez mieux. Il y a aussi de grandes chances pour que vous preniez les gens au dépourvu. »

– Excuse-moi, Felicia. Je suis désolée que ces derniers mois aient été durs pour toi. Hank et moi… Nous aurions sans aucun doute pu être de meilleurs amis pour vous deux. Et je te prie de m'excuser. C'est ma faute.

– Mais je ne comprends pas. Qu'est-ce qu'on a fait de mal ? C'est à cause des paparazzis ? Parce que je peux t'assurer que c'était vraiment pas mon idée ! Et je vais te dire autre chose, parce que ça me ronge et j'ai besoin d'en parler à quelqu'un : Kip a foutu bien trop de fric dans cette putain de fabrique et on est complètement dans le rouge. Sans mon boulot, on aurait déjà touché le fond. C'est lui qui a contacté tous les magazines et tabloïds pour toucher une espèce de commission qu'il a reversée dans la fabrique. Toute cette affaire – le déménagement, la fabrique, les grandes noces, cette putain de Cadillac monstrueuse devant la porte –, on s'est foutus dans un merdier pas possible !

J'avais entendu la porte arrière et le frottement de bottes Red Wing pointure quarante-six sur le paillasson.

– Ils arrivent, avais-je murmuré.

– Autant qu'il m'entende ! avait-elle braillé. Rien à foutre !

Elle avait avalé une gorgée de vin, qu'elle avait failli recracher, soudain prise d'un ricanement incontrôlable.

– On est de vraies garces, hein ? m'avait-elle dit.

J'avais adoré sa malice à cet instant, le fait que son rouge à lèvres n'était plus si parfait et que le khôl qui soulignait ses grands yeux noisette avait coulé.

– Bon, Beth, avait dit Hank. Euh, t'as besoin d'un coup de main pour le dîner ?

*

Le mot *pâtes* n'a rien de méprisable ni d'indigne. C'est un mot noble qui désigne une nourriture noble. À la télé, les chefs vedettes fabriquent eux-mêmes leurs pâtes fraîches, vantent la culture gastronomique italienne, et décrivent les pâtes comme un baume culinaire bénéfique qui nourrit et rétablit le peuple d'Italie. Ces chefs préparent leurs pâtes de mille et une façons différentes : aux fines herbes, aux fruits de mer frais, aux tomates du jardin. C'est totalement sain, facile, élémentaire et pittoresque.

Pourtant, lors des réunions de parents d'élèves ou d'activités de l'église, si je raconte à une autre maman que j'étais fatiguée la veille et que le seul repas que j'aie réussi à préparer pour mes enfants était des macaronis au fromage, je lis la déception et la désapprobation sur son visage. Comme si les macaronis n'étaient pas des pâtes !

Les gamins étaient enfin sortis de leur chambre ; ils se frottaient le ventre comme des réfugiés affamés et fixaient la lueur lactée du frigo ouvert avec un regard vide et désarmé.

– Maman, avaient-ils gémi. On meurt de faim.

Il était huit heures et demie et leur mère avait déjà un bon coup dans le nez.

– Macaronis au fromage ?

Ils avaient acquiescé avec enthousiasme.

– Alors, soyez gentils et mettez la table, d'accord ? Et allez dire bonjour à Kip et Felicia.

Ils s'étaient dirigés vers le vaisselier. Les enfants sont miraculeusement *éducables*. Peu importe qu'ils ignorent la moitié des services que je leur demande. Ce qui est important, ce qui me ravit, ce sont ces moments où je les observe s'appliquer à disposer les assiettes et les couverts sur la table de la salle à manger comme deux petits domestiques bien élevés.

J'avais posé une casserole d'eau sur la cuisinière, saupoudré une pincée de sel et allumé le feu à fond.

J'avais alors senti la main froide et sèche de Hank autour de ma taille et il m'avait chuchoté à l'oreille : « Tout va bien ? » J'avais jeté un coup d'œil par-dessus son épaule dans la salle à manger où Kip et Felicia se tenaient près de la chaîne stéréo ; ils se disputaient à voix basse. Elle enfonçait son doigt dans son estomac comme un revolver. J'avais songé : « Ce sont des gens comme tout le monde. Regarde ça : ils se disputent sous notre toit, comme n'importe qui. »

– T'as les mains froides, avais-je dit en frissonnant. Je t'aime, mais bas les pattes !

Je l'avais embrassé sur le menton ; il était froid et piquant. Hank sentait l'air frais, le gasoil et le vieux foin.

– D'ailleurs, tu ferais mieux d'aller à la rescousse de Kip, avais-je poursuivi. Allez donc en ville chercher quelques bières et du vin. Le dîner devrait être prêt vers dix heures.

– Il va pas falloir traîner. Le magasin ferme à neuf heures.

– Alors ne traîne pas.

J'avais regardé Hank s'approcher de Kip et Felicia, puis les deux hommes étaient sortis par-devant, le ronflement sourd du moteur s'était fait entendre dans la nuit hivernale, suivi d'un crissement de pneus sur l'allée enneigée et, un instant, les phares avaient illuminé la fenêtre de notre salon et le canapé où les enfants regardaient la télévision.

– Bon, avait dit Felicia, il ne nous reste pas une bouteille de vin à siffler, par hasard ?

*

Au lit ce soir-là, ivre et épuisée, j'avais écouté la respiration de Hank ralentir en cherchant le sommeil. J'étais fatiguée, mais aussi survoltée, le genre d'abattement bizarre qui suit l'exaltation de recevoir, avec un mélange de caféine et d'alcool dans le sang. Lee appelle ça une « agitation oblique », quand on n'arrive pas à décider si on se met à planer ou si on s'écrase doucement. J'avais réveillé Hank en lui tapotant l'épaule.

– Kip va laisser sa chemise dans la fabrique, avais-je fini par lui dire.

Mes épaules étaient froides à l'endroit où elles dépassaient des couvertures. J'avais réchauffé mes pieds contre ceux de Hank.

– Quoi ? m'avait-il répondu en se frottant les yeux.

– Felicia dit que Kip est en train de laisser sa chemise dans la fabrique. Qu'ils seraient bien dans la mouise, sans son boulot.

– Mince alors, avait murmuré Hank. Je me disais, aussi, il avait l'air un peu distrait ce soir.

– Ils ne sont pas si nuls, tu sais, ces deux-là. Je regrette. Je regrette qu'on ne les ait pas invités avant.

– Je lui en veux encore pour tout ce bordel avec les paparazzis, avait-il dit. Petit joueur, à mon avis…

J'avais décidé de ne pas parler à Hank de la commission. Je voulais que les esprits s'apaisent, que la ville prospère à nouveau et, pour dire vrai, même si Lee nous avait aidés à apprécier qui nous étions et d'où nous étions, nous avions besoin de gens comme Kip – des gens avec une vision différente des choses. Je trouvais exaltant de me prélasser au lit en me représentant une version future de notre ville, où je pourrais me rendre dans une boutique et acheter une robe qui ne ressemblerait pas à un rideau de douche, une robe que je pourrais porter à Minneapolis, si Hank se décidait un jour à m'offrir une virée surprise en ville.

– Bon, avait dit Hank, les temps sont durs pour beaucoup de gens. Kip se comporte parfois comme le dernier des cons, mais je ne leur souhaite pas de mal, à tous les deux. Il reste un des nôtres. (Il avait attendu un peu.) On est toujours amis.

Ce que Hank omettait de dire, mais dont j'étais évidemment bien consciente, c'est que les temps étaient surtout durs pour *nous*. Je savais qu'il envisageait de prendre des petits boulots. J'avais moi-même pensé à postuler pour un emploi au supermarché ou à la quincaillerie ; il y avait aussi des possibilités à Eau Claire, mais je ne supportais pas l'idée des trajets.

*

Cette soirée ne cessait de me revenir à l'esprit tandis que nous roulions vers le terminal, sous les avions qui s'alignaient dans les cieux pour atterrir sur des pistes que je ne voyais pas encore. La circulation m'a surprise, comme toujours. Tant de taxis et de voitures différentes. Quand on était petits, il y avait un seul taxi dans notre ville. En fait, c'était un break avec une lumière orange sur le toit, comme ceux qu'utilisent nos facteurs en milieu rural, ou les géomètres. Notre taxi était conduit par une femme âgée, Mlle Puckett, qui semblait toujours étonnamment occupée, si l'on considère qu'il y avait à peine quinze cents habitants dans la ville. Elle gagnait sa vie en transportant les personnes âgées à leurs consultations médicales et en reconduisant la viande soûle du bar des VFW. En hiver, les personnes âgées la sollicitaient davantage, craignant de se fracturer la hanche sur le verglas des trottoirs. Elle conduisait aussi les gens à l'aéroport, comme Kip était en train de le faire pour nous, et j'imagine que si elle avait encore été dans le coin, nous aurions fait appel à elle. Je me souviens de ses grands bras rondelets, de sa position dans le siège du chauffeur, presque entièrement inclinée, de ses cheveux ternes vaguement roux qui paraissaient toujours trempés de sueur, et de sa paire de lunettes démodées sur son gros nez bulbeux. Elle était très gentille.

Une de mes camarades d'école, Heather Bryce, rentrait toujours de l'école en taxi, l'après-midi. C'était une « enfant à clé » : elle restait seule chez elle en attendant ses parents, qui employaient Mlle Puckett pour la reconduire. Heather m'invitait parfois chez elle après l'école et j'adorais grimper sur la banquette arrière avec elle, nos cartables pleins de livres et de classeurs ; je me souviens aussi de notre difficulté à fermer les lourdes portières du break. Tout au fond du véhicule, il y avait des sièges escamotables ; il nous arrivait de nous y faufiler et de regarder la route se dérouler derrière nous tandis que Mlle Puckett écoutait une de ses dizaines de cassettes du Grateful Dead – des enregistrements pirates, comme je l'ai compris plus tard. L'ourson violet fétiche du groupe dansait, accroché au rétroviseur, et une odeur d'encens flottait en permanence dans le taxi. Des paquets de chips vides encombraient le siège passager à côté d'elle. Il m'avait fallu des années pour relier tous ces éléments et en tirer les conclusions qui s'imposaient.

Je ne me souviens pas de la mort de Mlle Puckett, mais j'avais du mal à l'imaginer dans une autre ville, petite ou grande, où elle aurait dû acheter une licence et un compteur. Nous n'avions pas immédiatement remarqué son absence, parce qu'à l'époque j'avais mon permis, comme tous mes amis, et que nous passions des nuits ou des week-ends à rouler en pleine campagne avec une glacière remplie de canettes de Bartles & Jaymes, ou une bouteille de Southern Comfort et douze Cocas.

*

Nous étions coincés dans un embouteillage. Je ne suis pas allée dans beaucoup de grandes villes – Minneapolis, Saint Paul, Milwaukee, Chicago et Denver, c'est tout. Mais la particularité de la circulation dans le Minnesota, c'est que personne ne klaxonne. C'est parfois un peu irréel d'être dans un bouchon dans le plus grand silence, comme si le monde entier était en sourdine, ou que l'on se trouve dans l'atmosphère pesante d'une voiture qui se rapproche d'un atroce accident de la route. J'ai apprécié le silence ce matin-là, et les souvenirs que j'avais de Mlle Puckett, car je ne me réjouissais guère à l'idée des noces de Lee qui me plongeaient dans une légère tristesse. À côté de moi, Ronny et Lucy susurraient des mots doux, front contre front, tandis qu'à l'avant Hank et Kip parlaient avec les mains, échangeaient à voix basse sur le base-ball, l'avenir du maïs, les impôts.

Je crois que j'avais été amoureuse de Lee dans le passé, et j'imagine que de nombreuses femmes de notre ville – et maintenant du monde entier – peuvent dire la même chose. À la différence près que je *crois* qu'il a, lui aussi, été amoureux de moi, mais le temps embrouille les choses et mes souvenirs remontent à plus de dix ans, avant mon mariage avec Hank, avant les enfants, quand j'étais plus jeune et que les marges de mon univers semblaient plus flexibles et floues. À l'époque où je pouvais encore envisager de ne pas passer toute ma vie dans le même petit coin du monde.

En repensant à Lee et à moi à cette époque de ma vie, quand j'étais plus jeune, je me sens rosir de la poitrine jusqu'au visage. En vérité, je n'y pense pas souvent et j'essaie de ne pas penser à Lee comme ça non plus. Mais ça m'arrive. En ce temps-là, rien n'était encore arrêté ou précis ; si l'on m'avait demandé qui j'allais épouser, je suis sûre que j'aurais répondu Hank parce que je suis une femme pragmatique et que c'est un mec tellement *bien*. Mais j'aurais sans doute aussi pu envisager un autre avenir, une voie très différente en épousant Lee. J'imagine encore parfois ce que ça aurait pu être : les voyages autour du monde, le fait d'être traitée différemment du commun des mortels, le tapis rouge et les appareils photo braqués sur moi, au lieu de me retrouver au supermarché à regarder une photo de Lee avec une autre femme à son bras.

Où aurions-nous vécu ? Aurions-nous eu des enfants ? Aurait-il écrit des chansons sur moi ? Les femmes d'ici m'auraient-elles traitée d'une autre façon, auraient-elles chuchoté derrière mon dos et forcé un sourire quand j'aurais payé mes courses avec des billets de cinquante dollars ? Ou est-ce que rien n'aurait changé ? Serions-nous allés ensemble, Lee et moi, dîner chez Hank et son épouse, leurs enfants bourdonnant autour de nous ? En regardant Hank, aurais-je décelé une tristesse infinie, le vide créé par mon absence dans sa vie ?

La Cadillac Escalade se remit à avancer et nous sommes bientôt arrivés devant le terminal, dans l'air chaud et pollué, au milieu des relents de dernières cigarettes et des claquements de chewing-gum à la cannelle. Hank a sorti nos bagages du coffre et serré la main de Kip. Ronny et Lucy restaient plantés sur le trottoir en déplaçant leur poids d'une jambe sur l'autre. Ils portaient des vêtements un peu voyants, comme s'ils partaient pour Branson, Gatlinburg, ou une autre destination à deux balles. J'ai étreint

Kip et il m'a donné un petit paquet, assez petit pour tenir dans mon sac à main, enveloppé dans un papier marron épais.

– Tu veux bien donner ça à Lee ? m'a-t-il demandé.

Son expression sérieuse trahissait une émotion que je ne lui connaissais pas, et que je qualifierais de remords ou de résignation.

– Dis-lui qu'on est heureux pour lui, d'accord ? Félicite-le de notre part. Tu veux bien ?

– Allez ! En route, mauvaise troupe ! a lancé Hank en frappant dans ses mains.

– New York City, a dit Ronny. New York City…

*

Minneapolis est le grand aéroport le plus proche de chez nous, bien que nous habitions dans le Wisconsin, comme je l'ai déjà mentionné. Même si les deux États s'embrassent le long du Mississippi et de la Sainte-Croix, jusqu'au lac Supérieur au nord et à la frontière de l'Iowa ou de l'Illinois au sud, je les considère toujours comme des endroits différents et bien distincts. En survolant les gratte-ciel de Minneapolis puis les toits plus vieux et humbles de Saint Paul, j'avais l'impression de pouvoir dessiner une carte très détaillée du paysage qui s'élargissait sous moi. La tapisserie de champs, les forêts des crêtes et des fonds de vallées, les ruisseaux étincelants bleus et argentés, les larmes des mares, les lacs innombrables, les chemins en gravier jaune et les rubans goudronnés des routes et autoroutes. Puis notre ville, directement sous nos pieds.

– Fais coucou aux gamins, ai-je dit à Hank.

– Tu crois que c'est Little Wing ?

– Bien sûr, regarde : on voit le chemin de fer et la fabrique. Le lac, le terrain de golf. Non, mais sérieusement, regarde : tu peux te repérer avec la carrière, et regarde l'eau.

– Elle est presque turquoise, a remarqué Hank, comme celle des Caraïbes. Mais j'ai toujours du mal à croire que ce soit Little Wing.

– Pourquoi pas ? lui ai-je demandé en me tournant vers lui.

– Il me semble que le terrain de golf avait seulement neuf trous. Le nôtre en a dix-huit.

– Quoi ? Mais non, il en avait dix-huit aussi. (J'ai regardé par le hublot, mais nous survolions déjà une autre ville, bien plus grande que la nôtre. Il s'agissait peut-être d'Eau Claire.) J'étais certaine que c'était Little Wing.

– Réveille-moi quand on passera au-dessus du lac Michigan, m'a demandé Hank en fermant les yeux.

Ronny est apparu dans l'allée.

– Coucou, Ronny.

– Ouais, ouais, coucou. Écoute, Lucy voudrait qu'on change de place. Faut qu'elle te parle de quelque chose.

– De *quelque chose* ?

– J'en sais rien. Une histoire de robe. Ou de chaussures. Elle se fait du souci pour ses chaussures.

J'ai acquiescé, pris mon sac et je me suis glissée devant Hank qui m'a gentiment tapoté les fesses. J'étais moi aussi loin d'être à l'aise avec mon choix de robe, mais je n'étais pas sûre que Lucy soit la meilleure conseillère de mode qui soit. Je me suis glissée dans l'allée et Ronny s'est faufilé à ma place en bousculant Hank. Il s'est affalé dans mon siège et a regardé par le hublot. Je l'ai entendu demander à Hank :

– On a déjà dépassé Little Wing ?

J'ai dû attendre dans l'allée pour laisser passer une hôtesse de l'air.

– Beth pense que oui, a grommelé Hank. Essaie de dormir un peu, Ronny.

– Je peux pas dormir en avion. J'ai jamais pu.

– Tu te déplaçais beaucoup en avion quand tu faisais du rodéo ?

– Jamais, on prenait toujours la voiture. Ou alors le car, le Greyhound.

Hank a levé les yeux vers moi et hoché la tête.

Lucy me faisait signe en tambourinant avec ses bracelets. Je lui ai souri, je me suis installée à la place de Ronny et j'ai ressenti une certaine appréhension : je n'avais rien à dire à cette femme, cette strip-teaseuse, dont le corps n'avait sans doute plus aucun secret pour mon mari depuis l'enterrement de vie de garçon de Kip. J'ai placé les mains sur mes genoux en éprouvant une espèce de bienséance malsaine.

– Leland doit être un type vraiment sympa pour nous offrir le voyage, m'a-t-elle dit en se tournant complètement vers moi.

J'ai opiné de la tête.

– Mais tu sais, il faut dire qu'il adore Ronny.

– Il est super célèbre ! Je le connaissais même pas, mais Ronny m'a montré toutes ses coupures de presse et merde... Lee a été dans *Rolling Stone*, dans *Spin* et même dans *People* !

J'étais contrariée de ne pas être assise à côté de Hank et j'admets que j'étais un peu agacée par Lucy.

– C'est vrai, ai-je dit. Même *People*.

– Bon, alors, dis-moi ce que tu vas porter, m'a-t-elle demandé sans se démonter.

J'avais fait du jogging tous les jours depuis l'après-midi où Hank était revenu de la boîte aux lettres avec l'invitation de Lee. Et j'avais pris ça très au sérieux. C'était le printemps, je crevais d'envie de soleil et d'air frais, alors une fois les gamins à l'école et la cuisine rangée, je partais courir sur les petits chemins pendant que la journée se réchauffait, dans l'air encore frais et humide.

Je voulais être mince pour le mariage, je n'avais pas envie de mc trouver dans le foyer d'un hôtel chic de New York, mal fagotée et pâlichonne, en train de faire tapisserie comme une grue sortie de son trou paumé. Donc, les matins où l'eau de la fonte des neiges coulait à grands flots dans les fossés printaniers et où le brouillard planait au-dessus des champs labourés comme un fantôme surpris, j'allais courir sur le sol meuble et un peu instable des gravillons. Le premier matin, le plus important pour moi avait été de *ne pas m'arrêter*, alors j'étais allée jusqu'en ville. Huit kilomètres. En arrivant à Little Wing, j'avais les pieds criblés de tant d'ampoules que j'avais dû appeler Hank pour qu'il vienne me chercher à la bibliothèque.

Mais c'était devenu plus facile les jours suivants, plus fluide ; abandonnant Hank à ses vaches, ses machines et ses champs, je descendais notre chemin et prenais la route du comté X, où je saluais les pick-up et les tracteurs qui circulaient lentement. Un jour, j'avais décidé d'aller chez Kip et Felicia. C'était à onze kilomètres, mais j'avais toute la matinée devant moi, la température était d'une douceur idéale, j'avais trouvé un rythme de croisière et j'y étais allée, contrôlant ma respiration et les rebonds de mon corps.

Arrivée dans l'allée de leur maison, Felicia m'avait fait signe derrière sa baie vitrée plein sud. J'avais espéré la surprendre, la trouver non pas au travail, mais peut-être en train de flemmarder dans un coin de leur énorme maison immaculée. Ou alors en train de regarder quelque feuilleton ou jeu télévisé abrutissant. Si j'avais vraiment eu de la chance, je l'aurais même trouvée vautrée dans le canapé, avec un bol de Fruity Pebbles, en train de ricaner devant les dessins animés, un morceau de céréale colorée coincé entre les dents. J'aurais voulu la découvrir négligée, les cheveux empilés sur la tête comme un nid d'écureuil, en pyjama, avec des lunettes, le masque de la nuit précédente encore séché sur les joues, le menton et le front. Mais non – même de dehors, je voyais qu'elle était impeccable avec son pantalon moulant de yoga et sa chemisette sans manche, les cheveux peignés comme si elle sortait de chez le coiffeur. Elle tenait une tasse de café dans une main et un téléphone sans fil dans l'autre. Elle m'avait fait signe d'entrer, comme si j'étais arrivée dans son bureau sans prendre rendez-vous. Ce qui était exactement ce que j'avais fait.

Je m'étais arrêtée à quelques mètres de la porte pour étirer mes jambes douloureuses. J'étais contente de ne pas être essoufflée, de voir que l'exercice m'avait déjà changée. Ce que j'avais préféré, quand j'étais enceinte, c'étaient les surprises que m'avait réservées mon corps : contenir ce petit secret, puis le livrer au monde, endurer une douleur à forcer et tordre les os, puis être immédiatement capable de nourrir un nouveau-né... immédiatement ! Dans les moments qui suivaient un long jogging, je m'apercevais que l'exercice pouvait se teinter d'inattendu – que je pouvais me surprendre en parcourant une quinzaine de kilomètres sans trop souffrir.

– Je te propose une bouteille d'eau fraîche ? m'avait demandé Felicia en m'ouvrant la porte vitrée. Entre et enlève tes chaussures. Viens te reposer.

– L'eau sera divine. T'as une matinée chargée ?

– Pas vraiment. C'était Kip au téléphone. Avec la fonte des neiges et les pluies de printemps, l'eau est entrée dans le sous-sol de la fabrique et il va dépenser *encore plus* d'argent pour installer une pompe et un nouveau système d'évacuation. (Elle avait hoché la tête.) Je comprends ce qu'il essaie de faire. Je comprends sa vision pour la fabrique. Mais merde, Beth, pour ne rien te cacher, c'est un vrai gouffre financier.

– Ça changera peut-être…

– T'es trop gentille. Enfin bref, parlons d'autre chose, d'accord ? S'il te plaît.

– En fait, avais-je commencé, soudain hésitante, j'ai une question à te poser.

– Vas-y.

– J'ai besoin d'une robe qui en jette.

– Rouge ou noire ?

– Hum… noire, je pense.

– Suis-moi, avait-elle dit en partant vers leur chambre.

Je lui avais emboîté le pas, timidement au début, puis avec une curiosité de plus en plus débridée. J'étais déjà entrée une fois chez eux. Ils pendaient la crémaillère, c'était leur premier été en ville. Kip avait organisé des visites guidées de la maison, en montrant les boiseries récupérées dans des galeries marchandes de Chicago, démolies depuis longtemps, et le mobilier industriel ramassé dans des brasseries du Milwaukee, mais je ne me souvenais pas d'être entrée dans leur chambre à coucher.

C'était moderne, blanc, épuré. Un vase de jonquilles sur chaque table de chevet. Le lit au carré orné de dizaines de coussins et d'oreillers. L'espace était trop grand et vide à mon goût, mais je m'étais souvenue de ma chambre à la maison, de *notre* chambre à coucher. Les murs croulant sous les photos de famille, deux fauteuils élimés dans les coins, des piles de polars en poche et le vieux radio-réveil sur la table de nuit de Hank, des romans d'amour et des Kleenex de mon côté. Des vêtements partout et toutes les surfaces encombrées : formulaires à signer pour l'école, livres d'enfants, flacons de parfum, bouteilles d'eau de Cologne, chausse-pieds et lotions. Je n'ai jamais été un *seul* instant jalouse de la vie de Felicia, qui dégageait une impression de stérilité à la mode. Chez nous, c'était un foyer. Un nid. Un endroit dans lequel on vit et on aime. Il est peut-être parfois utile d'espionner la vie des autres. Pour moi, en tout cas, ça m'avait fait réaliser combien j'aimais ma vie.

– Tiens, avait fini par me dire Felicia en sortant d'un dressing immense. Essaie ça. (Elle avait approché une robe de moi. Gênée par ma transpiration, j'avais légèrement reculé. Elle m'avait suivie.) Ne fais pas l'imbécile, vas-y.

– Non, Felicia, je ne peux pas.

– Oh, je t'en prie. Essaie-la. Si tu ne l'aimes pas, de toute façon, je la refile à Saint-Vincent-de-Paul.

J'avais cédé. Et la robe m'allait comme un gant. On avait passé le reste de la matinée à bavarder puis elle m'avait gentiment offert de me reconduire chez moi. Sur la route, en regardant par la vitre de sa Land Rover, j'avais réfléchi au fait que Kip et elle n'avaient pas été invités au mariage de Lee. C'était parfaitement logique, mais ça semblait aussi injuste à son encontre ; cette femme n'avait rien fait, ni à Lee ni à Chloe, et elle avait été plus que généreuse envers moi. Plus généreuse que je ne l'avais été envers elle. En dépit de la gentillesse légendaire du Midwest, je m'étais aperçue que nous pouvions – moi y compris – nous montrer aussi froids que notre saison la plus longue.

J'avais enfilé la robe de Felicia devant la glace en rentrant chez moi ; dressée sur la pointe des pieds, j'avais songé aux chaussures que j'allais mettre. La robe était en soie, mais elle me donnait la sensation de faire partie de mon corps – comme si j'avais enduit chaque courbe, muscle et os de peinture noire ; je ne me sentais plus nue, ni même une silhouette, mais une invitation.

*

– Je ne sais pas trop comment la décrire, ai-je dit à Lucy. Elle est presque *trop* sexy, sans l'être réellement. Je me sens rajeunie quand je la porte. Je n'en sais rien. Je raconte n'importe quoi…

J'étais gênée de m'ouvrir ainsi à elle, une quasi-inconnue, à propos de mon corps, de ma définition de ce qui était ou non sexy.

Lucy m'a posé la main sur l'avant-bras et m'a jeté un regard éloquent :

– Je vais te dire une chose, ma petite, j'espère que « trop sexy » est impossible, parce que moi, j'ai bien l'intention de me lâcher.

J'ai souri. J'ai vu le lac Michigan par-dessus son épaule, ses milliards de vagues festonnées étincelant comme des sequins bleu et argent.

*

La chaleur était étouffante dans l'aéroport de LaGuardia et le trajet en taxi on ne peut plus différent qu'à Minneapolis : une circulation dense, imprévisible, compétitive. Je n'ai pas lâché la main de Hank et ce n'était pas par affection. J'avais l'impression d'être sur des montagnes russes détraquées ou à bord d'une fusée. Ronny, intrigué par le turban orange et la barbe de morse du chauffeur sikh, s'était naturellement installé sur le siège passager ;

il se retournait fréquemment en nous décochant des sourires ravis derrière la cloison de verre.

Il faisait frais dans le hall de l'hôtel, la moquette épaisse et moelleuse s'enfonçait sous mes pieds enflés. J'essayais de ne pas fixer bêtement le mobilier imposant et le défilé des clients : lunettes de soleil dernier cri, soies et lins sans un faux pli. J'ai toutefois remarqué que certains n'étaient pas sophistiqués au point d'ignorer Ronny quand il s'est mis à batifoler dans le hall en *oh, la vachant* tant et plus, ses bottes de cow-boy l'annonçant plus efficacement qu'un roulement de tambour.

À la réception, le concierge nous a annoncé que nos chambres avaient déjà été réglées par un monsieur Leland Sutton.

– Nom de Dieu, Lee ! a sifflé Hank, mais je le soupçonne d'avoir été aussi soulagé que moi, étant donné qu'une nuit dans cet hôtel devait coûter au bas mot cinq cents dollars... que nous n'avions pas.

– Il a aussi laissé cela pour vous, a poursuivi le concierge en nous tendant une enveloppe.

On reconnaissait les pattes de mouche et l'écriture gauchère et bâclée de Lee. Hank a ouvert l'enveloppe.

Dîner chez Chloe ce soir. Une voiture viendra vous chercher à dix-neuf heures. Profitez de la ville.
Bises, Lee

– Au fait, les tourtereaux, a demandé Hank, on peut vous laisser un peu seuls ? On va peut-être faire une petite sieste, Beth et moi.

Ronny tenait Lucy par la taille. Un sourire s'est lentement formé sur son visage, découvrant toutes ses dents, faisant briller ses yeux. Il nous a fait un signe de tête, d'un air entendu, comme si nous partagions quelque secret scabreux et compromettant.

– Oh, vous en faites pas pour *nous*, a-t-il répondu d'un ton plein de sous-entendus. On allait justement aussi monter dans notre chambre « faire la sieste », pas vrai, Luce ?

Et il lui a donné une claque complice sur le cul, dans le hall de cet hôtel cinq étoiles. J'ai jeté un coup d'œil au concierge, dont le regard de dédain amusé aurait valu à lui seul le prix du billet d'avion, si nous l'avions payé. Ronny a fait glisser ses lunettes de soleil de station-service, du sommet de sa tête jusqu'au perchoir tordu de son nez. Il a brandi la carte magnétique de sa chambre comme une clé magique en disant :

– Il m'arrive même de faire la sieste avec mes bottes.

*

Je n'apprécie guère de partir de chez moi, de laisser mes enfants, la familiarité de mon lit, de ma cafetière et de mes pantoufles. Mais j'adore les hôtels.

Dans la chambre, j'ai quitté mes chaussures et je me suis immédiatement approchée de la fenêtre. En bas : les blocs de climatisation d'un immeuble moins haut et, sur le côté, les squelettes des escaliers de secours. En haut : des gratte-ciel plus élevés, des nuées de pigeons fonçant dans le ciel et une unique feuille de journal, bizarrement soufflée à des dizaines de mètres au-dessus de la chaleur du trottoir. Le tapage des klaxons, malgré le triple vitrage de la fenêtre, était incessant, comme une sonnerie de réveil caché ou un téléphone entêté au fond d'un vaste entrepôt. J'ai appelé mes parents, impatiente de m'assurer que nos enfants étaient encore… vivants.

– Tout va bien, m'a répondu mon père. Depuis votre départ, on n'a rien mangé d'autre que des pancakes, des biscuits au chocolat et du sirop d'érable.

– Les enfants vont bien ?

– Les enfants, a-t-il crié en éloignant le combiné, vous allez bien ?

Je n'ai entendu aucune réponse dans le lointain.

– Ils vont bien, m'a-t-il assuré. On va peut-être aller jusqu'à Eau Claire ce soir, voir un film ou quelque chose dans ce genre.

– Vous ferez deux heureux.

– Comment c'est, à New York ? Ta mère et moi n'y sommes pas retournés depuis que tu es née. Toujours un ramassis de putes et de cinémas pornos ?

– Je crois que ça fait longtemps que c'est plus comme ça, papa.

Assise au bord du lit, j'ai passé la main sur le duvet, remarqué la télévision toute neuve et les reproductions de tableaux encadrées. Dans la salle de bains, Hank se taillait les poils du nez avec des petits ciseaux, torse nu, en se regardant dans la glace. Je l'ai vu se passer les mains sur ses tempes grisonnantes. Il a grimacé.

– Bon, ma puce, m'a dit papa, amusez-vous bien, d'accord ? Et si t'as pas de nouvelles de nous, ça veut probablement dire que tout le monde est en pleine forme.

– Probablement ?

– Allez, au revoir, m'a-t-il dit gaiement en raccrochant.

– Je t'aime, ai-je répondu à la tonalité.

Hank est sorti de la salle de bains, un fil dentaire tendu entre deux doigts. Il sciait entre ses dents et gencives, comme avec un archet.

– T'as envie d'aller faire un tour ? m'a-t-il demandé.

J'ai pensé à Ronny et Lucy dans leur chambre et, l'ombre d'un instant, je dois reconnaître que j'ai été émoustillée par l'image du cow-boy et de la strip-teaseuse en train de baiser à bride abattue dans une chambre d'hôtel de New York, encore chaussés de santiags et d'escarpins, près de faire écrouler le cadre de lit anonyme. Ils avaient l'air de s'entendre plutôt bien, à ce niveau ; je ne m'étais jamais demandé avec quel genre de femme Ronny finirait, parce que j'avoue que j'avais douté qu'il trouve quelqu'un. La main sur les yeux, j'ai hoché la tête en essayant de chasser le tableau que j'avais imaginé.

– Ouais, je crois que j'aimerais bien m'étirer les jambes.

– Tu mets tes baskets ? m'a demandé Hank.

– C'est soit ça, soit les talons hauts que j'ai apportés pour le mariage.

– Je sais, je suis dans le même bateau. Mais je voudrais pas avoir une allure de crétin. C'est plutôt classe ici.

– Dans ce cas, on peut avoir l'air con ensemble. (Je lui ai fait signe de s'approcher du lit.) Mais on devrait peut-être s'occuper d'un autre truc avant.

*

On a pris l'ascenseur ensemble, en baskets, main dans la main, avec l'impression d'avoir accompli quelque chose, ce qui était le cas. Ce n'est pas très romantique, mais après dix ans de mariage, baiser dans l'après-midi peut donner l'impression de tricher sans se faire prendre, un acte aussi banal et palpitant que faucher dans un magasin. Et avec les gamins, cet aspect de notre couple est devenu à la fois plus satisfaisant et nettement moins fréquent. En tant que partenaires, en tant qu'amants, nous sommes au diapason, nous connaissons nos corps. Nous savons ce que nous devons murmurer, crier ou supplier. Mais ce n'est pas comme si nous faisions l'amour tous les soirs. Il peut se passer une semaine, voire deux. Surtout à l'automne, pendant les moissons, quand Hank rentre tard le soir, le corps couvert de poussière de maïs et de terre, jusque dans ses narines, chaque cheveu et poil crasseux, les yeux rouges et fatigués.

Plantés sur le trottoir, la ville filant autour de nous, j'ai remarqué les gouttes de sueur sur le front de Hank. Il a resserré sa main autour de la mienne.

– Tant de trucs à voir, hein ? m'a-t-il dit avec un rire forcé. (Je l'ai vu consulter sa vieille montre dont le verre était depuis longtemps fendu.) Alors ?

– Si on allait au parc ?

– Bonne idée.

Avec plusieurs heures à tuer avant d'aller chez Chloe, nous nous sommes promenés vers le nord, dans Madison Avenue, les mains de plus en plus moites. En passant devant les grandes enseignes ou petites boutiques chics, nous étions tentés d'entrer pour regarder les robes, costumes, souliers, livres et foulards – toutes ces choses que nous n'avions aucune chance de trouver à Little Wing. Pourtant, flânant devant les vitrines en baskets et en short, Hank avec sa casquette défoncée des Milwaukee Brewers, en sueur, nous avions aussi l'impression qu'il valait mieux nous contenter de battre le pavé en nous limitant aux marchands ambulants ou vendeurs de glaces, deux badauds parmi les gens et les bâtiments. Nous n'avions qu'une vague idée de l'emplacement du parc et de l'endroit d'où nous venions ; nous étions terrifiés et trop embarrassés pour demander notre chemin. Alors nous avons erré au hasard.

Dans le parc, Hank a enlevé sa chemise sur laquelle nous nous sommes assis pour regarder les joggeurs et les jongleurs, les jeunes familles et les gens qui lançaient des Frisbee à leur chien.

– Je vais faire une petite sieste, ai-je dit à Hank, la tête sur ses genoux, en me protégeant les yeux du soleil avec le bras.

– Tu veux ma casquette ?

– Non. Elle pue. Tu devrais la laver.

– Jamais de la vie, a répondu Hank. Je pourrai jamais la laver. Ça serait un sacrilège.

*

Tandis que nous nous attelions à des études supérieures, en fac ou pour deux ans d'institut technique, Lee formait des groupes éphémères, sillonnait les routes du Midwest ou du Mid-Atlantic, jouait dans des bars, des soirées étudiantes ou des concours de talents. Nous avions des nouvelles occasionnelles : ça commençait à marcher pour lui, un label quelconque voulait le faire signer, une célébrité l'avait vu jouer à Chicago ou à Boston et lui avait donné de précieux conseils, mais rien ne semblait se concrétiser et chaque année voyait vieillir Lee avec de moins en moins de probabilité de réussir dans le monde de la musique.

Ses amis, Hank y compris, comprenaient son parcours. Ils le défendaient bec et ongles, lui et son rêve. Dans les dortoirs surpeuplés et les apparts étudiants enfumés, qui empestaient la bière renversée et l'eau croupissante de bongs, ils jouaient ses maquettes à des inconnus, des gens qui n'avaient pas grandi parmi nous, des gens dont les parents ne découpaient pas tous les articles élogieux ou les pâles critiques publiés sur Lee.

– Il sera célèbre un jour, disaient-ils. Vous avez entendu ça ? Vous vous rendez compte de ce qu'il vient de faire, là ?

Je revois encore Hank s'approcher du lecteur de cassettes, rembobiner quelques mesures, monter le volume, et appuyer sur « play ».

– Là, disait-il en montrant les haut-parleurs. Et de nouveau là. Non mais, t'entends ça ? Personne ne joue de la guitare comme ça. Si tu prends des cours ou que tu vas au conservatoire ou une connerie dans ce genre, ils t'interdisent de jouer comme ça. Seulement voilà, c'est le son du Wisconsin. Et c'est l'hiver qu'on entend.

Après la fac, Hank et moi avions rompu quelque temps. Une manière courtoise de dire que nous avions envie d'avoir d'autres liaisons, car nous ne parvenions jamais à nous synchroniser à l'époque.

Quand j'étais amoureuse de lui, il s'intéressait à Tara Monroe ou Rachel Howe. Des pouffiasses, pensais-je alors. De même, quand il était amoureux de moi, quand il voulait que l'on sorte à nouveau ensemble, il m'arrivait de penser que je préférais Cooper Carlson ou Bradley Aberle. Ou alors Leland.

Le groupe de Lee venait de se séparer, ses musiciens n'étaient pas originaires de Little Wing, mais de la ville voisine, Thorp. Ils étaient proches, ils avaient même fait une tournée ensemble en Allemagne, en France et en Angleterre. Ils n'étaient pas loin de trouver un son bien à eux, de le calibrer, une résonance nouvelle que je n'aimais pas au départ, ou que je ne savais pas apprécier. Le son s'était éloigné de la musique de Lee – en tout cas, je n'y reconnaissais rien de lui. Il était froid, esseulé et discordant. Si je devais le décrire, je le rapprocherais de la vitesse du son en hiver, quand tout est froid et inerte. L'absence de bruit, au début. On ne parvient pas à imaginer qu'il existe quelque chose de vivant, d'animé. Puis, l'oreille s'ajuste et, après un temps, on finit par entendre les corbeaux à la cime des arbres, le son presque imperceptible de leur vol, leurs battements d'ailes dans l'air cristallin. Ensuite, on entend d'autres choses : une tronçonneuse lointaine, un moteur au ralenti, la glace qui se forme, le ruisseau qui gargouille en coulant sous cette glace, les chandelles qui gouttent, les chants d'oiseaux. En superposant tous ces bruits minuscules sous la triste, si triste voix de fausset de Lee, on obtenait un hymne pour notre coin du monde.

Il était déprimé ; il louait une chambre dans une immense ferme en dehors de Little Wing. Personne ne l'avait vu. Il ne descendait pas en ville, ne fréquentait pas le bar des VFW. Il vivait une existence marginale, une vie de coyote. Comme je ne parlais plus à Hank, je n'avais plus les nouvelles intimes auxquelles j'étais habituée. C'est alors que j'avais reçu une lettre chez mes parents ; j'avais quant à moi déménagé à Wabasha, dans le Minnesota, après le lycée.

– J'ai eu du mal à déchiffrer l'enveloppe, m'avait dit ma mère. On dirait que c'est un gamin qui a écrit l'adresse.

– Tu ne l'as pas ouverte ? avais-je demandé, inquiète.

– J'aurais dû ?

– Non. Je rentre le week-end prochain. Mets-la dans ma chambre, s'il te plaît.

La semaine suivante, j'avais fait le trajet dans ma vieille Pontiac, dont le chauffage était près de rendre l'âme. Je devais conduire en parka, moufles et bonnet avec une couche de sous-vêtements longs au cas où. Les soirs les plus froids, je devais souvent m'arrêter pour gratter le pare-brise parce que le dégivreur était nul. J'avais deux boulots à Wabasha : réceptionniste dans un salon de coiffure le jour et, le soir, serveuse dans un bar à bière et restau spécialisé dans le poulet frit. Mes cheveux empestaient en permanence le graillon de poulet, même en utilisant les échantillons gratuits de shampoings et baumes de luxe que me donnaient les coiffeuses.

– Chérie, me disaient-elles, les femmes essaient d'attirer l'homme idéal en achetant des parfums de luxe. T'es la seule qu'on connaisse à essayer de trouver un mec dans des relents d'ailes de poulet extra-croustillantes.

Je ne garde pas un souvenir particulièrement heureux de cette époque de ma vie, de cette prétendue liberté. J'habitais dans un studio, j'étais nourrie gratuitement au bar le soir, ma carte de crédit était dans le rouge et, tous les jours, j'avais à supporter un salon plein de femmes qui ne s'intéressaient qu'à leur petite personne.

« Hé, poulet frit, plaisantaient-elles, ça roule, la fac ? » Ou alors : « Quelle idée de se spécialiser en anglais… Tu ne savais pas parler anglais *avant* d'aller à la fac ? »

Si je rencontrais des hommes, c'était au bar. Des cheminots, des hommes mariés, des divorcés récidivistes, des hommes tristes, des hommes âgés. La plupart du temps, ils me traitaient avec respect. J'ai fini par en connaître certains, leurs boissons préférées, les équipes sportives qu'ils aimaient regarder à la télé ; s'ils avaient passé une bonne ou une mauvaise journée. Certains soirs, il m'arrivait d'être traitée avec moins d'égards. Je me faisais pincer les fesses, un type avec une alliance me laissait son numéro de téléphone sur un reçu, ou une clé d'hôtel à côté d'un préservatif. Mais ça n'arrivait pas très souvent.

Tout ça pour dire que j'étais heureuse d'aller passer le week-end à Little Wing pour la cuisine de ma mère, une lessive à l'œil et un peu de répit loin de l'ambiance du bar. Plus une lettre de Lee qui m'attendait. Impatiente d'ouvrir l'enveloppe et excitée de quitter Wabasha, je conduisais la Pontiac imprudemment, dérapant sur le verglas, donnant des coups de volant pour éviter les ratons laveurs et les cerfs égarés. Après m'être garée dans l'humble allée qui mène chez mes parents, j'étais restée un instant dans la voiture, pour me remettre de mes émotions. J'avais vu le visage de ma mère qui entrouvrait les rideaux, puis elle était sortie et m'avait fait signe sur le seuil, ses pantoufles mordant dans la nuit glacée. J'avais sorti ma corbeille de linge sale de la voiture, ma trousse de toilette au-dessus et j'étais allée à sa rencontre.

– Salut, maman.

– Que je suis contente de te voir, m'avait-elle dit en essayant de m'étreindre malgré la corbeille de linge entre nous.

– Je vais lancer une machine vite fait, tant que j'y pense, maman.

– Non, laisse-moi m'en occuper. Va voir ton père. Je crois qu'il est dans le salon.

J'avais fermé la porte, heureuse de me retrouver dans cette maison familière, avec ses odeurs, courants d'air et bruits qui faisaient partie intégrante de ma vie. J'avais enlevé mes chaussures et je m'étais frotté les pieds sur l'épais tapis marron de l'entrée. Maman avait visiblement passé des heures à ranger la maison pour ma visite. Je repérais les marques de l'aspirateur sur la moquette ; toutes les bougies qui brûlaient dans le salon étaient neuves, grandes ; de bonnes odeurs de cuisson s'échappaient du four. Je savais que c'était un ragoût, bien sûr. Le ragoût de viande hachée, maïs, oignons, ketchup et fromage.

– Salut, papa.

Il était assis dans son fauteuil, où il lisait le *Leader-Telegram* d'Eau Claire. La télévision était allumée sans le son, mais je savais qu'il aimait jeter un coup d'œil par-dessus le journal de temps en temps pour suivre l'état du monde et monter le volume de la météo ou des résultats sportifs. Le reste était déprimant à pleurer, disait-il, c'est pourquoi il ne pourrait jamais s'éloigner du Wisconsin.

– Salut ma puce, m'avait-il dit en se levant pour m'embrasser, et je l'avais étreint de toutes mes forces. Hum, tu sens bon, dis donc. Qu'est-ce que c'est ? Un shampoing de luxe à la lavande ? À la bardane ? Qu'est-ce que c'est ?

– Tu veux rire, non ? lui avais-je demandé en le dévisageant.

– Non, mais si tu me dis ce que c'est, j'en achèterai un flacon pour ta mère.

– Non mais, sérieusement, papa, tu te fous de moi.

– Je ne me fiche pas de toi, avait-il dit en faisant un signe de capitulation. J'aime bien ton parfum. Mais c'est la dernière fois que je te fais un compliment…

Je m'étais effondrée sur une chaise.

– Dieu que j'aime cette maison.

Il avait regardé par-dessus le V de son journal et m'avait fixée :

– Tu vas bien, ma petite fille ? T'as l'air un peu fatiguée. Et comment va Hank ? Toujours pas de communication ?

– Papa.

– Quoi ? Je n'ai même pas le droit de demander ?

– Je suis pas d'humeur, c'est tout.

– En tout cas, je ne sais pas comment les jeunes appellent ça de nos jours, mais si j'étais toi, j'expérimenterais pas trop longtemps. Je pense que si tu perdais Hank, tu pourrais le regretter. (Il m'avait souri en tournant les pages de son journal, qu'il avait ensuite dressées en une espèce de séparation entre nous.) Nous, les pères, on s'y connaît.

J'avais soupiré bruyamment. Ma mère était arrivée du sous-sol où j'entendais tourner la machine à laver et l'eau qui ballottait ; l'air s'était alourdi et sentait la lessive.

– Tu mangeras bien quelque chose de chaud ? m'avait-elle demandé.

Après dîner, je leur avais fait plaisir en choisissant de révéler quelques anecdotes récentes de mes boulots tout en faisant miroiter de meilleures perspectives. Peut-être une maîtrise dans une université de Minneapolis ou de Madison. Ou alors une école d'assistant juridique à Milwaukee. J'avais l'impression de passer un entretien d'embauche, comme si ma mère m'interviewait pour le tout nouveau poste de fille adulte. Elle m'avait souri, pris la main et m'avait fait part de leur fierté. Je les avais embrassés tous les deux et j'avais regagné ma chambre à l'étage. J'avais fait semblant d'avoir sommeil deux minutes plus tôt, mais je me sentais survoltée. La lettre était posée sur mon lit, l'écriture de Lee une traînée de plomb rectangulaire. Je m'étais allongée, j'avais déchiré le rabat et j'avais lu.

Il n'avait parlé à personne depuis son retour. Il avait vécu la dissolution de son groupe comme un échec. Il ne savait plus où il en était. Il avait des doutes sur sa nouvelle orientation musicale. Il se sentait seul. Il envisageait de laisser tout tomber et de s'inscrire à la fac. Il envisageait un boulot normal. Il envisageait de déménager. Il avait griffonné un numéro de téléphone à côté d'un *PS* tout en bas de la page, comme s'il l'avait ajouté après coup.

J'avais plié la lettre et l'avais remise dans l'enveloppe. J'étais allée dans la salle de bains, je m'étais douchée puis regardée dans une partie dégagée du miroir par ailleurs embué.

J'étais, il était, nous étions tous dans cette période charnière de la vingtaine ; quelques-uns de nos amis ou camarades de classe avaient connu une certaine réussite, suffisante pour narguer ceux d'entre nous qui n'en étaient pas là. Kip avait déménagé à Chicago et s'était déjà installé dans un appartement gigantesque de l'immeuble John Hancock. Il avait un abonnement pour assister aux matchs de baseball des Cubs et conduisait une Mustang vintage dans Lake Shore Drive et Michigan Avenue, en la décapotant pour voir flotter les obélisques en quartz des gratte-ciel. Hank et Eddy étaient allés passer un week-end avec lui et nous avaient parlé de costumes Brooks Brothers, d'additions à cinq cents dollars dans des restaus à viande et d'étudiantes du nord-ouest qui ressemblaient à des mannequins, des ballerines ou des héritières d'un système social éloigné du nôtre de plusieurs castes. Kip, m'avaient-ils raconté, avait servi un cocktail à une jeune femme dans son escarpin.

Je m'étais habillée rapidement, j'avais séché mes cheveux, fourré la lettre de Lee dans ma poche et je m'étais préparée à aller le retrouver. Dans la cuisine, j'avais composé le numéro, retenant mon souffle en écoutant les sonneries. J'entendais mes parents qui piétinaient lourdement sur le plancher au-dessus de ma tête, comme du bétail.

– Allô !

– Lee ?

– Beth ? C'est toi ?

– Oui, avais-je soufflé. J'ai eu ta lettre. T'as envie de visite ?

J'avais remarqué que mes doigts jouaient avec le cordon de l'appareil, l'entortillaient autour de mon poignet et de mes mains, j'en avais les doigts blancs.

– Ouais, viens me voir. Tu sauras me trouver ?

– Je trouverai.

Maman m'avait surprise en train de me débattre avec mes bottes d'hiver, à la porte.

– Je croyais que tu étais fatiguée, m'avait-elle dit en croisant les bras. Il est presque dix heures.

– Je sais, maman. Je dois juste aller vérifier un truc.

Elle avait haussé les sourcils.

– À partir de quelle heure doit-on envoyer les secours ?

Je m'étais levée en posant la main sur la poignée.

– Je serai de retour pour le petit déjeuner, avais-je affirmé en lui faisant un bisou sur la joue.

– Et t'as besoin de prendre une douche pour *aller vérifier un truc* ? Et de te parfumer ?

– Maman.

– Sois prudente sur la route.

Je ne savais pas ce que je faisais, seulement que j'étais curieuse, que je me sentais seule, moi aussi, et que rien ni personne ne me retenait. Au volant de ma vieille Pontiac rouillée à un seul phare, roulant dans des températures en dessous de zéro, je ne sentais plus le froid. Le froid, comme me disait toujours mon père, c'est psychologique, tout se passe dans la tête. Je l'entendais rabâcher : « En Floride, ils pensent qu'il fait froid entre dix et quinze degrés. La solution, c'est d'avoir de bonnes chaussettes et de prendre un bon petit déjeuner. Mais une meilleure solution encore, c'est d'être heureux. Et encore mieux que ça, la meilleure solution de toutes, c'est de travailler dur. »

J'avais mis le pied au plancher et roulé dans le noir, en rase campagne. Lee avait dessiné un plan où la maison de mes parents était marquée d'un astérisque, ou peut-être d'une étoile – un X indiquait son adresse.

La nuit était claire, étoilée et éclairée par le faisceau d'une lune presque pleine. Je m'étais engagée sur un chemin de gravier où un chien m'avait accueillie en aboyant. Il faisait un boucan de tous les diables. J'avais garé la Pontiac sous un vieux chêne et m'étais regardée dans le rétro. J'entendais le chien s'approcher, le cliquetis de ses griffes contre le gel et les cailloux. Trop surexcitée pour avoir peur, j'étais sortie dans le noir.

C'était un bâtiment de ferme géant en vieilles briques jaune crème, au milieu de champs de chaume de maïs enneigés. Il n'est pas toujours facile de trouver la porte d'entrée de ce genre de maisons, car toutes les façades font face à des champs et les routes de campagne forment des grilles infinies. Ces vieilles demeures carrées américaines sont immanquablement ceintes d'une grande véranda, sans trace de sonnette ou de boîte aux lettres. J'avais remarqué quelques fenêtres qui s'éclairaient au-dessus de ma tête et des rideaux qui s'écartaient. J'avais fini par frapper sur ce que j'avais pris pour la porte d'entrée.

Lee avait ouvert et j'avais poussé un grand soupir en lui souriant. Il m'avait rendu mon sourire en me faisant signe d'entrer. Il avait doucement grondé le chien :

– Chut… Tu rentres ou tu sors ?

Le chien avait remué la queue et s'était glissé à l'intérieur.

– C'est le tien ?

– Non, avait-il répondu en m'étreignant. Il est à Joaquin. Il habite aussi à l'étage. Alors, t'as reçu ma lettre ?

J'avais failli me tapoter la poche arrière, mais j'avais préféré acquiescer, sans trop savoir quoi dire.

– Montre-moi où tu habites.

Une vieille femme était sortie lentement de la cuisine dans une robe hawaïenne rose ; ses longs cheveux blancs formaient une grande cape qui lui atteignait presque l'arrière des genoux. Elle portait des lunettes à monture en écaille et se promenait avec une tasse de tisane aux effluves de camomille. Elle nous avait souri.

– Je t'ai préparé un lit, m'avait-elle dit.

– M'dame Cather, avait soufflé Lee d'une voix douce. Je vous présente ma sœur Beth. Beth, voici Bea Cather.

Je lui avais jeté un regard perplexe, avant de comprendre.

– Enchantée, lui avais-je dit en lui tendant la main.

Il avait hoché la tête et m'avait vaillamment fait un clin d'œil.

Elle avait posé sa tisane sur la table basse couverte de *National Geographic* et avait pris ma main entre les deux siennes, petites, traversées de veines bleues, tièdes et sèches, qui tremblaient comme des oisillons. Elle avait regardé mes joues rosies avec des yeux humides.

– Ton frère fait de la belle musique, m'avait-elle dit. J'ai jamais entendu meilleur guitariste.

– Allons, Bea, lui avait dit Lee en riant. Vous allez me faire rougir.

– Mais non, avait-elle répondu en le pointant du doigt. Il est trop modeste. Est-ce qu'il a toujours été comme ça ? Aussi humble, je veux dire.

– Toujours, avais-je confirmé avec un hochement de tête théâtral. Il n'est jamais satisfait, notre Lee.

– Ma foi, c'est peut-être une bonne chose. Y a rien de plus déplaisant que les fanfarons. Mon premier mari en était un. Capable de passer la journée à vous expliquer que ses pets ne puaient pas. J'avais fini par ne plus l'écouter.

– C'est bien vrai, m'dame, dis-je.

– Bon, Leland m'a prévenue que tu serais peut-être fatiguée de ton voyage alors je t'ai préparé un lit. Dans la chambre voisine de la mienne. Je ne veux pas que tu dormes à l'étage, près de tous les gars. Il faut se méfier de ces Mexicains. Ils travaillent dur, sans exception. Et ils savent manier l'accordéon. Mais ils se prennent tous pour des Casanova. Ah, si j'avais vingt ans de moins... Bref, c'était un plaisir de te rencontrer. Ton frère est un ange.

– Merci, avais-je répondu.

– Bonne nuit, Bea, avait dit Lee.

– Bonne nuit, mon cœur, avait-elle lancé, en traînant ses pantoufles sur le plancher, la tasse toujours à la main.

– Des Casanova ? avais-je demandé.

– Ouais, ouais. Bea loue l'étage entier à des ouvriers agricoles. Je partage la salle de bains avec Joaquin, Ernesto et Garcia. Qui sont de redoutables bourreaux des cœurs. C'est vrai.

– Montre-moi ta chambre, avais-je dit en lui crochetant courageusement le coude.

Nous avions monté l'escalier aux marches grinçantes, des dizaines de photos de famille de Bea sur les murs, son passé lointain en noir et blanc ou sépia, puis, au fil des ans, il se colorait, d'abord dans les douces nuances de Polaroid, ensuite dans les tons plus vifs du Technicolor, des photos de petits-enfants ou peut-être d'arrière-petits-enfants.

– Ta sœur, hein ? avais-je demandé.

– C'est juste que… j'avais pas envie que Bea pose trop de questions, avait-il répondu en rougissant.

– Mais t'avais *présumé* que je dormirais ici.

Nous étions arrivés en haut des marches. Il avait soudain eu l'air triste.

– Excuse-moi. C'est juste que… je sais pas ce qui m'arrive en ce moment, putain, et j'ai entendu dire que Hank et toi, vous aviez… tu sais… cassé. Mais je suis désolé. Vraiment, excuse-moi.

– Mais non, c'est bon. Je suis contente de te voir.

J'avais alors tendu la main pour le toucher, son menton et sa barbe. Sous les poils, son visage était émacié, ses pommettes ressortaient comme deux splendides dunes osseuses.

– Tu manges rien, avais-je constaté.

Je ne l'avais jamais touché comme ça avant. C'était excitant.

– Bea essaie de m'engraisser.

– Tant mieux, avais-je dit en laissant mes doigts caresser ses lèvres.

– Beth ?

Je l'avais embrassé, tendrement, et il m'avait rendu mon baiser. Mon univers avait changé de fréquence, il grésillait, le visage me brûlait tant que j'avais l'impression de fondre. Lee est grand, j'avais dû me dresser sur la pointe des pieds, et j'avais aimé cette proximité avec un homme plus grand.

– Viens, m'avait-il dit, je voudrais pas que tu tombes dans l'escalier.

– D'accord.

Il m'avait guidée dans le couloir central, vers une des chambres où j'entendais des rires et des voix étouffées, une radio au volume baissé.

– Quels clowns, avait dit Leland. C'est comme ça tous les soirs.

Il avait entrouvert la porte de leur chambre ; ses trois colocataires étaient allongés par terre autour d'un jeu de Risk, un radio-réveil au chevet d'un lit diffusant les tubes du Top 40. Une odeur de bière flottait dans la pièce et j'avais remarqué plusieurs paquets de chips et de cacahuètes. Ils m'avaient fait un petit signe penaud. Au moins deux d'entre eux avaient une couronne dorée sur les dents.

– De gauche à droite, avait dit Leland, voici Garcia, Joaquin et Ernesto. Dites *hola*, messieurs.

– Salut, avaient-ils répondu.

– Hé, t'as laissé entrer Fernando ? avait demandé Joaquin.

– Oui, il est entré avec Beth. Il fait pas chaud, dehors.

– Vous voulez jouer ? avait demandé Ernesto. On vient juste de commencer.

– Non, je lui fais visiter, avait répondu Lee.

– Je vois, avait dit Joaquin avec un sourire un peu trop appuyé. Tu vas lui faire visiter.

Lee avait levé les yeux au ciel et refermé la porte.

– C'est comme ça tous les soirs. Quand c'est pas le Monopoly, c'est le Risk. Ou alors Axis & Allies. Ils aiment les jeux de guerre.

Sa chambre était dépouillée et je me souviens que le petit espace carré m'avait emplie de tristesse : un matelas posé à même le sol, quelques livres dans une caisse en plastique rouge, une lampe, une guitare, une petite table et une chaise pliante.

– Merde, Lee. Si t'as besoin de meubles, tu peux appeler mes parents. Ou en parler à Hank ou aux Giroux, ou à Eddy. N'importe qui. Tu vis comme un moine, ici.

– Je sais, avait-il acquiescé. C'est ce que je veux. Et je vais te montrer autre chose.

Nous avions redescendu l'escalier à pas de loup sur les marches.

– Bea a le sommeil léger, m'avait-il murmuré.

Dans l'entrée, nous avions mis nos bottes, bonnets et moufles. Nous nous étions aidés pour enfiler nos parkas. Fernando le chien nous observait du haut de l'escalier, il avait humé l'air mais refusé de nous suivre dans le froid. Nous nous étions éloignés de la maison, vers une grange et un ensemble de petits bâtiments délabrés. Une lumière cristalline fredonnait en bleu dans le ciel.

– Attends, lui avais-je dit.

Je lui avais tiré le bras pour l'attirer à moi et nous nous étions embrassés dans le froid.

Quand nos lèvres s'étaient séparées, il avait baissé le front et l'avait reposé sur le mien. J'avais essayé de regarder ses yeux, mais ils étaient fermés.

– Beth… Je sais pas…

– On n'est pas obligés de savoir.

– Je sais pas ce que je veux en ce moment. Je serais pas bon pour toi. Et Hank est mon ami. (Je le voyais grimacer et l'imaginais rejouer nos baisers et sa lettre dans son esprit.) Tu sais, je tiens beaucoup à toi. J'en sais rien.

– Quoi ? Mais qu'est-ce que c'est ?

Il avait levé les yeux vers le ciel et poussé un soupir profond.

– Allez viens, je veux te montrer un truc.

Nous étions passés devant la grange et un hangar plein de batteuses et de charrues vétustes ; des chaînes se balançaient doucement dans le peu de vent qui soufflait, poussées peut-être aussi par la dégringolade de la terre dans les cieux. Il m'avait amenée dans un bâtiment bas et long, j'y avais reconnu un poulailler. En entrant, il avait appuyé sur l'interrupteur ; une unique ampoule nue suspendue au plafond avait progressivement éclairé l'espace exigu. Il y avait un petit piano, une batterie, une guitare et quelques autres instruments. Tout avait l'air d'occasion, comme abandonné plus d'un siècle auparavant par une troupe disparate de Gitans. Il avait cloué des vieux morceaux de moquette aux murs, et couvert le sol de foin.

– Mon atelier, avait-il dit en écartant les bras.

– Il fait un froid de canard, Lee.

– Aha ! Mais t'as pas tout vu !

Il y avait un vieux poêle à bois dans un coin du poulailler. Lee s'était agenouillé dans le foin pour couper du petit bois qu'il avait enfourné avec du papier journal roulé en boule, sur lequel il avait jeté une allumette. En quelques instants, une délicieuse odeur de fumée avait envahi le poulailler et on avait entendu les craquements timides d'un feu nouveau-né.

– T'entends ça, ce son-là ? avait-il dit. Ces petits bruits secs. Je suis en train d'enregistrer un morceau avec ces bruits-là en fond sonore continu. Un loop de feu. (Il avait souri d'un air penaud.) Mais qui sait… Je suis peut-être à côté de la plaque.

– Avec quoi t'enregistres ?

– Matos de base : un simple ordinateur et un micro. Tout est plus simple ces temps-ci. C'est des enregistrements de guérilla.

J'avais envie de m'asseoir à côté de lui sur une botte de foin et de l'embrasser, de me réchauffer à lui et d'attendre de voir où tout ça nous mènerait. Mais je n'en avais rien fait ; je n'avais pas parlé des baisers que nous venions d'échanger, ni de la raison de sa lettre, de ce qu'il avait essayé de me dire sans y parvenir. Non, j'étais restée près du poêle et nous avions discuté ; nous nous interrompions de temps en temps pour qu'il chante quelques accords d'un morceau sur lequel il travaillait. Puis il avait fini par me regarder, l'air sombre.

– J'avais pas envie de revenir sur un échec, avait-il dit. Tu comprends ? Je sais pas quoi faire d'autre qu'essayer. Je suis bon à rien d'autre.

Je suis comme la plupart des gens, c'est-à-dire sans talent. Je ne sais ni chanter, ni danser, ni courir vite, ni écrire des poèmes. En l'écoutant, comme je le ferais pendant les années à venir lors de ses visites chez Hank et moi, lorsqu'il prendrait place à notre table, je m'étais demandé : « Comment c'est pour lui ? Qu'est-ce qu'il voit ? D'où vient toute cette musique ? »

Nous avions laissé le feu mourir, éteint la lumière, et nous étions ressortis dans la nuit. De retour à la maison, il m'avait serrée dans ses bras, embrassée sur la joue et avait dit :

– Je suis content que tu sois venue ici ce soir.

– Moi aussi, avais-je répondu.

Mais en vérité j'étais paumée, encore plus paumée qu'avant d'arriver à la vieille ferme de Bea Cather. Je n'avais pas la moindre idée d'où nous en étions, Lee et moi, sans compter ce que je dirais à Hank, *si* j'arrivais à lui en parler.

– Bonne nuit, m'avait-il dit.

Et je l'avais vu gravir les marches, les épaules voûtées, comme un paysan vieux garçon qui monte se coucher.

J'avais avancé à tâtons dans le noir, me fiant aux murs pour m'orienter vers la chambre que Bea m'avait préparée. J'étais montée dans le lit tout habillée, craignant de me dévêtir, craignant de m'endormir, excitée à l'idée que, quelque part au-dessus de moi, Lee était allongé sur son matelas, et qu'il pensait peut-être à moi. J'étais restée longtemps ainsi, des heures peut-être, je n'avais aucun moyen de le savoir, puis j'avais fini par me lever et retracer mes pas jusqu'à la porte d'entrée. J'étais sur le paillasson, mes bottes m'attendaient sur un vieux tapis tissé et alors que je me penchais pour les ramasser, j'avais entendu un craquement en haut de l'escalier. J'avais levé les yeux.

C'était Lee, dans un boxer noir à pois, le torse pâle et nu, ses longs bras tatoués, ses cheveux fins en bataille. Il m'avait regardée avec un sourire triste. J'avais remonté les marches et je lui avais pris la main.

*

J'étais partie avant l'aube ce matin-là, j'avais conduit lentement en regardant le lever de soleil, avec prudence. Juste avant un pont étroit sur un ruisseau sans nom, j'étais descendue de voiture en laissant le moteur tourner. J'avais regardé le soleil se lever en violet, orange et rose.

Arrivée chez mes parents, j'étais entrée discrètement, j'avais enlevé mes bottes et je m'étais glissée dans le lit.

*

Nous avons traversé le canyon de gratte-ciel dans la fraîcheur d'une Mercedes aux sièges en cuir et aux vitres fumées qui nous isolaient plaisamment du vacarme de la ville. Je me suis surprise à descendre et monter la vitre à deux reprises, juste pour étudier le contraste entre le monde à l'extérieur et le nôtre. Nous avons traversé la ville avec le chauffeur qui indiquait les lieux dignes d'intérêt d'une voix aussi aimable que lasse. Je tirais sur mon châle bleu pâle. Hank se tenait les mains en jouant avec son alliance. Sur le siège avant, Ronny écarquillait les yeux, bouche bée. Lucy soufflait sur ses ongles fraîchement vernis en violet. Il y avait une tension dans l'air que je pourrais seulement comparer à l'atmosphère d'un stade avant le match ou celle d'une représentation scolaire avant que les enfants ne montent sur scène. Dans le hall de l'hôtel, Lucy nous avait raconté qu'elle avait vu un reportage sur le mariage à la télévision.

– Ils ont dit que le Tout-New York serait présent.

– Je me demande si on va trouver notre place, avait mollement ironisé Hank.

– Où est la cérémonie ? ai-je demandé.

L'invitation de Lee était très vague : une simple note et les billets d'avion.

– Tout ce que je sais, c'est qu'on est censés se retrouver dans une espèce de château, demain à cinq heures de l'après-midi. Lee m'a rien dit d'autre.

– Chloe est-elle croyante ? ai-je demandé.

– Aucune idée.

– Donc, pas d'église ?

– Kip et Felicia ne se sont pas mariés à l'église non plus, a-t-il contré.

– C'est vrai.

Le chauffeur s'est arrêté dans une rue pavée, sans un arbre, et nous a ouvert les portières. Hank a essayé de lui glisser un pourboire, mais il l'en a dissuadé d'un geste.

– Tout le plaisir était pour moi, a-t-il dit. Vous m'avez bien fait marrer. Allez-y, vous entrez et prenez le monte-charge jusqu'au quatrième. Et quand vous serez prêts à partir, vous me trouverez ici à vous attendre. Prenez votre temps.

Il nous a fait un signe d'adieu et s'est adossé au capot de la voiture. Nous l'avons regardé tripatouiller un beau téléphone portable en allumant une cigarette.

Nous sommes restés silencieux dans l'ascenseur. Lucy et moi avons redressé les cols et arrangé les coiffures de nos hommes, avant de nous mettre une touche de rouge à lèvres. Je portais une robe de cocktail pêche clair que j'avais depuis des années ; je l'adorais en été quand j'étais bronzée. En hiver, sur ma peau affamée de soleil, cette couleur me donnait des allures de fantôme, mais après des mois de jogging, de jardinage et de présence aux matchs de foot des enfants, même mes grains de beauté et mes taches de son semblaient décoratifs. Je me sentais sûre de moi.

Ronny a ouvert la porte de l'ascenseur en tirant sur une vieille sangle de cuir. Un DJ mixait dans un coin, la musique était légère et enjouée, la pièce vibrait de conversations, certains se balançaient déjà en cadence. Il flottait une odeur de citron vert et d'alcool, de parfums de luxe et de fruits de mer. Il devait y avoir déjà près de cent cinquante personnes, coude à coude.

– Attendez, a dit Lucy. Entrez d'abord, les gars. Faut que je demande quelque chose à Beth.

Dès qu'ils sont sortis de l'ascenseur, elle a pressé le bouton du rez-de-chaussée et fait claquer la porte.

– Alors voilà, euh… Je croyais que je voulais venir à ce truc avec vous… tu sais, pour rencontrer les amis de Ronny, et honnêtement, je suis heureuse de vous avoir rencontrés, toi et Hank, et la chambre d'hôtel est fabuleuse et Ronny est fabuleux, mais faut que je te dise quelque chose.

– Que tu me dises *quoi* ?

L'ascenseur est arrivé au sous-sol. Deux couples bien habillés sont entrés et Lucy m'a vite tirée hors de la cabine, nos talons claquant sur l'acier. Les invités nous ont lancé un regard perplexe. J'ai cru reconnaître une actrice d'un des feuilletons préférés de ma mère. Nous nous sommes écartées sur le trottoir pavé.

– Tu sais ce que je suis, m'a dit Lucy. Je veux dire, tu sais comment j'ai rencontré Ronny. Alors qu'est-ce que je fous ici ? Qu'est-ce que je vais répondre quand ces gens vont me demander : « Et vous, qu'est-ce que vous faites dans la vie ? » (Elle avait entonné la question avec un ton snob de la haute qui m'a fait sourire.) Je suis strip-teaseuse, bordel ! J'ai arrêté mes études après un semestre de fac. Il m'arrive de sniffer un peu de coke. Tu vois ce que je veux dire ? (Elle s'est tue un instant.) J'ai l'impression que ces gens vont pas être dupes, ils vont me voir pour ce que je suis.

Je comprenais tout à fait ; jusqu'à cet instant, je n'avais jamais envisagé que notre amitié avec Leland ne suffisait peut-être pas. Je n'avais pas pensé que les gens ne se contenteraient pas de nous juger sur nos vêtements et souliers bon marché, mais aussi sur nos métiers et revenus. Depuis que Hank et moi étions mariés, j'avais rarement travaillé, la plupart du temps, j'étais restée à la maison pour m'occuper des enfants. Le dernier boulot que je pouvais inscrire sur un CV était sans doute celui de réceptionniste au salon de coiffure de Wabasha.

– T'as des cigarettes ? lui ai-je demandé.

– Tu m'étonnes…

Elle m'en a passé une, me l'a allumée, puis s'est occupée de la sienne.

– Bon, tu veux savoir qui on est ? lui ai-je demandé. Alors, ce soir, je serai soit chef cuisinière, soit proprio de restaurant. Je ne suis pas encore fixée. Et toi, je crois que tu devrais être... (Je l'ai étudiée un moment en tirant sur une de ses Misty.) Je crois que tu devrais être photographe. Ou encore mieux, peintre.

– Et qu'est-ce que je photographie ? m'a-t-elle demandé en souriant. Qu'est-ce que je peins ?

– Des nus.

– Il faut reconnaître que j'ai une certaine expérience dans ce domaine.

Je lui ai tendu le coude.

– Allons faire un petit tour. Je ne pense pas qu'on leur manque.

On a ri en arpentant bruyamment le trottoir, deux copines improbables mais solidaires. Nos escarpins se battaient avec les pavés et les briques, et perdaient la bataille ; avant même de rejoindre la soirée, j'avais les pieds en compote.

*

J'ai remarqué que Chloe avait perdu du poids ; ses bras étaient trop maigres, les veines de ses pieds bizarrement bleues et brillantes. Elle nous a accueillies chaleureusement et a tout de suite complimenté

Lucy sur sa robe et son vernis à ongles. J'ai vu que Lucy était sous le charme et que ses inhibitions s'évanouissaient rapidement. Elle tenait négligemment sa flûte de champagne en se serrant contre Ronny.

Elle l'avait immédiatement repéré à côté d'une table de hors-d'œuvre quand nous étions revenues : il lançait des raisins et les gobait. Je me suis demandé ce que l'assistance pensait de lui, d'eux, mais je savais que Ronny s'en fichait complètement. Il nous a décoché un grand sourire et il a bu une gorgée de Coca, la main crochetée sur sa grosse boucle de ceinturon.

– Ils ont mis du citron vert dans mon Coca, m'a-t-il confié. C'est pas si mal.

– Tu as des goûts très raffinés, Ronny Taylor.

Je me suis dit que je ferais bien de ne pas m'éloigner de lui, de surveiller les serveurs qui circulaient dans l'appartement avec leurs plateaux de cocktails attrayants.

– Où est Leland ? ai-je demandé à Chloe.

– Oh, je crois qu'il est sur la terrasse. Il vous cherchait. Il me semble que Hank est avec lui, m'a-t-elle répondu en me serrant le bras, avant de s'excuser pour aller bavarder avec d'autres invités.

Au hasard du vaste loft, je reconnaissais des visages vus dans des magazines ou à la télé : des acteurs pour la plupart, mais aussi des musiciens – dont certains que ma fille Eleanore avait commencé à écouter dans l'intimité de sa chambre à coucher encore rose. J'ai alors compris, comme jamais avant, la notoriété dont jouissaient Lee et Chloe pour que ce genre de personnes viennent leur rendre hommage, soient *vues* avec eux.

Ils étaient bel et bien sur la terrasse, Hank buvait un mojito, Lee sirotait ce qui ressemblait à du jus de canneberge. Il nous a fait un grand sourire en nous voyant approcher. Ses yeux semblaient fatigués, mais il avait l'air en forme dans son costume bien ajusté, le visage hâlé et rasé de près, les cheveux coupés court.

– Salut, Beth, m'a-t-il dit en m'étreignant.

– Félicitations, Lee. Ta fiancée est tout simplement ravissante.

– Merci. Et franchement, je vous remercie tous d'avoir fait le déplacement. J'aurais bien voulu lui passer la bague au doigt dans le Wisco, mais la famille de Chloe est d'ici, alors vous savez…

Il a hoché la tête d'un air résigné.

– Pas la peine de t'excuser, bon Dieu, a vivement protesté Hank. Ça nous a donné un prétexte pour abandonner les gosses quelques jours. Et voir la ville.

Lee a rapidement descendu son verre.

– Oh mec, je voulais les inviter aussi, mais on a décidé d'avoir un mariage sans enfants, tu vois. Pas de pleurs de bébés, pas de parents obligés de se coucher tôt. C'est demain soir que ça va devenir sérieux.

– C'est dans quelle église ? ai-je demandé.

– Pas d'église. C'est un copain de Chloe qui va officier. En fait, il a fait des études de religion à Yale. C'est un type super. Et après on dîne et on danse.

Une cérémonie de mariage vite ficelée offre certains charmes. Hormis les grand-tantes, mères et grands-mères, personne n'a envie de traverser le pays pour assister à une cérémonie pompeuse. Personne n'achète un cadeau de mariage recherché pour se farcir des prêchi-prêcha éculés sur la grandeur de l'institution ou le solo abominable d'un chanteur médiocre. Ou encore le cousin quasi illettré d'Untel massacrant des versets de la Bible ou un poème de Neruda. Les gens viennent pour voir leurs famille et amis, pour prendre une cuite, pour se lâcher, quitter leurs chaussures et imiter quelque gallinacé complètement déjanté. Ils viennent écouter un frère prononcer son discours interminable et déplacé de garçon d'honneur. Regarder la demoiselle d'honneur pleurnicher en déballant sa ribambelle de souvenirs adolescents à la guimauve, ponctués de clins d'œil complices. Je suis comme tout le monde.

Mais le truc, c'est que plus je vieillis, plus j'accorde de l'importance à la cérémonie. Car la première raison pour laquelle vous invitez famille et amis à votre mariage, c'est bien pour partager le rituel avec eux. Si la cérémonie n'avait aucune valeur, on pourrait se contenter de faire une fête et d'échanger les anneaux, vite fait bien fait. J'avais les nerfs à fleur de peau le jour de notre mariage. J'avais peur de me prendre les pieds dans la traîne en descendant l'allée, de m'évanouir pendant la messe, de gâcher l'échange de vœux, de pleurer, d'embrasser Hank avec maladresse, ou pire, de manière un peu *trop experte*. J'étais épouvantée. Et quand le pasteur avait lu les vœux que je devais réciter, j'avais réfléchi à tous les mots et les avais pesés comme des biens précieux. Je savais en les prononçant qu'ils étaient sincères. Alors même que je les récitais, que les mots dégringolaient de ma bouche, j'entrevoyais les défis que nous devrions surmonter ensemble au cours de notre vie de couple. Je savais que nous n'aurions sans doute jamais beaucoup d'argent. Que Hank travaillerait toujours plus que je ne le voudrais. Que nous ne quitterions probablement jamais le Wisconsin, je dis bien jamais, pas même pour *tenter notre chance* dans une ville comme Minneapolis, Chicago ou Duluth. Qu'épouser Hank équivalait à épouser les cent vingt hectares familiaux de maïs, soja, luzerne et prés à vaches. Mais prononcer ces mots, ces vœux, m'avait fait du bien. Et je me souviens du bonheur que j'avais ressenti en le regardant droit dans les yeux, intensément.

Et sur la terrasse aérée de ce loft étouffant, à côté de Lee, le goût de la cigarette menthol encore dans la bouche, la fraîcheur bienfaisante du champagne sur mes doigts et ma paume, je me suis aussi souvenue que j'avais pensé à lui – une fraction de seconde – en prononçant mes vœux. J'avais pensé à cette nuit dans la vieille ferme, qui était peut-être la seule fois où j'avais véritablement trompé Hank. Parce que je ne m'étais jamais résolue à lui en parler. Nous étions mariés depuis près de dix ans et les seuls secrets que j'avais pour lui étaient innocents : combien j'avais dépensé en faisant du shopping, les petites épargnes destinées à l'éducation des enfants, la grosseur que j'avais décelée un matin et qui s'était avérée bénigne, mon espoir de pouvoir prendre plus de vacances quand les enfants auraient grandi et fini la fac. Je me suis demandé si Lee penserait à moi en échangeant ses vœux avec Chloe, s'il lui arrivait même jamais de penser à moi de cette façon.

– Bon, a dit Lee, faut que j'aille me montrer un peu.

Il a serré la main de Hank et est entré dans la pièce pleine d'inconnus.

La soirée s'est déroulée agréablement. Les angoisses que nous avions avant d'entrer semblaient mal fondées. Quelques nouvelles têtes se sont présentées à nous, des employés de la maison de disques de Lee. Ils nous posaient des questions sur Little Wing, la fabrique, sur Lee quand il était jeune. J'ai été pétrifiée quand une femme m'a demandé si j'étais sortie avec lui. J'ai pris trop de temps à répondre, je m'en suis rendu compte, avant de pencher la tête en disant :

– Oh non. On est amis, c'est tout. On a toujours été de très bons amis.

Avec un geste frivole et innocent, elle m'a dit :

– Je me disais juste, vous savez, dans une ville aussi petite, peut-être que tout le monde couche avec tout le monde.

Hank devait nous écouter d'une oreille distraite parce qu'il s'est glissé derrière moi à ce moment-là, et m'a dit en me passant un bras autour de la taille :

– J'espère bien que non.

J'ai senti l'alcool sur ses lèvres quand il m'a embrassée.

Autour de minuit, nous nous sommes traînés jusqu'à la voiture qui nous a ramenés dans les rues encore animées. Dans la chambre d'hôtel, ivre de champagne, je me suis rapidement endormie sur le grand lit moelleux et je crois que même le klaxon d'un million de taxis n'aurait pas pu troubler mes rêves.

*

Nous avons dormi jusqu'à midi ou presque ; la femme de chambre nous a réveillés en frappant :

– Room service !

Hank m'a impressionnée en beuglant d'une voix grave et profonde :

– FICHEZ-NOUS LA PAIX !

C'était apparemment suffisant pour éloigner la femme de chambre, la retraite de son chariot audible dans le couloir. Content de lui, Hank s'est retourné sur le ventre, et j'ai glissé un bras sur son dos.

– Ça fait des années qu'on n'avait pas dormi autant, ai-je dit.

– J'ai l'impression d'avoir un corps en ciment frais.

– Gueule de bois ?

– Ça aussi, mais c'est surtout que je me sens hyper-relax. Tout me semble lourd. En vrac.

– On devrait peut-être partir plus souvent, ai-je suggéré. On pourrait prendre des petites vacances. Des échappées d'un week-end. On laisserait les enfants avec mes parents. On pourrait aller en Californie. À Las Vegas.

Il a soupiré comme un petit garçon.

– J'adore notre maison, m'a-t-il dit, presque blessé. On a tout ce qui nous faut. Et les vaches, alors ? Qui va les traire ? On peut pas se permettre de *payer* quelqu'un. Pas en ce moment, en tout cas.

– C'est juste que… tu viens de dire à quel point tu te sentais détendu. Je me fais du souci pour toi, tu sais. J'ai envie qu'on voyage, qu'on vive des choses ensemble. De voir le monde. T'en as jamais marre de faire la même chose ? T'as jamais envie de t'échapper de Little Wing ? Même le temps d'un week-end ?

Il a tourné la tête de l'autre côté et s'est raclé la gorge.

– J'en sais rien. Et toi ?

– Peut-être.

J'ai pensé aux enfants. Aux matins le week-end.

– Mais ce serait pas mal de faire un petit break de temps en temps, tu ne crois pas ? lui ai-je demandé. On apprécie parfois davantage les choses après une petite absence.

Je me suis allongée sur le dos, j'ai brièvement envisagé de faire un autre bébé et posé la main sur mon nombril.

Hank s'est assis lentement, a posé les pieds par terre et s'est tenu la tête entre les mains.

– Oh Seigneur, ces bulles de champagne… c'est comme si je les entendais pétiller sous mon crâne.

Je l'ai regardé se lever, se gratter le ventre, et regagner la salle de bains à petits pas. Je suis sortie du lit à mon tour, j'ai remonté le store et je me suis exposée au soleil de midi, nue, pendant une bonne minute, examinant toutes les fenêtres en vis-à-vis, sans trouver quelqu'un qui observait. J'ai baissé le store et je suis entrée dans la salle de bains. Hank était avachi sur le siège des toilettes, la tête entre les poings.

– Allons boire un café, ai-je dit.

*

Au lycée, notre prof d'art plastique s'appelait Roger Killebrew. Personne ne savait comment il avait atterri à Little Wing, mais il semblait y avoir toujours vécu – il avait même eu ma mère en classe, c'est dire… C'était un homme élégant, aux cheveux brun foncé qu'il teignait, de toute évidence. Il portait des costumes en tweed bien taillés, des souliers de cuir souple et il n'y avait aucune chance de trouver son eau de Cologne dans les rayons de notre pharmacie ou notre bazar.

Je pense assez souvent à M. Killebrew, surtout quand je me trouve dans une grande ville. Tandis que Hank et moi arpentions les rues de New York, je n'ai donc pas été très surprise de penser à nos cours d'histoire de l'art, en classe de première. Quand nous avions étudié les peintres abstraits modernes américains, Killebrew nous avait préparé une projection de diapositives et certains des garçons de la classe avaient ricané à la vue des Rothko et des Pollock.

– Alors les gars ! avait tonné Killebrew. Vous avez quelque chose d'intéressant à apporter au débat ?

Je ne me rappelle plus exactement ce qui avait été dit, mais Hank – une version de Hank à dix-sept ans – avait fait une réponse de cet acabit : « Y a bien que dans une grande ville qu'on peut trouver des idiots capables de dépenser tant de fric pour de telles nullités. » D'autres jeunes commentaient à voix basse, comme toujours, la garde-robe de Killebrew, ses gesticulations, ses tours de poignet, sa voix haut perchée, son eau de Cologne, son œil fatigué, son statut détonant de célibataire de petite ville.

Puis je me souviens que Ronny avait soudain proclamé : « La peinture, c'est un truc d'homos. » La classe avait éclaté de rire, les garçons voulaient tous lui en taper cinq comme s'il venait de marquer un touchdown au foot et brandissait fièrement le ballon.

M. Killebrew avait éteint le projecteur, fait le tour de la pièce pour allumer les lumières, puis il était revenu à l'avant de la classe où il s'était adossé au tableau, sans un mot, se contentant de nous dévisager, les mains sur le repose-craies derrière lui. Il avait attendu. Une minute ou cinq minutes, je ne sais plus. Mais je me souviens d'avoir vraiment *aimé* M. Killebrew à ce moment précis, car il était différent de tous les hommes que je connaissais. Chaque année, il organisait un voyage de découverte de l'art à Chicago. Il y comptait beaucoup d'amis, certains dans l'hôtellerie, d'autres dans la restauration. Et, l'espace d'un week-end, il nous faisait découvrir ce que la ville avait de mieux : nous descendions dans un bon hôtel, prenions chaque repas dans un restaurant différent, explorions l'Art Institute et prenions des photos devant ses grands lions verts. Notre monde était plat, mais Roger Killebrew faisait en sorte que notre horizon s'élargisse vers le sud, au moins jusqu'à Chicago.

Quand la classe s'était enfin calmée, il avait dit :

– Premièrement, je voudrais que vous vous représentiez la ville comme une collection de gens. C'est facile, non ? Vous pensez à Minneapolis, Chicago ou Milwaukee, et vous pensez à des centaines de milliers de personnes. Des millions. C'est à cela que vous pensez en premier. Peut-être aussi aux gratte-ciel, je ne sais pas. Mais moi, je pense aux gens. Vous devez ensuite penser aux idées. Imaginez chacun de ces millions de gens comme un ensemble d'idées. Par exemple : « Cette femme est ballerine, elle pense à un ballet. » Ou : « Cet homme est architecte, il pense à des bâtiments. » Et quand vous commencez à voir les choses comme ça, la ville devient le plus bel endroit du monde. C'est la somme de millions de personnes qui échangent des idées, sans arrêt, à toute heure du jour.

– Mais on n'habite pas en ville, nous, avait soulevé Cameron Giroux. On habite ici.

– Et c'est un bel endroit. J'aime Little Wing. Mais ne dénigrez pas si vite les grandes villes. Il y a aussi des gens bien qui y habitent. Et ce ne sont pas tous des peintres ou des sculpteurs. Pensez à vos joueurs de base-ball et de football favoris. Sans villes, vous pensez que ces athlètes trouveraient du boulot ? Vous pensez qu'il y aurait des stades et des supporters ?

– Je suis perdu, s'était plaint Ronny, je croyais qu'on parlait de peinture.

Killebrew s'était approché du bureau de Ronny. Il l'aimait bien, en dépit de son attitude bornée.

– C'est bien de ça qu'on parlait, avait confirmé Killebrew.

*

Dans un café de la Soixantième et des poussières, perdus dans le centre devant un café et des croissants, j'ai dit à Hank :

– Et si on allait au musée, hein ? On a le temps.

– Tu crois ? On a la ville entière et tu veux aller voir des tableaux ? Ils en ont à Minneapolis.

Il se tenait le front, grimaçait chaque fois que la cloche au-dessus de la porte signalait l'arrivée ou le départ d'un client. Dehors, les klaxons beuglaient, les sirènes hurlaient, les policiers sifflaient et moulinaient des bras.

– Putain, a dit Hank, comment survit-on à une gueule de bois dans cette ville ?

Il a fermé les yeux et mâché son croissant.

– Le musée sera très silencieux. Je te le promets, ai-je murmuré en lui prenant la main.

Il a ouvert un œil et m'a souri.

*

Les noces étaient célébrées dans une vaste demeure aux allures de forteresse médiévale, même si les fleurs et les décorations parvenaient à atténuer et éclairer l'aspect sombre et angulaire de l'imposant château de brique rouge. Des vigiles à la porte ont vérifié nos papiers. À l'intérieur, l'immeuble avait un aspect d'écrin, l'atmosphère était confinée, sombre, prête à faire ressortir chatoiements et éblouissements.

Nous avancions docilement, comme des figurines sur un parcours tracé, accompagnés de Ronny et Lucy, tous deux bouche bée, les yeux écarquillés. Des stars de cinéma croisaient notre chemin comme de lentes comètes aux couleurs chaudes. Ces visages aperçus dans des tabloïds de supermarché, ils étaient *à côté de nous*, ridiculement minces, lumineux, beaux. Hank tenait le cadeau de Kip et Felicia contre sa poitrine, comme un ballon de foot, tandis qu'une rangée de mains et de bras nous dirigeait avec fermeté et efficacité dans une salle de bal où nous attendaient sièges et tables attitrés. Nous nous sommes assis comme les nominés d'une cérémonie de remise de prix que nous avions peu de chance de remporter.

– Mince alors, a dit Ronny. Ça se voit qu'on n'est plus dans le Wisconsin.

– J'ai jamais rien vu de tel, a renchéri Lucy. Même à Las Vegas. (Elle m'a lancé un regard complice.) Et pourtant j'en ai vu des vertes et des pas mûres, à Vegas.

Une fois tous les invités à leur table, après une demi-heure ou plus de brouhaha survolté et deux verres de champagne, une fois la lumière déjà avantageuse tamisée en une espèce de lueur dorée, Lee et Chloe ont fait leur entrée dans cet espace imposant et tout le monde s'est levé comme pour l'arrivée du président ou de la famille royale d'un pays lointain. J'ai jeté un coup d'œil pour voir la réaction de Hank qui applaudissait, comme beaucoup, les yeux probablement rivés sur Chloe, sa robe blanc cassé, fine et vaporeuse, qui dévoilait presque entièrement son dos, ses omoplates, ses longs bras musclés par le yoga. Lee et elle se sont approchés d'un podium face à la salle, à une soixantaine de mètres de là où nous étions.

Ils ont été accueillis par la personne qui célébrait le mariage. Un beau jeune homme qui portait une robe blanche non confessionnelle par-dessus son smoking. Son visage m'a semblé familier et, pendant quelques minutes, je n'ai rien écouté de son discours. Tous mes neurones s'activaient pour me rappeler où je l'avais vu avant, puis je me suis enfin souvenue qu'il était le Roméo qui avait donné la réplique à la Juliette de Chloe. Lee et Chloe se tenaient maintenant par la main, séparés par un micro.

*

Peut-être est-ce dû au fait d'être mère, bien rodée aux mensonges de mes enfants, ou à leurs tentatives de mensonges… Peut-être est-ce parce que j'ai passé ma vie entière avec Hank et ses copains, à écouter leurs excuses minables quand ils rentraient tard à la maison, les revers de pantalon couverts de boue, l'haleine empestant le brandy, les canettes d'alu vides faisant du raffut dans la benne du pick-up... Je ne sais pas. Mais j'observais attentivement Chloe. Ses yeux, ses épaules, ses pieds. Elle m'a semblé nerveuse, elle faisait trop de simagrées. Ils ont gloussé pendant l'échange de vœux, ce dont je me méfie. Laisser échapper un petit ricanement, je veux bien. Mais glousser du début à la fin, non. C'est un serment, tout de même. Une promesse.

J'avais très envie de partager mes pensées avec Hank, mais je me suis retenue. « Je ne pense pas qu'ils tiendront la distance. Je leur donne un an, deux au grand maximum », ai-je pensé. Je ne trouvais pas convenable de le formuler à voix haute, même si j'avais raison.

Après l'échange de vœux, ils se sont embrassés, étroitement enlacés, et je dois dire que c'était un baiser convaincant, long et fougueux. Les invités ont adoré et se sont mis à frapper sur leurs verres avec leurs couverts qui semblaient être en argent véritable. Mais je dois avouer que pendant tout le temps qu'a duré leur baiser, je ne pouvais me sortir cette pensée de l'esprit : « Elle joue la comédie pour gagner sa vie. C'est une actrice. »

Lucy s'est penchée vers moi et m'a dit :

– Il a l'air de bien embrasser.

J'ai rougi, incapable de lui répondre.

– Enfin bref, a-t-elle ajouté, je dis ça comme ça, moi.

*

Nous partagions une table avec des copains de Chloe à l'université de New York et, placés au beau milieu de cette vaste salle comme nous l'étions, j'avais l'impression d'être le moyeu d'une grande roue. Nous tournions la tête pour lorgner les célébrités qui passaient près de nous, qui posaient la main – leur main – sur le dossier de nos chaises. C'était une belle soirée, assurément. Dès que j'ai eu cédé au faste, que je me suis laissé tenter par les excellents vins et champagnes, le dîner et la compagnie agréable, le temps s'est mis à filer. Il m'a suffi de rester auprès de Hank, de regarder Ronny et Lucy, pour me sentir éperdue de bonheur.

Tard dans la soirée, Lee et Chloe sont venus à notre table pour nous saluer et être félicités. Lee rayonnait d'un amour entier, ses yeux brillaient de bonheur. J'ai observé sa manière de toucher Chloe, de la guider dans la salle, une main dans le creux de ses reins. Il était plein de tendresse. Je me suis demandé si elle savait déjà, si elle saurait un jour, la chance qu'elle avait de posséder un tel mari. Si elle comprenait l'étendue de son talent, de sa gentillesse et de sa solidité d'homme. Tout cela a fini par me gêner, j'ai eu envie de plonger dans mon sac à main pour chercher un rouge à lèvres, une pastille mentholée, n'importe quoi, n'importe quoi qui m'aide à détourner les yeux de leur couple, qui me ramène au présent et à ma place, auprès de Hank. Ce mec bien. Ce type décent. Le père de mes enfants. Hank, fermier et menuisier dur à la tâche, chasseur en automne et pêcheur au printemps. Lui qui, quelques heures plus tôt, m'avait patiemment accompagnée dans le labyrinthe infini du Met, avec une gueule de bois terrible, s'arrêtant devant les tableaux, les objets égyptiens et l'art aborigène, pour en lire les légendes. Hank qui m'avait surpris en annonçant devant un Warhol :

– Je sais pas, on devrait peut-être économiser un peu. Et acheter un beau tableau. Quelque chose qu'on pourrait laisser à nos enfants. On n'a pas grand-chose à léguer aux enfants. Rien de valeur.

Et il avait attentivement étudié le tableau, il l'avait scruté.

J'avais décidé de le mettre à l'épreuve :

– À quoi tu penses ? lui avais-je demandé à voix basse. Une scène de chasse ? Avec des canards ou des aigles, un truc dans le genre ?

J'espérais bien que non. Sincèrement.

– Non, je sais pas. On pourrait peut-être aller faire un tour à Minneapolis. Visiter une galerie. Je crois que j'aimerais une toile avec beaucoup de vert. Pour la regarder pendant l'hiver.

Et je m'étais dit : « Quel homme adorable, véritablement adorable. »

Lee et Chloe étaient toujours à notre table, ils parlaient aux amis de fac de Chloe, serraient des mains et tendaient la joue aux baisers – pratique peu courante dans le Midwest. Nous attendions patiemment notre tour, les mains dans les poches ou croisées sur le ventre, jusqu'à ce que ce soit à nous d'étreindre les jeunes mariés, de les complimenter sur leur beauté et leur bonheur, sur cette soirée féerique.

– J'ai failli oublier, a dit Hank en tendant le petit cadeau à Lee. Kip et Felicia vous transmettent leurs amitiés.

– Tu crois que je dois l'ouvrir ici ? a demandé Lee en fronçant les sourcils.

– Pourquoi pas ? a dit Chloe. Tant qu'on ne l'oublie pas.

– Ouais, a renchéri Ronny. Allez, ouvre-le, mec.

– On peut le laisser à votre chauffeur, ai-je proposé. Ou même le rapporter dans le Wisconsin, si tu veux.

– Bon, d'accord, a cédé Lee.

C'était une petite photo en noir et blanc de la fabrique, élégamment encadrée. La ville semblait différente sur ce cliché, à la fois plus primitive et plus civilisée que maintenant, la rue principale flanquée de bâtiments en brique à un ou deux étages. On y voyait des chevaux et des calèches, des hommes en costume de laine trois-pièces et des femmes en robe longue. Les bâtiments semblaient construits pour durer toujours, mais nous savions que la plupart avaient été démolis dans les années soixante-dix et quatre-vingt, voire avant.

– Mon Dieu, a dit Lee, regardez ça. C'est chez nous.

Chloe se tenait à côté de son nouveau mari, soudain incapable de trouver ses mots. Elle fixait la photo d'un regard que je connaissais et qui disait : « pas sur mes murs ». Lee a fait circuler l'image. C'est Ronny qui a trouvé l'inscription au dos, d'une écriture cursive appuyée et méticuleuse : « Pour Chloe & Leland : dans les villes grandes ou petites, nous vous souhaitons amour et bonne fortune. Vos amis – Felicia & Kip Cunningham. »

– Eh bien, a dit Chloe en se ressaisissant. C'est très attentionné de leur part. Ils n'auraient pas dû.

– Je crois qu'ils essaient vraiment, vous savez ? D'être… je ne sais pas… meilleurs, ai-je fini par avancer.

J'ai pris soin de ne mentionner ni le mariage de Kip, ni son enterrement de vie de garçon, mais j'étais prête à défendre Felicia, ma nouvelle amie, une femme que je savais accorte, aimable et attentionnée. La photo est revenue entre les mains de Lee. Il l'a étudiée avec une expression étrange.

– Ils m'étonnent toujours, a-t-il dit d'une voix si basse que ce n'était peut-être que pour lui. Les gens ne cessent jamais de m'étonner.

– On peut garder la photo chez nous si vous voulez, ai-je proposé. On la remet dans sa boîte et la prochaine fois que vous viendrez, elle vous attendra à la maison.

J'avais présumé qu'après les noces, la lune de miel, toute cette effervescence, Lee et Chloe reviendraient dans le Wisconsin, que nous reprendrions nos vies et que tout finirait par revenir à la normale, comme avant le mariage de Kip. Mais alors que Chloe lui passait un bras autour de la taille, j'ai vu que Lee s'assombrissait et se tendait.

– Non, c'est bon, a-t-il dit. Je la rapporterai chez nous ce soir. On a trouvé un appart ici et les murs sont encore nus. (Il s'est adressé à Hank.) N'oublie surtout pas de remercier Kip de ma part. C'est vraiment super.

Puis Lee nous a tous étreints une dernière fois, comme si nous nous en allions pour très longtemps. J'ai senti sa cage thoracique contre ma poitrine et j'ai repensé à son extrême maigreur pendant l'hiver qu'il avait passé paumé dans la ferme de Bea Cather. En l'embrassant, je lui ai glissé dans l'oreille :

– Prends soin de toi.

Je ne sais pas pourquoi, je me suis soudain sentie triste, vraiment très triste. New York m'a paru à une distance impensable du Wisconsin. Quand il nous a fait signe pour passer aux invités d'une autre table, tout sourires, riant à leurs blagues, je me suis dit : « On lui pèse peut-être. Il a peut-être besoin de nous lâcher. »

J'ai regardé ma robe – la belle robe de Felicia –, mon corps affermi par les kilomètres que j'avais parcourus sur les chemins près de chez nous, et j'ai senti que c'était le seul endroit où j'avais envie d'être – à la maison. Avec les gamins qui grimpent dans notre lit le dimanche matin, ou alors simplement Hank et moi, regardant les rideaux s'enflammer à la lumière blanc-jaune du jour naissant, sur fond de champs noirs piquetés de vert, un peu plus de vert chaque jour. Les tourterelles tristes sur les fils de téléphone ou perchées au sommet de notre silo, leurs roucoulements, et tous ces hommes, amis de Hank, qui passent à la maison sans prévenir, qui lancent tranquillement nos enfants dans les airs, qui s'attablent dans notre cuisine pour un café et un morceau de gâteau. J'ai pensé aux jumeaux Giroux, encadrant Hank comme pour une mêlée de football, discutant de semis et de tracteurs, de pluie et d'érosion, d'une voix forte et assurée, comme deux hommes qui n'ont jamais quitté le coin et ne le quitteront jamais : deux rois partageant un royaume. Il est vrai que je me suis mise à sourire, en pensant à eux. J'ai pensé à notre Eddy Moffitt bedonnant, descendant la rue principale de son pas traînant, un sourire sympathique à l'attention de la circulation, une petite tape amicale sur le coffre d'une voiture déambulant avec lenteur, remontant son pantalon qui retombe immédiatement sous l'abri de chair abondante qu'offre son ventre. Eddy, dans notre église, qui lit l'homélie de la semaine, de sa riche et généreuse voix de baryton, le genre de voix à raconter des histoires pour endormir les enfants. Eddy, le regard parcourant l'assemblée, au-dessus de ses lunettes en demi-lune. Refermant tendrement sa Bible en disant : « Et ce sera tout pour aujourd'hui. » Ou Ronny. Ronny errant dans les rues de Little Wing, s'endormant dans la tiédeur de la bibliothèque, le journal ouvert devant lui, et *qu'est-ce que vous croyez qu'il lisait ?* Ou Ronny se portant volontaire pour entraîner l'équipe de football américain du lycée : il tient dans ses bras les mannequins pour apprendre les plaquages aux gamins de la ville, des gamins qui le protègent et le traitent comme un oncle adoré, comme un ange blessé. Ronny, se sentant seul un mardi soir, qui entre dans le bar des VFW où le barman sait qu'il doit lui servir seulement du Coca, lui donner plusieurs bols de pop-corn et allumer le grand écran de la télé sur la ESPN, la chaîne de rodéo, ou sur PBS pour des documentaires décrivant la nature ou l'Ouest américain.

– Bon, ai-je dit à Hank. Je suis fatiguée, allons-y.

Il m'a regardée, prenant un peu de recul pour mieux m'étudier.

– T'es sûre ? On a toute la nuit devant nous. Tu ne veux pas danser ? On n'a pas encore mangé le gâteau.

– Je suis certaine, allons-y. On prendra un taxi.

J'ai embrassé Ronny sur la joue, heureuse de le voir là, avec une femme, comme n'importe quel autre homme de cette pièce, sans paraître différent. Lucy était assise sur ses genoux, ses longues jambes croisées ne touchaient pas le sol.

– Allez-y, a-t-elle dit, je crois qu'on va rester un peu plus. (Elle nous a chassés d'un geste de la main.) Ne vous en faites pas, je veille sur lui.

Nous avons trouvé notre chauffeur devant le château ; il jouait aux dés avec trois autres conducteurs. Une pile de billets s'amassait sur le trottoir, la musique s'échappait de l'arrière d'une limousine. Nous lui avons dit d'attendre Ronny et Lucy, que nous allions nous promener. Il nous a fait un signe d'adieu insouciant et s'est penché sur le trottoir en agitant bruyamment les dés dans son poing.

Nous avons marché, nous avons regardé les policiers de NYC appuyés contre leur voiture de patrouille, les marchands des rues éclairés par des ampoules graisseuses, empaquetant la nourriture dans du papier paraffiné ou des barquettes en carton. Nous avons regardé les clients attablés derrière les vitrines gigantesques de restaurants à la mode, les videurs bras croisés à l'entrée de clubs sans fenêtres, et des jeunes : les filles en robe de cocktail, à l'affût ; les hipsters vintage en chaussures d'occasion et jean skinny à bretelles, arborant une pilosité faciale décalée ; les garçons vêtus de coton gaufré et nœud papillon avec des chaussures bateau et des Ray-Ban à dix heures du soir.

Je suis descendue du trottoir et j'ai hélé un taxi : rien de plus facile au monde pour une femme en tenue de soirée moulante. Deux doigts en l'air, comme pour jauger la température de la nuit, une jambe avancée à un angle de trente degrés et l'autre tendue jusqu'au déhanchement. Et Hank me suivait, comme un amoureux transi. Un requin jaune a traversé la circulation sur trois voies avec une rapidité surprenante et s'est arrêté juste à côté de nous, soudain à notre service.

J'ai tendu un billet de cent dollars au chauffeur, cadeau de mes parents à notre départ. Mon père me l'avait donné en disant quelque chose du genre : « Profitez-en bien, d'accord ? Ne vous faites pas de souci. Amusez-vous, les enfants. »

– Promenez-nous, ai-je demandé au chauffeur, je ne sais pas où. Montrez-nous ce qui vous semble intéressant pour des touristes. Nous sommes descendus au Waldorf. Vous pouvez nous y déposer quand nous serons à court de crédit.

Il a pris l'argent sans un mot, jeté un coup d'œil dans le rétro, et s'est engagé dans la rue en adoptant bientôt une allure adéquate. Je me suis appuyée contre Hank, j'ai posé la tête sur sa poitrine, senti son cœur.

– Ça va ? m'a-t-il demandé en m'embrassant le sommet de la tête. T'as pas l'air dans ton assiette.

– Ça va. C'est juste que je me sens prête à rentrer. À revoir les enfants.

Les gratte-ciel défilaient, invisibles à mes yeux à ce moment, tous semblables.

– On pourrait peut-être revenir un jour, a proposé Hank. Je sais pas, au printemps prochain ? On pourrait leur rendre visite. Et on viendrait tous les ans. Tu pourrais faire du shopping. Et j'aimerais bien voir un match de basket.

Il a baissé les yeux et m'a regardée, son menton se comprimait et je le voyais sous un angle réservé aux êtres aimés : poils de narines, pattes-d'oie, front légèrement dégarni. Je l'ai attiré vers moi et nous nous sommes embrassés.

Je ne lui ai pas répondu, j'ai fermé les yeux et senti la route sous la voiture, les lueurs des feux qui baignaient mon visage et ses mains dans mes cheveux.

Je ne sais pas combien de temps s'est écoulé avant que le chauffeur arrête la voiture et nous annonce d'une voix inexpressive, comme si nous avions requis cette destination :

– Le pont de Brooklyn. Allez-y, allez jeter un coup d'œil. Je vous attends.

Nous sommes descendus du taxi dans l'air soudain plus chaud et humide avec, au-dessus de nos têtes, dominant tout, le grand pont gris de granit et d'acier, les phares des voitures qui s'approchaient ou s'éloignaient, les doux clapotis de l'eau noire du fleuve, une sirène de remorqueur, un rire étouffé.

– M. Killebrew nous racontait toujours qu'à son avis les meilleures villes du monde avaient toutes une chose en commun, ai-je dit à Hank. Tu t'en souviens ?

Hank a acquiescé et jeté un caillou dans l'eau, mais nous ne pouvions ni le voir ni même l'entendre tomber.

– Oui. C'était un vrai fana de ponts, hein…

– Tu t'en souviens ?

Il a acquiescé en jetant une nouvelle pierre.

– J'avais peur de le reconnaître à l'époque, mais je l'aimais vraiment, tu sais ? Il a essayé de me convaincre de faire les Beaux-Arts, c'est pas incroyable ?

J'en suis restée comme deux ronds de flan, bouche bée. C'est drôle d'être mariée à quelqu'un depuis si longtemps, d'être sa meilleure amie depuis si longtemps. Parce que en ces rares occasions où il vous surprend, on a l'impression d'assister à un événement sensationnel, comme si le ciel se fissurait ou que la lune apparaissait à l'horizon vingt fois plus grosse que d'habitude.

– Je savais pas… j'ai jamais su, ai-je bégayé. Qu'est-ce que tu peignais ?

Il a donné un coup de pied dans un pavé.

– J'aimais bien peindre la fabrique. Des tracteurs. Des ruisseaux. Je sais pas. Je crois que Killebrew voulait juste être gentil.

Nous avons regardé la circulation sur le pont et sommes restés silencieux, l'un contre l'autre.

– Allez, viens, m'a dit Hank après un temps. Il va peut-être nous en montrer un autre.

Le chauffeur nous a promenés en ville, nous nous tenions la main, nous embrassions à la dérobée ou cohabitions comme de parfaits inconnus, regardant chacun par sa vitre.

– Est-ce que je peux te dire quelque chose ? ai-je fini par demander en rompant le silence.

– Qu'est-ce que c'est ?

– Je ne crois pas que ça durera. Je veux parler de Lee et Chloe.

Hank m'a regardée attentivement, il a soupiré et s'est tourné vers la ville.

– Pourquoi pas ?

– Je ne sais pas. C'est juste un pressentiment.

– Moi, j'ai l'impression qu'il ne reviendra pas, a dit Hank. C'est comme s'il était déjà parti.

– Je suis désolée.

– J'imagine qu'il arrive un moment où tu ne peux plus avoir d'obstacles, tu vois. Où t'as besoin de plus d'espace. Bref, je me demande s'il est vraiment destiné à rester à Little Wing. J'en sais rien.

– Je suis désolée, Hank.

– On est amis depuis qu'on a huit ans.

– Je sais bien.

– Et maintenant, c'est comme, je sais pas, j'ai l'impression que c'est plus le même.

– Je ne sais pas si j'aime beaucoup Chloe, ai-je dit.

Nous nous sommes arrêtés à un croisement baigné de rouge. Un vieillard poussait un caddy à trois roues qui semblait contenir la totalité de ses biens. Je l'ai vu batailler pour le monter sur le trottoir. Le feu est passé au vert.

– L'hiver me manque, a dit Hank.

– L'automne me manque, ai-je dit.

L

J'ai garé le camion de location sur le bas-côté d'Uecker Road, à l'entrée de mon chemin, là où les graviers s'échappent et s'éparpillent sur l'asphalte comme un jeu de billes. J'avais fait suivre mon courrier à New York ces derniers mois mais des brochures et quelques enveloppes jonchaient le sol et les mauvaises herbes autour de la boîte aux lettres. Je me suis penché et j'ai fait une boule détrempée des papiers humides. Il y avait des lettres partout, dont beaucoup rédigées à la main : le courrier des fans. Je reconnais la plume d'une fille de treize ans au cœur brisé à dix lieues à la ronde : encre rose, grosses lettres bulles, points d'exclamation à tire-larigot. Tout comme l'écriture d'un boucher ou plombier d'une vingtaine d'années traversant une mauvaise passe : majuscules furieusement gravées dans une feuille de bloc-notes jaune, truffée de fautes d'orthographe biffées. Certaines des enveloppes avaient atterri dans le fossé. J'avais les jambes fatiguées par le voyage, mais en descendant prudemment dans le fossé envahi par les quenouilles, j'en ai profité pour m'étirer agréablement la colonne vertébrale. Mes bottes Red Wing ont vite été trempées, mes chaussettes imbibées. Je n'avais pas la moindre idée de quand ces lettres étaient arrivées, depuis combien de temps elles traînaient dans le fossé, avec l'encre qui bavait, mais je ne pouvais pas les laisser comme ça, comme des ordures éparpillées – comme si je m'en fichais. Parce que ça compte pour moi. J'étais heureux de les trouver. Surtout ce jour-là, en rentrant chez moi. C'était comme si quelqu'un avait accroché une gigantesque banderole « BIENVENUE » à l'entrée. Sauf que, naturellement, personne ne savait que je rentrais. Bref, en tout cas ça me ferait de la lecture, voire de l'écriture, si la solitude devenait trop pesante.

Après m'être assuré que tout le courrier errant avait été ramassé, j'ai posé la pile moite sur la banquette du camion et je suis allé défaire l'épaisse chaîne d'acier qui barre l'entrée de mon chemin. Six mois auparavant, j'avais creusé deux trous pour planter les poteaux dans le sol rocheux de chaque côté de la route, j'y avais coulé du ciment et, une fois le ciment sec, j'avais accroché et cadenassé la chaîne, puis pris un vol de Minneapolis à New York. Je n'avais jamais clôturé ma maison, ni ne m'étais clôturé avant, jamais. Je n'en avais jamais ressenti le besoin, même avec les intrusions occasionnelles de journalistes, chasseurs d'autographes ou groupies. Je me souviens d'avoir pensé que cette chaîne était un élément *nouveau*, une espèce de *signe*, qui prouvait que je me détachais un peu de Little Wing, du Wisconsin. Ce qui m'avait fait peur. Mais c'était au printemps, avant mon mariage, à l'époque où j'étais encore officiellement célibataire. J'étais redevenu célibataire même si, techniquement, *légalement*, nous étions seulement séparés. Chloe et moi étions en instance de divorce. Je portais toujours mon alliance, mais ça me paraissait chaque jour un peu plus ridicule. Tout au long du trajet depuis New York, j'avais laissé pendre mon bras gauche par la vitre ; l'air frais de la nuit me tendait la peau et l'idée que j'allais peut-être perdre la bague en route ne m'avait pas quitté. Mais l'anneau s'était accroché, continuait à m'étrangler le doigt. « Une espèce de souvenir d'amour », avais-je pensé sans cesser de le faire tourner.

J'ai glissé une clé dans le cadenas argenté qui s'est ouvert d'un coup sec. « Je pourrais peut-être envoyer ma bague à un fan, ai-je pensé, ça serait vraiment quelque chose. » J'ai laissé glisser la chaîne en une petite pile brillante sur le bas-côté, je suis retourné au camion, j'ai fait ronfler le moteur et démarré l'encombrant véhicule dans un nuage de fumée noir et bleu. Il a péniblement parcouru l'interminable allée, presque à contrecœur, et j'ai frotté son tableau de bord avec affection : après tout, ce camion m'avait ramené chez moi. La voûte automnale des érables formait un tunnel de feu au-dessus de ma tête – oranges, rouges, jaunes et quelques verts retardataires. J'ai complètement descendu la vitre, posé le coude sur la portière malgré la fraîcheur et respiré un grand coup.

J'étais chez moi.

Les nids-de-poule dans la terre et les graviers étaient pleins d'eau de pluie et j'ai fait exprès d'engager les roues du camion dans chacun d'eux. J'ai toujours aimé entendre ces bruits d'éclaboussure, accompagnés des grincements et de la sensation des ressorts du siège au fur et à mesure que je me rapproche de chez moi, de la prairie, des arbres que j'ai plantés et du ruisseau au-delà.

Je me suis détendu, j'ai relâché les épaules et ouvert les yeux. Ça faisait des mois que je ne m'étais pas senti comme ça. Que je n'avais pas éprouvé quelque chose de *sain*.

J'étais chez moi.

Les arbres donnaient sur la prairie où, à la lumière du petit matin, j'ai remarqué que des touffes d'herbe d'été et de framboisiers avaient tourné au brun-jaune. Puis, *regardez* : une harde de plus de dix cerfs, les oreilles soudain dressées, les queues blanches comme des sémaphores invitant à la prudence. À quoi pouvaient-ils bien penser en surveillant l'approche de ce grand camion carré et inconnu ? Me reconnaissaient-ils ? Leur fourrure et leurs muscles ondulaient, tremblaient de peur et d'émoi. Je leur ai fait signe bêtement, comme ce que l'on fait quand on se sait seul, et j'ai hurlé : « Coucou les cerfs ! C'est moi, c'est Lee ! Je suis rentré ! » Ce qui les a fait décamper.

« Je devrais leur mettre un bloc de sel, ai-je songé. Je vais avoir besoin de compagnie. »

J'ai garé le camion devant chez moi, je me suis dirigé vers la porte d'entrée en tripotant mes clés, et j'ai ouvert en laissant la porte entrebâillée pour pouvoir porter quelques cartons. Je me suis étiré en grognant et me grattant la tête. J'avais une seule envie : me doucher, me brosser les dents et boire un verre d'eau froide. « L'eau a meilleur goût ici, elle a un goût de… de fer, ai-je pensé. À moins que ce soit le goût de l'absence. L'absence de chlore, de soufre, de mille recyclages. » Dehors, les cerfs regagnaient tranquillement l'ombre des arbres à l'orée de la prairie. Il y avait tant à faire et, en même temps, rien à faire. Bon Dieu, me préparer un simple café, me griller une clope sur la véranda, vérifier si le vieux tracteur allait démarrer. Je suis sûr que je suis resté cinq bonnes minutes à tourner en rond sur le seuil, heureux comme pas deux d'être chez moi.

Chez moi.

La maison sentait le renfermé. Des mouches mortes jonchaient les rebords de fenêtre et les lattes du plancher qui se trouvaient juste en dessous. Tout était recouvert d'une couche de poussière : les meubles, les livres, l'écran de télévision. J'ai ouvert le robinet de l'évier de la cuisine, mais les tuyaux ont toussé sourdement, comme s'ils hésitaient avant de se lancer dans un discours. Je me suis souvenu d'avoir coupé l'eau ; évidemment, je n'aurais jamais cru être de retour aussi vite. Et pourtant… Au sous-sol, j'ai ouvert l'eau, entendu le robinet de la cuisine crachoter puis cracher, d'un jet d'abord entrecoupé puis de plus en plus fluide. Partout dans la maison, j'entendais les tuyaux pousser des « ooohhh » et des « aaahhh », comme s'ils étaient heureux de me revoir. J'ai gravi l'escalier lentement, les muscles du dos et des fesses encore endoloris et tendus. Le frigo fredonnait gravement et j'ai jeté un coup d'œil à l'intérieur, en quête de bière. Il y en avait une ! Une Leinenkugel ! J'ai bu quelques gorgées avec avidité, comme un homme après une traversée du désert.

En faisant le tour de la maison, j'ai monté le thermostat, attendu le ronflement de la chaudière, ce bon feu au sous-sol, puis je l'ai baissé. J'ai ouvert les fenêtres, allumé la radio, rouvert le frigo pour voir si une autre bière ou de la nourriture ne s'étaient pas matérialisées par miracle. Puis j'ai refermé la porte. Et rouverte : toujours rien.

J'ai pissé dans la salle de bains, tout en portant la bière à mes lèvres de ma main libre – le petit déjeuner des champions. Une photo de Chloe, prise au mariage de Kip, était scotchée sur la glace. C'était une photo parfaite. Prise par un des paparazzis, un de ses amis de New York qui travaillait pour un quelconque torchon, et qui lui en avait envoyé un beau tirage avec une note s'excusant de l'avoir prise en embuscade. Il avait aussi envoyé quelques bons clichés de nous deux ensemble, mais je les avais tous laissés à New York. Elle pouvait les garder si elle voulait. Je me suis demandé si elle les voudrait.

Souvenirs. Mémentos. Reliques.

J'ai tiré la chasse et je suis allé vers la baignoire. La pomme de douche a crachoté au début, mais une eau assez chaude pour embuer la glace et réchauffer la pièce a vite coulé à flots. J'avais apparemment oublié d'éteindre le chauffe-eau en partant, une erreur fortuite. Une fois déshabillé, j'ai jeté mes vêtements en boule et je me suis mis sous l'eau – pour en ressortir, dégoulinant, repêcher ma canette de bière, et retourner sous la douche. Adossé avec soulagement contre le mur carrelé, j'ai siroté la bière fraîche sous l'eau si chaude qu'elle faisait rougir ma peau blême. J'ai fermé les yeux, pris une grande respiration et je me suis laissé glisser dans la baignoire où je me suis endormi, sous la pluie d'eau chaude.

Chez moi.

*

Je ne sais pas combien de temps j'ai dormi, mais ça n'a pas pu durer des heures car je me suis réveillé avec la canette vide entre les jambes, sous un jet d'eau froide. Si Chloe m'avait vu : un vrai pruneau, rétamé par une seule bière, se caillant les fesses au fond d'une baignoire pour panser ses blessures. Enfin, j'avais du pain sur la planche. Il fallait commencer par ramener le véhicule de location. Et aussi acheter de la bière. Je savais que j'en aurais besoin. Des caisses de bières. Et de la nourriture. Je voulais un congélateur plein de pizzas et de poissons panés. Un frigo plein de bratwursts, de steaks et de côtelettes de porc.

J'ai fait l'état des lieux devant la glace de la salle de bains : un gamin efflanqué, un gamin efflanqué et branché de New York. Au cul, tout ça. Il était temps de se préparer à affronter l'hiver. De prendre quelques kilos. De débiter un peu de bois. Enveloppé dans la serviette, je suis sorti de la salle de bains et entré dans ma chambre où j'ai enfilé mes vrais habits : une vieille chemise verte en daim, un pantalon de travail Carhartt et de bonnes grosses chaussettes en laine. Puis j'ai regagné le salon en mettant une vieille casquette maillée des Brewers.

Et là, campé sur quatre pattes de fourrure jaune, un coyote m'attendait en plein milieu de la pièce – la porte d'entrée grande ouverte derrière lui. J'étais pétrifié. L'animal a dressé la tête, m'a jaugé du regard et a levé une de ses pattes à socquette blanche pour gratter l'espace entre nous.

Je ne sais pas combien de temps nous sommes restés comme ça, à nous renifler mutuellement, mais j'ai fini par avoir la présence d'esprit de lui dire avec autorité : « Allez ouste, va-t'en. » J'avais eu peur de ne pas avoir de voix.

Il s'en est allé en faisant lentement demi-tour, comme un chien réprimandé ; il a franchi la porte d'entrée d'un bond leste avant de s'enfuir en courant sur la pelouse qui sépare ma maison du chemin. Puis il a traversé la prairie et j'ai vu son dos blanc-jaune dépasser à plusieurs reprises des herbes hautes et des fleurs sauvages. J'ai fermé la porte d'une main tremblante. Je l'ai même verrouillée, ce que je fais rarement, mais j'en avais besoin. Je suis resté assis, assis, assis. J'ai fixé mes mains. Je me sentais vivant, j'éprouvais la vibration de chacune de mes fibres, l'énergie de chaque atome, mon sang se bousculait dans mes veines.

Je vis ici, j'ai choisi de vivre ici, parce que ici la vie me paraît plus *réelle*. Plus véritable, plus authentique… je ne sais pas, plus *viable*. J'imagine que tout le monde ressent ça, mais je me trompe peut-être. Je ne sais pas. Que pensait Chloe de New York ? C'est vrai, cette ville palpite, tous les jours, toute la sainte journée, le temps soudé en une fusion continue : tard le soir ou tôt le matin, à l'aube et à midi, après-midi paresseux et longues nuits puis à nouveau le matin tôt et tout s'enchaîne sans arrêt et personne ne quitte cette île. Les gens vivent soixante-dix, quatre-vingts ou quatre-vingt-dix ans dans le même petit appartement. Ils sont épris de l'idée même d'y être naufragés.

Mais je ne me suis jamais épris de New York, ni d'aucune autre ville d'ailleurs. Parmi celles dans lesquelles j'ai joué, en tout cas. Ici, la vie s'articule autour des saisons. Ici, le temps s'écoule lentement, divisé en moments à savourer, comme de délicieuses parts de dessert : mariages, naissances, réussites aux examens, inaugurations, funérailles. Rien ne change beaucoup, en général. Dans un champ, Hank me salue en agitant sa casquette du haut de son tracteur. Ronny se balade dans la rue principale, où il shoote un caillou à coups de santiag, les deux mains dans les poches. Beth est assise avec les enfants devant le Dairy Queen, elle nettoie la glace qu'ils ont sur le visage avec une serviette humide. Et voici Kip devant la fabrique, au téléphone, gesticulant comme un chef d'orchestre excentrique qui a perdu ses musiciens. Et puis Eddy devant la poste – sa chemisette de travail blanche rentrée dans son pantalon et tendue sur son énorme ventre comme si sa bedaine était une rafale de vent gonflant un spinnaker –, il achète un coquelicot symbolique à un ancien combattant du Vietnam.

Et dans les champs comme dans les bois, les feux de prairie au printemps, les flambées de pneus, et le lent épandage de crottin : le plus riche des fumiers. Des grues blanches et des grues du Canada, grosses comme des bombardiers dans le ciel, des myriades d'autres oiseaux revenant au bercail comme par retour de courrier, faisant un boucan céleste aussi fort qu'une fête de bienvenue digne de ce nom. Puis vient l'été avec une telle profusion de verts qu'on pense que l'hiver n'a jamais existé et ne reviendra jamais. Des journées longues et langoureuses ; le bar des VFW, poste n° 88, tout en néons de brasserie, fenêtres et portes grandes ouvertes, et sa douce obscurité enfumée. Et la fabrique de Kip qui projette ses longues ombres sur toute la ville. Les pigeons et tourterelles tristes y roucoulent dans la rosée et la fraîcheur de l'aube, puis s'envolent et égrènent le premier trafic matinal dans le ciel bleu. Les fermiers viennent prendre leur café ébouillanté de station-service et leurs donuts rassis en rouspétant contre la politique, les impôts, le prix des marchandises et tout ce qui s'ensuit. Tard le soir, les parties de softball organisées dans un terrain derrière le bar routier d'un carrefour de campagne où les lampadaires au sodium attirent des milliards de papillons de nuit et autres insectes. Sur les gradins, les épouses, mères et tantes vérifient leurs messages téléphoniques ou se liment les ongles en faisant mine de s'intéresser un minimum au jeu. Et dans les jardins, les vêtements sur la corde à linge claquent dans la brise rafraîchissante qui annonce l'automne, saison élégante, saison d'écharpes et de vestes, de récoltes et de fenêtres ouvertes la nuit, meilleure saison pour dormir. Quand dans les champs tout attend d'être semé, avec le maïs jaune pâle, sec comme du papier, la terre est retournée une nouvelle fois et laissée au repos jusqu'à l'année suivante. La poussière de maïs envahit l'air d'octobre et transforme chaque coucher de soleil en carte postale, dans des couleurs d'explosion nucléaire bénigne. La neige ensuite. Assez pour recouvrir le monde, pour nous recouvrir. Notre monde qui dort, se repose et guérit sous l'édredon blanc de l'hiver. Les forêts qui en octobre projetaient leurs confettis hallucinogènes à la face du monde se retirent, affligées, calmes et soudain amaigries, avec l'allure de vieillards conscients que leur heure est proche. En hiver : fais comme les ours et reste au lit à hiberner, à pâlir, à lire des romans russes ou à jouer aux échecs par courrier avec de la famille éloignée et des amis de lycée exilés. En hiver : attache une paire de patins fins comme des couteaux et grave ton nom sur une mare gelée, pousse un palet glacé avec une longue crosse de hockey, puis reprends ton souffle, immobile, et transpire dans des températures en dessous de zéro. L'hiver.

Ici, tu laisses la porte ouverte et un coyote vient faire un tour. Mais ça aurait pu aussi être un ours. Un jour, Hank et moi étions près du ruisseau, défoncés. Alors qu'on se passait le joint, un aigle avait atterri dans les branches d'un énorme peuplier faux-tremble en face de nous. Nous l'avions vu et nous étions heureux qu'il nous tienne compagnie. Puis un corbeau s'était posé sur un gros rocher au milieu du ruisseau comme s'il prenait place à une chaire. Nous étions heureux de le voir aussi. Et enfin, une mouette, égarée on ne peut plus loin de toute eau de mer, s'était installée au sommet d'un grand pin blanc. Ces trois oiseaux si différents, disposés à intervalles réguliers sur l'eau devant nos yeux, formaient une espèce de quorum. Nous avions attendu et observé en silence : ils s'étaient mis à *parler* entre eux. L'aigle avait commencé par un long sifflement aigu, puis le corbeau avait poussé son croassement rauque, et enfin la mouette son cri braillard. Ils avaient continué, l'un après l'autre, sans bouger de leur perchoir, sans s'interrompre, chacun son tour – *ça ne pouvait être qu'une conversation, rien d'autre.* Nous avions regardé, écouté, et je serais incapable de dire combien de temps avait passé avant que la mouette finisse par s'élever du pin blanc – trois pirouettes engourdies –, puis elle avait rasé la surface de l'eau d'un seul coup d'aile avant de disparaître au-dessus des arbres. Comme une danseuse qui frime avec ses rubans.

Loups, ours, wapitis furtifs, lynx roux et couguars. Les oies en escadrons identiques, les canards et les huards sauvages. Mais les cerfs restent mes animaux préférés. Sur la prairie que j'observe, ils se déplacent en famille, comme des nomades, des réfugiés ou peut-être une faune indigène plus harmonieuse – je ne le saurai jamais. Il m'est arrivé de m'endormir au creux de leur abri, dans les herbes aplaties et réchauffées par leurs corps quand ils s'allongent et s'endorment en rêvant... *en rêvant de quoi ?* Je sais que d'autres habitants du Wisconsin les considèrent comme un fléau, une vermine, des créatures néfastes, une espèce qui se suicide en masse tous les jours en se jetant sous les roues des véhicules, une bête qui nuit aux récoltes, qui détruit les jardins et dont la population atteint des proportions épidémiques. Mais je n'en ai jamais rien cru. C'est à cause de *nous* qu'il y a autant de cerfs. Ce n'est pas leur faute. C'est peut-être nous qui sommes trop nombreux : trop de voitures, trop grosse consommation de maïs, trop de constructions, empiétant sur les territoires des loups et des coyotes. J'adore les cerfs.

Laisse la porte ouverte dans une grande ville et tu te réveilles à poil, sans un meuble. Laisse la porte ouverte ici et un coyote vient te demander l'aumône.

Je suis ici chez moi. C'est dans cette ville qu'on a cru en moi en premier. C'est ici qu'on croit toujours en moi. C'est l'endroit qui m'a fait accoucher des morceaux de mon premier album.

*

J'ai appelé Hank. Beth a répondu.

– Salut, Beth.

– Lee ? Leland ? C'est toi ? Tout va bien ?

– Hum, ouais, Beth. Tout va bien, très bien.

J'étais gêné. Gêné d'être en instance de divorce à trente ans à peine. On dirait que Hank et Beth sont ensemble depuis toujours, eux. Je ne les ai jamais vus se disputer. Pas même se chamailler. Dans leur super maison, avec leurs super enfants. Toujours tous dehors, en train de jouer ou de travailler sur quelque chose. Quand je passe, je les trouve autour de la table de pique-nique devant la maison, ils dînent et se passent des plats de je-sais-même-pas-quoi, comme s'il n'y avait rien de plus naturel au monde. Ou bien Hank est aux champs, dans son hangar, en salle de traite ou avec son troupeau pour aider une vache à vêler, faire des piqûres, nettoyer les pis en frictionnant de la teinture d'iode de couleur rouillée sur leur peau rose pâle. Les Brown semblent avoir une vie si facile. Voilà des années que j'envie Hank. Il est marié à une belle femme et il fait exactement ce qu'il voulait faire. Au grand air, sous le soleil, connecté à tout. S'il m'y autorisait, j'aimerais investir dans leur exploitation. Je placerais tout ce que j'ai dans leur ferme. J'abandonnerais la musique pour qu'il m'enseigne ce qu'il sait et je me lancerais dans une petite ferme bio sur mes terres. Je ferais pousser des carottes. Des hectares de carottes. Et quand je les arracherais, elles seraient grosses, orange et sucrées comme des bonbons. Je ferais venir un tuyau au milieu du champ, je rincerais mes longues carottes bio sucrées et j'en mangerais deux douzaines par jour.

Mais au téléphone avec Beth, encore un peu sonné par la bière et la route vers l'ouest, ma vie entière me semblait tourneboulée et à vrai dire déprimante. Je n'avais même pas réussi à faire durer mon mariage un an. Je n'avais pas su me faire aimer de Chloe. Pis encore : j'avais abandonné ma ville natale et mes meilleurs amis pour me la péter à New York.

– Mais où es-tu donc ?

Aussi, toute ma vie, j'ai été au moins à moitié amoureux de Beth. Je ne l'ai jamais confié à personne. Pour tout dire, jusqu'à ce moment, au téléphone avec elle, je ne suis même pas sûr que je l'avais compris moi-même. Mais c'est vrai. Ou je pense que c'est vrai. Je n'arrive plus à faire la différence, entre l'amour et la solitude, le mal du pays et la faiblesse. Qu'est-ce que j'y connais en amour, moi ?

– Je suis chez moi.

– Mais c'est trop calme, m'a-t-elle dit. À New York, je ne me souviens que de klaxons, de sirènes et de basses. Comment va Chloe ?

– En pleine forme. Mais elle est en tournage à Prague en ce moment.

Invention totale. Je n'avais pas la moindre idée d'où elle était. Je la soupçonnais de faire une fixation sur les musiciens et d'être en quête de son prochain mari. Avant même que notre relation s'effondre, elle avait commencé à me parler d'un rappeur de Cleveland ; elle écoutait sa musique en boucle et insistait pour *me* la faire écouter. La veille de mon départ, j'avais eu un coup de téléphone d'un copain du métier qui m'avait demandé : « Alors, t'es à Cleveland ? Je viens de voir Chloe backstage… »

– Hank est là ?

– T'es sûr que ça va ?

– Je vais bien, Beth.

– Je suis perdue, Lee. T'es à New York ou à Little Wing ?

– Je suis ici.

– Ici *là-bas*, ou ici *ici* ?

– Ici *ici*, ai-je dit après un grand soupir.

– Lee, a-t-elle demandé doucement, tout va bien entre vous deux ?

Ma cuisine est à l'arrière de la maison. Les fenêtres donnent sur le ruisseau en contrebas, dont le cours accidenté est bordé de sumacs et de pins rouges que j'avais plantés tout au début. À cet endroit, le ruisseau coule gris et bleu en reflétant le ciel et sa surface est parcourue de feuilles rouges, orange et jaunes qui flottent comme des écussons en forme d'étoiles. J'adore ma cuisine.

J'étais sur un tabouret, au bar, le téléphone collé à l'oreille. Pourquoi ne m'étais-je pas encore fait du café ? J'avais des cognements dans la tête, le sang affluait dans mes oreilles et mes paupières.

– On est en instance de divorce.

J'ai remarqué une variation de respiration. Elle a changé le combiné de main. *M'as-tu jamais aimé ? Pourrais-tu m'aimer ?*

– C'est vraiment dommage, a-t-elle dit. Nous aimions bien Chloe.

– Ouais, ben, il s'est avéré qu'elle ne m'aimait pas beaucoup, moi.

– Tu veux venir dîner à la maison ? Maintenant que t'es de retour. Faut que tu viennes nous voir. On doit absolument t'inviter. À dîner.

Avec Beth, je crois que j'aurais pu passer un siècle entier au lit. À embrasser ses seins. *Je me souviens encore de la forme et de la couleur de tes mamelons. Aurait-on eu des enfants, tous les deux ? Comment s'appelleraient-ils ? À qui ressembleraient-ils ?*

– Hum. Et donc, Hank est dans le coin ?

– Oui, je vais le chercher.

Une pause.

Le combiné est-il blotti au creux de son cou ? Le tient-elle à la main ? L'a-t-elle posé sur le bar ?

– Je t'aime, ai-je murmuré.

Rien. Pas même de parasites. Pas de frottement sec de peau.

– Je t'aime, ai-je à nouveau murmuré.

T'es en train de te jeter du haut de la falaise, là. Mais qu'est-ce que tu fous ? Inutile de bousiller aussi leur vie.

Puis j'ai entendu Hank se racler la gorge avant de prendre le téléphone. Je l'ai imaginé, essuyant ses mains pleines de cambouis sur un chiffon rouge. Peut-être Beth était-elle à côté de lui et lui avait-elle préparé un café dans une tasse ébréchée qu'elle avait placée entre ses mains.

– C'est toi, Lee ? Ça fait un bail, dis donc.

La voix de Hank – la voix d'un vieil ami – était comme un mur permettant de s'orienter dans une chambre d'hôtel inconnue plongée dans l'obscurité. Le monde continue d'exister. Hank continue d'exister. Aussi réel qu'un poteau.

– Salut mec, ça me fait plaisir de t'entendre.

– Tu vas bien ? Beth dit que t'es rentré à Little Wing. Où est Juliette ? Où est ma Juliette préférée ?

Hank est assez beau pour être acteur. Je doute qu'il le sache, ou d'ailleurs qu'il s'en soucie, mais c'est vrai. J'ai rencontré et connu beaucoup d'acteurs au fil du temps, la plupart font un mètre soixante-cinq et ont un regard qui oscille entre la niaiserie et la folie. Ils sont tous beaux, mais avec l'authenticité d'un sac en plastique. La première fois qu'on rencontre Hank, on se dit : « Voici un type capable. » Il a de grandes mains sèches qui viennent se poser sur les tiennes comme une paire de moufles tièdes. Il n'est pas tout à fait aussi grand que moi, il fait un peu plus d'un mètre quatre-vingts, mais il est large comme un bœuf avec un regard sympathique aux yeux marron foncé. Et sa peau, été comme hiver, est juste un peu plus mate qu'un biscuit Ritz. Au mariage de Kip, Chloe m'avait glissé discrètement : « Si je n'étais pas aussi amoureuse de toi, je chercherais un moyen d'arracher ton ami à sa ferme et à son épouse. » Sur quoi elle m'avait léché le lobe de l'oreille. Malgré les signes précurseurs annonçant que Chloe et moi ne tiendrions pas la route, je dois avouer qu'elle était une amante tout à fait convenable.

– Tu sais quoi ? ai-je dit à Hank. On se retrouve au parking de locations U-Haul d'Eau Claire et je te raconterai toute l'histoire.

– Attends un peu. Tu veux dire que t'as déjà déchargé tes affaires ?

– Non, mais j'ai pas grand-chose. Ça sera vite fait.

– Dis-moi, Lee…

– Ouais ?

– T'es sûr que ça va ?

– Rendez-vous là-bas dans deux heures.

*

Toute une mythologie s'est développée autour de mes dix premiers titres. L'endroit où je les avais enregistrés, comment je les avais enregistrés, la peine de cœur, les drogues, l'alcool. Un ramassis de mensonges. Les dix premiers morceaux de cet album, *Shotgun Lovesongs*, me sont juste venus, comme ça. J'étais fatigué, sans doute. Fatigué des échecs, fatigué de parcourir le pays, le globe, fatigué des tournées. De passer de ville en ville où personne ne savait qui nous étions, qui j'étais. De chanter devant un public en Allemagne, en France ou en Belgique en me demandant : « Tous ces gens comprennent-ils un traître mot de ce que je raconte ? » Et quand la dernière formation du groupe s'était désintégrée (comme toujours) : le retour à Little Wing avec l'impression d'être le plus grand raté du monde. Je commençais à envisager de trouver du boulot – un vrai boulot. Et aussi d'abandonner.

Il faut être fou pour faire de la musique. Ça n'a ni queue ni tête. La plupart des musiciens arrivent à peine à joindre les deux bouts, ils essaient de trouver un concert ici ou là et ne rechignent pas à jouer à un mariage ou une bar-mitsva. En règle générale, ils n'ont aucune assurance, un tout petit revenu, et aucun plan de carrière. Mais je les comprends ; ils sont obsédés, épris de musique, du plaisir de jouer avec d'autres musiciens, de rendre le public heureux, de recevoir les applaudissements et l'adulation qui ponctuent une bonne soirée, comme si la ville entière décidait soudain de vous adopter, et comme si chaque personne dans le public était prête à vous héberger pour la nuit, vous nourrir, vous prêter des habits propres et vous donner de l'argent pour rentrer chez vous en car ou en taxi.

Quand j'étais petit, au lit, j'entendais des riffs, des paroles, et ensuite je les *voyais*, superposés, et je comprenais comment le tout devait s'agencer et fonctionner. J'imagine qu'à l'époque presque tout ce que j'entendais à l'intérieur de ma tête était des échos de Bob Dylan ou de Neil Young, des permutations de *leur* œuvre. Mais tout cela m'enseignait quelque chose, m'incitait à créer un son personnel, un style propre. Je continue à mal dormir la nuit parce que j'ai peur que si je ne sors pas du lit pour transcrire telle ou telle merdouille, elle se vaporisera et je ne la retrouverai jamais. Je préfère passer une nuit blanche à écrire tout un tas de conneries qui ne vaudront jamais un clou plutôt que m'éveiller frais et dispo mais incapable de restituer quelque chose qui, allez savoir, aurait peut-être été bon. Mes tiroirs sont pleins de bouts de papier sur lesquels j'ai noté des tirades incohérentes, des poèmes minuscules ou des images que je pensais utiliser dans une chanson future. Le bloc-notes jaune à mon chevet est tellement gribouillé qu'on a l'impression qu'une boîte de stylos a explosé dessus.

Et voilà que j'étais à nouveau de retour. À Little Wing. En instance de divorce. Je n'avais pas encore compris ce qui s'était passé. Les noces avaient été belles, la lune de miel charmante (à Saint-Barthélemy, où j'avais mangé du homard tous les jours et sympathisé avec un ébéniste nommé Jimmy qui doit venir ici un jour me refaire toute la cuisine), puis, de retour à New York, on était sortis dîner un soir, Chloe avait levé les yeux de son portable et s'était transformée en parfaite inconnue.

– Je crois que nous avons des problèmes de couple, m'avait-elle dit.

Elle avait souvent recours à des clichés, un petit défaut linguistique que j'attribuais à un régime excessif de scénarios mal écrits.

– Quel genre de problèmes ? avais-je demandé, prêt à lui balancer ma serviette à la gueule, selon ce qu'elle allait répondre.

Je n'ai jamais mâché ma nourriture comme à cet instant-là. J'avais peur de vomir, peur que mes mâchoires se brisent tant elles étaient serrées. Je savais ce qui m'attendait. Je ne l'avais pas *vu* venir, mais une fois qu'elle avait commencé, je savais exactement ce qui allait suivre.

– Mais je me trompe peut-être, avait-elle poursuivi avec désinvolture, en poussant une feuille de salade dans son assiette. (Sa fourchette faisait un bruit aigu et grinçant sur la porcelaine, comme un clou sur de l'acier rouillé.) Je n'ai jamais *été* mariée avant, tu comprends ?

Elle avait prononcé « été » comme dans un dialogue de film. Avec une certaine affectation, en insistant sur le mot, comme si ce verbe banal représentait tout au monde. Elle transformait cet « été » en une peine de prison, un crime, un pays déchiré par la guerre, une vie antérieure. Je savais qu'elle devait aller tourner à Vancouver deux semaines plus tard. Nous avions prévu d'y louer un appartement. J'avais été motivé à l'idée d'essayer de composer dans un lieu nouveau. Pas dans le Wisconsin, pas à New York, mais ailleurs, complètement ailleurs.

– Putain, mais y a seulement quatre mois qu'on est mariés, avais-je dit en déglutissant.

Je connais des gens à Little Wing qui sont mariés depuis un *demi-siècle*.

– J'ai l'impression que ça fait une éternité, avait-elle dit en consultant l'écran illuminé de son portable. Tu vois ce que je veux dire ?

– Non, je vois pas, non. Je comprends que dalle à ce que tu racontes.

J'avais alors su qu'elle allait me briser le cœur.

– Écoute, m'avait-elle dit, je crois que je vais aller squatter chez Jenna ce soir. On prend un café ensemble demain ?

Je m'étais penché sur la table et je lui avais murmuré :

– On est mariés, Chloe. On ne dort pas dans des lits séparés. On ne va pas dormir chez les autres.

Je lui avais pris la main. Je l'avais serrée avec une pression qui dépassait la simple tendresse. Je l'avais serrée avec un tout petit peu moins de fermeté que si je l'avais rattrapée en train de dégringoler d'un immeuble.

– Chloe ?

Elle m'avait regardé. Elle avait vu mes cheveux, ma barbe hirsute, mes longues oreilles, mes tatouages et ma peau. Je connais ce regard-là. Je sais à quoi je ressemble. Je ne suis pas une star de cinéma ; je ne suis pas comme Ronny ou Hank – des costauds du Midwest, tout en muscles, bronzage du rodéo ou mains terreuses. Je préférerais oublier le nombre de femmes avec qui j'ai couché, mais je reconnais ce regard-là.

Une femme croit tomber amoureuse de toi parce que tu sais composer une chanson, tu peux toucher une corde sensible dont peu de gens soupçonnent même l'existence. Parce que tu sais écrire une putain de chanson d'amour. Parce que t'es célèbre. Et le temps d'une nuit, tu rayonnes. J'ai rayonné dans le monde entier. Rayonné avec des femmes dont les noms vous feraient rougir tant elles sont belles et connues pour l'être. J'ai rayonné avec deux, trois ou quatre femmes *à la fois*. Toutes ces bouches sur moi, toutes ces langues. Mais reste le nombre incalculable de fois où ces femmes sont parties avant que je me réveille, avant que je sois sorti de la douche. Soudain, après t'avoir dévoré, après avoir mis à nu ton armure et ton intimité, elles s'aperçoivent que tu n'es qu'un type comme les autres. Un Blanc moyen originaire d'une petite ville du Wisconsin.

– Vous êtes déjà allées dans le Wisconsin ? leur demandais-je. C'est le plus bel endroit au monde. Grands lacs, forêts immenses, collines vallonnées, le Mississippi.

– C'est pas vers le Montana ? me demandaient-elles. Parce que ça ressemble au Montana.

– Non, c'est au nord de Chicago.

Un nombre étonnant d'entre elles ne sont pas fichues de trouver Chicago sur un atlas de l'Amérique, même si tu leur dis que c'est dans l'Illinois, ou sur un des Grands Lacs.

Deux semaines après ce dîner, coupé du monde, j'avais lu des rumeurs au sujet de mon propre divorce dans les journaux. New York n'est pas et n'a jamais été mon genre de ville. Je ne m'y suis jamais senti à l'aise. La rapidité, les lumières, la mode, l'argent. Après notre séparation, elle me plaisait encore moins. Il m'était impossible de faire deux pas sans être suivi par une troupe de photographes ; ils me harcelaient de questions personnelles auxquelles j'étais incapable de répondre. « Qu'est-ce qui s'est passé ? Où est Chloe ? Où habite-t-elle ? Hé, Corvus ! » L'avantage de l'effondrement précoce de notre mariage, c'est que je n'avais pas eu à vendre de maison, ni à déménager grand-chose. J'avais loué un camion, je m'étais garé devant notre immeuble et décidé à prendre un canapé, un fauteuil en cuir, un poste de télé tout neuf, mes livres, mes guitares et la photo que Kip et Felicia « nous » avaient offerte en cadeau de mariage. J'avais donné cinquante dollars à un clodo pour qu'il m'aide à descendre les trucs lourds ; j'aurais pu faire appel à un ami, mais je n'en avais aucun à New York. Tous « nos » amis étaient en réalité ceux de Chloe. J'avais laissé trois mille dollars en liquide sur le bar de la cuisine et un mot lui disant d'appeler mon avocat à Little Wing si elle avait besoin de me contacter. J'avais griffonné le numéro d'Eddy Moffitt. Il n'était pas exactement avocat, mais j'étais convaincu qu'il saurait gérer la situation avec aplomb et bonne humeur. Je doutais fort que Chloe se souvienne de lui, même si je le lui avais présenté à plus d'une occasion.

Quand j'étais sorti de l'immeuble pour la dernière fois, j'avais fumé une cigarette sur le trottoir pour m'accorder un dernier regard sur la ville. Le portier avait quitté son poste, s'était approché de moi et m'avait dit, comme s'il me voyait pour la première fois :

– Monsieur, je vous prie d'aller fumer un peu plus loin.

Il avait pointé son doigt ganté de blanc vers une allée encombrée de bennes à ordures dégoulinantes, de grosses flaques profondes et de journaux mouillés.

– Mais Tino, c'est moi, lui avais-je dit. Lee, le mari de Chloe. Tu te souviens ?

Il avait croisé les bras et froncé les sourcils.

J'avais écrasé mon mégot devant l'immeuble de Chloe, craché dans la rue, et dit :

– Hé, tu sais quoi, Tino ? Les Yankees sont une équipe de merde.

J'avais admiré la discrétion du geste avec lequel il s'était saisi l'entrejambe et m'avait fait un doigt d'honneur, en plein milieu de la rue, dans son uniforme de portier en veloutine bleu marine, avec toute la grâce et l'arrogance d'un vrai prolo new-yorkais.

*

On m'interroge sur le titre de mon premier album et j'ai raconté des versions différentes à des dizaines de magazines différents, en m'efforçant à chaque fois de rendre mon mensonge original. J'ai raconté que c'était un hommage à Guns N'Roses. J'ai raconté que c'était inspiré d'un suicide à trois villes de chez moi, puis changé le nombre de villes ou le point cardinal vers lequel le journaliste devait se diriger. J'ai raconté que c'était une histoire de cœur brisé : finalement, cette version est sans doute la plus proche de la vérité. On m'a posé des questions sur les chansons, sur mon processus de création, et je peux honnêtement dire que je n'ai jamais été impoli envers mes fans – envers la presse, peut-être, mais pas envers mes fans. J'estime que j'ai eu un sacré bol d'avoir réussi, de pouvoir vivre en tant que musicien professionnel. Mais si je ne suis pas forcément à l'aise pour parler de cet album, c'est parce que en vérité j'étais dans un gouffre très sombre quand je l'ai conçu.

Voici ce qui s'est passé : après ces premiers groupes qui ne marchaient jamais, après leur éclatement et nos séparations, j'étais revenu panser mes blessures dans le Wisconsin, la queue entre les jambes, brandissant un drapeau blanc – tout le bordel. J'étais aussi gêné à l'époque que je le suis maintenant, après le divorce. La seule différence, c'est que maintenant j'ai de l'argent. Je n'ai pas à me soucier de trouver une maison de disques pour mon prochain album.

J'étais rentré dans le Wisconsin pour Halloween. C'était une de ces journées parfaites du Midwest qui m'avait remonté le moral : les nuages filaient dans un ciel plus bleu que bleu, l'air pur et frais sentait la pluie et les prairies de l'Ouest. J'avais traversé Chicago à toute allure le long de Lakeshore Drive, bordé d'énormes vagues blanches déferlant sur les digues bétonnées, écrasé à l'ouest par les tours industrielles sur lesquelles les nuages se déchiraient avant de se reconstituer. Je me souviens d'avoir songé à Kip, perché au cœur de la ville, dans le Loop, à la Bourse, criant des nombres imaginaires, agitant des papiers roses en l'air, et faisant des signes avec les doigts comme un entraîneur de base-ball. À dire vrai, j'ignorais totalement en quoi consistait son boulot. Tout ce que je savais, c'est qu'il *réussissait*, qu'il était en train de se faire un nom. En longeant la Gold Coast, j'avais regardé par la vitre et pensé : « Va te faire foutre, Kipper. » Pourtant Kip ne m'avait jamais fait de tort. Je n'avais aucune raison valable de lui reprocher sa réussite. J'avais poursuivi au nord puis à l'ouest, traversé des banlieues interminables jalonnées de péages, puis atteint les plaines du nord de l'Illinois, où la terre lisse, terne, donne à la planète des allures de cube géant flottant dans le cosmos ; rien n'en brise la monotonie, si ce n'est une énorme usine automobile, quelques « oasis » de bord de route et une infinité de poteaux de lignes et fils à haute tension, qui acheminent l'énergie des deux Dakotas et du Canada vers la métropole de Chicago.

*

Dès que j'ai eu fini le lycée, mes parents ont divorcé. Je crois qu'on peut parler de séparation à l'amiable. Pour autant que je sache, il n'y avait aucun souci d'infidélité, de drogue, de jeu ou d'alcool. Aucune des raisons habituelles. Je ne considère pas mes parents comme des gens particulièrement intéressants, mais apparemment, depuis ma naissance, ils s'étaient progressivement éloignés l'un de l'autre. Un jour, j'avais entendu mon père parler à mon oncle Jerry, au téléphone, dans le garage : « Nous n'avons plus rien à nous dire. Nous n'aimons pas les mêmes choses. Je ne vois plus l'intérêt de continuer. Personne n'est heureux. » Ainsi donc, pendant que je faisais la tournée des bars paumés et des salles des fêtes du Midwest, que je sillonnais avec mes groupes les côtes américaines ou les villes d'Europe occidentale, mes parents avaient vendu la maison dans laquelle j'avais grandi pour partir chacun de son côté. Papa avait trouvé du boulot comme gérant d'entrepôt dans l'Arizona ; maman était rentrée dans sa ville natale du nord du Minnesota, près de la frontière canadienne, où elle travaillait comme secrétaire et coordinatrice de l'école du dimanche dans l'église où elle avait épousé mon père.

« Je n'ai plus besoin de grand-chose, m'avait-elle expliqué. J'ai acheté une petite maison avec un grand jardin. Je me réjouis à l'idée de revoir tous ces visages familiers. » Je l'imaginais en train de lécher les enveloppes des mailings de l'église et de commander du papier cartonné aux couleurs vives.

Quant à papa : « J'avais envie de passer un moment dans une région chaude. Ras-le-bol de m'emmerder à déneiger. Un coin chaud. J'ai pris un appartement dans un complexe. J'ai une cantine en face de chez moi où je dîne tous les soirs. Je bois des Corona, je mange des tacos, et je t'assure qu'ils ont meilleur goût que ceux que ta mère préparait dans ces coquilles dures. Tu devrais me rendre visite. Les filles mexicaines sont mignonnes. On pourrait boire des bières autour de la piscine. Rouler dans le désert pour regarder les cactus. »

Et je m'étais donc retrouvé sans toit. Car j'avais eu beau parcourir le globe, Little Wing était le seul endroit que je *connaissais* vraiment. Little Wing, où habitaient tous mes amis. Où je pouvais toujours jouer au bar des VFW, un vendredi ou samedi soir, si je voulais expérimenter de nouvelles chansons. Merde, je pouvais aussi y chanter des reprises toute la soirée. Et même si Hank n'y habitait pas à ce moment-là, je savais qu'il y *serait* dans le futur – qu'il reviendrait. Et Ronny. Sur le circuit rodéo, allez savoir où : Butte, Bozeman ou Billings, Las Vegas, Laramie ou Las Cruces. J'avais le pressentiment que Ronny finirait lui aussi par revenir.

Car Ronny a été la première célébrité de Little Wing. Je me souviens encore de son apparition à la télévision, aux VFW, un vendredi soir. Le bar était bondé, toute la ville était là. Le taureau qu'il devait monter s'appelait Texas Tornado. Ronny avait un énorme chapeau de cow-boy Stetson noir enfoncé sur les yeux et tout en lui était tendu. Ses avant-bras se gonflaient de manière presque grotesque dans l'enclos, tandis que le taureau s'impatientait sous ses fesses. Son visage était sculpté, hyper-concentré. Son jean Wrangler semblait cousu directement sur ses cuisses tant il était moulant et il portait une grosse boucle en argent au-dessus de l'entrejambe, comme une ceinture de poids welters, comme une proclamation annonçant : « Plus grosse bite du monde. »

Quand la porte d'enclos s'était ouverte en catastrophe dans l'arène de poussière brune d'Amarillo, au Texas, nous avions collectivement retenu notre souffle. Puis nous l'avions encouragé. Dieu, comme nous l'avions encouragé – la ville entière contre ce taureau –, tous à beugler, renverser de la bière, trépigner, se bousculer, et Ronny – cet enfoiré était trop cool – qui s'acharnait et restait sur la bête, une main en l'air comme pour solliciter des applaudissements, l'autre comme une amarre rivée à l'animal. Les éperons d'argent brillaient, le chapeau s'était envolé, les sabots en forme de V ruaient dans les airs, la morve du taureau volait. Huit secondes pour atteindre la gloire, et quand un cheval était venu le récupérer, le bar avait été proche de s'écrouler. Qu'est-ce que j'étais fier, bon Dieu. Ronny avait ramassé son Stetson par terre et s'était incliné devant la foule comme un cow-boy, un vrai de vrai, un matador américain, avant d'escalader la palissade à côté de l'enclos pour attendre l'annonce de son score.

Il avait gagné ce rodéo. Un prix de cinq mille dollars, une nouvelle boucle de ceinture brillante et la population entière de Little Wing qui pensait : « Putain, Ronny Taylor est riche ! Nom de Dieu, Ronny passe à la télé ! »

J'imagine que je désirais la même chose. Je voulais qu'en revenant à Little Wing les filles du lycée, des filles comme Beth, s'approchent de moi aux VFW et m'enfoncent la langue dans l'oreille en me susurrant à quel point j'étais beau et rare, qu'elles voulaient un enfant de moi, qu'elles voulaient me ligoter à un lit du motel entre Little Wing et Eau Claire. Quand nous étions jeunes, nous allions parfois fumer de l'herbe dans ce motel à huit chambres, où deux gars et deux filles prenaient deux lits et deux bouteilles de Jack Daniel's, et où parfois les maths devenaient un peu floues ; au mieux, on ne savait plus très bien à quel lit ou amante on devait se rattacher ; au pire, on se retrouvait à trois ou quatre sur le lit ou par terre, seize membres entrelacés, et au petit matin trop de monde pour une petite chambre de motel et une pénurie de serviettes de toilette.

*

J'avais donc traversé le sud du Wisconsin, j'étais passé à Madison, Dells et, plus au nord, j'avais longé des trembles d'un tel jaune que dès qu'un rayon de soleil les touchait, ils se transformaient en *son*, une note de musique aiguë si pure que j'avais du mal à garder les yeux ouverts – une épée divine qui tranchait l'air. Et les érables, aux rouges vifs comme les cœurs que nous colorions à l'école élémentaire, ces cœurs en papier qu'on écrasait de crayon de cire pour offrir à nos mamans. J'avais accéléré. Ça me gênait de revenir les mains vides, sans avoir accompli grand-chose, sans être devenu une superstar, mais j'étais heureux comme un roi de rentrer chez moi.

En m'arrêtant à l'IGA pour acheter un pack de six bières et fêter mon retour, j'avais remarqué une note rédigée d'une écriture cursive tremblante qui proposait la location d'une chambre dans une ferme voisine pour le loyer dérisoire de cent dollars par mois. Il y avait un numéro de téléphone et une adresse rurale. J'avais économisé environ quatre mille dollars sur nos concerts et les petits boulots que j'avais faits lors de certaines tournées. Je savais que si ma situation empirait, je pourrais aussi vendre ma voiture, une AMC Gremlin bleu pastel déglinguée. J'avais composé le numéro et organisé un rendez-vous avec la propriétaire, une dame manifestement âgée, nommée Bea Cather.

Elle m'avait eu à la bonne dès le départ, peut-être parce qu'elle se sentait seule et avait envie de compagnie. Elle m'avait invité à déjeuner – sandwichs au thon, chips rassies, cornichons maison, lait entier. Nous étions installés à la table de la cuisine donnant sur une vaste cour qui s'effaçait ensuite dans des hectares de maïs. Il y avait des nichoirs et des mangeoires tous les trois mètres. Bibelots d'extérieur, nains de jardin et balles réfléchissantes bleu-violet polluaient la vue.

– Je pourrais vous tondre la pelouse, avais-je proposé.

– Oh, c'est gentil, mais Joaquin s'en charge déjà.

– Joaquin ?

– C'est un autre locataire.

J'avais entendu des bruits de pas au-dessus de nous, et le son étouffé d'une radio.

– Combien d'autres locataires habitent ici ?

– Trois, en ce moment. On est quatre, avec moi. Plus le chien.

– Vous allez trouver ça un peu drôle mais… je n'ai pas un seul meuble.

– T'en fais pas, mon petit, la chambre est meublée. Ce n'est pas grand-chose, mais ça devrait te suffire.

– Oh, et j'aimerais vous payer six mois à l'avance. C'est possible ?

J'avais sorti une liasse et compté six billets de cent dollars que j'avais posés sur la table.

Bea avait haussé un sourcil blanc et m'avait regardé par-dessus ses lunettes de lecture.

– Tu ne serais pas fabricant de meth, par hasard ? Je ne veux pas de dealers sous mon toit.

– Non, madame, je suis musicien.

*

Ce que je préférais pendant les tournées, les festivals et dans les villes nouvelles, c'était la rencontre avec d'autres musiciens. Au stade où j'en suis de ma carrière, je peux maintenant appeler ma maison de disques ou mon agent et obtenir le numéro de pratiquement n'importe qui. J'ai celui de Bob Dylan sur un reçu scotché au mur de mon studio. Il est simplement écrit « BOB », suivi de quelques chiffres. Notez que je ne l'ai jamais appelé. Ça me fait un peu peur. Premièrement, j'ai peur qu'il ne sache pas qui je suis et, en même temps, je suis un peu gêné que ça ait de l'importance pour moi. Donc pour le moment, je me contente de l'avoir à portée de main, de me dire que je *pourrais* l'appeler si l'envie m'en prenait. Pour moi, c'est à peu près l'équivalent d'avoir une ligne directe avec Dieu. Je devrais peut-être l'appeler un de ces jours. Il a grandi près d'ici. Le Minnesota, c'est la porte à côté.

Bref, la fréquentation de nombreux musiciens peut être formidable – idées nouvelles, bombardement de sons nouveaux… Tu peux collaborer quand tu veux si ça te tente, exposer les concepts les plus fous à des gens qui ne te prennent pas pour un fou. Avec un peu de chance, ton son devient de plus en plus complexe, comme si tu tissais une espèce de canevas avec des étoffes que tu ne te souviens même pas de posséder, ni d'avoir achetées.

Mais lorsque j'habitais dans cette ferme, j'étais tout seul – aucun autre musicien. Je vivais avec des gens, mais ils me laissaient travailler tranquille, la plupart du temps. Le lendemain de mon arrivée dans le Wisconsin, après avoir versé six cents dollars à Bea en liquide, j'avais été réveillé à midi par une forte pluie qui tapait sur le toit en tôle de la vieille bâtisse. C'était un 1er novembre. Je n'avais pas encore déballé mes affaires et, à vrai dire, je n'avais pas de vêtements d'hiver, je n'en avais pas eu besoin pendant mes mois sur la route. Alors j'avais ouvert le petit placard. Quelques cintres en fer et une robe de chambre rose élimée aux initiales BEC brodées en bleu sur le sein gauche. Je l'avais enfilée. Mes épaules avaient étiré la vieille étoffe et mes genoux étaient à l'air. J'avais mis mon jean, des chaussettes, une chemise à manches longues et je m'étais à nouveau enveloppé dans la robe de chambre en serrant bien la ceinture rose autour de ma taille. J'étais descendu à pas de loup.

Trois Mexicains étaient attablés dans la cuisine ; ils piochaient des *huevos rancheros* à même une poêle en fonte et les étalaient dans des tortillas qu'ils tenaient entre leurs épaisses mains brunes. J'avais dû les surprendre, parce que leurs bavardages en espagnol avaient immédiatement cessé. Ils s'étaient tous arrêtés de manger et m'avaient dévisagé de leurs yeux noirs et durs.

Puis la voix de Bea, forte et cassante, s'était élevée de la véranda :

– C'est bon, les gars. Il habite avec nous, maintenant.

Ils avaient repris leur mastication.

J'étais resté planté, les mains dans les poches de la robe de chambre rose, les yeux passant du lino aux aimants sur le frigo de Bea, puis sur une collection de poulets en porcelaine perchés sur une étagère au-dessus de la porte.

– Assieds-toi, m'avait dit l'un d'eux. Je m'appelle Joaquin. Voici Ernesto. Et Garcia. Allez, vas-y, assieds-toi. Tortillas ?

J'avais partagé leur repas en silence, écouté leur conversation en espagnol, et senti sur moi leurs yeux noirs observant le nouveau colocataire en peignoir de vieille femme. Le repas était délicieux. Aussi déprimé que j'avais été ces premiers mois, la cuisine de Joaquin m'avait fait engraisser de sept kilos. Les fayots, les tortillas, la soupe *menudo* et le riz.

– Excusez-moi, avais-je dit en me levant après avoir fini. Merci pour le petit déjeuner.

– *Almuerzo*, avait rectifié Garcia en hochant la tête. Le déjeuner.

J'étais allé sur la véranda en serrant la robe de chambre autour de mon ventre. La pluie dégommait les feuilles des arbres ; les couleurs superbes qui, la veille, ornaient et illuminaient le ciel, jonchaient le sol – le ciel était d'un gris de graphite. Mon haleine s'échappait en vapeur. Bea était assise sur un siège, une tasse de thé à la main. Elle ne m'avait pas regardé.

– Je ne pourrais jamais vivre seule ici, m'avait-elle dit. Je ne supporterais pas le calme de cette maison sans compagnie.

J'avais acquiescé. Je n'arrivais pas à lui donner un âge. Peut-être soixante-dix ans. Peut-être quatre-vingt-dix. Elle s'exprimait d'une voix chevrotante, mais d'un ton sans appel, assuré, précis.

– On se croirait ailleurs, avais-je dit. Toutes les couleurs ont disparu.

– Elle est comment, ta musique ?

J'avais regardé le ciel, la ligne continue de nuages bas qui gravaient des zébrures de pluie grise sur les champs noirs, les restes de maïs aux tiges délavées brun clair.

– Je sais pas. Comme l'hiver peut-être.

– Il ne tardera pas, avait-elle répondu en hochant la tête.

*

Les premiers jours j'avais arpenté la propriété de Bea. J'avais marché jusqu'à la route, sur le bas-côté graveleux. À travers les prairies qui attendaient d'être semées, je me laissais aller à la solitude. Je voulais explorer mon nouveau monde.

J'avais trouvé un vieux poulailler non loin de la ferme. Il était exposé plein sud et la lumière s'infiltrait dans l'espace long et étroit par une série de petites fenêtres crasseuses à environ deux mètres cinquante de haut, presque collées au plafond non isolé. Le sol était en terre battue et la merde de poules qui recouvrait une partie des murs composait une fresque noir et blanc. L'air sentait l'urée, la paille pourrie et le froid humide.

Ça fera l'affaire.

Je l'avais nettoyé de mon mieux. Râtelé les nids abandonnés et les souris mortes. Balayé les toiles d'araignées des murs et du plafond. Lavé les vitres avec du journal et de l'eau vinaigrée. J'avais cloué un nouveau contreplaqué et rembourré de paille fraîche l'espace qui le séparait des vieux murs. J'avais acheté cinq bottes de paille pour m'asseoir et installer mon ordinateur. Le poulailler avait été raccordé à l'électricité pour alimenter une seule ampoule nue qui pendait du plafond. La lumière est bonne pour les poules pondeuses, elle réchauffe le poulailler et repousse l'incubation. Joaquin m'avait aidé à refaire l'installation électrique, puis il m'avait trouvé un reste de moquette d'un mètre cinquante sur trois que nous avions posé sur la terre battue. J'avais acheté un vieux poêle à bois dans une vente aux enchères, à Eleva, et je l'avais installé dans un coin. Joaquin avait découpé un trou dans le plafond pour le tuyau de la cheminée qu'il avait isolé.

J'avais un studio.

La neige avait été précoce. Avant les célébrations de Thanksgiving. Je me revois dans ma chambre, où je regardais un blizzard de mi-novembre si violent que la grange rouge de Bea avait complètement disparu. Les Mexicains étaient déjà au travail (tous les jours, ils se levaient tôt et travaillaient tard, pour traire les vaches et nettoyer les étables), et j'étais descendu me faire un café. Bea lisait un *National Geographic* dans le salon.

– Voilà quinze jours que t'es ici, m'avait-elle dit d'un ton de reproche, et je n'ai pas entendu une note de musique, pas même à la radio.

– Eh bien, voyez-vous, avais-je bégayé, j'ai... préparé le studio. Je me suis installé et tout ça.

– D'accord... C'est juste que je croyais que t'étais musicien.

*

J'avais peut-être besoin de me faire tirer les oreilles, parce que j'avais dès lors pris l'habitude de me lever tôt, quand j'entendais les Mexicains. Je prenais le petit déjeuner avec eux. Je leur préparais le café. Nous nous attablions ensemble dans l'obscurité du petit matin et mangions en silence. Ils partaient sans un au revoir, s'empilaient dans un vieux camion dont les phares balayaient la véranda et l'avant de la maison, puis les feux rouges, et, fatigués, disparaissaient sur la route. Trois hommes, une banquette. Garcia, au milieu, qui frottait ses yeux ensommeillés en finissant les dernières tortillas tartinées de beurre et de sirop d'érable.

Je lavais et essuyais la vaisselle. Je nettoyais la cuisine. Je remplissais un thermos de café et je m'équipais pour le froid. Caleçon long, chaussettes épaisses, bottes Red Wing, chemise de flanelle, bonne veste, bonnet de laine.

Quatre-vingt-dix-neuf pas jusqu'au poulailler. Mon trajet pour aller au boulot. Le temps de finir ma tasse de café à condition de ne pas avoir à me méfier du verglas, de la boue, ou d'une épaisse couche de neige. J'avais empilé du bois sec à l'intérieur – du chêne – et je gardais du papier journal dans une vieille caisse de lait en plastique, ainsi que des pommes de pin et autre petit bois. C'était mon moment préféré : j'allumais le feu, j'entamais ma journée, le ventre plein et encore tiède, le café prêt, les doigts et orteils froids se réchauffant peu à peu. Il m'arrivait de rester assis pendant plus d'une heure, devant le poêle, simplement pour me chauffer les paumes des mains. Bea m'avait donné un vieux transistor ondes courtes que j'allumais en écoutant ce que je trouvais : chansons d'amour en français du Québec, zydeco de La Nouvelle-Orléans, bluegrass des Appalaches, et même du gospel d'une des stations locales d'évangélisme zélé.

Ensuite, je griffonnais des chansons, des idées, des poèmes. Sur ce qui me manquait, soit à peu près tout, à cette époque. Je n'avais dit à personne où j'étais, pas même à Hank ou Ronny. Eddy était en ville, je le savais, les Giroux aussi. Mais je ne voyais personne. Je n'allais jamais à Little Wing, qui n'était pourtant qu'à une dizaine de kilomètres. Bea aimait s'y rendre tous les jours, alors quand j'avais besoin de courses, je lui donnais une liste et de l'argent. Si j'avais envie de bière ou autre alcool, je glissais quelques dollars à Joaquin et il me rapportait ce que je voulais. Et Garcia savait toujours où trouver de l'herbe.

Ma musique ressemblait beaucoup au poulailler : un lieu froid avide de chaleur. Les chansons commençaient lentement, avant de dégeler et de se mettre à couler. Si un craquement sortait du poêle au milieu d'un morceau, au milieu d'un enregistrement, je le gardais. Si le vent hurlait en venant des deux Dakotas, de l'Alberta ou du Saskatchewan et faisait trembler les vitres, je le gardais. Ça me faisait penser à de vieux enregistrements de jazz – la voix de John

Coltrane demandant une cigarette, les murmures de Miles Davis à un producteur, ou ces morceaux enregistrés en public au Village Vanguard : bruits de verres, éboulements de glaçons, claquements de talons descendant les escaliers de Greenwich Village.

Les musiciens que je rencontre en tournée, surtout les jeunes – plus jeunes que moi –, me demandent : « Comment fait-on pour en arriver au même point que toi ? Quelle est la marche à suivre ? » Je ne sais jamais trop quoi leur répondre. La plupart du temps, je leur conseille de s'acharner. De rien lâcher. Mais si j'étais bourré et que je vidais vraiment mon sac, voici ce que je leur dirais :

« Chantez comme si vous n'aviez aucun public, chantez comme si les critiques n'existaient pas, chantez votre ville natale, chantez le grand bal du lycée, chantez les cerfs, chantez les saisons, chantez votre mère, chantez les tronçonneuses, chantez le dégel, chantez les rivières, chantez les forêts, chantez les prairies. Mais quoi que vous fassiez, commencez à chanter tôt le matin, même si ce n'est que pour vous réchauffer. Et si par hasard vous vivez dans un beau pays au doux climat…

Déménagez dans le Wisconsin. Achetez un poêle et passez une semaine à débiter du bois. Ça a marché pour moi. »

*

J'avais descendu le chemin en gravier de chez Bea, l'enveloppe à la main, un trajet à chaque pas plus difficile : la boîte aux lettres et la route de campagne s'étaient muées en un trou noir qui devait aspirer la lettre et la recracher dans le monde, vers Beth. J'étais resté plusieurs minutes devant la boîte avant de finir par y placer l'enveloppe et la fermer. Un instant plus tard, je l'avais rouverte et mis la lettre dans ma poche. Puis je m'étais engueulé moi-même et l'avais replacée dans la boîte. Pour la ressortir. J'avais scruté les deux côtés de la route, craignant le regard d'automobilistes, de passants ou de témoins. Naturellement, il n'y avait personne. Peut-être Bea m'espionnait-elle à la fenêtre de la véranda, avec ses jumelles pour observer les oiseaux, en se disant : « Cet imbécile de musicien ! » J'avais fini par remettre l'enveloppe dans la boîte, et après avoir fait une vingtaine de pas sur la route, je m'étais assis en lançant des pichenettes de gravillons. Il faisait plutôt doux pour un mois de janvier et un brouillard réconfortant flottait au-dessus des plaques de neige éparpillées.

Un peu plus tard, le facteur de la tournée rurale était arrivé dans son petit fourgon, dont le volant était sur la droite. Nous n'avions jamais beaucoup de courrier, mais je me chargeais d'aller le relever à la boîte. Des factures, principalement. Des coupons. Une brochure publicitaire pour des voitures d'occasion ou de l'immobilier. Personne ne sachant où j'étais, je n'attendais jamais rien pour moi. Une lettre arrivait parfois du Mexique et j'aimais toucher les timbres étrangers et porter l'enveloppe à mon nez pour essayer d'y renifler des senteurs exotiques, mais ce n'était jamais le cas. Après avoir relevé le courrier à poster et refermé la boîte, le facteur avait garé son fourgon à côté de moi.

– C'est vous qui avez posté la lettre ?

J'avais acquiescé.

– Je la connais, Beth, avait-il dit, elle est sympa. (Il m'avait lancé un regard méfiant.) On se connaît ?

– Ça m'étonnerait, avais-je menti. Je suis de passage.

L'inconvénient de vivre dans une petite ville, c'est qu'on ne peut jamais disparaître du radar de ses voisins. Ils savent où vous trouver. Et la plupart du temps, ils vous y trouvent. Parce qu'ils ont besoin de vous, de vos outils ou de votre pick-up. Car voyez-vous, nous dépendons les uns des autres. Je reconnaissais vaguement le facteur. Bien que n'ayant pas vécu à Little Wing depuis des années, son visage m'était familier. Il fréquentait le bar des VFW en tout début de soirée, il avait un faible pour le cocktail qu'on appelle « le clou rouillé » et il lui arrivait de jouer au crib avec un autre conducteur rural.

– Vous savez que c'est l'adresse de ses parents, non ? m'avait-il demandé. Ce n'est pas la sienne.

J'avais hoché la tête, je m'étais levé en faisant tomber les graviers du fond de mon pantalon.

– Bon, ben, encore merci, avais-je dit.

– La prochaine fois, utilisez un stylo. C'est presque illisible.

*

Je crois que j'avais seulement envie d'être proche d'elle. J'avais envie de la compagnie d'une femme. Je voulais être au lit avec une femme, sentir des cheveux de femme, toucher un ventre de femme et, plus que tout, j'avais besoin de parler à quelqu'un. La lettre que j'avais écrite à Beth était-elle honnête ? Il me semble que oui. Je pense qu'elle était absolument sincère, même si après toutes ces années, c'est forcément difficile d'en être certain. Nous avions couché ensemble, ça, c'est indéniable, je refuse de regretter cette partie-là des choses et je me souviendrai de cette nuit pour le restant de mes jours. J'ai aujourd'hui couché avec des centaines de femmes. Peut-être plus d'un millier. J'ai sans doute eu plus d'amantes que Little Wing compte d'habitants. Mais c'est de cette nuit avec Beth dont je me souviens. C'est celle qui me trouble, qui me fend le cœur, qui m'active le sang.

Quel genre d'ami suis-je ? J'ai couché avec la femme de mon meilleur ami. Certes, ils n'étaient pas mariés à l'époque – ils étaient même séparés –, mais tout de même. J'ai gardé ce secret pendant toutes ces années. Et j'imagine que Beth aussi. Est-ce que ça signifie que nous avons honte de ce que nous avons fait ? Ou est-ce que ça veut dire que nous voulons garder tout ça pour nous, comme un rêve inexplicable, un rêve dans lequel on a envie de se replonger avec délice en s'éveillant, un rêve dans lequel on peut baigner pendant des années, tandis que le corps vieillit, que le lit s'épuise et que les êtres aimés s'estompent et disparaissent dans les marges de notre réalité ?

*

Le lendemain du jour où nous avions couché ensemble, Beth était partie avant l'aube. J'avais entendu les Mexicains dans la cuisine. Ils cassaient des œufs et faisaient frire leurs tortillas dans du saindoux, avec les fayots qui bouillonnaient dans une casserole. Bea traînait ses pantoufles en sifflotant *Don't Sit Under the Apple Tree.* La radio marmonnait à côté du grille-pain, qu'une grosse miette du pain à la banane de Bea faisait légèrement fumer.

– *Buenas*, avais-je dit à personne en particulier, à la ronde.

Heureux de voir que le café était déjà prêt, je m'en étais versé une tasse et j'avais soufflé dessus.

– *Buenas*, avaient répondu mes colocataires, tandis que Bea me dévisageait de la tête aux pieds comme si je n'étais qu'un vaurien.

– Ta sœur, hein ? m'avait-elle dit.

Garcia avait ricané, enfourné une fourchetée d'œuf, puis il s'était étranglé, avait toussé, bu du jus d'orange et s'était redressé, en reprenant son sérieux.

– Tu sais, ta « sœur » aurait pu prendre le petit déjeuner avec nous, avait dit Bea. Elle aurait été la bienvenue.

– Elle a dû partir tôt pour son avion, avais-je dit.

– Y a pas quelqu'un qui s'est levé en pleine nuit ? avait demandé Joaquin. J'ai cru entendre quelqu'un à la porte.

– Bon, je crois que je vais prendre mon petit déjeuner et mon café dans le studio aujourd'hui.

Je m'étais servi des œufs et des fayots recouverts de trois tortillas sur l'assiette pour les garder au chaud, puis j'avais récupéré le tout et j'étais sorti. Sans veste, ni caleçon long. Une fois dans le studio, j'avais claqué la porte d'un coup de pied, posé la nourriture sur le poêle, allumé le feu, et c'est ce jour-là que j'avais fini *Shotgun Lovesongs*. J'avais travaillé sans interruption. Quand j'en ressentais le besoin, je sortais, trouvais un coin où Bea ne pouvait pas me voir avec ses jumelles et je pissais sur une congère. Quand j'avais faim, je courais chercher d'autres tortillas, du café. C'était un dimanche, le seul jour de repos des Mexicains ; ils se prélassaient dans la salle de séjour, regardaient des compétitions universitaires de basket, de lutte professionnelle, ou un documentaire sur les baleines à bosse. Dans la cuisine, la soupe *menudo* embuait la fenêtre. Ils semblaient tous comprendre tacitement ce qui se passait, ce que je faisais, et quand j'entrais dans la maison, ils se contentaient d'un petit signe de tête. Et de préparer cafetière après cafetière. Quand j'étais rentré, à la nuit tombée, une tarte aux pommes attendait sur la table, la cuisine sentait la cannelle et la muscade.

*

On parle de *shotgun wedding*, de « mariage carabine », quand le père de la fille braque un fusil dans le dos du futur époux. Il s'est passé quelque chose. Grossesse, dépucelage précoce, faillite, déclaration de guerre… peu importe, une chose est sûre : le mariage doit être conclu, et en vitesse. Pas de préparatifs. On passe directement à la mairie, puis on assiste à la rigueur à une petite réception sans alcool dans le sous-sol de l'église de la jeune mariée. Pas de lune de miel, pas de casseroles accrochées à une limousine.

C'est ce que m'avaient évoqué mes *Shotgun Lovesongs*, mes « chants d'amour carabine ». J'avais l'impression qu'on me braquait un fusil dans le dos. J'avais ressenti une pression, une pression phénoménale, qui m'avait poussé à réaliser l'album, à le terminer, à prouver à Little Wing, à Beth, Kip, Ronny et Hank que je n'étais pas un raté. Que j'en étais capable, que je pouvais créer quelque chose de beau, de différent, de remarquable, et que je pouvais le faire, à l'arrache, dans un vieux poulailler avec un simple petit ordi de merde et un poêle à bois pour ne pas crever de froid.

Cet album, cet album dont la production m'a coûté au final six cents dollars, s'est vendu à un million six cent mille exemplaires. Et il continue à se vendre. Il se vend de mieux en mieux. Quant aux chansons d'amour… Je les ai toutes écrites pour Beth.

*

J'ai conduit le camion de location dans Little Wing, puis je suis passé devant la carrière, devant le terrain de golf, sur les rails de chemin de fer, et j'ai traversé un ruisseau sans nom. J'ai vu la fabrique, la fabrique de Kip. Des camions étaient garés devant et il y avait même un train de marchandises qu'on chargeait de maïs. Il n'y avait pas un souffle de vent, la poussière jaune de maïs s'élevait dans les cieux. Des hommes étaient suspendus à des échafaudages disposés autour de la plus grande tour : des peintres. Au sommet, le gris usé laissait place à une couleur miel crème. La fabrique se détachait sur le bleu du ciel en évoquant une prospérité modeste, mais en dessous de la ligne des peintres, plus près du sol, elle demeurait un bâtiment qui avait enduré trop d'hivers interminables. J'ai continué. Eau Claire était encore à une trentaine de kilomètres.

Hank m'attendait sur le parking de locations U-Haul, adossé à son pick-up. On s'est salués avec une forte étreinte chaleureuse, en se souriant.

– T'as vraiment une sale gueule, m'a dit Hank.

– Je suis content d'être rentré.

– Qu'est-ce que tu dois faire ici ?

– Je leur rends les clés et on peut se tirer. J'aimerais faire quelques courses, acheter un peu de bière.

En revenant à Little Wing après avoir fait les courses, on a roulé dans un silence survolté, les particules d'air qui nous séparaient étaient électriques et joyeuses, sans qu'aucun de nous deux ne sache quoi raconter.

– Alors, m'a dit Hank.

C'était sa manière de m'interroger sur mon divorce.

– J'en sais rien. J'ai rien compris à ce qui s'est passé. Rien de dramatique. C'est juste – merde ! – on n'aurait pas dû se marier, c'était pas pour nous. Tu vois ce que je veux dire ? Beth et toi, vous savez où vous en êtes. Je sais pas. Je sais pas comment vous vous y prenez.

Nous nous sommes tus un moment, les yeux sur la route.

– Et maintenant, alors ?

J'ai haussé les épaules, regardé par la vitre : une vallée pleine de tracteurs rouillés et de carcasses de pick-up, des crêtes délimitées par des murs de pierre et des vieux chênes, connectées par des clôtures barbelées.

– Ben, je suis rentré. Je suis divorcé, sans doute. Ah non, excuse-moi, *en instance* de divorce. Séparés. Nous sommes séparés.

– Beth et moi, ça nous chagrine vraiment. On aimait bien Chloe. Moi, je l'aimais bien.

– Comme beaucoup d'hommes apparemment.

– Lee.

– Non, c'est vrai, apparemment.

– Je sais pas. Je sais pas quoi te dire.

On a roulé en silence. D'un côté, un troupeau de vaches en rang trottait délicatement vers une étable rouge. De l'autre, loin à l'horizon, on devinait une montgolfière, jaune comme une plaque d'immatriculation du Nouveau-Mexique.

– Ça te dit, de prendre une cuite ? lui ai-je demandé.

Hank s'est tourné vers moi, puis il a lentement hoché la tête, comme s'il avait besoin d'un peu de temps pour bien étudier la question.

– Oui, je crois que j'ai bien envie de prendre une cuite. Oui. Maintenant que tu le dis. Mais toi, t'es bien sûr que c'est de ça que t'as besoin ?

– Ça ne peut pas faire de mal.

On s'est arrêtés dans un magasin d'alcool et j'ai acheté tant de caisses de bières, de vin et de liqueur que le vieux proprio nous a prêté un chariot pour nous aider à tout transporter dans le pick-up. On faisait des allers et retours, Hank me tenant la porte tandis que je faisais la navette et chargeais tout cet alcool dans la benne de son pick-up.

– Tu crois que ça suffira ? ai-je demandé à Hank à la caisse, en lui faisant un clin d'œil.

– J'en sais rien, m'a-t-il répondu. Pas sûr.

– Mettez-nous donc trois autres caisses de Leinenkugel, ai-je demandé en haussant les épaules.

Le vieil homme a cligné des yeux derrière les verres épais de ses lunettes avant de les ajouter à la note. Le serpentin parcheminé du ticket de caisse s'allongeait de plus en plus.

– Vous organisez une grande fête ? m'a-t-il demandé en m'examinant.

– Une fête de bienvenue, lui ai-je répondu en souriant et en plaçant dix billets de cent dollars sur le comptoir.

*

De retour chez moi, nous avons déchargé l'alcool et les courses. Je garde au garage un vieux frigo General Electric que nous avons rempli à ras bord de bières. Puis nous avons garni la cuisine, jusqu'à ce que les placards débordent de céréales, de biscuits, de chips, d'huile d'olive, de pâtes et de sauces à spaghettis.

– Je devrais appeler Beth et lui dire où je suis, a annoncé Hank. Je peux utiliser ton téléphone ?

Je l'ai invité à le faire d'un geste.

– Dis-lui de nous rejoindre, et d'amener les gamins.

– T'es sûr ?

J'ai haussé les épaules, puis je me suis voûté. En regardant par la fenêtre, je me suis soudain senti comme un très vieux camion au compteur détraqué. J'étais pris d'un violent désir de me soûler et de rester soûl, mais je redoutais le lendemain ou le jour suivant, l'idée de me retrouver seul, de penser à Hank et sa famille. À Hank et à Beth au lit. À leurs caresses, à leurs baisers. À leur simple vie ensemble. Elle qui lui lit le journal. Lui qui lui vernit les ongles de pied.

– Pourquoi pas ? ai-je demandé.

– D'accord, je vais voir ce qu'elle en dit. Je me souviens plus. Un des gamins a peut-être une activité. J'arrive jamais à me souvenir de tout.

– Ah oui, les gamins… Les gamins.

Je me suis demandé comment c'était d'être parent, d'être responsable d'un autre être humain.

Tout en composant le numéro sur ma ligne fixe, Hank s'est tourné vers moi.

– T'es sûr que ça va, mon pote ? m'a-t-il demandé avec douceur. On n'est pas obligés de se bourrer la gueule, si ça te dit rien. On peut se contenter d'un café et d'une balade. Je sais pas, on pourrait faire un feu ou un truc dans ce genre. Vérifier que ton pick-up démarre. Bricoler le tracteur.

J'étais planté devant l'évier, les bras serrés contre le corps. Par la fenêtre, en contrebas, j'ai vu le coyote à l'orée du bois, là où l'épaisseur de l'ombre empêche les sumacs de pousser. Je pleurais sans un bruit – je ne pouvais pas m'en empêcher, les larmes coulaient. Je me suis penché au-dessus de l'évier, les épaules saisies de soubresauts, le cœur m'abandonnant comme il ne l'avait jamais fait à New York, puis le manque d'oxygène a commencé à me brûler les poumons – j'avais oublié de respirer – et quand j'ai ouvert la bouche, je sanglotais. Je ne pouvais rien faire d'autre que sangloter. Je ressentais une telle gêne et un tel chagrin. J'allais divorcer. Notre couple s'était désagrégé.

Hank a doucement reposé le combiné. Je l'ai entendu se glisser derrière moi, tout près, mais il ne m'a pas touché ; j'aurais voulu qu'il me touche, mais je comprenais pourquoi il l'évitait, pourquoi un homme adulte n'en touche pas un autre, même si c'est la chose à faire.

– Et merde, ai-je craqué. Tu veux que je te dise ? Et merde. Elle m'a largué, putain.

J'ai tiré sur mes cheveux et mes grandes oreilles rouges. J'avais tout le visage chaud et dégoulinant. J'ai laissé pendre ma tête au-dessus de l'évier et je me suis laissé aller, laissé couler, je me suis épanché sur la porcelaine, dans les canalisations. J'ai entendu une espèce d'écho de mes babillements, ce qui m'a aidé à me ressaisir. Je ne voulais pas que Hank me voie comme ça, je ne voulais que personne me voie comme ça. J'ai fait couler le robinet, senti l'eau froide sur mon visage, je me suis mouillé les mains et aspergé le cou, les yeux et le nez. En me redressant pour reprendre mon souffle, j'ai aspiré profondément, je me suis essuyé la figure avec la partie sèche de mon avant-bras, les tatouages luisant de larmes et de morve. La première fois que j'avais pris une douche après m'être fait tatouer, j'avais eu peur que l'encre s'efface. Mais maintenant, ce sont des trucs délavés, comme des vieux graffitis.

– Excuse-moi. Je sais pas ce qui m'arrive.

– Vaut peut-être mieux oublier les gamins, a dit Hank.

J'ai rigolé en me mouchant. Mais je n'arrivais toujours pas à regarder Hank. Je me suis tourné vers la fenêtre et j'ai eu l'impression que le coyote avait les yeux braqués sur moi. Un corbeau a survolé la crête, le plumage noir et luisant.

– Je vais faire un café.

– Hank, je peux te demander un service ?

– Ce que tu veux.

Je devais avoir l'air complètement frêle et triste.

– Me laisse pas tout seul, d'accord ?

Hank m'a alors serré dans ses bras et je me suis remis à pleurer, mais il m'a serré si fort – on aurait dit qu'il avait juré de me briser les côtes – que j'ai compris qu'il ne me lâcherait pas avant que j'arrête de pleurer. J'ai aussi compris quel type de père il était, quel type de mari et d'homme il était. J'ai compris qu'il était plus fort que moi, meilleur que moi.

*

Assis au bord du ruisseau, on s'est passé un joint en regardant l'eau charrier des feuilles vers le Mississippi. Ça faisait des semaines que je n'avais pas fumé, j'ai vite été stone, et les mots s'échappaient de ma bouche en un flot de notes musicales que je pouvais voir et toucher – les lettres de l'alphabet se déroulaient devant mes yeux comme sur une banderole de mots.

– Je me sens vraiment con, excuse-moi, mec. T'aurais pas dû voir ça, là-haut. Je sais pas. Je me sens tellement triste. Triste, paumé, je comprends plus rien à rien. Je suis un de ces mecs dans les magazines de supermarché. Tu vois ce que je veux dire ? Nom de Dieu. Notre mariage n'a même pas duré un an. Qui n'arrive pas à tenir une seule année ?

– Ils s'en foutent. Ils s'en foutront bientôt. Donne-leur deux ou trois mois, tu verras. Nous, on est contents que tu sois de retour.

– Mais tu vois ce que je veux dire, non ? Tu le vois. Bon Dieu, mais à quoi j'avais la tête, bordel ?

Hank n'a pas répondu, il jetait des bâtons dans le ruisseau et les regardait flotter au loin.

– T'as eu Ronny au téléphone, dernièrement ?

– Non. Il va bien ?

Hank a acquiescé en faisant un petit sourire sarcastique.

– Mieux que bien, je dirais. Il va se mettre la corde au cou.

– Ah, ça… Ouais, il m'a appelé y a quelque temps. Je suis censé être son témoin.

– Alors t'es au courant ?

– Au courant de quoi ?

– Qu'ils sont enceintes. Enfin, que Lucy est enceinte – la fille qui est venue à ton mariage.

– Quoi ? Tu déconnes ou quoi ?

– Non, je te jure.

– Lucy. Qui est venue au mariage. Elle est enceinte ? Ils sont enceintes ?

– Ouais.

– Je comprends tout, là, ou je suis complètement déchiré ?

– Elle est enceinte.

– Non.

– Si.

– Non.

– D'un point de vue purement technique, a déclaré Hank, et selon la date où ton divorce sera prononcé, elle aura été enceinte plus longtemps que t'as été marié.

Je l'ai regardé, prêt à lui balancer un pain, mais j'ai éclaté de rire. Et lui aussi, et on pouvait plus s'arrêter, on riait tellement fort qu'on a effrayé une grouse dans des herbes hautes à moins de six mètres de nous.

– Tu devrais l'appeler, a dit Hank. Il veut te l'annoncer en personne. Vu que t'es le témoin et tout le bazar.

– Je sais pas si j'ai mérité d'être son garçon d'honneur, pour tout te dire. J'ai l'impression d'avoir été le dernier des connards toute cette année. Je sais pas ce qui m'a pris.

Hank continuait à jeter des bâtons dans le ruisseau, sans me regarder.

– J'ai cru que t'allais nous abandonner pour de bon.

– Non, ai-je menti, je ferais jamais ça. Mais Hank, faut que je te dise quelque chose.

Il avait toujours les yeux rivés sur l'eau, le joint n'était plus qu'un mégot entre ses lèvres. Le soleil avait disparu à l'ouest, il ne restait presque plus de lumière. La température avait chuté et nous avons resserré nos vestes en soufflant dans nos mains.

– Ouais ? m'a-t-il demandé en me repassant le joint.

Je me suis retourné vers la maison – les poteaux et fils téléphoniques reliaient ma maison au reste du monde, les oiseaux étaient perchés sur ces fils comme des notes de musique sur une portée sans fin.

– D'abord, j'espère que tu prendras ça comme un compliment.

Tout en moi est d'un flou et d'une tristesse extrêmes.

– On aime tous les compliments.

Ce sera plus un secret si tu réussis à en parler…

– Je suis peut-être amoureux de Beth.

J'ai tiré une taffe. *Trop tard…*

Hank restait silencieux. J'attendais qu'il dise quelque chose. Mais non. Il est resté assis, à arracher de longs brins d'herbe, la mâchoire étrangement serrée.

Je voulais qu'il comprenne ce que j'essayais de lui dire.

– Je sais pas trop, Hank, mais je crois que je suis amoureux de Beth. Je crois que ça fait un sacré bout de temps que je suis amoureux d'elle.

Elle est si belle.

Hank est resté silencieux pendant longtemps, mais défoncé comme je l'étais, j'avais du mal à évaluer le passage du temps, à savoir s'il s'agissait de secondes, de minutes ou d'heures.

– Je sais qu'on est stones tous les deux, a fini par dire Hank, alors je vais te donner ta chance. Si t'es vraiment déchiré et que ces trucs te sortent de la tête sans que tu puisses les contrôler, je crois que tu devrais me dire tout de suite : « Excuse-moi, Hank, je sais pas ce qui m'a pris. » Sinon, mec, franchement, je crois qu'on va avoir des problèmes.

Tu ne sais pas ce que tu racontes.

– Je crois qu'elle est peut-être aussi amoureuse de moi.

– Ta gueule, Lee.

– Je suis désolé, mais il faut que je te le dise.

– Pourquoi ? *Pourquoi* faut-il que tu me le dises ?

– Parce que c'est la vérité. On a couché ensemble.

Tais-toi.

Hank s'est levé, il a fait deux pas vers moi et s'est baissé pour être à mon niveau. Je regardais le ruisseau, mais je voyais son poing dressé, je sentais son souffle chaud, je sentais les relents de marijuana sur lui.

– Mais qui es-tu, bordel de merde ?

– Excuse-moi, mec.

C'était une erreur.

– T'as intérêt à nous foutre la paix, tu m'entends ?

– Hank.

Mais pourquoi t'as eu besoin de parler ?

– On n'a plus rien à se dire, d'accord ? Et je te conseille d'éviter de montrer ta gueule. On n'a plus rien à se dire.

Je ne l'ai pas regardé partir, je ne l'ai pas regardé remonter la pente vers ma maison, je ne l'ai pas vu prendre une pierre et la lancer de toutes ses forces à travers la fenêtre de ma cuisine. Pas vu démarrer son vieux pick-up et partir à fond la caisse de chez moi, projetant des gravillons à trente mètres avec les nouveaux pneus neige qu'il venait de monter.

Mais je l'ai entendu. Le bris de verre, la rage de ce moteur V8, les projections de terre et de cailloux. Puis les bois, les prairies et le ciel se sont soudain tus. J'avais l'impression que tout m'observait, que tout attendait que je bouge. Pourtant je suis resté assis, dans le noir, avec la peur au corps, la peur de tout, sauf de respirer.

H

Mon père n'avait pas d'amis. Il n'appartenait à aucun club de softball et n'était membre d'aucune association civique. Il serrait la main d'autres pères à la messe, je me souviens de ça aujourd'hui, de ses chemisettes habillées en été et de ses vestes de costume en laine bleu marine en hiver. Je le revois tenir le livre de cantiques entre ses mains pour que nous puissions le lire ensemble, son doigt soulignant les notes de musique indéchiffrables à nos yeux – nous comprenions seulement que la musique montait ou descendait. Son baryton et mon soprano se mêlaient en une tonalité monocorde, sombre et gênée. Je sens encore son eau de Cologne et sa main posée sur ma nuque. Je me souviens de tout ça. Mais je ne me souviens pas lui avoir connu d'amis.

Il était fermier, lui aussi ; à l'époque, il s'occupait avec ma mère d'une cinquantaine de vaches laitières, des guernesiaises et des jersiaises, ce qui représentait alors un beau cheptel. J'ai plus que doublé ce cheptel et j'ai du mal à m'en tirer, même avec l'aide de Beth. Mais il faut reconnaître qu'il travaillait plus dur que moi et c'est une autre chose dont je me souviens : lui dans la salle de traite, les mains enfouies sous les pis d'une vache – c'était avant l'équipement automatique que je possède aujourd'hui –, même s'il avait commencé à moderniser son matériel quand j'étais adolescent. Je me rappelle ses avant-bras poilus ; en fin de matinée, ils étaient toujours couverts du cambouis et de l'huile des vieux tracteurs qu'il réparait sans cesse. Et les matins dans notre cuisine, quand il buvait son café et mangeait une assiette d'œufs brouillés. À midi, il prenait son repas – un sandwich au salami, à l'oignon et à la moutarde – debout devant l'évier en regardant les champs, l'étable, le troupeau qui paissait ou se reposait. On lisait dans son regard toute sa satisfaction, aussi clairement que s'il avait vu un fantôme ou était habité par le diable.

Nous mangions tôt le soir, ma mère récitait toujours le même bénédicité, et ensuite je rapportais la vaisselle dans l'évier tandis que papa s'installait dans son fauteuil préféré pour regarder le journal télévisé en hochant la tête. « Je ne sais même pas pourquoi je regarde ça », disait-il tristement.

Il est décédé il y a trois ans. Je suis heureux qu'il ait connu nos enfants, qu'il ait eu le temps de jouer avec eux, la chance de les tenir dans ses bras à la maternité. Je sais qu'il était fier d'eux, de Beth et de moi. Je crois pouvoir dire qu'il était heureux ; il aimait nous rendre visite avec maman, s'intéressait à mon nouveau matériel, hochait la tête quand je lui parlais de meilleures récoltes ou d'une production de lait en hausse.

Mais il n'avait pas d'amis. Le téléphone sonnait rarement pour lui. Je crois d'ailleurs qu'il ne voulait pas d'amis. Il ne se sentait pas seul. Lorsque je pense à lui, ce qui m'impressionne c'est son dévouement à la ferme, à ma mère et à nous autres, les enfants. Sa vie, c'était nous ; ses amis, c'était nous. Quand il regardait un match de foot américain à la télé le dimanche, quand il s'ouvrait une canette de bière Walter ou tenait une assiette de fromage et de biscuits salés en équilibre sur son torse et encourageait les Green Bay Packers, c'était moi qui étais à ses côtés, qui les encourageais avec lui. Quand il voulait toper là, c'est ma petite main qu'il cherchait. Quand il avait envie de danser, ou de chanter, c'est ma mère dont il prenait la taille pour une valse ou une polka maladroite dans la cuisine. S'il s'agissait de parler politique, il s'en acquittait avec ma sœur ou moi, pointait sur nous un doigt ferme et indulgent et disait : « La gauche ou la droite, je me fiche de tout ça, c'est des foutaises. Tout ce que je vous demande, c'est d'être bienveillants. D'être honnêtes. De ne pas avoir les dents longues. »

Toute ma vie, mes trente-trois années de vie, je ne me suis jamais senti *sans* amis. J'ai toujours été entouré, ils étaient toujours là. Et peut-être que ma vie, nos vies n'en ont été que plus riches. Les fois où Ronny était notre baby-sitter ou, merde alors, les jours où Lee venait dîner et jouait de la guitare pour ma fille, lui montrait les accords, plaçait ses petits doigts au bon endroit. Mon père n'a jamais connu ça. Et nous, en tant que gamins, nous n'avons jamais connu ça non plus.

Mais je me demande maintenant si la raison pour laquelle mon père n'avait pas d'amis et évitait les fréquentations, c'était parce que être proche d'un autre homme, inviter un autre homme chez soi, revient à tenter le diable. Car pour ce qui est des relations entre hommes et femmes, de leur sexualité, peut-être qu'on ne peut faire confiance à personne, qu'on est tous des animaux. On croit connaître quelqu'un, mais on ne *connaît* jamais vraiment personne. On ne peut pas suivre chaque regard oblique sur notre femme quand elle se baisse pour ramasser une cuillère ou se penche sur le lave-vaisselle. Lorsque je pense maintenant au nombre de fois où Lee nous a rendu visite, j'ai un sentiment d'intrusion dans mon foyer, de mensonge et de violation.

Non, le plus sûr, c'est de devenir une île. De transformer sa maison en château fort contre toutes les ordures et laideurs du monde. Comment peut-on être sûr de quoi que ce soit, autrement ?

*

Après le mariage de Lee, je me suis remis à la peinture pour la première fois depuis le lycée. Je ne saurais pas l'expliquer, c'était peut-être une conséquence de notre visite au musée ou le fait d'en avoir parlé à Beth, mais c'était devenu irrésistible. J'ai caché un chevalet, des pinceaux et un sac plein de tubes de peinture à l'arrière de ma cabane à outils. Après avoir déposé les enfants à l'école, je m'installais et peignais dans la lumière feutrée. Il m'arrivait aussi parfois de transporter tout mon matériel dans un sac à dos. J'allais loin, très loin, loin de toute route et assez loin pour que Beth n'envisage jamais de me suivre. Je glissais un petit chevalet pliable sous ma veste, enfilais des Wellington noires qui montaient jusqu'aux genoux, et je pataugeais dans les champs en jachère d'automne et d'hiver. Je suis sûr que, certains matins, Beth devait m'observer de la fenêtre de la cuisine en se demandant : « Mais où va-t-il ? Qu'est-ce qu'il fabrique ? » Peut-être me croyait-elle en quête d'anciennes pointes de flèche ou à la chasse aux vermines à coups de 22. Peut-être pensait-elle seulement que j'avais envie d'être seul – ce qui était vrai. Plus tard, l'après-midi, elle ne remarquait jamais quand je me lavais les mains dans l'évier de la cuisine ou quand, attablé dans la salle à manger, je récurais la peinture sèche sous mes ongles avec un canif.

J'emportais un petit siège de camping et, installé face à une faille glacière, je peignais le ruisseau qui parcourait nos champs. Je peignais les peupliers faux-trembles, les ormes et peupliers morts qui longent le ruisseau comme des contreforts inversés.

Mais la plupart de mes peintures représentaient le ciel – de larges bandes de bleu et violet ecchymose, de blancs et gris sinistres. J'imagine que je peignais le ciel parce que je ne suis pas assez doué pour représenter ce qui se trouve sur terre de manière convaincante. Dès que ma toile était terminée, je préparais un feu de joie pour l'incinérer. Je jetais la toile encore humide sur le feu avec nos ordures ménagères, de vieux pneus ou autres vieilleries de la ferme. Je déteste presque tout ce que je peins et je n'avais pas envie de parler de mon petit hobby. Jusqu'à présent, je n'ai réalisé que deux tableaux que j'ai trouvés assez passables pour les donner au magasin de charité de Saint-Vincent-de-Paul dans la rue principale, en racontant au gérant, Arnold, qu'ils avaient appartenu à un grand-oncle récemment décédé.

Les semaines suivantes, je m'arrêtais au magasin de Saint-Vincent-de-Paul quand j'allais acheter des timbres ou faire des courses, prendre de l'essence ou acheter du papier-toilette, et j'allais voir ce que devenaient mes toiles. Arnold les avait accrochées sur un mur beige au-dessus d'un canapé d'occasion à la tapisserie hideuse et, dans un sens, le tout semblait naturellement criard, deux tableaux et un meuble d'une telle laideur qu'ils étaient fatalement destinés à finir dans une cabine de pêche ou de chasse, certainement pas dans une résidence principale. J'avais décidé que si les tableaux n'étaient pas vendus d'ici un an, je viendrais les acheter et je les incinérerais aussi.

Mais un jour, une des toiles avait disparu.

Arnold tenait la caisse et je payais un 33 tours de Duke Ellington en bon état.

– Dis-moi, Arnold, qui a acheté un des tableaux que je t'avais apportés ? Tu t'en souviens ?

Il avait compté la monnaie, me l'avait déposée dans le creux de la main et avait haussé les épaules.

– Il a dû se vendre le week-end dernier. J'étais parti faire de la motoneige près de Hurley pour tout dire. Faudrait demander à Brenda. C'est elle qui tenait la caisse. Tu veux que je lui laisse un mot ?

– Non, c'est bon.

J'étais sorti en regardant l'emplacement vide sur le mur. Je m'étais demandé qui pouvait être assez fou pour acheter mon tableau.

*

La seule amitié qui ait compté aux yeux de mon père était celle de ma mère. Ils étaient les meilleurs amis du monde. On voyait l'amour dans leur manière de se soucier l'un de l'autre. On voyait l'amour qui avait existé, son évolution en une forme différente, avant qu'on naisse, ou même après qu'on quitte le nid, mais qui restait néanmoins intact, en eux, au sein de la maison qu'ils partageaient.

Et quand j'y pense, je me dis : « Tout ça est de ta faute. Tu ne connaissais pas ta propre femme, ta meilleure amie. Si elle avait cru pouvoir te faire confiance, elle t'en aurait parlé il y a des années. Ça n'aurait pas été ce secret tectonique et brutal, cette bombe larguée sur ton cœur. »

On pense que l'univers est stable, qu'il se déploie dans l'espace sous nos pieds, jour et nuit, au grand soleil ou sous la pluie. Puis un jour, on décroche de la planète et on part à la dérive dans le cosmos, où tout ce qu'on croyait vrai – toutes les lois qui régissaient notre vie avant, toutes les règles et normes qui cimentaient les choses et qui nous tenaient en place –, tout a disparu. Plus rien n'a de sens. L'apesanteur a disparu. L'amour a disparu.

*

Un après-midi de février, des mois après la petite révélation de Lee, j'ai roulé jusqu'à Eau Claire et je suis allé dans un bar que je fréquentais quand j'étais à la fac. Je me suis installé au comptoir, j'ai commandé un whisky en me disant que, si une femme devait s'asseoir à côté de moi et me sourire, si nous engagions la conversation, si elle était fraîchement divorcée voire séparée… ou même si elle était de passage en ville pour affaires… j'étais bien décidé à…

Je suis resté au bar jusqu'en début de soirée, buvant assez lentement pour ne pas être tout à fait soûl, simplement fatigué. J'ai bu en regardant les temps forts de hockey, de basket et de football à la télévision. Quelques femmes sont venues au comptoir, mais elles étaient en petits groupes, parlaient ensemble, riaient dans leur cocktail, daiquiri ou bière légère. Elles ne semblaient pas remarquer ma présence, même quand je me levais de temps en temps pour aller aux toilettes au fond de la salle. Et là, devant le lavabo où je me lavais les mains, je me suis regardé dans la glace. Les yeux dans les yeux. Je me suis dit à voix haute : « Et maintenant, qu'est-ce que tu vas bien pouvoir foutre, mon pote, hein ? »

J'ai repris mon tabouret où je suis resté invisible et, après avoir réglé l'addition, je suis sorti dans le soir gris et froid en me disant : « C'est un bien drôle d'endroit où chercher l'amour. » Sur le parking, mon pick-up m'a lancé le regard plein de dégoût d'un vieil ami qui m'avait attendu patiemment, pendant tout ce temps. Je suis rentré à la maison, j'ai quitté mes bottes, et je suis descendu au sous-sol où j'ai fouillé dans mes outils de bricolage, sans savoir vraiment ce que je voulais réparer ni pourquoi, jusqu'à ce que j'entende Beth crier du haut de l'escalier : « À table, Hank ! »

Mais je n'ai pas répondu. Je n'avais pas faim.

B

À l'extérieur, le jour était d'un blanc céleste et j'ai dû marquer un temps en entrant dans le bar pour habituer mes pupilles à l'obscurité. Il n'y avait pas de musique, mais sur l'écran d'une vieille télévision montée au plafond, l'animateur Alex Trebek intimidait trois binoclards en col roulé dans le cadre de *Jeopardy*. La serveuse ne m'a pas vu arriver : elle marmonnait les réponses sous forme de questions du jeu télévisé. En scrutant les entrailles des VFW, j'ai distingué une main aux longs doigts qui me faisait signe. Felicia. Je suis passée devant la rangée de machines à sous illégales, devant la collection de queues de billard et devant le juke-box si vieux qu'il avait l'air quasi sénile, comme s'il rabâchait les mêmes chansons à l'instar d'un vétéran traumatisé par ses histoires de guerre. Felicia était attablée seule dans un box, devant un pichet de bière et deux verres.

– Merci d'être venue, m'a-t-elle dit. Je ne savais vraiment pas vers qui me tourner.

Elle a versé deux verres de bière, trinqué sans grand enthousiasme, bu une petite gorgée. Puis une grosse.

J'ai posé mon sac, enlevé mon manteau et me suis installée. La bière était fraîche et j'ai eu du mal à descendre la première lampée ; j'aurais préféré un café, un thé, voire un chocolat chaud, tout sauf une bière froide au goût de houblon, mais nous étions au bar des VFW et personne – je dis bien personne – ne commande du thé aux VFW. En face de moi, Felicia buvait une autre rasade de bière, une mousse légère s'agrippait aux poils invisibles au-dessus de sa lèvre. La mousse n'a survécu qu'une seconde : elle s'est essuyée d'un revers de main, comme une petite fille se mouchant.

– Kip et moi allons nous séparer.

La phrase est restée en suspens pendant un intervalle affreux, aussi gênant qu'inconcevable. Elle a haussé les épaules puis s'est mise à pleurer en se couvrant le visage.

Ma première réaction a été de m'effondrer contre le mur de droite, celui couvert de graffitis de noms de clients. « Le monde entier est-il en train de divorcer, me suis-je demandé, le monde entier a-t-il perdu la boule ? » Puis j'ai changé de place et je me suis glissée à côté de Felicia ; j'ai éloigné la bière et je lui ai tendu un Kleenex. J'hésitais à lui toucher le dos pour la réconforter, mais je me suis décidée et je lui ai frotté les omoplates et le cou un peu comme je le ferais avec mes enfants. Felicia s'est mouchée bruyamment. On aurait dit une corne de brume dans la purée de pois, sur le lac Michigan. La serveuse nous a regardées un instant, comme si elle avait oublié qu'elle avait des clients, puis elle s'est à nouveau intéressée à *Jeopardy*.

– Il ne veut pas d'enfants, m'a dit Felicia, ni maintenant ni jamais. Je ne sais pas où j'avais la tête. En l'épousant. En venant ici. (Elle m'a regardée, les paumes tendues en signe de défaite.) Sans vouloir te vexer, ce n'est pas ta faute, mais je suis… je suis tellement furax, putain. Depuis que je suis venue ici, ma vie entière est devenue totalement merdique.

J'ai haussé les épaules.

– T'inquiète pas, tu ne me vexes pas.

J'ai pris mon verre – celui sans rouge à lèvres – et bu une longue gorgée. La bière avait meilleur goût maintenant, elle était plus acceptable, réconfortante. Je me suis tournée vers le comptoir.

– Bouge pas, d'accord ? Je reviens dans deux secondes.

Je suis sortie du box et me suis dirigée vers la voix d'Alex Trebek.

J'étais accoudée au comptoir. La serveuse était assise sur un tabouret, ses gros bras croisés :

– Qui est Bart Starr ? a-t-elle demandé à la télé.

– Excusez-moi, j'aimerais commander.

Elle a levé le doigt vers moi :

– Qui est Vince Lombardi ?

– Madame ?

– Minute, papillon. Pour une fois qu'ils ont une catégorie où je m'y connais. (Elle a fait rebondir un doigt sur sa lèvre inférieure avant de s'écrier triomphalement.) Qui est Brett Favre ?

– Madame…

Elle s'est enfin détournée de la télé en me disant :

– S'il y a un domaine où je m'y connais, c'est celui des Green Bay Packers. À nous deux. Qu'est-ce que je te sers ?

– Deux *buttery nipples*[1].

La serveuse, qui avait une dégaine à avoir parcouru deux cent mille kilomètres de petites routes à l'arrière d'une Harley-Davidson, m'a regardée en plissant les yeux :

– Est-ce que j'ai bien entendu, ma poulette ?

Sur ce, elle s'est adossée, accablée, à l'arrière du bar, contre un rayon de paquets de chips dont elle a bruyamment pulvérisé le contenu. Derrière elle aussi : des Curly au fromage, des grattons de porc et des cacahuètes. Puis les bocaux géants, dont un d'œufs au vinaigre. Un autre de pieds de porc en saumure. Ils étaient poussiéreux, comme s'ils n'avaient pas été ouverts depuis des années, et il était facile de comprendre pourquoi. Elle a recroisé les bras, plissé les lèvres, incliné la tête.

– Et ça te dérangerait de m'expliquer ce que je suis censée mettre dans un truc pareil ?

– Une moitié de liqueur de caramel, puis un peu de Baileys et une goutte de Midori… je crois.

1. Littéralement « mamelons beurrés ».

C'était un cocktail que j'affectionnais quand j'étais à la fac et dans le bar-restau de poulet frit où j'avais bossé comme serveuse plus tard. J'ai regardé dehors. Il était midi passé, un lundi. Les gamins étaient à l'école, Hank à la maison. Quand j'étais partie, il était confortablement installé dans le canapé où il lisait un livre sur les explorateurs Lewis et Clark. « Hank peut s'occuper des gamins », ai-je pensé. La lumière extérieure semblait déjà s'atténuer. Le solstice d'hiver datait de trois semaines, les journées s'allongeaient donc progressivement, mais on avait toujours l'impression d'être en Sibérie, de vivre dans quelque trou paumé et suicidaire de Laponie.

– Et puis merde, faites-en trois. Vous devriez en goûter un, vous aussi. Je vous l'offre. (J'ai tendu le bras par-dessus le comptoir.) Je m'appelle Beth.

– Joyce, m'a répondu la serveuse en me serrant la main et en posant trois verres à liqueur sur le bar. Mais tu sais, je te connais, madame Brown. T'es bien la femme de Hank, non ? Tu viens pas souvent ici et moi, j'en sors rarement, mais ça veut pas dire que je sais pas ce qui se passe dehors. Je connais presque tout le monde – ou en tout cas, je sais qui est qui.

– Enchantée, Joyce.

Je me suis soudain souvenue, avec une certaine honte, que Joyce avait été cantinière à l'école élémentaire du temps où j'y mangeais : elle avait préparé les repas que j'y prenais et, allez savoir, elle avait peut-être aussi nourri mes enfants. Elle avait vieilli, son visage terni par le tabac et l'alcool, ses doigts jaunis. Ravagée par le temps.

– Bon, qu'est-ce que tu m'as dit de mettre dans ces… (Joyce a marqué une pause en me regardant d'un air narquois) *buttery nipples* ?

– Liqueur de caramel, Baileys et Midori. Mais je crois qu'on peut aussi ajouter de l'eau-de-vie de cannelle. Je ne m'en souviens plus.

Je n'en avais pas bu depuis des années mais je savais que je tenais soudain l'élixir parfait pour ce genre d'après-midi déprimant.

Joyce a acquiescé en saisissant des bouteilles et en servant.

– Bon, ce que je propose pour ce genre de cas, c'est qu'on procède à quelques tests de dégustation. Qu'est-ce que t'en penses ? Tu paies cette tournée, j'offre la prochaine. On comparera les différents dosages, pour ainsi dire. Et si on est toujours pas sûres, peut-être que ton amie sera heureuse de payer la suivante. (Elle s'est éloignée du comptoir après avoir posé les trois verres à liqueur sur un plateau en liège.) Tiens, laisse-moi vous les apporter. Je ne tolérerais pas qu'on renverse des *buttery nipples* sur notre sol tout propre.

J'ai jeté un coup d'œil à mes bottes d'hiver. Elles piétinaient dans un champ de détritus : coques de cacahuètes, carnets d'allumettes vides, menue monnaie, chewing-gums séchés. J'ai suivi Joyce jusqu'à

Felicia qui s'empressait d'essuyer ses larmes. Joyce a posé les verres sur la table, en douceur.

– À une nouvelle année, a-t-elle déclaré. Parce que, franchement, la dernière était une telle année de merde, y a pas de quoi se vanter.

Felicia a poussé un éclat de rire surpris et retrouvé son sourire rassurant.

Nous avons trinqué ensemble et descendu nos verres d'un trait.

– Qu'est-ce que c'est que ça ? a demandé Felicia.

– Pas si mal, a dit Joyce en hochant la tête, pas mal du tout.

– Des *buttery nipples*, ai-je dit avec un sourire jusqu'aux oreilles. *Buttery nipples.*

*

J'ai momentanément regretté d'avoir commandé la tournée. Après tout, Felicia m'avait demandé de venir pour *parler*, pas pour boire. Mais de toute façon, l'alcool était moins pour elle que pour moi. Felicia et moi étions devenues amies. Une manière lâche de dire que Felicia est mon amie. Une vraie amie. Elle n'est pas vraiment *l'une des nôtres* – pas exactement –, mais elle n'y peut rien, et je m'étais aperçue que si je continuais à l'ignorer, j'aurais tout à y perdre. Le fait qu'elle habite ici, que je puisse l'appeler, faire du jogging avec elle : tous ces plaisirs que je n'avais pas connus avant que Kip et elle s'installent à Little Wing. Car pour tout dire, c'est une dame adorable. On ne peut tout de même pas lui reprocher d'être super bien foutue, intelligente, ambitieuse et belle. Peut-être que dans une ville plus grande, je pourrais me permettre de la détester. Mais pas ici. Pas à Little Wing. Je préfère mille fois être amie avec Felicia qu'avec les vampiresses du mobile home en bordure de la ville, qui fabriquent de la meth, sniffent de l'essence ou Dieu sait quoi. Felicia est intéressante, gentille et généreuse et elle a toujours été honnête avec moi.

Et maintenant, voilà. Un autre divorce. Avant mon mariage avec Hank, notre église nous avait fait consulter une conseillère prénuptiale. Nous avions passé des tests de compatibilité, débattu de questions d'argent et d'enfants. La conseillère avait été surprise d'apprendre que nous nous connaissions depuis l'enfance.

« C'est assez inhabituel, avait-elle dit, enfin, de nos jours. »

La réalité, c'est que la moitié des mariages se terminent en divorce. Mais ce n'est pas comme si on montait sur le parvis de l'église et que le pasteur ou prêtre nous demandait : « Alors, qu'est-ce que ça sera ? Pile ou face ? » D'abord Lee et Chloe, et maintenant Kip et Felicia. Et naturellement, depuis, Lee a perdu la tête et commencé à tout déballer, ce qui s'était passé *il y a près de dix ans*, et Hank n'a jamais été aussi furibond. J'ai du mal à digérer la somme de tous ces événements. Ainsi donc, longtemps après avoir sifflé nos verres, Felicia et moi sommes restées silencieuses dans la semi-obscurité du vieux bar en parpaing des VFW.

Je ne pouvais pas en vouloir à Hank. C'était un secret déplorable. Le jour où Lee était revenu à Little Wing, il était censé le ramener à la maison pour dîner, mais quand j'avais regardé dehors, Hank était au volant de son pick-up, le moteur tournait au ralenti, ses yeux avaient perdu leur éclat, comme si toute la lumière habituellement emmagasinée s'était brutalement éteinte. J'aurais peut-être dû me douter de ce qui s'était passé, mais j'en étais loin. J'avais crié aux gamins de mettre la table et ils avaient obéi de bon cœur, enthousiastes à l'idée de revoir Lee, d'être près de lui. Je m'étais couverte et j'étais allée voir ce qu'avait Hank. Il ne m'avait pas remarquée avant que j'arrive à côté de la vitre, j'avais dû frapper. Il avait tourné la tête et m'avait regardée. Il y avait des larmes dans ses yeux.

– Qu'est-ce qui se passe ?

Il avait détourné la tête.

– Descends ta vitre. Tout va bien ? Lee va bien ?

Mais il avait refusé de descendre la vitre. Il était resté assis, les mains sur le volant, comme un petit garçon qui fait semblant de conduire.

J'avais fait le tour du pick-up, j'étais montée et m'étais glissée sur la banquette à côté de lui. Il refusait de me regarder. J'avais donc pris son visage et l'avais tourné vers moi.

– Me touche pas, bordel de merde ! avait-il aboyé. Ne me touche pas !

Je m'étais écartée. Hank ne m'avait jamais parlé comme ça. Je ne l'avais même jamais entendu hausser le ton. Jamais.

Il avait hoché la tête, comme il le fait quand une facture arrive au courrier et je sais qu'il pense : « D'où elle sort, celle-là, nom de Dieu ? Comment je vais me démerder pour la payer ? »

– Hank, allons. Entre. Les gamins.

– Fiche-moi la paix, d'accord. Putain… Je te demande juste de me laisser.

– Dis-moi ce qui se passe, chéri. Qu'est-ce que je peux faire ? Comment je peux t'aider ?

Il avait allumé la radio. Il avait monté le volume à fond. De la vieille country, avec des voix de hyènes, de sorcières, de sirènes. J'étais rentrée à la maison.

Quand les enfants avaient demandé où était tonton Lee, je leur avais dit qu'il était tombé malade, qu'on le verrait bientôt, même si, sans savoir ce que Lee avait dit à Hank, j'avais alors compris qu'il s'était passé quelque chose entre eux. Nous avions mangé en silence, les enfants et moi, et au moment de leur lire une histoire, ils m'avaient demandé :

– Il est toujours dans la voiture, papa ? On peut y aller, nous aussi, dans la voiture ?

– Non, avais-je répondu. Papa a juste besoin de réfléchir.

– Il écoute de la musique ?

– Je crois que oui. Bon, il est l'heure d'aller vous brosser les dents.

Je l'avais regardé de la maison pendant toute une heure, mais il n'avait pas bougé, il avait laissé tourner son pick-up, avec la musique country assez forte pour que je reconnaisse la voix de Patsy Cline, puis des morceaux plus récents. À dix heures, j'étais montée et je m'étais glissée au lit ; j'avais laissé la vaisselle tremper et posé des lasagnes sur la table, au cas où il aurait eu faim.

Un peu après minuit, j'avais entendu la porte s'ouvrir et se fermer, le bruit de Hank qui quittait ses bottes. Puis ceux de la salle de bains, pipi, lavage de mains. Je l'avais imaginé se regarder dans la glace, se laver la figure, toucher les poils naissants qui avaient poussé dans la journée. Mais il ne m'avait pas rejointe, j'avais attendu longuement, jusqu'à ce que le réveil affiche 1 h 01 en rouge à côté de notre chevet, heure à laquelle j'avais dû m'endormir.

Je m'étais réveillée à quatre heures du matin et j'avais tendu le bras sans trouver Hank. J'étais descendue doucement, plus doucement que je n'avais jamais descendu ces marches, et je l'avais trouvé allongé sur le canapé, tout habillé, emmitouflé dans un plaid, la tête sur des petits coussins. Il avait sursauté quand je m'étais assise à côté de lui et il s'était tourné vers moi, les yeux chassieux et épuisés. Je lui avais touché le front et brossé les cheveux. Je l'avais suivi au ralenti, le vieillissement de cet homme, mon mari, ses tempes blanchies par les années, le recul de ses cheveux, les craquements de ses os.

– Viens te coucher, avais-je dit tendrement. Allez, viens.

Il m'avait regardée comme si j'étais une inconnue.

– Toutes ces années, m'avait-il dit, vous avez gardé ce secret, tous les deux. Toutes les soirées qu'il a passées chez nous… Mon ami. Il jouait avec mes gamins, il mangeait à ma table.

Puis il avait détourné les yeux, et la tête.

Je m'étais mise à pleurer. C'était comme s'il m'avait donné un coup de poing dans le ventre, j'en avais le souffle coupé. Je ne m'apitoyais pas sur mon sort, mais sur celui de Hank – ce type si honnête, ce mec bien –, mon mari.

– Hank, Hank, je suis vraiment désolée, mon amour.

– Tu l'as baisé. Point final.

Il ne se préoccupait pas de chuchoter. Il parlait à voix haute, comme s'il se fichait que nos enfants l'entendent, comme pour bien enfoncer le clou : toute la honte était pour moi.

– Hank…

– Qu'est-ce qu'on peut ajouter ? Franchement ? Sans compter que cet enfoiré est maintenant convaincu qu'il est *amoureux* de toi. C'est ce qu'il m'a dit. Une minute, on s'apprête à venir dîner ici, la suivante il me dit : « Je crois que je suis peut-être amoureux de Beth. » Putain. On vit dans une ville d'un millier de personnes, Beth. Qu'est-ce que les gens vont raconter ? Combien de temps on a avant que les gens se mettent à cancaner sur nous ? Merde !

En dégageant ses jambes du canapé, il m'avait touchée avec une certaine brutalité ; ce n'était pas un vrai coup de pied, mais c'en était assez proche pour montrer que Hank n'avait plus le même respect pour mon corps, en cet instant. Il avait posé les pieds par terre, la tête entre ses genoux, et s'était passé les mains dans les cheveux.

– Je peux pas dormir, nom de Dieu. Chaque fois que je ferme les yeux, chaque fois, je me mets à vous imaginer tous les deux… (Il s'était levé en poussant un soupir si fort que j'avais craint qu'il ne réveillât les enfants.) Je vais faire un tour.

– Il est quatre heures du matin, avais-je protesté. Viens te coucher. S'il te plaît. Viens au lit, je t'en prie.

Je l'avais regardé lacer ses bottes, j'avais vu ses bras trouver les manches de sa veste, vu les clés qu'il faisait tinter bruyamment entre ses mains.

– Va te faire foutre, m'avait-il dit. Tu sais quoi ? Je t'aime, mais tu peux aller te faire foutre.

Puis il avait claqué la porte, démarré le pick-up, les phares éclairant soudain la fenêtre d'une lumière si vive que j'avais dû me couvrir les yeux. Et il était parti, dans le chemin, sur la route.

*

– Je lui ai demandé des milliers de fois pourquoi il avait tant tenu à revenir ici, m'a dit Felicia, et il n'a jamais été fichu de me l'expliquer. Il me parle de la fabrique, de ses amis et j'essaie de comprendre. Je croyais avoir compris. Son désir de revenir dans sa ville natale, entouré de visages connus. Je peux comprendre ça. Mais même s'il ne me l'a jamais dit clairement, je me demande si Kip a vraiment eu sa place ici. Maintenant ou avant. Je veux dire, même quand vous étiez tous gosses. Et je ne te demande pas de m'en parler non plus. Je crois que j'ai déjà ma petite idée.

J'ai bu un autre verre de liqueur, que j'ai fait descendre avec une gorgée de bière. Dehors, le jour avait presque cédé au bleu du soir. Deux heures avant, j'avais appelé Hank pour lui dire d'aller chercher les gamins à l'école. Les choses vont mieux entre nous. La glace a un peu fondu dans sa voix. Il s'est même remis à me toucher et se laisse toucher. Nous faisons à nouveau l'amour même si je me rends compte que certaines fois sa manière de baiser n'exprime pas exclusivement de l'amour. Elle comporte aussi une certaine colère. Ce que je comprends. Il y a sans doute une partie de lui qui aimerait me gifler, me secouer ; chose qu'il ne ferait jamais, qu'il ne pourrait jamais faire. C'est un tendre, Hank. Tendre avec nos enfants. Il y a des moments où je préférerais qu'il explose – qu'il m'insulte, qu'il jette une assiette, ou brise une fenêtre. Mais il ne ferait jamais ça, jamais. Pourtant, il me semble que s'il y parvenait, s'il me bousculait un tant soit peu, notre relation deviendrait plus équilibrée. La plupart des soirs, il mijote à feu doux, il me tourne le dos dans notre lit alors que je sais parfaitement qu'il a les yeux grands ouverts, qu'il regarde la neige tomber derrière le givre de notre fenêtre. Je sais qu'il pense au printemps, à retourner aux champs, à ses tracteurs, à son travail, à être loin de moi. Il passe de plus en plus de temps dans la salle de traite, les enfants m'ont dit qu'ils l'y trouvent parfois en train de parler aux vaches. Je me dis que ça ira mieux au printemps.

– J'ai toujours voulu un bébé, a poursuivi Felicia. Je voulais une maison pleine de bébés. (Elle m'a fait un sourire quasi condescendant.) Je parie que ça te surprend.

J'ai regardé mes mains, les rayures sur le dessus de table, les bulles dans ma bière, qui montaient lentement et disparaissaient. Je ne pouvais pas regarder Felicia dans les yeux sans afficher l'incrédulité qu'elle anticipait. J'ai levé les yeux.

– Non. Enfin, peut-être un peu.

– Ce boulot que j'ai, je suis tombée dessus comme ça. J'ai fini la fac, enfilé une minijupe pour mon premier entretien d'embauche, obtenu le boulot et je l'ai gardé. Je n'ai jamais pris le temps de réfléchir à ce que j'aurais vraiment voulu faire. À ce qui m'aurait rendue heureuse. Je suis douée pour ce boulot. Sacrément douée, bordel. C'est pour ça qu'ils m'autorisent à bosser à domicile. C'est pour ça que j'ai pu venir m'installer ici, loin du bureau de Chicago. C'est pour ça que je suis constamment au téléphone et que je fais tant de déplacements. Parce qu'ils ne veulent pas me perdre. Et le boulot me plaisait avant, il me plaisait même beaucoup. Mais en fin de compte, je me suis mise à penser : « Ce n'est qu'une distraction. » C'est un piège. Parce que, ce que je veux vraiment, en toute honnêteté, c'est être maman. Quand je descends la rue principale (elle a pointé du doigt sans regarder dans la direction de la rue), je croise ces filles. Ces putains de filles avec leurs poussettes et leurs bébés. Ou au supermarché, les caddies pleins de bébés. Et je pète un câble. Tu comprends ? Mais pourquoi ont-elles des familles et pas moi, nom de Dieu ! Qu'est-ce que je fous de ma vie ? Quand va-t-elle commencer ?

– Je suis vraiment désolée. C'est juste... Je ne savais pas.

Elle a poussé un grand soupir.

– Tu n'y es pour rien, ma belle. C'est la faute de Kip. Je suis navrée de t'ennuyer avec tout ça.

Je lui ai tendu la main, qu'elle a prise.

– Je suis quand même désolée, ai-je dit.

– C'est juste que... je vais bientôt manquer de temps.

– Je comprends.

Elle a bu une autre rasade de bière.

– Bon Dieu, nous n'avons parlé que de moi. Je t'invite au bar et je te rouspète dans les oreilles tout l'après-midi. Beurk. Et toi ? Comment vous allez, tous ? Comment vont les gamins ?

J'ai regardé mes mains.

– Tout le monde va bien, ai-je répondu. On va bien. Tu sais, la routine, quoi.

*

De leur côté, les enfants ne semblaient rien remarquer, ce qui est sans doute tout à l'honneur de Hank. Il avait éprouvé de la haine pour moi, et en éprouvait peut-être encore, mais il l'avait gardée pour lui. Pour tout dire, il s'occupait mieux des enfants qu'avant. Les matins de week-end, il se réveillait tôt, faisait des pancakes ou des gaufres, et préparait les gamins. J'avais à peine le temps de comprendre ce qui se passait qu'ils étaient déjà prêts à partir – tous les trois – et je descendais en pyjama, ébouriffée, me frottant les yeux pleins de sommeil. « Mais où vous allez ? » Et il me répondait. « On va jusqu'à Eau Claire. J'ai envie d'aller visiter le musée du Bois. Ça fait longtemps qu'on n'y est pas allés. On va peut-être déjeuner à Chicken Unlimited. On ira voir un film. »

« Euh… je peux venir ? » lui demandais-je.

« Non, me répondait-il. Reste ici, repose-toi. Fais la grasse matinée, bouquine. On rentrera dans l'après-midi. » Puis il fermait la porte et ils s'en allaient. Sans un geste, sans un baiser, rien. Plus qu'une grande maison vide avec une pile de vaisselle qui trempait dans l'évier.

Ça ne s'était passé que deux ou trois fois, mais ça m'avait fait comprendre que je commençais à le perdre, que je perdais ma place dans la famille. Alors un matin, la semaine avant Noël, je m'étais réveillée dès que je l'avais senti sortir du lit.

– Hé, toi, reviens ici.

– Non, je suis réveillé. J'allais descendre. Faire le café. Peut-être une omelette.

J'étais sortie du lit, je m'étais approchée de lui, je l'avais embrassé, poussé sur le matelas, embrassé ses épaules, ses oreilles, passé les doigts dans les poils de son torse, jusqu'au nombril, puis jusqu'à la queue. Je lui avais fait l'amour, lui avais glissé des choses à l'oreille que je ne pourrais ou ne voudrais jamais répéter, je lui avais ordonné de me faire certaines choses, puis quand nous avions eu fini, essoufflés dans le lit, avec la lumière pâle du matin dans la chambre, je lui avais parlé, j'avais pris un risque et lui avais dit :

– Excuse-moi, mon chéri. Je suis vraiment, vraiment désolée. J'aurais dû t'en parler. J'aurais dû t'en parler il y a dix ans. Ou cinq ans.

– Je ne te le fais pas dire, avait-il répondu en se redressant sur un coude. Comment peux-tu…

– Ferme-la. D'accord ? Ferme-la. Voilà des mois que tu boudes et je te comprends, mais là, j'essaie de te présenter mes excuses. D'accord ? Alors ferme ta grande gueule et laisse-moi m'excuser. (J'avais pris une grande bouffée d'air, je m'étais redressée et l'avais regardé.) Nous n'étions pas mariés, Hank. C'est arrivé une fois. Une seule fois.

– Ça devait être mémorable.

– Je ne l'aime pas. C'est toi que j'aime. Tu es mon mari et je t'aime.

Il avait hoché la tête.

– La seule raison pour laquelle j'ai pas demandé le divorce et que je le demanderai pas, Beth, c'est que ça s'est passé *avant* qu'on soit mariés, d'accord ? Je comprends. (Il avait pris son souffle.) Mais ça reste pas moins un gros secret dégueulasse. Merde ! C'est mon meilleur ami. C'était mon meilleur ami. D'accord ? Et fallait que ça tombe sur lui, nom de Dieu.

– C'était une erreur. Tu le comprends ?

En fait, avant ce moment où j'avais vu Hank seul, dans son pick-up, dans le noir devant chez nous, je ne sais pas si j'aurais considéré cette nuit avec Leland comme une erreur, mais depuis, c'était certain. Comment aurait-il pu en être autrement ? Aurais-je renoncé à Hank pour lui, renoncé à mes enfants, à ce qu'ils pensaient de moi, ou ce qu'ils viendraient à penser de moi ? Mon foyer, ma vie ? Tout ça parce que je m'étais sentie seule, par curiosité.

– Avec le recul, je regrette complètement ce que j'ai fait. Je suis désolée. Désolée de l'avoir fait… désolée d'avoir gardé ce secret.

– Mais enfin, est-ce que tu l'aimes ? Est-ce que tu as envie d'être avec lui ? Parce que, franchement, Beth, je ne veux pas qu'on reste ensemble si tu n'es plus amoureuse de moi. Et pas un peu amoureuse, complètement. Tu comprends ce que je veux dire ?

Je lui avais donné un coup de poing, et sans douceur, *fort,* dans la partie charnue de son bras. Puis j'avais souri. Je ne sais pas pourquoi – je ne pouvais pas me retenir. Un sourire du bout des lèvres, puis avec les dents, et je lui avais dit :

– Je t'aime. (Je l'avais à nouveau frappé dans le bras, plus fort encore cette fois-ci.) Je t'ai *toujours* aimé, putain de Hank Brown, toujours.

Je m'étais apprêtée à le frapper une nouvelle fois, mais il m'avait saisi le poing à temps et avait roulé sur moi, son corps lourd sur le mien, son corps entre mes jambes qui se sont lovées autour de lui et l'ont serré. J'avais mordu sa lèvre inférieure.

– Tu ne comprends donc pas à quel point je t'aime ? m'avait-il dit.

Puis il m'avait baisée comme si nous voulions faire un autre bébé.

*

Felicia est revenue des toilettes et s'est réinstallée dans le box.

– Ce serait quand même bien si cette ville avait un café à peu près normal où les gens normaux pourraient aller parler de leur vie de chiotte. C'est trop demander ?

– Fais une erreur, lui ai-je dit.

– Quoi ?

– Fais une erreur. Tu prends la pilule ?

– Non, ça fait un moment que je la prends plus. Mais il n'en sait rien.

– Parfait. Retourne vers lui. Partez en vacances. Dans un pays chaud. Proche de la plage. Buvez à l'excès. Amusez-vous. Relaxez-vous et pensez à rien. Vous ne seriez pas le premier couple à marquer accidentellement un but en passant le palet entre les jambes du gardien.

– Mais ce serait à moi de passer entre ses jambes…

J'ai haussé les épaules en buvant un coup.

– T'es pas sérieuse ?

Elle a fini sa bière, les yeux écarquillés.

– Est-ce que tu l'aimes toujours ?

Elle a haussé les épaules en opinant :

– Mais ouais, bien sûr. Évidemment.

– Est-ce qu'il t'a déjà trompée, est-ce qu'il se drogue, est-ce qu'il perd tout son fric au jeu, est-ce qu'il te frappe ?

– Non.

– Donc le seul problème, la seule chose que tu veux et qu'il te refuse, c'est d'avoir des enfants ?

– Oui, mais je n'ai pas envie de lui faire un enfant dans le dos, il risque de paniquer et de nous abandonner. Sans compter que ce n'est pas exactement ma conception d'une base saine pour créer un foyer. La tromperie. Je ne sais pas, Beth… Tu crois ? On fait un bébé et on en discute plus tard ? Comme si j'allais m'acheter une Lexus dernier modèle sans avoir sa permission, un truc dans ce genre ? En plus, n'oublie pas que je suis féministe. J'ai même suivi un cours d'études féministes à la fac.

– Très bien, parle-moi de ton plan B, alors ? (Felicia m'a dévisagée, les bras croisés.) Non mais, sérieusement, qu'est-ce que tu comptes faire ? T'inscrire sur un site de rencontres sur Internet ? Rentrer à Chicago et essayer les quelques mecs de ton bureau ? Je ne sais pas comment ça marche. Et qui est encore disponible, de nos jours ? On a la trentaine. Tu crois qu'un nouveau type va vouloir se lancer à fond dans une relation ? Fonder une famille à la volée ? Peut-être. Ou alors, vous faites peut-être des efforts. Fichez le camp d'ici. Rentrez à Chicago. Faites un gamin. Oubliez que toute cette histoire a existé, faites comme si ce n'était que… de mauvaises vacances. Tu vois ce que je veux dire ? Vous étiez venus passer une semaine et finalement vous êtes restés quelques années. Ne vous en faites pas pour la fabrique. D'ailleurs, il vaut peut-être mieux tout laisser tomber, de ce côté-là. Repartir de zéro.

Ma voix tremblait, mes mains frémissaient. J'ai bu une petite gorgée, puis une longue rasade de bière. Je venais juste de dire à ma meilleure amie de partir, et je me demandais si mes conseils ne s'adressaient pas à moi, au final.

– Je ne sais pas, m'a dit Felicia en baissant les yeux. Il va falloir que je réfléchisse.

Nous n'avons rien dit pendant un moment. Les vieux commençaient à entrer dans le bar. Pour le match de foot américain du lundi soir. Packers contre Vikings. La salle serait bientôt bondée et bariolée de vert et or.

– Allons-y.

Felicia a glissé sur la banquette et s'est levée en titubant.

– Je ne crois pas que je puisse conduire, a-t-elle observé.

– Je vais appeler Hank.

– Quelle heure est-il ?

Ma montre n'était pas très visible dans la pénombre, mais j'ai cru y lire quatre ou cinq heures.

– À chaque fois qu'on se voit, m'a fait remarquer Felicia, on dirait qu'on boit trop.

K

On voit presque la courbure de la terre, de là-haut. C'est beau. Un monde qui s'étend à l'infini. Parfois, quand je vivais à Chicago, je partais en Mustang le samedi matin. Je me levais avant que la ville s'éveille et je roulais plein ouest, pour le plaisir ; avec le soleil levant dans le rétroviseur, j'avais l'impression de faire la course avec le jour en essayant de retenir la nuit. Je poussais la grosse cylindrée et filais à travers l'Illinois, ses grandes plaines, ses champs de terre noire, ses étranges canaux perdus, ses rivières paresseuses. Je passais devant des restaus routiers empestant le graillon et des casses de voitures, devant des villes qui n'avaient rien à offrir. Je m'arrêtais pour faire le plein et j'ouvrais le toit sur un énorme ciel bleu.

Un jour, dans une station-service de l'ouest de l'État, pas loin du Mississippi, un vieux fermier s'était approché de moi et m'avait complimenté sur ma voiture.

– Jusqu'où allez-vous ? m'avait-il demandé.

Je me souviens de lui avoir répondu d'un ton détaché :

– Aussi loin que possible avant lundi matin.

Avant de devoir rentrer. J'étais célibataire à l'époque, et je le suis peut-être à nouveau, d'ailleurs. Mon appartement de l'immeuble Hancock était sommairement meublé, froid, comme la cellule d'une ruche de ciment et d'acier.

– D'où êtes-vous ?

– De Chicago, avais-je dit en pointant le pouce derrière moi.

Pourtant je n'étais pas de Chicago. J'étais de Little Wing, Wisconsin. Une ville de trois fois rien, semblable à celle où je me trouvais, un point sur une carte, pas encore connue pour être la ville natale de Corvus, le troubadour indie en flanelle le plus célèbre d'Amérique. À l'époque, ce n'était qu'un bled du Midwest ayant connu des jours meilleurs avec une fabrique en ruine à côté de rails de chemin de fer rouillés.

– Ça doit être bien, d'être libre, m'avait-il dit, de pas se sentir enchaîné. D'aller où bon vous semble. Quand bon vous semble.

Un sac en plastique avait voleté entre nous, vers une clôture en fils barbelés où je savais qu'il allait rester accroché. Je lui avais fait un signe de la tête, prêt à reprendre la route. Mais la pompe à essence était lente, comme si la citerne enfouie sous nos pieds était vide.

– Vous êtes fermier ? lui avais-je demandé.

– Soja, avait-il répondu en acquiesçant.

Il avait ajusté sa casquette de promo agricole, craché sur l'asphalte et le gravier entre ses bottes.

Je lui avais tendu ma carte de visite. C'était mon habitude. J'en avais un paquet entier dans la boîte à gants et un autre sur le siège arrière. Je distribuais mes cartes lors de réceptions, aux matchs de baseball, aux bar-mitsva. J'entendais des collègues, courtiers en bourse, dire qu'ils ne donnaient jamais leur carte, que le secret consiste à attirer les chalands et à prolonger le baratin jusqu'à ce qu'ils désirent votre carte, plus que tout au monde. Mais je n'ai jamais fonctionné comme ça. Je suis fier de qui je suis, fier de ce que je fais ; fier d'en être arrivé à un stade de ma vie justifiant une carte de visite.

Le fermier l'avait examinée avec attention ; la propreté et la blancheur du papier tranchaient sur ses mains sales et rugueuses.

– Courtier en bourse, avait-il dit.

Il avait fait claquer un index épais sur le carton dans un bruit de carte à jouer fixée aux rayons d'une roue de vélo.

– Oui, monsieur.

Les chiffres de la pompe bougeaient à peine, plus lentement que les aiguilles d'une montre.

– Pourquoi vous essayez pas de me donner de meilleurs prix ? avait-il demandé, avant de se raviser : Non, je vous fais marcher…

Il m'avait regardé de ses yeux d'un bleu si pâle qu'ils semblaient prêts à couler sur son visage, à dégouliner sur le sol aride sous ses pieds.

– Passez donc me voir un de ces jours, lui avais-je dit en regardant sa main gauche. (Elle ne comptait plus que quatre doigts, mais toujours l'annulaire où l'on distinguait une alliance en or si crasseuse qu'elle ressemblait à un trésor enfoui.) Et amenez votre épouse, avais-je poursuivi en espérant qu'il ne soit pas veuf.

Puis nous nous étions tus. Ne restait que le bruit de l'essence se déversant dans le réservoir, du vent s'entêtant contre quelque panneau en vinyle, du balancement d'une enseigne métallique au bout de chaînes rouillées. Sur l'autoroute, des semi-remorques fonçaient comme des trains fous et deux corbeaux becquetaient une carcasse de cerf noircie. Leurs plumes étaient ébouriffées par la circulation incessante, mais les oiseaux semblaient indifférents.

– Ma foi, avait fait le fermier en brandissant ma carte, peut-être bien que je viendrai. On vous téléphonera un de ces jours.

– Comment vous appelez-vous ? Vous avez ma carte, mais vous ne m'avez pas dit votre nom.

– Harvey. Harvey Bunyan. (Il avait fouillé dans sa poche pour trouver un stylo et un petit carnet à spirale. Il avait noté son nom et son numéro de téléphone d'une belle écriture cursive.) Voilà. Maintenant, vous avez ma carte aussi.

Il avait essuyé les paumes de ses mains sur sa salopette, rangé avec difficulté ma carte dans la poche de devant, et nous nous étions serré la main.

– Bon voyage, m'avait-il souhaité.

– À vous aussi, avais-je répondu en le regrettant immédiatement.

Cet homme n'avait jamais voyagé, et ça se voyait. À Little Wing, j'avais connu des centaines de visages comme le sien, ceux d'hommes de l'âge de mon père ou plus vieux. Leurs yeux étaient tellement habitués à se plisser au soleil qu'on aurait pu jurer qu'ils étaient myopes comme des taupes. Leur monde se situait toujours juste devant eux. La chambre, la cuisine, la télévision. Dans les champs, droit devant ou, encore plus crucial, derrière le tracteur.

*

J'avais traversé le Mississippi et j'étais entré dans l'Iowa. À cent quarante, cent cinquante ou cent soixante kilomètres à l'heure. J'avais quitté l'autoroute et pris des chemins de gravier, où je faisais la course avec les nuages et les chevaux dans leurs prés. Si je continuais plein ouest, j'avais l'impression de pouvoir battre le soleil, de conduire à rebours de la révolution de la planète, de ralentir le temps. J'avais dû perdre la « carte de visite » d'Harvey avant même de franchir la limite du Nebraska. Je m'étais sans doute arrêté pour casser la croûte à Iowa City ou Des Moines et, à un moment ou un autre, j'avais balancé son nom et son numéro à la poubelle avec les autres cochonneries trouvées dans mes poches :

papiers de chewing-gum, pennies crasseux, tickets de caisse de station-service.

J'étais arrivé dans le Nebraska. J'avais quitté l'autoroute avant qu'un orage n'ait rempli les fossés. J'avais regardé le ciel noir se fendre comme une fenêtre brisée. Dans la chambre du motel, j'avais fait descendre les snacks achetés dans la station-service avec de la bière tiède en écoutant la télévision des chambres voisines, les amants, les disputes, les réconciliations...

Le matin, j'étais revenu vers l'est, sept heures d'affilée face au soleil levant, le visage aussi brûlé que si j'avais regardé la déflagration d'une bombe atomique à Las Cruces.

Mais je crois que je n'ai jamais été aussi heureux que ce matin-là, dans le Nebraska. Parce que j'avais dépassé l'horizon familier, ces plaines que je connaissais par cœur car je les voyais d'avion ou des bars à cocktails perchés au sommet des gratte-ciel de Chicago. En Mustang, j'étais un explorateur indépendant. Peu m'importait que plusieurs millions de personnes aient foulé chaque centimètre carré d'Amérique depuis des centaines, voire des milliers d'années. Ce n'était pas moi. Je devais mener ma propre exploration. Pas de musique, pas de conversation, pas de carte, pas de planning.

*

Si c'était à refaire, je ne serais pas revenu. Je n'aurais pas fait venir Felicia ici. Et pour être complètement honnête, je ne sais même pas si j'aurais dû l'épouser. Felicia n'est pas le problème. Le problème, c'est moi.

Je ne suis pas quelqu'un de bien. Je ne sais pas m'y prendre avec les gens. J'en suis conscient. Si j'excelle à une chose – bonne compréhension et bonne intuition –, c'est à faire de l'argent. Tout du moins, j'y excellais. Comment l'expliquer ? J'avais seulement besoin d'un bulletin météo international et d'un journal télévisé pour vous dire où placer votre argent et je me trompais rarement. J'ai gagné des millions, des *millions*. En plaçant l'argent que la plupart des gens investissent habituellement dans des fonds de retraite, des obligations ou des actions chez Coca... sur le marché du maïs, du café ou du bacon.

Mais il suffit que vous m'invitiez à dîner ou à l'anniversaire de vos enfants et je suis complètement désemparé. Pire que désemparé, je dis et je fais toujours ce qu'il ne faut pas. Au-delà du simple faux pas, je suis perçu comme étant cruel. Parce que je devrais être assez futé pour savoir comment me comporter, mais non. Certains soirs, pour éviter d'être embarrassée, Felicia me demandait de me taire.

Je croyais que la fabrique, ce projet, serait le catalyseur et changerait tout pour moi. Je croyais que ça me donnerait quelque chose de concret et de réel à entreprendre. Je croyais que si je revenais ici et ressuscitais ce truc, la ville m'accepterait, m'adopterait ; j'avais déjà des visées sur la mairie, ou un siège à la législature d'État. Je me voyais sillonner le pays, serrer la main des fermiers, embrasser les bébés, avec Felicia à mes côtés, parfaite dans son rôle, me guidant d'un conseil stratégique glissé à l'oreille. Je sais qu'elle est plus intelligente que moi. Je le reconnais volontiers. C'est une des raisons pour lesquelles je suis tombé amoureux d'elle.

La fabrique est achevée, à présent. Le sous-sol est hors d'eau pour la première fois depuis des décennies. Il y a du monde au supermarché. Le parking est plein. Les trains qui passaient sans s'arrêter s'arrêtent. J'ai un locataire prêt à monter un restaurant mexicain dans un des espaces reconvertis derrière le supermarché. Cette ville en a grand besoin – besoin d'un peu de piment, d'un peu de goût. Les tours sont complètement repeintes. Toutes les vitres cassées de nos années d'ados ont été remplacées. Quand les peintres m'ont demandé si je voulais inscrire un nom ou un logo en haut de la tour, j'ai réfléchi puis je leur ai demandé de peindre « Bienvenue à Little Wing » en jolies lettres rouges cursives et penchées, à l'ancienne. J'aurais pu y mettre mon nom, mais je fais un gros effort. Je m'efforce de faire ce qu'il faut.

Je me retrouve parfois au sommet de cette tour sans savoir pourquoi. Pour m'échapper, sans doute. Pour regarder le monde. Pour voir ce qui va suivre. Pour fumer une cigarette.

Felicia m'a quitté. Elle voulait des enfants et, moi, je n'en ai jamais voulu. Je n'en ai jamais eu assez envie, je n'ai jamais eu assez d'amour. J'aimais Felicia, je l'aimais vraiment. Je l'aime toujours. Mais je ne me voyais pas en papa, je ne me voyais pas en homme de ce genre, droit et honnête. Prenez un type comme Hank : il donne l'impression que c'est simple, ses gamins l'adorent, Beth l'adore, la ville entière l'adore, et tout ce que je peux penser, c'est que *je ne suis pas à la hauteur*. Je ne peux pas y arriver. Je sais qui je suis et je ne suis pas Hank Brown.

Elle est partie hier, elle est descendue dans un motel entre ici et Eau Claire. Je lui ai dit qu'elle ferait mieux d'aller carrément à Eau Claire, de trouver un bel endroit, un vrai hôtel. Ou alors à Minneapolis ou Saint Paul. Mais le mariage est pour samedi et elle veut participer, aider Lucy et Ronny, fabriquer des banderoles ou Dieu sait quoi. Servir le gâteau de mariage. Accueillir les invités. Je n'en sais rien, elle veut se montrer utile, elle est attentionnée.

– J'espère que tu peux changer d'avis, m'a-t-elle dit. Parce que je t'aime. Mais je ne peux plus attendre. On ne rajeunit pas.

– Tu devrais partir. Pars, avant de perdre davantage de temps. Je suis désolé.

Nous étions sortis ensemble pendant sept ans. Elle voulait se marier tout de suite, pas moi. Je voulais attendre que tout soit parfait. Je voulais avoir de l'argent, une maison, un boulot – le tout parfaitement aligné. Notre vie disposée comme un vase de fleurs. Beauté et contrôle. Elle se fichait de tout ça, elle m'avait dit qu'elle voulait des enfants tout de suite, mais, je ne sais pas… je crois que je ne l'ai jamais pris au sérieux. Je ne l'ai jamais prise, elle, au sérieux. Quand nous étions tombés amoureux, que nous dormions dans mon appartement au soixantième étage de l'immeuble John Hancock, qu'on le sentait se balancer dans le vent incessant du lac Michigan, elle m'avait dit : « Je sais ce que je veux. Je veux trois gosses avant d'avoir trente ans. Je veux une maison *pleine* de gosses. Je veux du boucan dans toute la maison. »

Je l'aimais alors je l'avais embrassée en l'écoutant rêver. Mais pour moi, la vie qu'elle décrivait avait des allures d'émeute permanente. Le bazar, le vacarme, les miettes, les couches, le lait renversé, les pleurs. Et nos vies à nous, alors ? Et nos voyages ? Les beaux vêtements et les grands hôtels, notre collection d'art et notre bonne cave à vins ?

Avec les enfants, les bébés, il est possible d'attendre trop longtemps. Mon père disait toujours : « À trop hésiter, on se perd. » Pour les hommes, ça n'a pas d'importance. On peut être roi à quatre-vingts ans, baver sur le trône, à peine capable de garder la couronne sur la tête : ça n'empêche pas de faire un enfant à une belle jeune femme. Mais pour les femmes, c'est différent. Toute cette histoire d'horloge… c'est vrai. Réfléchissez-y. Une fois par mois, l'ovule effectue sa descente, comme accroché à un petit parachute, et il atterrit dans une vallée de sang. Encore faut-il savoir quand l'œuf est là, espérer que les conditions soient parfaites, que l'ovule soit bel et bien arrivé, qu'il y ait des ovules. Et que le parachute se soit ouvert exactement au bon moment. Tout cela relève d'une précision d'horloger, comme le mécanisme d'un système complexe et délicat. Et lors des nuits passées au côté de Felicia, j'entendais son tic-tac et ça me foutait une trouille d'enfer.

Et donc. La voilà partie.

Je ne sais pas du tout ce qui m'attend. La fabrique est enfin terminée. Nous avons – enfin, non, *j'ai* – des dettes par-dessus la tête. La seule chose qui nous tenait à flot, c'était le salaire de Felicia. Alors si je me retrouve dans la merde jusqu'au cou, c'est certainement pas sa faute. Elle a accepté de me suivre ici, à Little Wing, uniquement parce qu'elle m'aimait. Et, pour en venir au fait, parce qu'elle pensait que c'était un bon endroit pour élever nos enfants. Après ça, le temps m'a filé entre les doigts. Je croyais toujours que nous en avions, que nous en avions davantage.

*

Je pourrais sauter. J'y ai déjà pensé. Dans ma profession – la Bourse et les marchés –, le saut est l'équivalent du *seppuku* et je connais des types qui pensent que c'est la seule issue honorable. Si l'on ne veut pas sauter, on opte pour un colt plaqué nickel. Il m'est déjà arrivé à trois occasions d'envisager d'en finir. Mais je n'y suis jamais parvenu. Impossible. Et c'est la même chose ce soir. Le mariage de Ronny est pour samedi. Disons que ce n'est pas la semaine à faire tache sur le trottoir. Samedi, c'est aussi l'inauguration de la réouverture de la fabrique et la ville entière est invitée à visiter le complexe. Samedi, je vais donc enfiler un beau costume (mais sans cravate), je ferai un bref discours, je distribuerai des gobelets de bière gratuite et j'organiserai plusieurs visites. Puis, le soir même, dans un des espaces vacants, baigné de lumière naturelle, avec chauffage au sol et un excellent bloc sanitaire, Ronny va épouser Lucy. Je ne leur fais pas payer un sou. La ville entière est conviée. Les invités doivent apporter un cadeau et des denrées non périssables. Je me dis que, ruiné pour ruiné, autant faire une grande fête pour célébrer l'occasion.

Comme je vous l'ai dit, je fais des *efforts*.

*

Lucy est enceinte de six mois, mais ça ne se voit pas du tout. Elle a une mine superbe. Felicia avait organisé une *baby shower*[1] pour elle il y a quelques

1. *Baby shower* : réception où les invités offrent des cadeaux pour le futur bébé.

semaines, dans notre maison. C'était sympa. Hank et Beth étaient venus. Les Giroux – non accompagnés. Eddy Moffitt avec sa femme et ses enfants. Lee était venu aussi, mais bien sûr sans Chloe. On ne sait trop qu'en penser, en ville. Les tabloïds qui se vendent à l'IGA publient de mauvaises photos de Chloe avec des rappeurs, des dieux de la guitare ou des batteurs à la John « Bonzo » Bonham. Alors que leur divorce n'a même pas encore été prononcé, à ce qu'on dit.

Les femmes avaient formé un cercle dans notre salon ; Lucy s'était trouvée devant une pile de cadeaux de plus d'un mètre de haut. Nous avions embauché un traiteur et la cuisine était pleine de charcuterie, de fruits frais, de salades de pâtes, de vin et de bière. Il faisait froid à l'extérieur, mais les gars se réchauffaient autour d'un feu de camp, loin du froufrou des papiers d'emballage, des rubans, des bonnes manières et des sandwichs miniatures. L'ambiance était étonnamment calme autour du feu. Hank et Lee n'avaient pas échangé un seul mot. Ces deux-là sont copains comme cochons d'habitude. Nous avions formé des équipes pour jouer au lancer de fer à cheval et aux boules, et nous avions fumé des cigares.

– Qu'est-ce qui ronge Lee ? avais-je demandé à Eddy. Il a l'air maussade.

– Si ma femme s'envoyait en l'air avec le Top 50 de *Billboard*, je pense que ça me rendrait vachement maussade, moi aussi.

J'avais donc laissé tomber. J'essaie de beaucoup *laisser tomber*.

Une fois tout le monde parti, quand les traiteurs avaient débarrassé leur marchandise, le silence était descendu sur la maison. Felicia s'était couchée tôt ce soir-là et je l'avais retrouvée un peu plus tard, en larmes.

– Qu'est-ce qui t'arrive ? lui avais-je demandé.

– Va-t'en. Fiche-moi la paix, d'accord ?

Assis au bord du lit, j'avais regardé la grande pelouse sombre par la fenêtre, puis les champs dans le lointain, les étoiles qui leur faisaient des clins d'œil, des phares qui rampaient dans la campagne. J'avais soupiré.

– Ils sont *enceintes* et pas nous, avais-je dit.

– Ronny Taylor va être papa, et pas toi ! Tu trouves ça normal ? Ronny et une strip-teaseuse vont avoir un bébé et tu refuses de m'accorder la même chose. Nom de Dieu, Kip ! C'est comme ce jeu de société auquel je jouais quand j'étais petite. Tu vois ce que je veux dire ? Celui avec les petites voitures et les pions colorés et tu fais le tour du circuit et à la fin soit tu vas à l'école, soit non. Soit tu deviens docteur, soit non. Tu remplis ta voiture de gamins.

– La vie, c'est *Destins, le jeu de la vie*.

– J'ai toujours voulu une voiture pleine, Kip, et je n'en ai jamais fait un mystère, bordel. Alors va te faire foutre, d'accord ? Va-te-faire-foutre. Mais je te conseille de te décider, *mon pote*. De décider si tu acceptes – oui ou non – d'être un homme. C'est l'heure de *grandir*. Parce que en ce moment, je rentre à la maison, je me mets au lit et tout ce que je vois, c'est un lâche. Un cinglé avec une fantaisie délirante pour une putain de vieille fabrique paumée. Alors je vais être parfaitement claire avec toi, au cas où tu ne m'aurais pas bien écoutée avant : soit nous faisons un bébé, soit je me barre.

Les semaines avaient passé. Rien n'avait changé. Quand nous faisions l'amour, j'utilisais un préservatif. Sa pilule était dans le placard de la salle de bains à côté d'une boîte de tampons. Des « bonne nuit » et des « bonjour ». Des dizaines de repas ensemble, agrémentés d'une conversation polie. Une bouteille de vin à l'occasion, mais pas assez fréquemment pour justifier la construction d'une cave.

Et elle avait fini par partir. J'étais rentré de la fabrique un soir et je l'avais trouvée avachie sur le comptoir en granit de la cuisine, la tête sur les bras. Elle avait levé les yeux, qui exprimaient la fatigue plus que la tristesse. Elle tenait déjà ses clés à la main. Elle s'était levée, approchée de moi, m'avait embrassé sur les lèvres, durement, et avait dit : « Je descends dans un motel. Je reviendrai vendredi pour le mariage. »

*

Un jour, dans mon bureau de Chicago, ma secrétaire avait frappé à la porte et était entrée, l'air perplexe. Elle était sympa, Denise, elle me faisait penser à ma tante Carol. Elle m'appelle encore tous les mois pour prendre de mes nouvelles. Et elle me demande si je n'ai pas envie de changer d'avis et de revenir à Chicago.

– J'ai un homme au téléphone, m'avait-elle dit ce jour-là. Il dit vous connaître. Il dit qu'il n'appelle pas pour affaires, mais que vous vous souviendrez de lui. Un Harvey Bunyan ?

Elle avait levé les mains en signe de perplexité.

Le nom ne m'avait rien dit, au départ.

– Harvey ? Bunyan ? Et ce n'est pas un de nos clients ?

Denise avait fait non de la tête.

– Je lui ai déjà dit qu'il se trompait de numéro, mais il a immédiatement rappelé. Il jure qu'il a votre carte de visite devant les yeux. Sa femme et lui sont en ville pour un mariage et il vous appelle parce que vous l'avez soi-disant invité à venir vous voir.

– Écoutez, Denise, avais-je sèchement répondu, je ne peux pas me permettre de…

Harvey Bunyan ! Le fermier. Nom de Dieu, mais ça faisait combien de temps…

– Passez-le-moi, Denise, avais-je décidé. Merci.

J'avais repris mes esprits et décroché.

– Allô ! Monsieur Bunyan ? En quoi puis-je vous être utile ?

J'avais l'intention de l'envoyer promener. De faire semblant de consulter mon agenda imaginaire et de le trouver surchargé. De prétendre un rendez-vous avec n'importe qui, de l'homme d'affaires Warren Buffett au ministre d'État de l'Agriculture. Le joyeux Géant Vert de la pub. Tony le tigre des boîtes de céréales. Jacques Vabre des producteurs de café. Un homme que je n'avais rencontré qu'une seule fois ? Devant une station-service ? Dans une ville dont j'avais oublié le nom ? J'entendais le vent souffler de son côté et, en arrière-fond, une voix de femme qui l'encourageait poliment.

– Ouais, avait-il enfin dit, un soulagement bourru dans la voix. Harvey Bunyan à l'appareil. Euh… on s'est rencontrés il y a un an ou deux. On avait discuté au Kum & Go, vous conduisiez une belle bagnole. Une Mustang rouge.

– Tout à fait. En quoi puis-je vous être utile, monsieur Bunyan ?

J'essayais de garder mes distances, de me montrer très occupé. J'avais bruyamment agité quelques papiers et tapoté au hasard sur mon clavier.

– Eh bien, voilà… Nous sommes en ville pour le mariage d'une nièce à Evanston, Edith et moi. Je lui ai parlé de vous et, comme j'avais votre carte dans mon portefeuille… Ma foi… (Il avait hésité, toussoté.) Nous sommes en ville et je me demandais juste si vous aviez le temps de déjeuner avec nous.

J'avais regardé par la fenêtre. À perte de vue.

– Monsieur Bunyan, avais-je commencé. Je…

J'avais entendu le frottement du combiné contre ses mains sèches, ou peut-être contre un morceau de tissu, puis un murmure et une argumentation polie.

– Monsieur Bunyan ?

– Allô ! avait répondu une autre voix. Edith Bunyan à l'appareil. Vous êtes monsieur Cunningham ?

– En effet. Bonjour, madame Bunyan. En quoi puis-je vous être utile ?

– Écoutez, c'est peut-être audacieux de ma part, mais je vais jouer cartes sur table, parce que vous devez être un peu perplexe et je peux sans doute vous faire gagner du temps. Alors, voilà : Harvey jure que vous ressemblez comme deux gouttes d'eau à notre fils Thomas. Il le jure. Il dit que vous pourriez être frères.

– Pardon, madame ?

– Thomas a été tué en Irak. À Falloujah. Bombe artisanale. Notre fils Thomas. Celui à qui vous ressemblez.

– Madame, j'ai des appels qui s'accumulent et vous savez comment c'est, le marché ne s'arrête pour personne. Je ne peux pas, vraiment pas, prendre mon après-midi. J'en suis navré, mais je connais à peine votre mari…

– Harvey.

– C'est cela, Harvey. Je suis navré de votre perte, bien entendu, mais… nous ne nous sommes rencontrés qu'une fois et il avait l'air de, vous savez, de quelqu'un de bien et tout…

– Harvey Bunyan. Vous lui avez donné votre carte de visite.

– Certes, mais…

– Écoutez, m'avait-elle dit en baissant la voix. Thomas était notre seul fils. Il travaillait à Chicago. Le marché, comme vous. Il était allé à l'université de Northwestern. Un gamin intelligent. Il avait financé ses études avec une bourse pour anciens combattants, puis un jour il a été rappelé sous les drapeaux et tout à coup, nous l'avons perdu. Et Harvey, eh bien, il n'arrive pas à l'accepter. (Elle avait marqué une pause.) Je vous demande seulement de déjeuner avec nous. Trois quarts d'heure. Nous vous invitons. Je crois qu'il se sent seul. Comme je vous l'ai dit, vous lui rappelez Thomas. Vous devez être quelqu'un de bien.

Denise attendait à la porte de mon bureau, l'air inquiet.

– Où êtes-vous exactement, tous les deux ?

Nous nous étions retrouvés chez Giordano, une pizzeria typique de Chicago, bondée de touristes. Harvey et Edith m'attendaient à la porte. Plus âgés que mes parents, ils semblaient mal à l'aise dans leurs chaussures de marche Rockport, leur pantalon repassé et leur coupe-vent. Je ne me souvenais pas de Harvey aussi frêle et âgé. Il traçait sans cesse la raie de ses cheveux clairsemés de ses doigts épais, ses yeux humides passaient nerveusement sur moi, sur la décoration surchargée des murs du restaurant, sur la foule de clients, sur les jeunes serveurs. Edith : rondelette, avec d'épais avant-bras flasques, de fines lèvres et un énorme sac pendouillant à son coude charnu. J'avais décidé de décompresser, d'attendre que l'heure passe pour leur faire plaisir : deux vieillards inoffensifs qui voyaient en moi une évocation fantomatique de leur pauvre fils.

Nous avions mangé une pizza, bu un Coca-Cola. Ils m'avaient posé des questions à propos de mon travail, de l'emplacement de mon bureau, en hochant la tête avec reconnaissance, Harvey ne cessant de plisser des yeux en passant de moi à la salle en effervescence.

– C'est vraiment plein de monde, ici, avait-il dit.

Edith avait parlé de leur petite ferme, de leur envie de vendre, d'acheter une caravane Airstream et de sillonner les routes du sud-ouest du pays. J'avais imaginé ses bras rosis par le soleil, la crème au zinc pour protéger son nez, les yeux dissimulés derrière d'énormes lunettes de soleil de pharmacie. Et Harvey, constamment distrait par le souvenir de leur ferme, rouspéterait sur le coût de l'essence, ferait sans cesse la grimace et garderait les bras croisés.

– C'est vrai que vous ressemblez à Thomas, m'avait dit Edith. Ce n'était pas flagrant au début. Mais maintenant, si. Vous avez la même manière de vous frotter les mains quand vous vous impatientez. Et vous avez les mêmes oreilles. (Elle avait tapoté le bras d'Harvey.) Sacré nom d'un chien.

– Bon, avais-je dit. J'aimerais régler l'addition, si vous me le permettez. J'en serais ravi. Vraiment. D'ailleurs, c'est moi qui vous ai invités.

C'était vrai que je les avais invités.

– Ah ça, avait répondu Edith en fouillant dans les profondeurs de son sac pour prendre son porte-monnaie. C'est hors de question. Non, mais...

– J'insiste, avais-je dit en glissant adroitement ma carte de crédit à une serveuse qui l'avait cueillie au passage comme le témoin d'un relais.

L'heure avait passé plus rapidement que je ne l'aurais cru.

– Vraiment, avais-je repris, c'était une bonne surprise. Ça m'a fait une agréable pause.

Avant de nous séparer devant le restaurant, j'avais été étonné par la longue étreinte que m'avait donnée Edith, son corps fermement collé au mien, les relents doucereux de son parfum bon marché presque étourdissants. Puis Harvey, tout en évitant de me regarder droit dans les yeux, qui m'avait tendu sa vieille main rugueuse en me disant :

– Je suis certain que si ça avait été possible, mon garçon et vous auriez été bons amis. Il était exactement comme vous. Fort. Intelligent. Poli.

Il avait posé une main sur mon biceps gauche et l'avait serré. Il n'arrivait pas à me regarder et j'avais entendu sa voix faiblissante dans la circulation soudain trop bruyante, trop frénétique. J'avais envie d'éteindre la ville, de mettre toutes ses activités sur pause. Harvey s'était éloigné de moi et Edith lui avait pris le bras. Ils semblaient perdus dans la ville, diminués, les épaules presque voûtées et l'allure cependant fière, le visage figé en un sourire grave. J'ai consulté mon portable, moi-même incertain de ce que je devais faire de mes yeux.

– Au fait, il est pour quand, ce mariage ?

– Ce soir, avait répondu Harvey. C'est la fille de ma sœur.

– Et vous repartez quand ?

Des piétons nous avaient bousculés. Sacs et valises à roulettes, hurlements dans des portables et joggeurs.

– Demain, avaient-ils répondu à l'unisson.

– Demain matin, avait précisé Harvey. On va essayer de partir assez tôt.

J'avais acquiescé.

– Bon, écoutez, avais-je dit, sans réfléchir à ce qui allait suivre, à ce que j'allais proposer. Vous pourriez peut-être venir chez moi demain matin avant de partir. Je vous préparerai un petit déjeuner. Ça vous évitera de dépenser une fortune dans un brunch en ville. J'habite dans l'immeuble John Hancock. Venez donc. La vue est formidable. Vous pourrez me parler plus longuement de Thomas.

Je m'étais senti bien, j'avais fait ce qu'il fallait. Ces deux petits vieux paumés. Je n'avais jamais rien accompli de tel auparavant, et rien depuis, en vérité, jusqu'à maintenant.

Leurs sourires étaient devenus radieux. J'avais noté mon adresse sur un bout de papier et je leur avais dit au revoir d'un signe de main avant qu'Edith me barbouille les joues de plus de rouge à lèvres et parfume mes vêtements.

*

Ils étaient effectivement venus petit-déjeuner le lendemain matin et ils étaient restés jusque dans l'après-midi. Nous avions vidé deux cafetières et Harvey arpentait mon appartement, en restant à une certaine distance des grandes baies vitrées. Edith, assise à ma table, m'avait montré des photos de Thomas dans un album de poche qu'elle gardait dans son sac. Il me ressemblait vraiment. C'était troublant. Mêmes cheveux, mêmes yeux, même visage, même corpulence. Sur les photos, il semblait également affectionner les mêmes marques de vêtements que moi et tenait à la main ma bière préférée. Plusieurs photos étaient prises dans des bars et restaurants de Chicago que je fréquentais souvent.

– Avez-vous d'autres enfants ? avais-je demandé à Edith sans la regarder, certain de sa réponse.

– Non, avait répondu Harvey de l'autre bout de la salle.

Edith avait fermé l'album et l'avait rangé avec soin dans son sac, puis elle s'était profondément calée sur sa chaise et, pendant près de trois secondes, elle avait fermé les yeux et plissé les lèvres, puis elle avait soupiré.

*

On place tout dans un enfant, tout notre amour, toute notre attention, tous nos espoirs, les promesses de nos ancêtres, et pourtant *on n'est jamais sûr de rien.* Ce n'est comme rien d'autre au monde. Hormis la foi, j'imagine, et je ne suis pas particulièrement croyant. En revanche, quand on investit dans la bourse des valeurs ou des marchandises, on peut couvrir ses arrières, placer ses fonds dans une dizaine ou des milliers d'endroits différents. On peut diversifier ses attentes et ses craintes, et au final, ça reste un coup de poker, un pari, mais je sais toujours que je vais gagner. Que je réussis à en tirer *quelque chose.*

Je recevais une carte postale de Harvey et Edith deux fois par an : à Noël, et pour l'anniversaire de Thomas, qui tombait à cinq jours du mien. C'était Harvey qui les rédigeait de sa belle écriture appuyée. Il ne disait jamais grand-chose. Des bougonnements de fermier semblables à ceux de Hank ou des jumeaux Giroux – pas assez de pluie, trop de pluie, perte de récolte, prix du gasoil, le coût d'une prothèse de la hanche, et cetera. Harvey joignait parfois une photo de leur ferme, manifestement prise avec un appareil jetable, l'image floue et surexposée. Je distinguais une mer de semis, des rangées infinies de pousses vert tendre, ou un coucher de soleil violet sur un champ de maïs pâle et desséché. La neige qui atteignait les fenêtres de leur maison ou un cardinal perché sur leur nichoir. Il n'ajoutait jamais d'explications et les prises de vue semblaient complètement aléatoires. Des photos de sa vie, tout simplement. Il avait peut-être envoyé les mêmes à Thomas, quand le jeune homme était en poste en Irak, ou quand il était revenu dans une quelconque caserne aux États-Unis, dans la moiteur du sud du pays.

– Qui sont ces gens, déjà ? me demandait Felicia en examinant leur adresse au dos de l'enveloppe. Rappelle-moi comment tu les connais ?

Comment pouvais-je lui raconter, par où commencer ? Lui dire qu'un jour j'avais rencontré un vieil homme dans une station-service en pleine cambrousse, que je lui avais donné ma carte de visite et que des mois, des années plus tard, sa femme et lui m'avaient rendu visite, une seule fois, à Chicago ? Que je ressemblais à leur fils mort ?

– Oh, c'est juste des vieux amis de la famille.

– Nous devrions peut-être les inviter à notre mariage ? m'avait-elle demandé plus d'une fois.

– Non. Ils habitent au fin fond de l'Illinois, près de l'Iowa. Harvey a une ferme et il n'aime pas voyager. Je ne veux pas les déranger. Et puis, nous ne sommes pas si proches, pas vraiment.

– T'es bien sûr ? Tu as l'air de beaucoup compter pour eux. Ils t'écrivent plus souvent que tes parents.

– Non, fais-moi confiance. C'est bon.

*

Puis, quelques mois plus tard, j'avais reçu un petit mot. Mais ce n'était pas l'écriture cursive de Harvey. C'étaient des lettres plus douces, élégantes, courbées, rédigées avec une inclinaison plus souple du stylo. Et en revenant de la boîte aux lettres, j'avais appris la mort de Harvey. Un mauvais accident d'engin agricole. Quand Edith l'avait trouvé, dans un champ, il n'y avait plus rien à faire, plus de temps, il était déjà parti.

Et j'avais alors pensé, comme je le pense maintenant, pourquoi donc ne les avais-je pas invités à notre mariage ? Parmi tous ces invités – pourquoi pas *eux* ? Qui aurait été plus fier ? Qui m'avait consacré du temps et avait placé en moi des espoirs aussi inébranlables ? Qui m'avait aimé, vraiment, comme un fils ? Et qu'est-ce que j'avais fait ? Leur avais-je téléphoné ? Pas une fois. Écrit ? Une fois par an, à tout casser. Rendu visite ? Jamais.

Ils auraient été si fiers de moi. Et de Felicia.

*

Comment pourrais-je être père ? Comment m'accorder une telle confiance ? Ma vie n'est qu'une suite d'échecs. Je n'ai jamais été à la hauteur, ni avec Felicia, ni avec Leland, ni avec ce pauvre vieux Harvey. Et maintenant, toute cette affaire. Mon Dieu. Mais qui suis-je ?

Le soleil se lève. Les premiers clients vont bientôt arriver. Lee entendait de la musique dans les couchers de soleil – du jazz. Ça n'a jamais été mon truc. Et les levers de soleil ? Je ne pense pas qu'ils aient d'accompagnement musical. Pour moi, ils sont comme une belle femme qui bâille en s'éveillant ou, peut-être, je ne sais pas… comme un bébé. Un bébé ouvrant les yeux. Ou les deux. Quoi qu'il en soit, j'ai de moins en moins l'impression de mériter un autre jour, une autre aube comme celle-ci.

R

Nous suivions la progression du blizzard à la télé, le radar se déplaçait sur la carte comme une invasion d'extraterrestres : une énorme tache de blanc qui s'étendait de l'Oklahoma jusqu'à l'Ontario, mais fonçait droit sur nous et devait s'abattre en plein sur le Wisconsin. La télé diffusait les images des ravages de la tempête : rues ensevelies sous la neige à Iowa City et lignes téléphoniques coupées à Lincoln, dans le Nebraska. Punaise, le bétail avait gelé sur pied à Pierre, dans le Dakota du Sud, et on voyait un carambolage d'une quarantaine de voitures à Saint Louis, dans le Missouri. La présentatrice de la météo, qui portait un chemisier très jaune, a annoncé que la tempête devait nous frapper de plein fouet le samedi 5 janvier – le jour de mon mariage avec Mlle Lucinda Barnes.

Le vendredi après-midi avant le mariage, Lee m'a conduit jusqu'à Eau Claire, au magasin de vêtements pour hommes d'un petit quartier commerçant dans Hastings Way, près du surplus de l'armée et d'un ancien restaurant chinois en forme de pagode rouge.

Nous sommes allés y chercher nos smokings et nous assurer que tout nous allait. Lucy voulait que nous portions des smokings assortis, mais j'avais insisté pour choisir moi-même ma tenue. Il faut dire que je comptais mettre une nouvelle paire de santiags et une cravate bolo turquoise que mon père avait achetée lors de vacances en famille à Albuquerque. J'ai souri en me regardant dans la glace.

Nous avons déjeuné ensemble au bout de la rue, dans le restau de poulet frit préféré de Lee, Chicken Unlimited. C'est le seul commerce qui ait survécu à la déviation et qui est resté sur l'ancienne route. Assis sur les tabourets rouges, nous avons mangé des frites, des sandwichs au poulet et du fromage en crottes. On a bu une racinette et Lee m'a lu des articles de vieux *Sports Illustrated.*

Après le déjeuner, nous sommes allés au bowling. Lee est super nul à ce jeu – c'est vraiment une bille. Il a fait un score de 101 et moi 215. Mais on a bien ri. Le bowling était presque vide, on s'est dit que c'était à cause de l'approche du blizzard, les gens devaient tous être au supermarché pour faire des réserves.

– Merde alors, a dit Lee. À voir les gens, on croirait qu'ils ont annoncé un ouragan. On est dans le Wisconsin, après tout.

– Lucy s'inquiète pour le mariage. Elle a peur que les invités puissent pas rouler jusqu'à Little Wing, ou que leur avion soit retardé dans le Minnesota.

– Le principal, c'est que le mariage ait lieu. Pas vrai, mon pote ? J'y serai. Kip et Felicia aussi. Eddy. Les Giroux. Beth et les gamins.

– Et Hank.

Lee a acquiescé en faisant tourner une balle de bowling entre ses mains.

– Ouais. Hank aussi.

– On devrait peut-être rentrer, ai-je dit. Pas besoin de faire deux parties. Rentrons.

Dehors le ciel devenait de plus en plus gris.

*

Lee a conduit lentement pour revenir à Little Wing, en empruntant des petites routes et en scrutant le ciel par le pare-brise.

– Commence à faire sombre…, a-t-il dit.

Je me suis demandé ce que Lucy faisait à cet instant précis, si elle avait les mains posées sur son ventre, si le bébé lui donnait des coups de pied. J'ai pensé à mes parents, en regrettant qu'ils ne soient plus vivants, qu'ils ne puissent pas venir à mon mariage.

– Bon, a dit Lee, c'est tes dernières heures de célibataire. (Il m'a regardé.) Tes dernières volontés ?

Une fine couche de neige fraîche recouvrait déjà tout. Le soleil s'était pieuté. Lee a allumé les phares, alors qu'il était à peine quatre heures de l'après-midi. Il conduisait bien, lentement et prudemment.

– Tu sais ce que j'aimerais ?

– Non.

– J'aimerais savoir pourquoi Hank et toi, vous vous parlez plus.

Lee a quitté la route des yeux un instant, il a vérifié son rétroviseur extérieur ; je savais qu'il n'y avait pas une voiture, un chasse-neige ou une saleuse en vue. Il n'y avait que nous sur ces petites routes.

– Parce que, tu sais, Lee, ça me chiffonne. Y a quelque chose qui cloche. On vous voit plus jamais ensemble, tous les deux.

C'était vrai. J'arrivais pas à comprendre, mais quelque chose – comme une espèce de coin de bûcheron – s'était logé entre eux. Quand on était tous ensemble, ils faisaient leur possible pour se trouver aux côtés opposés de la pièce. Ils plaisantaient plus. Ils traînaient plus ensemble comme avant, quand ils étaient si proches qu'on aurait cru des chevaux dans un enclos, épaule contre épaule, à se raconter des trucs en douce dans le creux de la main, à donner envie de rire avec eux quand ils riaient.

– C'est une question d'argent ? ai-je demandé.

– Non, a répondu Lee avec sérieux. On ne parle jamais argent, avec Hank. (Il m'a regardé pour me montrer qu'il était en pétard, et pas seulement contre Hank.) Tu le sais très bien.

– Bon, alors, quoi ? Tu vas encore déménager ?

– Non. Je suis rentré pour de bon, cette fois. Je vais nulle part.

Je n'avais pas encore trouvé le bon moment pour le lui annoncer, mais Lucy et moi avions prévu de partir, au printemps. Nous devions déménager à Bucktown, dans la banlieue de Chicago, pas très loin du stade de base-ball de Wrigley Field. Lucy était restée en contact avec Chloe, l'ex-femme de Lee ; il se trouve que cette dernière l'aimait beaucoup et lui avait déniché un boulot dans une compagnie de danse. Elle devait commencer dans un bureau, répondre au téléphone ou un truc dans ce genre, mais c'était qu'un début. Un pied dans la place. Je ne voulais pas qu'elle continue le strip-tease et elle non plus, maintenant qu'il y avait le bébé. L'heure était venue pour nous d'être une famille, des gens normaux, comme tout le monde.

Lucy savait que j'avais souvent essayé de partir. Elle se disait que c'était peut-être l'occasion d'y arriver et de prendre notre vie en main. De tenter quelque chose de nouveau. Elle économisait depuis des années. Elle m'avait dit que je pourrais garder le bébé à la maison pendant qu'elle travaillerait. Qu'avec un bébé, si on n'essayait pas de partir dès maintenant, ce serait trop facile de toujours rester ; elle savait que je me sentais piégé.

– Tout ce que je veux, c'est qu'on soit de nouveau tous copains.

– C'est pas toujours aussi simple, tu sais, Ronny…

– Qui c'est qui a déconné, toi ou lui ?

– Moi, sans doute, a répondu Lee en regardant droit devant lui.

– Alors, tu dois t'excuser. Dis-lui que tu regrettes.

– Ouais, mais on se parle plus beaucoup en ce moment, Hank et moi.

J'ai réfléchi.

– Je sais pas si tu m'as déjà acheté un cadeau de mariage ou pas, mais sinon, y a une chose que tu pourrais faire pour moi.

Lee ne disait rien, il contractait ses doigts blancs sur le volant. J'ai cru qu'il allait le casser en deux.

– Tu pourrais t'excuser. Ça serait ton cadeau de mariage.

– C'est tout ce que tu veux ?

– Ouais, mais enfin, si t'as envie de nous payer un voyage de noces à Hawaii ou ailleurs, je vais pas cracher dessus non plus.

Il a ri. J'adore le faire rire. Et j'ai l'impression qu'il rigole pas beaucoup quand il est loin du Wisconsin. Je sais pas trop à quoi ressemble sa vie, mais j'imagine que ça doit être dur et solitaire. Il voyage plus que n'importe qui et mes années de rodéo m'ont appris que la route c'est pas aussi génial que les gens pensent. On finit par se fatiguer d'être toujours en mouvement. Dès que t'arrives dans un coin qui t'intéresse, que t'as trouvé un lit douillet ou un restau empestant pas trop le graillon, c'est l'heure de repartir.

– Très bien, a dit Lee. Dans ce cas, je ne te donnerai pas les billets pour Aruba.

– C'est où, Aruba ? lui ai-je demandé en riant.

– J'en sais rien, à vrai dire. C'est pas une île des Caraïbes ? Comment veux-tu que je le sache, je suis musicien, pas géographe.

On a regardé la neige s'accumuler. Elle tombait de plus en plus dru, mais j'ai aperçu la fabrique de Kip devant nous, ses tours jaunes dans le gris du ciel.

– Il a fait du bon boulot, Kip, ai-je dit en la montrant du doigt.

Lee a acquiescé.

– Ouais. Je suis tout à fait d'accord avec toi.

– Tu veux pas venir chez moi ? On pourrait regarder la télé. Je crois que Lucy est avec sa sœur et sa famille. Je suis pas censé la voir ce soir. Ou alors, c'est sa robe que je dois pas voir ? Je m'y perds. Mais peu importe…

Ce que j'essayais de dire, c'est que j'avais pas envie d'être seul, que j'aimais plus trop mon appartement. J'y trouvais pas l'odeur de Lucy, rien ne me la rappelait. C'était certainement pas un endroit pour un bébé, ni pour élever une famille. J'avais en tout et pour tout : une poêle à frire, deux casseroles, un micro-ondes, un réchaud, trois bols, deux assiettes et une poignée de couverts. Dont certains étaient en plastique et venaient de chez McDonald's. La télé était neuve, mais mon lit était tellement déformé qu'il ressemblait à un taco mexicain, avec la forme ramollie d'un vieux U. Mes oreillers étaient jaunes et mes draps complètement défraîchis, recouverts de logos des Green Bay Packers – je les aimais bien, mais Lucy m'avait prévenu qu'on les emporterait pas à Chicago. Elle a sans doute raison. Il m'arrivait de les regarder et de me dire : « Putain, Ronny, t'es plus un petit garçon, quand même ! »

– Bof, a répondu Lee. Et si on s'arrêtait plutôt aux VFW ? Y a pas un match de basket ce soir ? Les Badgers contre... ah, je me rappelle plus contre qui ils jouent...

– D'accord. Bonne idée.

Je pensais déjà à des grattons de porc ou une pizza surgelée, à des chips ou des noix de cajou tièdes.

Lee s'est garé devant le bar et j'ai remarqué que les néons étaient éteints, ce qui était bizarre, surtout qu'il faisait très sombre. Normalement, on compte sur eux pour éclairer le trottoir, et ils attirent les papillons de nuit et d'autres insectes en été. J'ai pressé le visage contre la vitre : le bar semblait fermé, pas un chat au comptoir, tout était plongé dans le noir.

– T'es sûr que c'est pas fermé ?

Lee m'a tenu la porte en disant :

– À peu près sûr. La porte est ouverte.

*

« SURPRISE !!! »

Des préservatifs gonflés et des ballons sont tombés du plafond, quelqu'un avait retiré le drap qui les retenait et les avait lâchés sur nous. Les gens se sont mis à lancer des ballons de plage et le vieux Wurlitzer s'est soudain réveillé comme une machine à remonter le temps et a joué un de mes morceaux préférés de Garth Brooks, me ramenant à l'époque où j'étais un ado boutonneux qui pensait qu'à baiser.

Je suis tombé des nues. Je croyais qu'on avait rien organisé pour moi et j'avais pas osé le demander. Je dis pas que je voulais aller jouer les gros cons à Las Vegas, mais oui, j'avais envie de marquer le coup, d'enterrer ma vie de garçon, et j'avais cru que personne y avait pensé ou que tout le monde s'en fichait. J'avais même dit à Lucy : « Luce, autant qu'on se tire d'ici. Je crois que tous mes copains ont perdu la boule. »

La ville entière était dans le bar, les gens empilés les uns sur les autres jusque dans l'allée derrière, où ceux qui n'arrivaient pas à entrer faisaient des boules de neige et bombardaient une benne à ordures violette. La neige tombait pour de bon. Beaucoup avaient des mirlitons ou d'autres trucs pour faire du boucan. Certains avaient apporté leurs flûtes à bec et tambourins de l'école primaire, des clarines ou des triangles. Ils faisaient donc un chahut digne d'un public de rodéo ; tout le monde me donnait des bourrades, m'étreignait et voilà que j'ai vu Lucy. Ma Lucy était là aussi ! Elle est venue droit sur moi, a glissé ses bras adorables autour de mon cou et m'a roulé une grosse pelle sexy. Quand ils nous ont vus, ils se sont tous mis à hurler et j'ai cru que la baraque allait s'effondrer sur nous.

Puis Lee est monté sur le comptoir. Il a demandé le silence, levé un verre de bière et dit :

– Buvons à la santé de Lucy, de Ronny et de leur petit bébé. Si tu peux nous entendre, là-dedans, donne un petit coup de pied à ta maman. Mais attends un peu avant…

Il est descendu du comptoir et s'est frayé un chemin vers nous. Il m'a pris la main, l'a posée sur le ventre de Lucy et il a dit :

– Attention tout le monde, on se prépare à un énorme ban pour Lucy et Ronny.

Quel vacarme de tous les diables : instruments, coups de poing sur le comptoir, piétinements, chants, et figurez-vous que j'ai bel et bien senti le plus doux des frémissements sous ma main, comme un chaton essayant de s'échapper d'un sac en papier.

– Je t'aime, mon pote, m'a dit Lee en me serrant dans ses bras. Félicitations.

J'arrivais pas à y croire. Tout le monde était venu. Tous les gens que je connaissais, que j'aimais. Et ils s'approchaient à tour de rôle pour nous embrasser tous les deux. Hank, Beth, leurs gamins – Alex et Eleanore – qui me couvraient de bises comme si j'étais leur oncle et me serraient aussi fort que je les serrais. Kip et Felicia. Felicia a glissé quelque chose dans l'oreille de Luce. J'ai pas entendu ce que c'était, mais ça devait être sacrément émouvant, parce que Luce s'est mise à chialer et, à les voir se serrer dans les bras l'une de l'autre, on aurait juré les retrouvailles de deux sœurs qui se croyaient perdues à tout jamais. Eddy et sa famille. Les jumeaux Giroux, comme deux gros nounours. Quelques vieux profs que j'avais eus – que nous avions eus – au lycée. D'anciens camarades de classe, d'anciennes petites copines, des cousins plus ou moins éloignés, des types du circuit rodéo que j'avais pas vus depuis des années. C'en était au point que j'avais mal à la main à force d'en serrer tant.

Et à un moment donné, quelqu'un – probablement un de mes potes de rodéo qui n'était pas au courant – m'a tendu un shot de tequila et je l'ai descendu d'un trait, comme un sirop contre la toux, avant de comprendre ce que je faisais. D'ailleurs personne s'en est rendu compte, ils avaient déjà tous un verre dans le nez et pensaient qu'à faire la fête, bien sûr. Lucy avait été prise en embuscade près du zinc par un groupe de femmes qui lui tripotaient le ventre ; Hank et Beth étaient installés dans un box avec les gamins sur les genoux. Lee faisait un jeu de palets avec Eddy, ils suaient comme des bœufs, les avant-bras couverts de la sciure de la table. Quand on m'a tendu le verre suivant, puis celui d'après, y avait donc personne pour me les arracher des mains. Alors je les ai descendus, et hop, direct dans le gosier.

Avant la fin de la soirée, je crois que j'avais avalé trois ou quatre verres de plus. Peut-être cinq. Plus d'alcool qu'en près de dix ans et pourtant même pas de quoi remplir un bol à café. Après ce quatrième ou cinquième shot, je me souviens plus de grand-chose, si ce n'est que j'étais plus dans le bar et qu'il faisait sacrément froid et que j'étais sacrément paumé. Je me souviens pas du départ de Lucy, de lui avoir dit au revoir, ni de l'avoir embrassée. Je me souviens pas que Lee ait proposé de me raccompagner chez moi à pied, ou Hank et Beth en voiture. Je me souviens pas si Eddy m'a oui ou non proposé un boulot. Ou si Kip m'a demandé de lui donner un coup de main à la fabrique.

En vérité, c'était le black-out. J'ai soufflé ma chandelle et bonne nuit.

*

Quand j'ai repris connaissance, je devais être à une certaine distance du bar, parce que je voyais plus les néons. Je pouvais même pas distinguer les lampadaires de la rue principale. Tout était plongé dans le silence, le blanc et le froid le plus complet. Pas un phare de voiture en vue. Aucun cri de conducteur de motoneige nocturne, ni grondement sourd de chasse-neige au travail. Rien. Que de la neige. Une neige lourde, grasse. Un petit souffle de vent qui la faisait crépiter sur ma peau. Inutile d'être une tête – pas besoin d'être Einstein, comme disait mon père – pour me rendre compte que j'étais perdu et j'en étais conscient : j'étais perdu. Et bourré. J'ai dû me sentir mal, perdre la notion du haut et du bas, et j'ai pris peur, aussi. Mais je crois que j'ai peut-être aussi rigolé en route, parce que je me souviens d'avoir pensé : « Mais comment je me suis débrouillé pour me paumer dans Little Wing ? » Je sais que j'avais les mains hors des poches, parce qu'elles étaient gelées et j'avais pas de gants. Je tâtonnais devant moi en espérant toucher enfin quelque chose : un mur, une voiture, même une tombe m'aurait indiqué que j'étais au nord de la ville. Mais non. Je touchais rien. Alors j'ai persévéré. En répétant le nom de Lucy, en le répétant à chaque pas, comme pour m'aider à les compter. Et je pensais : « C'est vraiment idiot. Demain tu vas te marier, tu vas être un époux, un futur papa. Tu vas déménager à Chicago. Puis, c'est pas tout… Va falloir fabriquer le berceau. Peindre les murs… »

Je m'obstinais à penser que si j'arrivais à trouver une voiture ou un bâtiment – je pourrais casser la vitre, enfoncer la porte d'un coup de pied –, je trouverais un moyen d'entrer, de me réchauffer, de me protéger de la neige. Elle s'empilait sur mes épaules, rentrait dans ma chemise, fondait contre mon torse. Mais bon sang, où étaient-ils tous passés ? Où était Lee ? Où était Hank ? Eddy ? Kip ? Où étaient mes amis ? Je crois que j'ai commencé à dessoûler un peu, parce que j'ai vraiment senti le froid.

Centimètres, décimètres, mètres. Tout me semblait faire des kilomètres. De longs kilomètres glacials. Mes cuisses étaient cruellement froides sous la toile de mon Wrangler. Mes rotules comme des glaçons. Je me suis mis à chanter une des premières chansons de Lee que je connaissais toujours par cœur, en espérant qu'on m'entende, que quelqu'un à ma recherche m'entende chanter comme un pied. Ça m'a aussi réchauffé un peu, comme un gamin en colonie de vacances qui marche sous la pluie en entonnant des chansons de camp avec ses camarades, pour éviter de penser qu'il est trempé et couvert de boue. J'essayais de toujours garder les mains tendues devant moi, pour toucher quelque chose, mais je ne suis rentré dans rien du tout, pas une fois, pas une seule, alors quand elles ont perdu toute sensation, je les ai fourrées dans mes poches de pantalon et j'ai continué à marcher.

« Peut-être que tu ferais mieux de t'asseoir, me suis-je dit, et de rester au même endroit. D'appeler au secours. » Alors je me suis allongé, la neige était épaisse et moelleuse et j'avais l'impression d'être au lit. De toute façon, c'était mieux que de sentir mes vieilles santiags et de me mesurer à un blizzard du Wisconsin. « Faut surtout pas t'endormir. Repose-toi un peu, repose tes jambes, mais ne t'endors pas. Continue à chanter. Tout le monde connaît cette chanson. Continue à chanter. Ça te gardera au chaud. Chante à tue-tête. N'aie jamais peur de chanter fort. Continue à chanter, pour rester éveillé. »

Je me souviens de rien d'autre. Si ce n'est d'avoir eu très très froid et de m'être demandé : « Mais bon sang, où est passé tout le monde ? »

B

Le téléphone sur ma table de chevet a sonné en plein milieu de la nuit et j'ai décroché avant la seconde sonnerie, le cœur battant : on ne reçoit jamais de bonnes nouvelles à cette heure, jamais. L'idée du décès de l'un de mes parents me terrifiait. Mais c'était Lucy. Je ne comprenais pas un mot de ce qu'elle disait. Elle sanglotait dans le téléphone, hurlait presque, mais ce qui est bizarre, c'est que dès que j'ai entendu sa voix, je me suis immédiatement détendue et j'ai failli me rendormir. Je sais que ça peut sembler étrange, monstrueux même, mais j'étais si profondément soulagée de ne pas entendre la voix de mon père ou de ma mère me pressant d'aller à l'hôpital et de faire vite, car chaque minute était comptée. J'ai passé le combiné à Hank ; il l'a pris et s'est efforcé de calmer Lucy. Il s'est assis au bord du lit et j'ai caressé son dos, sa colonne vertébrale. Les rideaux étaient restés ouverts d'un côté de la fenêtre. Dehors, il faisait nuit, mais l'obscurité étincelait de neige.

– D'accord, j'arrive tout de suite, a dit Hank. Attends-moi.

Il m'a redonné le combiné.

– Qu'est-ce qui se passe ? lui ai-je demandé en m'asseyant. Où vas-tu ?

– C'est Ronny. Ils n'arrivent pas à le retrouver.

– Qu'est-ce que tu racontes ? On vient juste de le voir.

– Peut-être, mais maintenant, il a disparu, bordel ! D'accord, Beth ? J'y vais. Je prends mon portable.

– Je viens avec toi.

Hank enfilait deux paires de chaussettes, un caleçon long, son pantalon Carhartt le plus épais, une chemise de flanelle et un pull en laine.

– Non, reste. Je ne sais même pas si je vais réussir à sortir la voiture. Mieux vaut que tu restes avec les enfants. On le retrouvera.

Il était à peine sorti de la chambre et j'avais l'impression que je ne le reverrai jamais, plus jamais. C'est ce que doit ressentir une femme de pompier, ou de policier, ce que doit éprouver l'épouse d'un soldat. Pas le temps de s'embrasser ni de se dire adieu ; tout reste en suspens – la vie –, en suspens pendant que l'être aimé se rue la tête la première sur les lieux d'un incendie, d'un combat armé ou d'un blizzard, bien décidé à aider son prochain, ses camarades ou ses amis.

Je me suis levée, je l'ai suivi dans l'escalier et dans la cuisine où il a mis sa veste et pris ses clés sur la table. Il se dirigeait vers le garage quand je l'ai retenu par le bras.

– Je t'aime, lui ai-je dit avant de l'embrasser.

– Je t'aime aussi.
– Attends.
– Quoi ? m'a-t-il demandé, exaspéré. Qu'est-ce que c'est, Beth, merde ?
– Tiens.

Je lui ai tendu un bonnet de laine, une paire de gants, une écharpe et une barre de céréales. Puis j'ai ouvert le frigo et je lui ai donné un Coca, une barre chocolatée et une pomme. Il avait les mains pleines.

– Faut que j'y aille.
– C'est juste au cas où...
– D'accord.
– Je t'aime.

Il est parti en claquant la porte, a fait ronfler le moteur du pick-up et je l'ai regardé s'engouffrer dans le blizzard, descendre l'allée et prendre la route, puis j'ai suivi le rouge des feux arrière jusqu'à ce qu'il ait disparu dans le lointain. Je me suis attablée dans la cuisine. L'horloge du micro-ondes indiquait 3 h 09. Les enfants ne seraient pas debout avant quatre ou cinq heures, mais j'étais complètement éveillée. Je suis allée dans le salon où je me suis vautrée dans le canapé en feuilletant les magazines que Felicia m'avait donnés en début de semaine.

Elle était abonnée aux pires torchons, le genre de magazine qu'il m'arrivait de survoler en attendant à la caisse de l'IGA. Tout en photos, sans l'ombre d'un article, d'une histoire ou d'un poème. De simples clichés de célébrités, et il y en avait tant maintenant que je m'y perdais. Fiançailles, mariages et divorces. Impostures ou vérités… qui sait ? Un couple idéal qui se sépare au bout d'un mois, d'un an, de deux ans. Le genre de couple qu'on peut voir à la télévision en se disant : « Dieu qu'ils sont beaux. Et si heureux. Je suis sûre qu'elle est parfaite pour lui. » Ou vice versa.

Et puis l'histoire de leur divorce cite toujours les mêmes raisons : « rupture irrémédiable du lien conjugal, éloignement, responsabilité partagée, l'amour s'en est allé »… Allongée dans le canapé, je scrutais donc le papier glacé quand j'ai vu une photo de Chloe et Lee dans une rue de New York. Ils se tenaient par la main sans sourire, se cachant tous les deux derrière des lunettes de soleil de luxe, vêtus de beaucoup de noir. Sans leurs baskets à la mode et leur jean skinny, on aurait pu croire qu'ils se rendaient à des funérailles. J'ai tourné la page et j'ai commencé des mots croisés, j'aurais fait n'importe quoi pour me détendre l'esprit.

*

Après cette nuit avec Lee, il y a tant d'années, j'avais passé quelques mois d'apathie, entre mon boulot au bar et celui au salon de coiffure. Je dois admettre que s'il y a un moment où je n'ai pas été loin de dérailler, c'est celui-là. Je n'ai plus jamais couché avec Lee, mais pendant des semaines, on s'appelait la nuit, en retenant notre souffle, allongés sur nos lits séparés, comme des ados éperdument amoureux, sauf que ni l'un ni l'autre n'admettait être amoureux, ou ne pas l'être.

Et c'est vrai : dans cette période tourmentée de ma vie, j'avais couché avec trois autres hommes, sans qu'aucun n'eût été particulièrement mémorable. Je ne sais pas ce que je faisais, ni quelles limites j'essayais de mettre à l'épreuve. J'espérais peut-être pouvoir oublier Hank une fois pour toutes et passer à autre chose. J'imaginais que si j'avais des rapports avec suffisamment de types, si je trahissais son amitié la plus durable, je pourrais enfin le repousser et me libérer.

Mais il m'avait fallu beaucoup de temps pour cesser de penser à lui.

Environ trois mois après avoir couché avec Lee, j'avais reçu un coup de téléphone de Ronny. Il m'avait appelée au salon de coiffure, un vendredi matin.

– Ronny, mais comment tu t'es débrouillé pour me trouver ici, bon Dieu ?

– Ronny Taylor connaît du monde. Comment ça va, ma petite Beth ? T'as quelque chose de prévu samedi soir ou dimanche matin ?

Je ne sais pas pourquoi, mais j'avais tout d'abord cru que Ronny voulait me draguer, que les amis de Hank avaient tous respecté un délai convenable avant de venir me faire la cour. Et je dois avouer que, l'ombre d'un instant, j'étais aussi flattée qu'offensée.

– Écoute Ronny, je ne sais pas. Je veux dire, Hank et moi, on vient juste de rompre. Enfin, je veux dire…

Mes paroles s'étaient taries et j'avais entendu son rire à l'autre bout du fil. Un vrai rire, un éclat de rire à la Ronny. Je m'étais sentie rougir et j'avais couvert l'écouteur du combiné et vérifié qu'aucune des filles du salon n'avait remarqué mon humiliation.

– Qu'est-ce qui te fait ricaner comme ça ? Ronny ! Arrête ! Ronny ?

Il avait fini par reprendre son souffle et m'avait dit :

– Je suis à Minneapolis pour un rodéo samedi soir. Je me demandais juste si tu voulais venir. Je t'ai gardé des billets, si tu les veux, aux premières loges, tout près de l'action. (Ce mot le fit pouffer.) C'est pour ça que je riais, si tu veux savoir.

– Oh.

*

J'avais déjà vu Ronny participer à des compétitions locales et régionales, des petits rodéos autour de Little Wing, mais il y avait des lustres, ça remontait aux dernières années de lycée, peu après qu'il eut renoncé au foot, à la lutte et au softball. On partait tous ensemble le voir monter des chevaux épuisés ou des taureaux trop gras dans des arènes délabrées aux gradins à moitié démolis, la peinture s'écaillant des barrières en longues bandes crasseuses.

Mais à Minneapolis, c'était une autre affaire. Il y avait des milliers de spectateurs, voire des dizaines de milliers, et le visage de Ronny s'était soudain affiché sur l'écran géant du Metrodome Hubert H. Humphrey. Il avait fait un salut un peu niais et un groupe de filles derrière moi le montraient du doigt en répétant : « Il est trop mignon. » Ronny, mon ami.

Ce soir-là il avait monté un taureau, Jax, et je me souviens d'avoir mis la main devant ma bouche en le regardant dans le corral, sur cette énorme bête débordant d'énergie et de fureur. Le battant s'était ouvert et il avait été projeté dans l'arène, secoué dans tous les sens comme la poupée de chiffon la plus courageuse du monde : une main dressée en l'air, ses éperons comme deux parfaites étoiles d'argent dans un flou permanent, son jean d'un bleu marine foncé et, au-dessus de ses lèvres, le fin trait d'une moustache.

Il n'avait pas tenu longtemps – trois secondes et deux centièmes – mais je l'avais encouragé tandis qu'il quittait l'arène en courant, sautait la barrière et saluait la foule d'un coup de chapeau. Il avait des fans, c'était évident, des gens qui connaissaient son nom. Il avait participé à une autre monte, mais ne s'était pas qualifié pour la finale. Après sa dernière tentative, une fois le taureau bien barricadé, il avait ôté son Stetson noir, s'était incliné devant ses admirateurs, puis il avait dépoussiéré son Wrangler et ses jambières.

Nous nous étions donné rendez-vous devant l'énorme et hideux Metrodome, au plafond en toile éclairé de l'intérieur. Il fumait une cigarette avec d'autres types et l'un d'eux avait sifflé quand je m'étais approchée. Ronny avait envoyé promener la cigarette du gars pour plaisanter, puis il avait jeté son chapeau comme un Frisbee à une vingtaine de mètres derrière lui. Tout le monde avait ri.

Il m'avait ensuite offert son coude, en parfait gentleman. Nous avions marché un peu, dans le vent froid d'une nuit d'avril dans le Minnesota et j'avais les pieds gelés dans mes escarpins. Je n'arrêtais pas de dégager des mèches de cheveux de mon visage et il devait tenir son chapeau. Nous ressemblions à un couple du siècle précédent, en promenade sur les berges de cette ville fluviale, mais en vérité nous étions de simples amis.

– Prenons un taxi, m'a dit Ronny en me poussant dans une voiture jaune et en donnant l'adresse de son hôtel au chauffeur. T'inquiète pas. J'ai pas l'intention de te draguer.

– Excuse-moi de t'avoir dit ça, c'était nul. Je ne sais pas… je ne sais pas ce qui cloche chez moi, en ce moment. (J'avais eu envie de pleurer, je m'étais caché le visage et j'avais pris une grande inspiration.) Au fait, t'étais super, ce soir.

– N'importe quoi ! J'étais lamentable. Encore heureux que tu sois la seule à être venue me voir.

– Bof, je ne dirais pas ça. J'ai repéré pas mal de fans de Ronny Taylor dans la foule. Elles sont un peu jeunes pour toi, mais c'est des fans pures et dures.

– T'en fais pas pour moi, j'ai pas mal d'occasions de rencontrer des amies un peu plus *mûres*. (Il m'avait souri en dévoilant quelques prothèses dentaires, puis il avait frappé des doigts sur la vitre pour le simple plaisir de faire du bruit.) Hé, ça va ? (Je n'avais pas répondu.) Qu'est-ce qui va pas ?

– Tout va bien. Mais ton hôtel a intérêt à avoir un bar.

*

Nous avions avalé deux verres hors de prix au bar du rez-de-chaussée de l'hôtel, dans une salle bizarrement éclairée, avec trop de miroirs et pas assez de clients. Nous avions pris un box et Ronny m'avait raconté ses voyages : avec un copain, ils avaient fait le tour du pays en partageant les frais d'essence, ils allaient d'une foire à l'autre, gagnaient une bourse ici ou là et réussissaient tout juste à joindre les deux bouts.

Au Nouveau-Mexique, ils s'étaient trouvés à sec et comme ils devaient changer le radiateur du pick-up, ils avaient dormi par terre chez une copine. Ronny avait gardé son fils de deux ans et son ami Clint avait fait la plonge dans un country club jusqu'à ce qu'ils aient économisé assez pour continuer. Dans l'Oklahoma, ils avaient tabassé un pétrolier aux dents de lapin qui avait tenté d'agresser une ado dans des W.-C. publics. Ils les avaient surpris juste avant le rodéo. Ronny avait dit à la fille d'aller retrouver ses parents puis, avec Clint, ils avaient traîné le type dans le parking et lui avaient fracassé les côtes, volé son portefeuille, son chapeau et ses bottes.

– Tu vois, m'avait dit Ronny en montrant ses pieds. Elles sont moins belles qu'au début, mais c'est la plus belle paire de bottes que j'aie jamais eue.

Nous avions trinqué. Dehors, la neige tombait en flocons humides et larges comme des napperons. Après avoir mangé une assiette d'ailes de poulet et d'oignons frits, nous avions les doigts, lèvres et mentons pleins de graisse.

– Je suis content de te voir, m'avait dit Ronny sans même me regarder, en mordillant un os de poulet.

– Moi aussi.

Nous étions montés dans sa chambre, pas tout à fait ivres, mais pas loin. C'était l'époque où Ronny picolait dur ; il y avait des canettes vides partout, et sur une table d'angle, des bouteilles de whisky, de vodka et de rhum bon marché. Une note était scotchée sur la porte :

Ronny,

M'attends pas. J'ai rencontré une fille
qui ressemble à Shania Twain. À demain matin.

Clint

Nous avions pris chacun un lit et, assis sous les couvertures, nous nous étions soûlés au rhum-Coca en discutant de Little Wing, de Hank et de Lee, de Kip et d'Eddy.

– C'est pas mes oignons, avait dit Ronny, mais tu devrais retourner avec Hank. Tu sais qu'il t'aime, non ? Il t'aime et pour de vrai.

J'avais acquiescé, le nez dans ma tasse, puis j'avais avalé une grosse gorgée.

– Enfin, je sais pas ce qui se passe dans ta vie en ce moment, mais faut que je te dise un truc. Hank est mon ami, c'est un mec bien et il t'aime à la folie. Il t'a toujours aimée. (Ronny avait posé sa tasse.) Je sais qu'on est tous censés voir du pays, jeter notre gourme et tout le reste, mais en fin de compte, je crois que c'est qu'un gros paquet de conneries. On est tous à la recherche de l'âme sœur. (Il avait pointé son doigt vers moi, pour effacer tout risque d'équivoque, mais il était bourré et l'agitation de son doigt évoquait plutôt une réprimande.) Et tu peux me faire confiance, *je sais*. J'ai beaucoup bourlingué. J'ai de l'expérience en la matière. (Il était torse nu. Une petite touffe de poils s'échappait de son sternum et une fine trace pileuse reliait son petit nombril plat à son jean. Il avait basculé son Stetson sur ses yeux et bu un coup.) Je te jure. Tu le regretteras, sinon. Épouse Hank, Beth. C'est un mec bien. Ouais, un mec bien.

– Dis-moi, Ronny, tu comptes revenir à Little Wing ou quoi ?

– J'espère bien que non. J'aime le Wyoming. Tu sais, je m'y plais vraiment.

– Tu vas me manquer si tu ne reviens pas.

– T'as qu'à me rendre visite. On montera à cheval. On fera de l'escalade. On regardera les étoiles.

Il était en train de s'endormir, des petits ronflements gargouillaient dans sa gorge et son nez. J'avais vidé ma tasse.

– Tu vas vraiment finir à Little Wing ? m'avait-il demandé d'un ton endormi.

– Probablement.

– Y a pire, comme endroit, c'est certain.

– Ronny ?

– Hein ?

– T'endors pas.

Il avait relevé son chapeau et m'avait scrutée du regard.

– Et moi qui croyais que tu voulais pas de coup fourré…

Il m'avait fait un lent clin d'œil.

– Tu sais bien que non. On pourrait peut-être regarder la télé. Tiens, lui avais-je dit en lui tendant ma tasse, fais-moi le plein.

– Bon, d'accord, tu commences à m'intéresser. Tu crois qu'y aura un film de cul à la télé ?

*

Une semaine après avoir vu Ronny, j'avais appelé Hank. Nous nous étions mariés dans l'année. Quatre ans plus tard, nous avions notre première enfant,

Eleanore. Dans la vie, certaines personnes sont des anges. Qui prennent le téléphone au bon moment pour vous appeler, parce qu'ils se font du souci pour vous ou parce qu'ils ont envie d'entendre votre voix. Qui vous disent que ça vous fera du bien de pleurer, ou qu'il est l'heure d'arrêter de pleurer, de se bouger et de passer à autre chose. Qui vous disent que vous êtes belle, qu'ils n'en demandent pas plus, qu'ils vous aiment. Ça paraît peut-être étrange, mais quand on me parle de Ronny Taylor, je dis que c'est un ange.

*

La neige continuait de tomber devant la fenêtre du salon et je ne voyais plus les traces de pneus qu'avait faites le pick-up de Hank en partant, si peu de temps avant.

L

Dans mon rêve, je suis un golden retriever et le soleil brille de cet éclat blanc, surexposé, qu'on voit seulement dans les photos et les films des années soixante-dix. Je cours à travers les hautes herbes de mes prairies et quelqu'un me lance une vieille balle de base-ball. Je la sens entre mes crocs. Je ne sais pas qui me l'envoie, mais j'imagine que c'est mon maître. On part se promener. Je ressens un bonheur absolu. Et je suis ravi d'avoir une fourrure aussi fournie, aussi épaisse, aussi belle. Ma langue me fait l'effet d'une tranche de bacon, chaude et pas assez cuite. Nous marchons dans l'allée et je sens la fraîcheur du gravier sous mes pattes. Je lape l'eau des flaques, je déniche et pourchasse un faisan. Mon maître s'arrête à la boîte aux lettres, mais elle est vide, il n'y a qu'un journal qu'il lance dans l'allée comme un jouet. Je vais le chercher. Et je me rends soudain compte que je suis en train de rêver, furieusement empêtré dans mes draps et aussi exaspéré que si je courais un marathon dans mon sommeil.

Le téléphone sonnait à mon chevet ; le radio-réveil sur la gauche affichait 3 h 01. « Chloe doit vouloir qu'on fasse un nouvel essai, ai-je pensé, ça ne peut qu'être elle. » Mais je me trompais. C'était Lucy et j'ai tout de suite compris qu'il se passait quelque chose de grave.

– C'est Ronny. J'ai pas arrêté d'appeler chez lui sans réponse. J'ai essayé plus de cent fois, et ça sonnait dans le vide. J'ai appelé Eddy, il est passé chez lui, il a frappé, et Ronny a pas ouvert, alors Eddy a défoncé la porte et *Ronny y était pas. Il est pas chez lui !* Qu'est-ce que c'est que ce bordel, Lee ? Où est mon chéri ? *Où est Ronny ?*

– Préviens les flics, lui ai-je répondu de ma voix la plus calme. Appelle la police des routes. Appelle tous les gens que tu connais. Et donne-leur rendez-vous à la fabrique. J'arrive.

La neige atteignait presque la hauteur des marchepieds de mon pick-up, mais je l'ai mis en quatre roues motrices et je suis resté bien au milieu de la route. J'avais entassé quelques stères de bois dans le plateau pour assurer une bonne adhérence des pneus et ça m'a aidé, même si j'ai dérapé plusieurs fois avant d'apercevoir enfin la lueur faible d'autres phares et les tours de la fabrique de Kip. Il y avait déjà une dizaine de voitures et de pick-up dans le parking, ainsi que quelques motoneiges.

Kip était là : il organisait les recherches, assemblait les gens par deux en leur donnant des longueurs de corde, des lampes électriques neuves avec de nouvelles piles, des fusées éclairantes – il avait dû faire main basse sur les articles des rayons de son grand magasin.

Je suis parti dans la nuit avec Eddy, nous marchions en tenant chacun un bout de corde que nous avions attachée à nos passants de ceinture. Nous appelions Ronny, donnions des coups de pied dans la neige, sondions les congères avec des bâtons de ski ou de marche. Le vent du nord mordait comme les dents d'une vieille scie rouillée, la neige continuait de tomber et nous nous éloignions de plus en plus de la fabrique, du peu de lumière que les bâtiments et les véhicules projetaient. Je songeais à Ronny, et la possibilité de perdre mon ami me semblait soudain terriblement *réelle*. Nous avons continué péniblement, sans cesser de l'appeler.

*

Peu après mon mariage avec Chloe, Ronny m'avait appelé alors que nous dînions. J'avais failli ne pas répondre. Nous en étions seulement au premier mois de notre vie de mariés, mais la relation s'était déjà dégradée. Or ce soir-là, nous nous amusions bien – nous discutions, main dans la main, nous buvions du vin... le genre d'ambiance qui me redonnait espoir. Alors quand mon téléphone avait sonné et que j'avais vu le numéro familier au code 715, je l'avais laissé sonner cinq fois avant de craquer en jetant ma serviette sur mon siège. Le doigt tendu, j'avais articulé silencieusement « deux secondes » à l'intention de Chloe et j'étais sorti dans la rue.

– Salut Lee, c'est Ronny. Comment ça va, mon pote ? Comment va Chloe ?

Un bar voisin déversait sa dance music sur le trottoir et j'avais du mal à entendre. Je m'étais bouché l'oreille avec un doigt.

– On va bien, mec, super bien. Écoute, je voudrais bien te parler, mais on est au restau, là. Je peux te rappeler ?

Silence au bout de la ligne. Je l'avais coupé dans son élan. Ronny est comme moi, pardi : il n'a jamais aimé téléphoner, il préfère parler face à face, regarder droit dans les yeux, il dit qu'on comprend mieux ce que les gens ressentent.

– Bon, c'est que j'ai une bonne nouvelle, avait-il repris. T'as une petite minute pour entendre une super nouvelle ?

J'avais soupiré.

– Bien sûr, Ronny. Je dis jamais non à une bonne nouvelle. Donne-moi une bonne nouvelle.

– Je vais me marier. Je vais me *marier*, mon pote. C'est pas incroyable, ça ? Je vais me *marier*, bordel de Dieu !

Il riait et j'entendais la voix de Lucy en arrière-fond. J'avais alors songé à la manière dont j'avais annoncé mes fiançailles à Ronny et à Hank – aux personnes les plus importantes de ma vie. L'assistante personnelle de Chloe avait envoyé une pile d'invitations par la poste. Je ne les avais pas appelés ; nous étions trop occupés ou autre chose, je m'en souvenais plus. *Mais merde, j'aurais dû faire comme Ronny.* Je l'avais imaginé dans son appartement, Lucy à ses côtés, enlacés, affichant peut-être des sourires de la taille d'un arc-en-ciel sur la prairie. Je m'étais adossé au bâtiment derrière moi, mais c'était une vitre et les clients de l'autre côté s'étaient indignés en frappant sur le verre. Je m'étais éloigné, j'avais gravité vers le parcmètre le plus proche pour m'y adosser.

– Mais c'est génial, Ronny, avais-je dit en bégayant, pas aussi heureux que j'aurais dû l'être, confondu par le simple fait qu'il ait trouvé quelqu'un. C'est vraiment… merde alors, c'est une *super* nouvelle !

Et c'était seulement à ce moment que j'avais ressenti un élan de joie. Je m'étais redressé, saisi par une formidable exaltation, le volume de ma voix montait, et j'avais soudain très envie de serrer mon ami dans mes bras, de le soulever de terre.

– Putain, Ronny. C'est la meilleure nouvelle que j'aie entendue de toute ma putain de vie. Bien joué, mon pote. Bien joué.

J'avais hoché la tête.

– Tu te souviens de Lucy, pas vrai ? Qui était à ton mariage. Et que j'avais rencontrée à l'enterrement de vie de garçon de Kip. Tu t'en souviens ?

– Évidemment, mon pote. Tu parles, bien sûr. La belle Lucy.

Je les avais entendus s'embrasser, et elle m'avait salué d'une voix lointaine. « Coucou, Lee. »

Ronny avait repris la parole.

– Bon, j'aimerais t'en dire plus, mais je sais que t'as pas beaucoup de temps. Je voulais juste te dire… (Il avait marqué une pause. Je l'entendais réfléchir, recueillir ses mots comme des pièces de monnaie tombées sur le trottoir – sa fortune entière.) Je voulais juste te demander si tu veux être le garçon d'honneur. Tu le ferais ? Tu veux bien être mon garçon d'honneur ?

Une voiture avait furieusement klaxonné, une longue note continue qui envahissait mon univers.

– Lee ?

– Je suis là, Ronny. Bien sûr. *Bien sûr* que je serai ton garçon d'honneur. Et honoré de l'être.

– C'est parfait, dans ce cas ! Parfait. Je te laisse retourner à ce que tu faisais. Je voulais juste te l'annoncer en premier, mec. Que tu sois le premier à savoir. Je suis surexcité, putain ! Je suis trop impatient. Allez, salut, Lee. Merci. Salut.

Il avait raccroché avant que j'aie eu le temps de lui dire que je l'aimais. Il avait dû raccrocher par crainte de m'importuner, moi, son soi-disant meilleur ami.

J'étais revenu dans le restaurant. Chloe fixait intensément son iPhone, elle avait déjà réglé l'addition. Je m'étais assis, j'avais descendu mon verre d'un trait. Je l'avais rempli et j'avais recommencé.

– On y va ? m'avait-elle demandé.

– Ronny va se marier.

– Qui ?

– Ronny. Ronny va se marier. Nom de Dieu, Ronny va se marier.

J'avais ri, bu, dégluti.

– Sans blague ? m'avait-elle dit sans quitter son téléphone des yeux. Incroyable. C'est fabuleux.

– Faut que j'arrose ça.

– D'accord. Tu ne m'en veux pas, si je te laisse, mon chou ? J'ai un brunch demain. Tu sais, le réalisateur tchèque.

– Chloe, mon *ami* va se marier.

– Oui, mais là, je me sens vraiment fatiguée. D'accord ? (Elle s'était baissée et m'avait embrassé sur le front. Ses lèvres m'avaient semblé très froides.) Je vais prendre un taxi.

*

En peinant dans le blizzard avec l'espoir de retrouver mon ami, je ne pouvais penser à rien d'autre qu'à cette soirée à New York et au fait que je n'avais pas eu envie de prendre son appel. Que j'avais voulu éviter d'entendre sa voix.

– Faisons demi-tour, m'a hurlé Eddy dans le vent. Ça fait presque une heure. On devrait aller voir où en sont les autres. Quelqu'un a bien dû le trouver.

– Bon Dieu, Eddy. Ils klaxonneraient comme des fous s'ils l'avaient trouvé. Faut continuer.

Il s'est approché de mon oreille pour bien se faire entendre, même si je ne pouvais pas voir son visage.

– Y a trop de neige, Lee. Comment veux-tu qu'on le voie, même s'il est là ? (Il a posé une main sur mon épaule. Je l'ai repoussé.) Écoute-moi, Lee. Il arrive un moment où…

– Non et non, merde, Eddy. On continue. Il est *hors de question* qu'on se sépare et hors de question qu'on abandonne. On continue à marcher. Faut continuer de chercher.

Nous avions de la neige jusqu'à l'entrejambe à certains endroits, et dans les congères, elle m'arrivait au-dessus du nombril. Si Ronny était enseveli sous une telle couche de neige, nous n'avions aucune chance de le trouver. Nous l'appelions, nous faisions des signaux lumineux avec les lampes. Je n'arrivais même pas à me souvenir de ce qu'il portait, mais je me rappelais qu'après avoir essayé son smoking, il avait enfilé sa vieille paire de santiags et j'ai pensé au nombre de fois où j'avais remarqué combien le talon était éculé, au point d'affecter sa manière de descendre la rue principale, de lui faire rentrer les pieds et les genoux. J'avais proposé de lui offrir une nouvelle paire – il pouvait choisir ce qu'il voulait – mais il avait toujours refusé en défendant sa vieille paire. Puis j'ai pensé à Lucy, enceinte, et terrifiée à l'idée de le perdre.

– Il n'a pas pu aller bien loin, ai-je dit. On va le retrouver. L'un de nous va forcément le retrouver.

– Bien sûr qu'on va le trouver, a dit Eddy, en se radoucissant, essoufflé et exténué. On va le trouver. Hé ho ! Ronny ! Ron-ny !

Nous avons continué à piétiner la neige, à tâtonner dans le noir, à gueuler son nom, à brandir nos lampes en vain. Je n'avais jamais vu de tempête aussi tenace.

*

Nous l'avons retrouvé non loin de la rue principale. Il était allongé dans la cour de récréation de l'école, et nous étions assez proches pour entendre les balançoires grincer dans les rafales de vent. Il chantait – c'est comme ça que je l'ai entendu. Eddy et moi nous étions dirigés vers sa chanson. Nous avions du mal à y croire. Nous nous sommes accroupis à côté de lui.

– Vous m'avez trouvé, a-t-il marmonné. Merde, je crois que je suis bourré.

– Allez viens, mon pote. On va te porter.

– Vous m'avez entendu chanter ? C'était une de tes chansons, Lee. Je l'ai toujours aimée, celle-là.

J'ai dégagé la neige de son visage. Nous l'avons soulevé, Eddy lui a pris un bras, moi l'autre, et Ronny s'est effondré entre nous, la tête baissée.

– Je peux pas bouger mes pieds, a-t-il dit.

– Dans ce cas, a répondu Eddy, la moindre des choses serait que tu nous chantes une chanson.

– Tout le monde est parti, a-t-il maugréé, pourquoi tout le monde m'a laissé ?

– On est là, maintenant, Ronny, l'ai-je rassuré. On te tient.

Nous l'avons traîné sur plus d'une centaine de mètres avant que les Giroux nous entendent et accourent. Cameron Giroux – un mètre quatre-vingt-dix, cent dix kilos – a soulevé Ronny et l'a placé sur ses épaules comme un agneau, et il a disparu vers les phares de nos voitures et les gyrophares de l'ambulance, accompagné des sirènes de police. Puis ce fut un concert de klaxons de voitures et de pick-up ; la nuit n'était plus aussi paisible.

Nous avons marché dans les empreintes de pas de Cameron, pointure quarante-neuf.

K

Une fois Ronny retrouvé, je rentrai dans la fabrique, me préparai un café, m'assis dans mon bureau et regardai par la fenêtre. 4 h 44 à ma montre. Il était censé se marier dans douze heures, il avait tout son temps ! Le matin de mes noces, je m'étais fait faire un massage aux pierres chaudes, j'avais pris un café *latte* saupoudré de cannelle et une omelette à deux œufs. Je hochai la tête.

Depuis notre mariage, je voudrais pouvoir recommencer et faire les choses différemment. Premièrement, Felicia et moi parlerions de tout, de ce qui bouillonne à la surface des choses depuis le départ : d'enfants, de Little Wing, de la fabrique, d'argent, de tout. Et aussi, je regrette d'avoir appelé les paparazzis. Qu'est-ce que j'y avais gagné ? Certes, ça m'avait aidé à payer quelques factures mais, en même temps, tous les amis que j'ai au monde avaient décidé de boycotter mes magasins – de me boycotter, moi – pendant les huit mois qui avaient suivi, un manque à gagner sans doute équivalent à ce que j'avais encaissé pour vendre mon ami aux torchons people.

Je me levai et me promenai dans la fabrique. C'est un bâtiment énorme, le plus grand de Little Wing, et de loin. On pourrait sans doute y caser trois ou quatre petites églises luthériennes, surtout si l'on prend en compte les silos à grain et le sous-sol. C'est étrange de se promener dans la fabrique de nuit, seul, dans ce vaste espace.

Le bâtiment avait tout d'abord appartenu à la coopérative agricole de Little Wing qui s'était formée autour de 1885, d'après ce que j'ai pu lire dans les archives de la bibliothèque. Un simple regroupement de fermiers norvégiens aux intérêts communs qui voulaient consolider leur pouvoir d'achat et de vente. Ils restèrent unis jusque dans les années quatre-vingt, l'époque où les petits agriculteurs se retrouvèrent sur le cul. La coop s'était dissoute et un dénommé Aintry avait transformé le bâtiment en entrepôt. En théorie, son idée n'était pas mauvaise : il l'avait divisé en espaces de stockage indépendants qu'il louait pour une quarantaine de dollars par mois, un moyen d'assurer tranquillement sa retraite. Le problème, c'est que le bâtiment s'effondrait, le sous-sol était inondé, souris et chauves-souris avaient tout envahi et, dans une petite communauté agricole où tout le monde vit sur un demi-hectare de terres, il n'y a pas une demande énorme d'espace de stockage. Les gens gardent leurs trucs dans des granges, des hangars ou devant chez eux. Après cette période, la fabrique avait donc patiemment attendu le boulet des démolisseurs. Ou l'arrivée d'un couillon comme moi.

J'entrai dans le vieil entrepôt où s'empilaient autrefois des palettes de lait en poudre et des sacs de céréales. Tout était prêt pour le mariage de Ronny. Les chaises pliantes alignées, parfaitement espacées, en face du podium central et d'une petite estrade. J'y montai et regardai les chaises, en pensant à mes propres noces, et à Felicia.

Je décidai alors d'aller la rejoindre, dans ce vieux motel entre Little Wing et Eau Claire. Je sortis et laissai chauffer le moteur de mon Escalade. Je conduisis lentement. Quarante-cinq minutes pour faire quelques kilomètres.

Je frappai à la porte, doucement d'abord, pour ne pas l'effrayer, puis un peu plus fort. Elle entrouvrit la porte et je vis la petite chaîne se tendre à l'intérieur. Felicia semblait fatiguée.

– Salut, lui dis-je.

Elle ferma la porte, ma gorge se serra immédiatement, puis elle ouvrit.

– Quitte ces vêtements humides, me dit-elle.

Je me glissai dans le lit à côté d'elle et elle m'enveloppa de son corps. Je regardai la table de chevet. Je tâtonnai à l'intérieur pour chercher la Bible des Gédéons qu'on trouve dans tous les hôtels. Quelqu'un avait dû la voler. Je ne touchai qu'un cendrier froid en verre dont je parcourus les contours lisses, carrés et concaves.

– Partons d'ici, lui dis-je. Partons de Little Wing.

– Je veux un bébé. Quelqu'un m'a conseillé de t'en faire un dans le dos. Mais ce n'est pas mon genre. Fais-moi un bébé, on s'en ira après.

Je regardai les vieux rideaux de la chambre. Ils représentaient une scène de chasse : des canards fuyant trois hommes armés de carabines, qui projetaient des douilles dans un nuage de fumée. Et sous l'envol des oiseaux, on voyait des quenouilles et un bourbier qui semblait très paisible. Les murs étaient tachés par la fumée, la moquette vieille et élimée. Au-dessus du lit, un paysage nautique avec une goélette affrontant une mer déchaînée. Je soupirai en pensant : « Chicago n'était pas si mal que ça. »

– Demain matin, lui dis-je en fermant les yeux. Demain matin, on fera un bébé.

Mais Felicia ne pouvait plus attendre.

L

La ville entière est venue : il n'y avait pas assez de chaises pliantes ni de places debout pour les badauds et les curieux. Certains restaient dehors, dans le froid, et regardaient par les fenêtres déjà embuées. D'autres s'étaient rassemblés dans le sous-sol, que Kip avait transformé comme par magie en une salle de danse à l'élégance rustique. Ce vaste espace de pierre, où des souris et rats crevés avaient jadis flotté dans quinze centimètres d'eau tiède, baignait dans une lueur dorée, sous le blanc des éclairages et bougies de Noël. On se serait cru à des noces royales, l'alliance de deux grandes dynasties du Midwest. Aussi grandiose qu'eût été le mariage de Kip, celui de Ronny le surpassait, et de loin. C'était peut-être aussi dû à l'agitation de la veille. Car en dépit d'engelures aux doigts et d'un nez rouge vif, Ronny avait insisté pour que le mariage se déroule comme prévu.

J'étais au nombre de ceux qui lui avaient conseillé de rester au lit et de récupérer.

– Ronny, lui avais-je dit, je te promets que Lucy comprendra. Vous pouvez vous marier la semaine prochaine, le mois prochain, l'année prochaine. C'est dingue. Tu peux t'estimer heureux d'être en vie.

Lucy – assise si près de lui sur son lit d'hôpital qu'elle n'était pas loin de le rejoindre sous les draps – m'avait soutenu.

– Lee a raison, chéri. C'est pas comme si j'allais te quitter. Jamais.

– Débrouillez-vous pour me faire sortir à midi, avait répondu Ronny avec sérieux. Je veux bien rester jusqu'à midi. Pour me reposer. Mais pas plus. (Il avait pointé le doigt vers Hank, Eddy, Kip, les Giroux et moi.) Et je signerai la paperasse tout seul, s'il le faut, nom de Dieu. Je suis pas un invalide.

*

À midi, il était sorti de l'hôpital du Sacré-Cœur en fauteuil roulant et monté dans la vieille Dodge Neon de Lucy qui l'attendait devant la porte. Il avait les pieds et les mains largement bandés et lorsqu'il était descendu de son fauteuil, d'un pas chancelant, nous nous étions tous précipités pour l'aider.

– Fichez-moi la paix, avait-il protesté. Je suis pas mourant. J'ai connu bien pire. Tout ce que je veux, c'est qu'on m'aide à rentrer chez moi et à enfiler mon smoking.

J'étais monté à l'arrière de la Neon et Lucy avait conduit ; son gros ventre frottait contre le volant et elle jetait des regards inquiets à Ronny, lui prenait la main, lui demandait si la chaleur ne le dérangeait pas. Il avait écarté sa sollicitude d'un geste et fait semblant de s'intéresser au monde derrière la vitre.

– Chéri, lui avait-elle demandé tendrement, qu'est-ce que tu faisais donc dehors la nuit dernière ?

– J'en sais rien, avait-il commencé, incapable de poursuivre.

– Chéri…

De la banquette arrière, j'observais leurs visages, les doigts de Lucy dans les cheveux de Ronny, la route devant nous.

– Je me suis paumé, c'est tout.

– D'accord, mais qu'est-ce que tu faisais dehors ? Pourquoi t'es pas rentré chez toi ?

– J'en sais rien. Je crois que j'ai perdu la notion du temps, puis je suis sorti pisser et quand je me suis retourné, le bar avait changé de place ou un truc dans le genre. (Ronny avait éclaté de rire et s'était tourné vers moi.) Merde, peut-être que le bar aussi s'est perdu.

Je lui avais souri.

– Chéri, avait dit Lucy. Tu vas bientôt être papa. Tu le sais. Tu vas être le *papa* de notre bébé. Alors il est plus question de se perdre, d'accord ? (En proie aux larmes, elle s'était garée sur le bas-côté.) On se quitte plus, tu m'entends ? À partir de maintenant, on se quitte plus.

Il l'avait regardée.

– Je voulais être avec toi, mais je croyais qu'on était pas censés être ensemble la veille. Une tradition ou je sais pas quoi.

Elle lui avait frotté le visage et les joues avec ses mains.

– Après ce soir, t'auras plus jamais à t'en faire pour ça. Jamais.

Ils s'étaient embrassés en se débattant avec les ceintures de sécurité.

– Et si je prenais le volant pour la fin du trajet ? avais-je proposé.

Sans un mot, ils avaient défait leur ceinture, étaient descendus de voiture, m'avaient laissé monter devant et s'étaient empressés de rejoindre la banquette arrière où ils avaient passé les derniers kilomètres à se serrer aussi fort que possible l'un contre l'autre. Je les avais regardés quelques secondes dans le rétroviseur, avant de détourner les yeux.

*

La cérémonie d'échange de vœux était prévue dans ce qui avait été l'entrepôt principal à l'époque de la vieille fabrique, une salle gigantesque qui gardait des relents de malt. Il n'y avait pas d'orgue comme dans une église, évidemment, mais Kip n'avait pas lésiné sur le coût de la sono et un DJ professionnel était en charge de la musique.

Placé à « l'avant » de la salle, à côté de Ronny, je tenais les anneaux de mariage qu'il avait hérités de sa grand-mère. La vieille bague de son grand-père qu'il portait depuis des semaines, un peu comme une ficelle nouée par un homme distrait autour de son doigt en guise de mémento. Et celle de sa grand-mère que je frottais entre le pouce et l'index à l'intérieur de ma poche, je sentais la malléabilité de l'or et imaginais le chemin qu'elle avait parcouru, tous les doigts et objets qu'elle avait touchés. J'ai palpé le petit diamant – c'était une bague de pauvres gens, de la classe moyenne américaine ; c'était une promesse de jours meilleurs, pas un étalage de galerie, une monstruosité de marque comme celle que j'avais achetée à Chloe.

Debout à nos côtés, la sœur cadette de Lucy et demoiselle d'honneur n'avait pas vingt et un ans. Ses larmes avaient déjà ruiné son maquillage et elle tenait un bouquet de fleurs en le serrant si fort qu'à plusieurs pas d'elle, j'entendais les tiges se briser l'une après l'autre et sentais une odeur que j'imaginais être de chlorophylle – celle d'herbe ou de buisson fraîchement coupés. J'imaginais des taches vertes sur les paumes de ses mains et même des griffures d'épines.

C'était un beau mariage dans la tradition luthérienne. Les mêmes versets fatigués de la Bible qu'on entend à tous les mariages du Midwest. Le pasteur a parlé de temps, de patience et de pardon, d'une voix douce et un peu lasse. Après s'être ressaisie, la sœur de Lucy s'est lancée dans une version hésitante de *I Will Always Love You*, une reprise que peu de mes amis au sommet de la musique populaire américaine auraient osée, même dans un bon jour. Heureusement, elle a opté pour la version retenue de Dolly Parton, plutôt que celle, retentissante, de Whitney Houston.

Ronny et Lucy écoutaient les paroles du pasteur avec une extrême attention. Ils ont prononcé les vœux d'une voix étouffée, avec un grand sérieux et un mélange parfait de réflexion et d'émotion. Ronny a quitté une seule fois sa fiancée des yeux : pour prendre la bague que je lui tendais.

Little Wing n'a jamais entendu un vacarme tel que le ban qui a suivi leur baiser et qui s'est échappé de la fabrique tandis que les cloches de la petite église luthérienne sonnaient à toute volée dans la rue principale. Même avec ses bandages, Ronny a voulu se joindre à Lucy et serrer la main de tous les invités, tous *sans exception*. Ensuite, c'était l'heure des hors-d'œuvre, du dîner et, finalement, de la fête.

*

La plupart des femmes avaient quitté leurs escarpins et les hommes transpiraient comme des joueurs de hockey, les cravates nouées autour du front et des gobelets pleins d'eau et de glaçons à la main. C'était un mariage sans alcool – ni offert ni autorisé – mais ça ne dérangeait personne. On aurait dit que la ville entière était sur la piste de danse et tous se laissaient aller, se *lâchaient* vraiment, se déchaînaient. Eddy exécutait le ver, une figure de break dance ; Hank avançait les dents de devant en une grimace typique de Blanc et frappait des mains en écoutant une musique qu'il entendait très visiblement pour la première fois. *But it's got a beat ! You can move to it !* Et le marié : Ronny Taylor, une allure d'authentique roi du disco et un corps d'une souplesse à faire pâlir John Travolta. Il s'en donnait à cœur joie : chapeau de cow-boy sur la tête, mains nonchalamment glissées dans sa boucle de ceinturon, il paradait dans ses nouvelles santiags en alligator et dansait avec sa femme enceinte, une femme aux mouvements bien réglés sur une piste de danse. Même enceinte, elle savait comment se trémousser et montrer quelques tortillements à son mari qui promettaient bien davantage que ce qu'il était convenu d'afficher en public.

Puis la ville entière les a entourés en formant une ronde gigantesque où tout le monde frappait des mains, poussait des encouragements et s'embrasait pour ces jeunes époux improbables. Le genre d'enthousiasme débridé qui se forme dans une communauté ensevelie sous la neige et privée de soleil de fin novembre à Pâques. Les enfants, qui auraient dû être au lit depuis longtemps, laissaient leur corps interpréter la musique, sans inhibition ni contrainte. Ils faisaient des virées sur les tables où fondaient d'énormes gâteaux. Glissaient leurs doigts collants sur l'épais glaçage. Ils se gavaient de limonade. Frottaient leurs yeux ensommeillés et en redemandaient, faisaient la ronde, dansaient avec leurs parents. Les ados boudaient dans un coin, lorgnaient leur téléphone, levaient la tête, mourant d'envie de se joindre à la fête mais trop embarrassés pour le faire. « Regarde-moi ça » : les parents dansaient et se déhanchaient dans des mouvements qui les faisaient rougir. Ils se tortillaient de manière à leur faire dire : « Oh mon Dieu… » Les ados s'éclipsaient pour fumer en douce des cigarettes volées dans le sac de leur mère ou les poches de leur père ; ils allaient cloper dans les W.-C. ou sur les rails de chemin de fer. Ils s'embrassaient dans les coins tranquilles de la vieille fabrique, les yeux écarquillés, pleins d'amour, d'émerveillement et de nouvelles sensations vieilles comme le monde. Et les anciens, assis sur leur chaise, regardaient, frappaient dans leurs mains ou, pour certains, restaient dans un état presque catatonique, avec une minuscule ébauche de sourire craquelé sur leur visage ridé. Quelques femmes âgées se levaient et allaient s'amuser sur la piste de danse, mais les hommes refusaient, faisaient non de la tête, croisaient les bras et les jambes, prêts à faire un sit-in et à se lier les bras en signe de solidarité. « Je ne dansais pas à l'époque, alors je ne risque pas de m'y mettre aujourd'hui. »

Kip, adossé au mur, agitait son gobelet de glaçons comme une timbale de dés ; il avait une drôle d'expression… l'air heureux. L'air d'avoir accompli quelque chose. Il ne me voyait pas, mais moi je le regardais, de là où je dansais avec mes amis. Je me suis éloigné du boucan et approché de lui, en épongeant la sueur de mon front. J'avais besoin d'un rouleau d'essuie-tout et d'une douche froide. Mais je m'amusais trop, tout le monde s'amusait. Je ne sais pas comment il s'était débrouillé, mais cet enfoiré avait réussi à tous nous réunir.

Il m'a vu arriver et s'est redressé, comme si j'étais un prof qui allait lui faire rectifier sa posture. J'ai vu ses mâchoires broyer un glaçon. Il m'a fait un signe de tête et m'a tendu la main, avec un certain degré de solennité.

– Leland.

J'ai remarqué qu'il employait mon nom entier, Leland. Ni *Lee* ni *mon pote*. Un choix représentant la distance qui nous séparait.

– Sors un moment, lui ai-je dit. Viens faire un tour. Je te paie une bière.

Il a refusé d'un signe de tête.

– Non, je dois rester ici.

– Oh, allez, viens, ai-je insisté. (J'ai posé une main sur son épaule et tout son corps s'est tendu.) Merde, mec, donne-moi au moins la possibilité de m'excuser, d'accord ?

Il m'a regardé une seconde sans dire un mot, puis il s'est éloigné de la piste. Nous sommes sortis ensemble dans le froid, comme deux hommes émergeant d'un sauna, des panaches de vapeur s'échappant de nos têtes comme des colonnes de fumée. Nous n'étions pas les seuls dehors dans cette nuit d'hiver : devant la fabrique, certains fumaient des cigarettes ou regardaient les étoiles en retenant leur souffle. Ils nous ont fait un petit salut au passage, mais je dois reconnaître que leur salut s'adressait clairement à Kip, pas à moi. Il avait fait quelque chose de rare, quelque chose de bien. Le genre de chose qui, je le soupçonne, s'est perdu en Amérique. Des villes entières, des communautés entières, qui se rassemblent pour célébrer un événement heureux, pour s'amuser. Pas de politique, pas de business ; sans procédures ni convenances.

Un jour, il y a longtemps, à mes tout débuts, j'avais été invité à un square dance dans la région du lac Supérieur, dans une de ces petites villes qui semblent avoir perdu toute raison d'exister. Aucun centre-ville, aucun commerce ; ni port ni chemin de fer. Et pourtant, à sept heures un vendredi soir, une centaine de personnes étaient descendues des collines et des bois pour se rassembler dans la vieille salle des fêtes, où j'assurais la première partie d'un groupe de bluegrass et de son meneur pour la contredanse. Le repas était à la fortune du pot ; il y avait de gros saladiers de punch aux aromates chimiques et des glacières de boissons non alcoolisées. Quelqu'un avait baissé les lumières et j'avais joué de la guitare pendant près d'une heure, avec quelques reprises de Bruce Springsteen, et tout le monde avait applaudi poliment, il n'y avait eu aucune sonnerie de téléphone, aucune distraction, aucun bavardage. J'avais été la seule chose qui se passait dans cette ville à ce moment précis.

Après mon set, le groupe de bluegrass était monté sur scène. Les violonistes avaient colophané leur archet, le pianiste avait doucement frôlé les touches de son instrument, le bassiste avait fait causer ses grosses cordes d'une voix grave et profonde, puis ils avaient explosé ! Leur musique était comme un seau d'eau géant déversé sur un grand arbre, plein de feuilles, et les notes se répandaient imperturbablement, s'écoulaient en un flot joyeux, tombaient en bondissant d'une feuille à l'autre, de plus en plus bas, de feuille en feuille, comme prises dans une course folle. Une famille à enfant unique soudain multipliée à l'infini ; chaque ruisselet, chaque perle et chaque larme devenait une goutte de soleil et d'allégresse. Et tout le monde s'était mis à danser, la salle avait été vite envahie de transpirations âcres, de rires assourdissants, d'une forte odeur de laine humide et de pieds… et la ville tout entière m'avait pris dans ses bras – littéralement –, m'avait balancé dans leurs square dances, m'avait enseigné les figures, les pas, les clappements de main et les appels du meneur.

Et je dois dire que c'était la première fois que j'avais compris ce qu'était – ou pouvait être – l'Amérique. La seconde fois, c'était à l'occasion du mariage de Ronny Taylor dans la fabrique rénovée avec amour par Kip Cunningham.

Pour moi, c'est ça, l'Amérique : des pauvres gens qui jouent de la musique, partagent un repas et dansent, alors que leur vie entière a sombré dans le désespoir et dans une détresse telle qu'on ne penserait jamais qu'elle tolère la musique, la nourriture ou l'énergie de danser. On peut bien dire que je me trompe, que nous sommes un peuple puritain, évangélique et égoïste, mais je n'y crois pas. Je *refuse* d'y croire.

*

Manifestement, tous ceux qui n'étaient pas à la fabrique étaient aux VFW. Le bar était bondé. Kip et moi voulions nous frayer un chemin jusqu'au comptoir, mais dès que nous avons franchi la porte, on nous a tendu une chope de bière fraîche chacun et nous sommes restés tout près l'un de l'autre, dans le courant d'air frais de la porte entrebâillée qui n'en était pas moins délicieux. Waylon Jennings passait dans le vieux Wurlitzer.

– T'as vraiment assuré ce soir, ai-je hurlé dans l'oreille gauche de Kip. C'est une fête d'enfer que t'as organisée !

Kip m'a fait un petit signe de remerciement sans un mot, il sirotait son demi. Il avait changé, c'était flagrant. À moins que ce soit ma perception de lui qui ait changé. Mais il y avait assurément quelque chose de différent. Le Kip que j'avais toujours connu, ou cru connaître, se serait immédiatement lancé dans un discours d'autoglorification, aurait voulu que chacun se sente endetté et obligé de fréquenter son commerce, et il n'aurait pas été loin de faire passer le chapeau. Mais il n'en a rien fait.

– Écoute, ai-je crié, je veux qu'on se réconcilie. Tu vois ce que je veux dire ? Je veux… (J'ai hésité, regardé mes souliers de mariage.) Je veux qu'on soit amis.

Il s'est penché vers mon oreille.

– Allons, finis ta bière et retournons à la réception.

Il a posé son verre à côté de la vitre givrée où la chaleur des néons semblait adoucir le gel. Je l'ai suivi dans le froid.

Le ciel nocturne était parfait, on entendait de la musique dans toute la rue principale, des klaxons qui se perdaient dans le lointain, dans la campagne, et des rires.

– Je pense que je peux encore tenir la fabrique à flot pendant un an avant qu'elle coule, a dit Kip. (Il marchait, les mains dans les poches. Il s'est tourné vers moi, son regard n'était pas triste mais ferme, et j'ai compris.) Faut croire que j'avais les yeux plus gros que le ventre. (Il a soufflé un nuage de vapeur et haussé les épaules.) Je ne te demande pas de m'aider. Ce n'est pas la première fois que cette satanée fabrique échoue, et ce ne sera sans doute pas la dernière.

Je marchais à ses côtés et sentais ma sueur se refroidir dans le vent glacé. La musique de la fête avait ralenti et je me représentais des couples se rapprochant, se tenant la main, les femmes appuyant la tête sur l'épaule de leur cavalier. J'ai pensé à Beth et immédiatement écarté cette pensée. C'était bizarre de penser à Beth à ce moment-là, plutôt qu'à Chloe.

– T'as besoin de combien ?

Nouveau haussement d'épaules.

– Putain, Lee, je suis endetté jusqu'au cul. Même si les affaires florissaient, je ne crois pas que je puisse rembourser ce que je dois. Tu vois ce que je veux dire ? Les rénovations, c'est une chose, mais les bénéfices, c'en est une autre. (Il a donné un coup de pied dans un bloc de glace et fait un geste de la main.) Bon, oublie tout ça. Tu dois avoir assez de gens qui viennent te taper. Contentons-nous de nous éclater ce soir, bordel !

Il a allongé le pas, m'a devancé et a serré la main des frères Giroux qui se grillaient une cigarette, adossés au mur de la fabrique. Ils m'ont fait un petit signe de tête.

Dans le sous-sol, l'heure était aux slows. Les mariés orbitaient ensemble, en cercles lents, le gros ventre dur de Lucy pressé contre celui plat et étroit de Ronny. Je les ai regardés, je me suis tourné vers Hank avec Beth, Felicia qui a trouvé Kip et l'a traîné sur la piste, puis tous les autres qui faisaient tapisserie se sont détachés un à un pour rejoindre le reste de Little Wing. Mais personne n'est venu me chercher, et je n'avais ni bar où me réfugier, ni téléphone perfectionné sur lequel me pencher. Rien que les éclairs de la boule à facettes disco, le doux grognement de Louis Armstrong, et la hantise d'être seul.

– Salut, m'a dit une voix. Tu veux danser ?

Une femme m'avait rejoint. Elle avait le visage couvert de taches de son et de longs cheveux roux. Une robe rose sur des épaules pâles.

– Salut, je m'appelle Lee.

– Rachel, m'a-t-elle dit en me serrant la main. Je suis la cousine de Lucy. De Milwaukee.

J'ai montré du doigt la Lucy de Ronny.

– Sa cousine ?

Elle s'est mordu la lèvre en acquiesçant.

– Alors, tu veux danser ?

– Ouais, bien sûr.

Elle m'a tiré vers mes amis, nous avons dansé et, pendant un moment, je ne me suis plus senti seul du tout, je fixais les épaules de Rachel, la boule disco saupoudrait sa peau de confettis de lumière et je n'avais plus qu'une envie : caresser chacune de ses taches de rousseur, l'une après l'autre, jusqu'à la fin de mes jours.

*

J'ai passé la nuit dans son motel mais le lendemain matin, quand je l'ai invitée à venir chez moi pour un petit déjeuner de pancakes et de café, elle s'est contentée de m'adresser un sourire charmant et de m'embrasser sur le front en disant :

– Je vais prendre une douche.

Alors je suis rentré chez moi, en passant par Little Wing, où les rues étaient désertes en ce dimanche matin, avec seulement quelques voitures sur le parking de l'église luthérienne, et quelques autres devant le Coffee Cup.

Quand je suis arrivé à la maison, j'ai téléphoné pour réserver deux billets pour Hawaii. Puis je me suis endormi sur le canapé, un oreiller serré contre mon cœur. La nuit était déjà retombée quand je me suis réveillé et le printemps était encore loin.

H

Un bocal géant d'œufs au vinaigre. Des dizaines, voire des centaines d'œufs flottant dans un fluide amniotique verdâtre, comme la couvée d'un grand reptile attendant une éclosion aléatoire. Soixante centimètres de haut, une trentaine à la base, posé derrière le comptoir contre un immense miroir reflétant le tableau de la longue salle étroite. Dehors, les néons surchauffés clignotaient à la fenêtre et attiraient lucioles, moustiques et papillons de nuit. Dedans, le juke-box projetait une lueur laiteuse dans un coin et les deux rectangles en feutre des tables de jeu étaient baignés de vert, chacun sous son cône de lumière, encerclé de joueurs concentrés, qui calculaient la trajectoire de leurs tirs à l'aide des longues queues de billard, de leurs doigts boudinés ou de cure-dents. Au comptoir, les vieux agitaient les timbales de dés en cuir, jouaient au crib en chantonnant : « Quinze deux, quinze quatre, quinze six, une paire pour huit et un valet d'atout pour neuf. » Debout devant la porte, dans la brume de la belle saison, les fumeurs de cigarettes récemment exilés conversaient en hochant la tête, embrassaient des filtres jaunes, rejetaient la fumée bleu-gris dans la nuit.

Un lundi soir, la porte s'est brusquement ouverte sur la rue principale. Lee et moi nous sommes installés au comptoir et nous nous sommes regardés dans la glace, à travers toutes les bouteilles d'alcool. Nous descendions nos bières rapidement, ne sachant plus très bien comment nous devions nous parler, ne sachant plus à qui c'était le *tour* de prendre la parole. Une pluie battante était tombée en début de journée et les pneus humides des rares véhicules faisaient un doux bruit printanier d'éclaboussure – *swouchhh*. J'avais fini mes semis et j'étais content qu'il pleuve.

Nous avons décortiqué des cacahuètes dont les coques s'amassaient sous nos tabourets. Renfrognés, le cœur gros, nous désirions tous deux redevenir amis en notre for intérieur, mais nous n'étions pas certains de ce qui était encore possible, ni de ce que nous étions ou non capables d'oublier ou de réparer. Je ne pense pas me tromper en disant que, tacitement, nous sentions tous les deux qu'à plus de trente ans nous étions enfin sortis de l'enfance. Que l'amitié facile et tranquille de notre jeunesse avait vécu. Nous avons passé une demi-heure sans échanger plus d'une centaine de mots. Pas même à propos de la pluie et du beau temps. Les gorgées que nous avalions avaient toutes un goût de désespoir. Nous buvions pour nous soûler, pour nous lâcher.

*

– Je vais piquer ce bocal, a dit Leland.

Je l'ai regardé attentivement.

– Ah ouais ? (J'ai gobé une cacahuète.) Et combien tu crois qu'il y a d'œufs, là-dedans ?

J'ai brossé quelques éclats de cacahuète accrochés dans les poils de mon bras sans quitter le bocal des yeux.

Ça faisait des mois que je ne l'avais pas pris au sérieux. Je n'en avais plus la patience. Quand je pense que j'avais non seulement été son ami, mais aussi son *fan*. Tout ça me semblait si lointain, si puéril. J'étais embarrassé en songeant à l'adoration que je lui avais vouée, un peu comme mon fils Alex adore les joueurs des Green Bay Packers et porte fièrement leurs maillots, ou affiche leurs posters sur les murs de sa chambre. J'avais redouté ce moment toute la journée – ce rendez-vous au bar, ce devoir de conversation. Un peu plus tôt, alors que je branchais la trayeuse aux pis d'une vache marquée du numéro 104, elle avait chié une énormité à un demi-mètre de mon nez. Pourtant, ça ne m'avait pas dérangé. La situation présente, en revanche, me dérangeait. En principe, j'aurais dû être ravi de laisser mes vaches et mes récoltes pour passer quelques heures avec un vieux copain en descendant quelques demis bien frais mais, en réalité, je ne rêvais que d'enlever mes bottes, me caler confortablement dans mon fauteuil et fermer les yeux, en laissant la lumière bleutée de la télévision se répandre sur mon visage, m'engourdir et m'endormir.

– Je m'en fous, a répondu Lee, mais je préfère te dire que je vais piquer ce bocal ce soir.

– Je te parie qu'y a plus de mille œufs là-dedans. Et tu crois que tu vas pouvoir porter ce truc ? Tu fais un peu maigrichon en ce moment.

Les œufs flottaient dans le jus saumâtre et marécageux.

– Tu vas m'aider à le voler, a lancé Lee en montrant le bocal du doigt.

Ce qu'il voulait dire, c'était : « Nous allons faire ça ensemble. »

– Tu peux aller te faire foutre, mon pote. J'ai pas à t'aider. Et c'est pas quelques bières qui vont me mettre d'humeur à faucher. En plus, ai-je ajouté en enfonçant mon index tendu dans le peu de chair de son biceps droit, je suis en droit de te virer de ce bar à coups de pied dans le cul, vu les belles preuves d'amitié que tu m'as données ces derniers temps.

Je n'avais pas eu l'intention de l'agresser, mais en vérité, je m'en fichais. Tout le mal qu'il pouvait me faire, il l'avait déjà fait.

– Bon, ben, continue de boire.

– C'est ce que je fais.

Craaac ! L'explosion d'un triangle de balles de billard. À la télé, un dunk de basket ultrarapide. Et dehors, le passage en trombe d'une Impala 79 sans pot d'échappement, même si l'humidité de la rue atténuait un peu le son râpeux de l'auto décrépite. Lee a descendu son verre d'un trait. Il a détourné les yeux, essuyé la mousse de ses lèvres.

– Je te dois des excuses.

– Tu m'étonnes...

– J'aurais pas dû faire ce que j'ai fait, et je suis désolé.

– Écoute, je préfère ne pas en parler. Tu comprends ? J'ai pas envie de m'attarder à imaginer comment t'as couché avec ma femme.

– Vous étiez pas mariés... enfin, je veux dire... putain, Hank ! *Y a dix ans de ça, bon Dieu.* Qu'est-ce que j'aurais bien pu te dire ?

– Que t'étais le dernier des salopards ? Pour commencer. Que je pouvais pas te faire confiance, ça c'est sûr. Tu veux que je continue ?

Nous avons tous les deux bu une longue rasade de bière.

– Alors quoi, tu veux te battre ? m'a-t-il demandé. C'est ça ? Parce que merde alors, vas-y, je suis prêt à ce que tu me casses la gueule si on peut recommencer à être amis après. J'en ai vraiment rien à foutre.

– Ça serait pas vraiment une bagarre dans ces conditions...

– Non, sans doute que non. Qu'est-ce qu'on peut faire, alors ?

Je ne savais pas ce qu'on était censés faire et, instinctivement, j'avais décidé depuis des mois qu'il n'y avait rien à faire, qu'on était foutus. Chaque fois que je m'approchais un tant soit peu du pardon, l'image de Beth et lui au lit me venait à l'esprit et me rendait fou. Ça me mettait dans un tel état que mon seul remontant était d'aller au bowling à quatre pistes de Whitehall où je pouvais lancer une boule de seize livres sur dix quilles, pour le plaisir de réduire quelque chose en miettes. Je roulais à toute vitesse à l'aller comme au retour, à plus de cent soixante kilomètres à l'heure puis, en m'approchant d'un croisement de routes de campagne, je freinais brutalement, juste pour sentir la ceinture me rentrer dans la poitrine et les jambes, juste pour entendre le cri d'indignation de mes Firestone. Juste pour ressentir autre chose que la jalousie et la rage.

Je me suis passé la main dans les cheveux. J'ai fini mon verre et commandé un autre pichet.

– J'en sais rien, Lee. J'en ai pas la moindre idée.

– Ouais ben, j'ai l'impression que la solution se trouve dans le vol des œufs.

La serveuse a posé le pichet puis s'est éloignée pour calculer la douloureuse. J'ai rempli nos verres et je dois dire qu'à ce moment-là ce geste familier et attentionné de lui verser une bière m'a radouci. Car il est vrai que nous avions passé de longues heures, des jours même, à faire exactement ce que nous faisions là : boire et discuter. Et pourtant.

– Alors, tu vas m'aider ? Tu vas m'aider à piquer le bocal d'œufs ?

– Non.

– Allez, mon bon monsieur, veuillez je vous prie m'aider à voler ce bocal d'œufs…

En tournant l'affaire en dérision, il a peut-être réussi à me faire sourire car je me demandais quel plan de génie il concoctait pour qu'on puisse quitter le bar en trimballant un bocal gigantesque plein d'œufs au vinaigre.

– Non, je suis pas encore décidé.

– Mais au moins, maintenant, tu parviens à *envisager* le casse, pas vrai ?

– C'est possible. Possible que je sois un peu intrigué. Possible aussi que je pense que tu… euh, que tu racontes que des conneries.

– Mais attention, t'es déjà complice. Tu n'as plus d'autre choix que de me dénoncer en suivant le protocole d'usage. (Je me suis aperçu que toute cette mauvaise bière pâle l'avait soûlé.) De me dénoncer à qui de droit, quoi.

– T'es sérieux.

– Je suis bourré… J'en sais rien. Peut-être que je sais plus ce que je raconte. Mais oui, je suis sérieux. Ces œufs nous narguent, c'est clair. Regarde-les. Sans compter que je suis désespéré. D'accord ? Je vois pas d'autre moyen de nous réconcilier que par le biais d'un acte juvénile de solidarité mutuelle. Et assis à côté de toi, à zieuter ce tas d'œufs dégueulasses, l'idée m'est venue de… tu sais… qu'on pourrait peut-être piquer ces saloperies.

– T'es vraiment le dernier des abrutis.

– Et donc, combien d'œufs tu dirais qu'il y a là-dedans ?

Il montra le bocal de l'index, les yeux plissés en un semblant de concentration, les sourcils froncés de manière presque comique.

– Non ! ai-je lancé d'un voix cassante en lui tapant sur le doigt, soudain à nouveau en proie à la colère. C'est complètement puéril, bordel. (Je me suis arrêté et j'ai baissé la voix.) Toi, t'as foutu mon mariage en l'air ! T'as foutu ma famille en l'air. Et maintenant faudrait qu'on compte des œufs ensemble ? Qu'on compte ces gros cons d'œufs en discutant d'un plan pour en voler un bocal merdique comme si, abracadabra, ça allait tout arranger entre nous ? Comme si ça allait faire disparaître tout le reste ?

Lee m'a alors regardé droit dans les yeux et j'ai vu qu'il était ému, qu'il n'avait plus rien à dire, qu'il était sincèrement navré. Qu'il n'y avait plus rien à faire.

– Putain, ai-je dit. C'est ça, la réalité.

Et j'ai serré le poing, je crevais d'envie de le tabasser.

– Je suis désolé, a dit Lee. Sincèrement. Je croyais que j'avais trouvé ma femme en Chloe et puis, je sais pas, ça a pas marché. Je sais pas ce qui déconne chez moi. Mais j'espère que tu pourras chercher et, tu sais, trouver en toi le moyen de me faire à nouveau confiance. Et franchement, si t'y arrives jamais, je comprendrai. Mais t'es mon meilleur ami au monde, pas vrai ? Et je t'aime. Je sais pas quoi te dire d'autre, bon Dieu.

Sur ce, Lee s'est levé de son tabouret, a descendu un verre entier de bière et s'est dirigé vers les toilettes au fond de la salle.

Je suis resté à examiner les motifs d'acajou du vieux comptoir puis j'ai regardé la rue principale où les réverbères diffusaient une douce lueur sur l'asphalte lisse et humide. J'ai soupiré. Parce qu'il n'y avait rien d'autre à faire et que, parfois, le pardon n'est rien d'autre qu'un profond soupir. J'avais beaucoup aimé mon père, mais je n'avais jamais été aussi fort que lui et je ne pouvais pas imaginer ma vie sans Leland et Ronny, ni d'ailleurs sans Kip, Eddy ou les Giroux. Je *voulais* que Lee revienne chez nous, je *voulais* qu'il vienne dîner ou s'asseoir autour du feu avec nous, je *voulais* l'entendre parler de sa vie, de ses voyages et de sa musique. Qu'est-ce que j'étais censé faire ? Traverser la vie sous le joug de la rage ? Quel effet ça aurait sur mon mariage, sur Beth, sur les enfants ?

J'ai poussé un nouveau soupir, puis j'ai entendu le bruit du coussin noir du tabouret compressé sous le poids de Lee, qui s'est servi une nouvelle bière. Dans la rue principale, un chien mouillé trottait, la queue entre les jambes, la tête basse.

– Bon, comment on va s'y prendre pour sortir le bocal d'ici ? m'a demandé Lee. Sans se faire repérer.

Il a parcouru le bar des yeux et compté une dizaine de témoins. Il n'y avait pas grand monde ce soir-là.

– Écoute, lui ai-je dit, je sais pas comment te l'annoncer.

– Rien ne m'arrêtera, a-t-il déclaré en montrant le bocal d'œufs.

– Sérieusement. J'ai quelque chose à te dire. J'ai besoin que ça sorte et j'ai pas envie que tu m'interrompes avec tes histoires d'œufs à la con. (J'ai repris mon souffle.) Je t'en veux tellement que je pourrais te tuer. Je déconne pas. Tu comprends ? Je n'ai *jamais* eu le moindre doute sur Beth avant l'an dernier. J'ai toujours eu confiance en elle. Je m'étais toujours senti *amoureux*. Et maintenant ? Hein ? Je n'ai qu'elle, mon pote. Elle et les enfants, ils sont tout pour moi. Et j'ai l'impression que...

Je me suis interrompu.

– Que je t'ai volé tout ça.

– Ferme-ta-grande-gueule.

Il leva les mains.

– Oui, putain. Que tu m'as volé tout ça.

Nous nous sommes remis à la bière.

– Et bon, je comprends presque. Je sais que ça s'est passé y a des années. Qu'on n'était pas encore mariés. Mais est-ce que toi, tu comprends ? Je suis pas riche, Lee. Je suis pas célèbre. Elle est tout ce que j'ai. Ma famille, c'est tout ce que j'ai. Et si je pouvais, je te réduirais en bouillie.

J'ai bu ma bière jusqu'à ce qu'elle déborde aux commissures de mes lèvres, je l'ai essuyée d'un revers de manche.

– Bordel de merde ! ai-je dit en assenant sur le comptoir un coup du plat de la main, assez fort pour faire sauter nos verres, assez fort pour réduire le bar au silence, pour que les yeux des autres clients dans leur box ou autour du billard se tournent vers nous.

– Je suis désolé, Hank. T'as pas idée…

J'ai hoché la tête.

– Excuse-moi. Je suis vraiment navré. Tellement navré, mec. C'est tout ce que je peux te dire.

– Très bien, t'es navré. Super. Alors, commence par jouer le cador riche et célèbre et commande une autre tournée. Ça te va ?

Je suis allé au juke-box sélectionner quelques titres de Creedence et de Crosby, Stills, Nash & Young. Un verre plein m'attendait au comptoir ; Lee se bâfrait de chips et m'a tendu le paquet. Je l'ai pris, je l'ai secoué au-dessus de ma bouche et j'ai mâché en regardant tout ce qu'il y avait dans le bar, sauf Lee.

– Ces chips sont comme de la sciure de miettes, ai-je dit.

– Je sais. On dirait que quelqu'un a piétiné le paquet.

– Mais bon, c'est mieux que rien.

– Personne s'apercevra qu'ils sont plus là, ces œufs à la con, crois-moi, m'a-t-il dit à voix basse. Quand as-tu vu quelqu'un en acheter pour la dernière fois, honnêtement ? Ces œufs étaient sans doute déjà là quand mon père venait ici, gamin. Ces œufs ont sans doute vingt ou trente ans. Ils *méritent* d'être volés. Ils *veulent* être volés. Voilà ce que j'ai à te dire. Et rien me fera changer d'avis. (Il parlait d'un ton de conspirateur, puis il a avalé une rasade.) Non, monsieur.

Je ne pouvais pas lâcher le morceau.

– Combien de fois ça s'est passé ? ai-je demandé.

Lee a arrêté de boire et m'a dévisagé, la mousse de sa bière accrochée à sa barbe de cinq jours. Il a promené ses doigts fins et veinés sur son visage, ajusté sa casquette de base-ball et m'a regardé sans ciller. J'ai soutenu son regard.

– Une fois.

– Une fois ?

– Une fois.

Il a dressé l'index, puis l'a rapidement éloigné de moi. Il a haussé les épaules en signe d'excuse, un geste qui ne m'a pas particulièrement plu.

– *Une fois ?*

– Je suis désolé.

– Est-ce que je peux te faire confiance ?

– Oui, a-t-il répondu en hochant la tête.

– Est-ce que t'aurais voulu que ça arrive plus souvent ?

– Non, écoute… C'était une erreur.

Il me ment. Ce fils de pute me ment.

– Ah ouais ? Ben, je te crois pas. Tu vois, c'est de ça que je veux parler. Même si j'arrive à te pardonner un jour, comment veux-tu que j'aie à nouveau confiance en toi, bon Dieu ? T'es qu'un putain de menteur.

– D'accord. C'est vrai, d'accord ? Oui, j'aurais bien voulu que ça recommence. Je me sentais seul. Merde, j'étais coincé dans cette ferme en pleine cambrousse avec trois Mexicains et une vieille dame, et j'étais convaincu d'être le dernier des ratés. Alors bien sûr que j'avais envie de coucher avec quelqu'un.

– Et ç'aurait pu être n'importe qui ?

Il semblait y réfléchir. J'ai scruté son visage en buvant.

– Ouais. Je pense que oui.

– Et tu crois que Beth aurait voulu que ça arrive encore ?

– Mais non, mec ! C'est toi qu'elle aime, bon sang. Tout le monde le sait. Elle t'a *toujours* aimé.

– Et toi, tu l'as aimée ?

– Non. Enfin. Merde. (Il a frappé sur le comptoir avec les jointures de ses doigts.) Un peu. Oui. Plus maintenant. Mais à l'époque… un peu. Bien sûr que oui. C'était inévitable. Oui.

J'ai détourné mon regard de Lee pour le fixer à nouveau sur le bocal.

– Ça en fait, des révélations, ai-je dit. Des révélations comme s'il en pleuvait, ça donne à réfléchir…

J'ai brandi deux doigts en direction de Joyce, la serveuse, qui transpirait abondamment. Elle s'est tranquillement approchée de nous, une cigarette non allumée pincée entre ses lèvres ridées.

– Qu'est-ce que je vous sers, les gars ? nous a-t-elle demandé d'une voix plate.

– Deux shots d'alcool bon marché et un pichet de bière, ai-je commandé.

– À quoi vous jouez, tous les deux ? Vous voulez siphonner toute la bière du bar ?

– On va essayer, ai-je répondu.

– On va faire feu des quatre fers, a réitéré Lee.

Elle s'apprêtait à partir vers les robinets à bière quand Lee est monté sur son tabouret.

– Joyce, attends ! Reviens vite. Dis-nous, combien d'œufs y a-t-il dans ce bocal ?

Elle nous a regardés.

– Comment veux-tu que je le sache, bordel ? T'en veux un ? C'est cinquante cents.

– Non, a-t-il répondu. J'en veux pas. Ils ont l'air vraiment dégueulasses. Tout ce que je veux savoir, c'est combien y en a.

Elle a poussé un long soupir, comme pour s'avouer vaincue. Elle nous connaissait : elle avait travaillé à la cantine de l'école élémentaire et avait servi nos repas sur des plateaux en plastique moulé quand nous lui arrivions à peine à la taille. Son mari était agriculteur et traitait parfois avec les Giroux et moi. Elle a regardé le bocal puis elle s'est tournée vers Lee en décrétant :

– Deux cent douze.

Elle a commencé à s'éloigner.

– Non ! Non ! a hurlé Lee. Reviens ! C'est impossible !

– Lee ! a-t-elle crié, t'es complètement bourré. Et Hank vaut pas mieux. Je vais servir vos alcools et votre bière, puis je reviendrai avec la note. Après ça, vous allez me faire le plaisir de ficher le camp. Et même si t'as une centaine de Grammy, Lee, je m'en tape. Tu peux te torcher avec. Et c'est pas la peine de discuter.

Elle est partie.

– Bien joué, Ducon, ai-je dit. C'est la première fois qu'on refuse de me servir à boire.

– Bon. Mais on en est où, tous les deux ? C'est bon ?

– J'en sais rien. Je pense pas que ça marche comme ça. Ça risque de prendre un peu de temps avant que ça s'arrange. Si ça s'arrange. Il va falloir que j'arrive à te faire à nouveau confiance. Avec ma femme et tout. Je veux dire…

Le juke-box a joué un slow et je crois qu'il y a eu un moment entre nous où le temps s'est figé, où les choses ont continué à être comme avant pour ceux qui étaient présents, mais où une espèce de faille s'est immiscée entre nous sans un bruit, comme quand une petite masse de terre se détache et s'en va flotter sur l'océan. Et je me suis senti plus triste qu'avant et plus seul, aussi. Parce que j'ai su qu'on pourrait rester amis, mais aussi que je ne pourrais plus *jamais* lui faire confiance chez moi, près de ma femme. La vie avait fait son œuvre. Des décisions avaient été prises.

Joyce s'est approchée de nous, les bras vacillant sous l'effort, un pichet de bière dorée dans une main et, dans l'autre, trois verres à liqueur remplis d'un liquide de la couleur du sirop d'érable. Elle a posé le tout sur le comptoir et distribué les verres : un pour Lee, un pour moi et un autre dans sa main.

– À la bonne vôtre ! a-t-elle dit en descendant le sien d'un trait.

– Santé ! avons-nous beuglé en chœur.

Nous avons bu rapidement puis fait claquer nos petits verres sur le bois du comptoir.

– Hourra ! a dit Lee.

– Dix dollars, a dit Joyce.

Je lui ai tendu l'argent et elle s'est penchée au-dessus du bar.

– Sérieusement, finissez vos verres et partez. Vous mettez les autres clients mal à l'aise. D'accord ? Allez régler vos conneries ailleurs.

Nous avons descendu le pichet à toute vitesse, en trinquant rageusement comme si nous voulions briser nos verres ou cogner nos poings, tristes, désemparés et largués, sombrant dans le vacarme du bar.

– Ce dont on a vraiment besoin, a dit Lee, c'est d'une diversion. Un écran de fumée, pour ainsi dire.

– Je vois pas comment on va y arriver.

– Tu pourrais provoquer une bagarre.

– Mais non, c'est absurde. Je veux rentrer chez moi. Quelle heure il est, de toute façon ?

J'ai consulté ma montre. 11 h 39.

– Attends un peu.

– Quoi ?

– J'ai une idée.

Il s'est levé, s'est approché du Wurlitzer et a fouillé dans les poches de son jean pour en tirer quelques pièces de monnaie. Puis il a appuyé sur les touches, une lettre et un chiffre, et dès les premières notes de musique du vieux juke-box, j'ai su qu'il avait sélectionné A1, le premier morceau de l'album qui avait accompagné nos étés d'ados. J'ai hoché la tête. C'est si dur de s'éloigner des autres, dans une petite ville.

Lee est grimpé sur un tabouret au fond du bar et a crié de sa voix de baryton la plus profonde :

– Hé, les amis ! Écoutez-moi ! Qui veut venir chanter avec moi ? Personne ? Parce que c'est la plus belle chanson du monde et j'ai trop envie de la chanter, ici et maintenant.

Un groupe de quatre ou cinq femmes, qui avaient toutes une cinquantaine ou une soixantaine d'années, s'est rassemblé autour de lui tandis que les premières notes de piano renforcées par la batterie et la basse annonçaient ce classique de la culture musicale américaine… Lee s'est alors tourné vers moi, m'a fait un clin d'œil en montrant le bocal d'un mouvement de tête et, évidemment, Joyce, à l'autre bout du bar, le surveillait et me tournait le dos.

C'est ainsi que je me suis retrouvé derrière le bar, marchant inutilement sur la pointe des pieds, incapable de réprimer une ébauche de sourire, de plus en plus près de ce bocal, aussi ridicule que gigantesque, d'œufs au vinaigre. Tout en pensant : « C'est vraiment n'importe quoi. Mais qu'est-ce que tu fabriques ? »

Et pendant ce temps, le chœur du juke-box entonnait :

I was a lonely, teenage broncin'buck
With a pink carnation and a pickup truck
But I knew I was out of luck
The day the music died[1]

Puis Lee a pointé le doigt vers moi, se balançant en rythme tout en articulant silencieusement : « Maintenant ! Vas-y ! Prends le bocal ! » Et il a vraiment sorti le grand jeu et distrait le bar en renversant quelques verres, bousculant des queues de billard et pinçant les fesses de quelques poivrotes croulantes.

Et moi, les bras autour du bocal comme pour tacler un géant, les genoux pliés pour ne pas me péter le dos, j'ai réussi à le *soulever* ! J'ai soulevé cette énormité comme si je participais à une épreuve olympique... J'ai soulevé le bocal du comptoir... Et dans l'espace qu'il avait occupé, voyez-moi ça : le bois avait une nuance d'acajou complètement différente et un épais halo de poussière entourait l'ancien emplacement.

---

1. *J'étais solitaire et fougueux comme un poulain sauvage*
Avec un œillet rose et un pick-up
Mais j'ai su que ma chance avait filé
Le jour où la musique est morte
(Extrait d'*American Pie* de Don McLean).

Leland, le sourire jusqu'aux oreilles, frappait dans ses mains ; les œufs ballottaient avec indécence dans le bocal et Lee s'est détaché du groupe sans cesser de chanter, trébuchant vers la porte, et nous sommes sortis dans la nuit, deux voleurs d'œufs, gloussant comme des fous, bêtement – le cœur brisé, brisé, brisé. Un, deux, trois, *go !* dans la nuit brumeuse du Wisconsin : destination inconnue et un bocal géant d'œufs au vinaigre entre nous deux.

*

– Et maintenant ? ai-je demandé en trébuchant, à bout de souffle.

Le bocal me glissait des mains, Lee veillait à le stabiliser et à éviter qu'il ne m'échappe. Nous avons descendu la rue principale d'un pas vif pour nous éloigner des VFW et nous nous sommes dirigés vers les centaines de maisons de Little Wing, la plupart plongées dans le noir avec quelques fenêtres bleutées par les écrans de programmes télévisés tardifs devant lesquels des spectateurs dormaient, les pieds sur des poufs défoncés.

– J'en sais rien, a répondu Lee. Mais j'ai pas trop envie d'y réfléchir pour le moment.

Nous avons traversé la rue et descendu Elm Street, la rue des ormes, où il n'y avait plus d'ormes depuis bien des années, hormis quelques souches récalcitrantes qui n'avaient pas encore complètement pourri, des décennies après la maladie ayant décimé les allées qui bordaient les rues de la ville. Lee s'est arrêté une seconde et a forcé l'ouverture du couvercle en verre du bocal, qu'il a jeté dans le jardin de la maison voisine.

– Tiens, prends un œuf, m'a-t-il dit.

– Pas si vite, attends un peu. C'est notre chance de les compter, ai-je annoncé d'une voix pâteuse, le bocal toujours dans les bras et soudain très soûl. Oh merde... euh, tu veux bien que je pose ce truc un petit moment ?

– T'es pas en état de compter.

– Je te signale que je compte mieux que toi.

– Fais ce que je te dis et prends un œuf, d'accord ? Prends-en un tant qu'ils sont chauds.

– C'est complètement con.

Il a ri en me montrant du doigt.

– C'est peut-être con, mais pas triste, en tout cas.

J'ai posé le bocal et plongé le bras dans la mer juteuse d'œufs d'où j'en ai repêché quatre, mais j'avais les poils des bras dégoulinant de vinaigre.

– C'est triste ? a insisté Lee.

J'ai retiré ma main du bocal, elle luisait dans la nuit comme si elle était laquée.

– C'était une mauvaise idée, ai-je dit. On n'aurait pas dû piquer ces œufs puants.

– Balances-en un sur la bagnole là-bas.

– C'est la voiture d'Eddy. Je peux pas jeter un œuf dessus. C'est notre copain.

– Ah ouais ? Mais si on veut quelqu'un de bien assuré, c'est notre homme. De nos jours, en tout cas.

Lee s'est arrêté, il a pris un de mes œufs, l'a soupesé dans le creux de sa main, en a senti l'enveloppe vinaigrée, moite et grise, puis il a pris son élan et l'a envoyé de toutes ses forces comme une balle de base-ball en plein sur la Ford Taurus d'Eddy.

L'œuf n'a pas véritablement éclaté. Il a bruyamment heurté l'acier américain de la portière du conducteur et cabossé la carrosserie. Lee a éclaté de rire. L'œuf avait dû être facile à lancer, petit poids, forme idéale pour le tenir entre le majeur, l'index et le pouce avant de le projeter dans la nuit. Et à ce moment-là, au bout de la rue, des phares ont éclairé le goudron mouillé annonçant l'approche d'un automobiliste nocturne.

– Cache-toi derrière un arbre, a sifflé Lee en soulevant le bocal qu'il a coincé contre sa hanche.

Son pantalon était complètement trempé de vinaigre et nous dégagions une puanteur abominable. Cachés derrière de jeunes érables pas assez épais pour nous camoufler, nous avons écouté l'approche et le passage de la voiture, puis Lee s'est écarté de l'arbre et s'est remis à tirer. Un œuf est parti en virevoltant et oscillant jusqu'au pare-chocs de la Toyota Camry. Tapis dans l'ombre, nous avons regardé la voiture s'arrêter brusquement, s'immobiliser, le moteur au ralenti, puis repartir.

– Bon, on peut rentrer, maintenant ? ai-je demandé. T'as fini, c'est bon ? J'ai des gosses moi, nom de Dieu.

Je peux pas me faire choper en train de faire des conneries pareilles.

– Oh allez ! Éclate-toi un peu. (Il a pris le bocal et a continué à descendre Elm Street, en s'éloignant de la rue principale.) Allez, fais-moi *confiance*.

– Mais merde, où tu vas ? ai-je gueulé en refusant de le suivre aveuglément.

Comme il ne me répondait pas, j'ai fini par lui emboîter le pas, à cinq ou six mètres de distance. Je regardais mon ami tituber, trébucher sur le trottoir irrégulier ou sur les racines obstinées des arbres qui poussaient dans le béton.

– Bon, d'accord, attends-moi. Laisse-moi porter ce machin. De toute façon, je suis plus costaud que toi.

Il m'a cédé le bocal d'où il a prélevé huit œufs qui lui ont rempli les deux mains.

– Je veux aller m'asseoir sur le pont de chemin de fer. Celui qui passe au-dessus de la route.

– Bon d'accord, ai-je dit.

Et c'est ce qu'on a fait, bien biturés.

*

L'acier du pont était piqué d'une longue série de balafres rouillées où des générations d'écoliers avaient tracé leurs noms et des promesses sacrées d'amour ou de mépris avec des bombes de peinture aux couleurs criardes. Les bottes dans le vide, nous

nous sommes installés au-dessus de la route, le bocal entre nous, les œufs presque luisants dans le noir.

– Reste plus que nous deux, maintenant, a dit Lee.

– Comment ça ?

– Tous les autres sont partis. Ronny et Lucy. Kip et Felicia. Y a plus que nous deux. Les derniers des Mohicans.

J'ai haussé les épaules et jeté un œuf qui a explosé sur le goudron de la route. Ce n'était pas une explosion humide, plutôt comme un démoulage de gélatine : les particules de l'œuf ont simplement cédé et se sont légèrement répandues. J'en ai fait tomber un autre, puis d'autres encore, mais le bocal semblait à peine entamé.

– Je suis le seul à être lié à la terre, ai-je dit. Pas comme le reste d'entre vous… Je vous comprends, remarque. Même toi, tu finiras par repartir. Tu rencontreras quelqu'un d'autre qui voudra pas vivre ici non plus. Elle te traînera à Los Angeles, Paris ou New York. Tu verras. Les gens comme toi (ai-je décrété en jetant un autre œuf dans la nuit, me sentant un peu moins bourré et un peu plus cruel), vous n'êtes plus d'ici. Vous n'y avez plus votre place. Pas réellement. Vous avez trop.

Lee regardait la route humide en décollant une grande écaille de peinture du pont. J'ai vu que mes paroles l'avaient blessé.

– Tu te trompes, a-t-il dit. Je suis revenu pour de bon, mon vieux. J'ai acheté la fabrique. Je l'ai achetée à Kip. Alors tu vois, j'y suis jusqu'au cou, comme on dit. C'est peut-être une putain d'usine à gaz, mais elle m'a coûté plus d'un million, alors il est hors de question que j'abandonne. Je vais y monter un studio d'enregistrement, une petite salle de spectacle et cette vieille ville va avoir de la musique live que ça lui plaise ou non. Et je m'en fous s'il y a que dix fermiers à un concert. On va attirer des gens de Twin Cities, d'Eau Claire, de La Crosse et même de Milwaukee, bordel, et ils vont venir parce que c'est *ma* fabrique dans ce drôle de petit trou de Little Wing. Et c'est vrai que je trouverai peut-être jamais une fille, mais je vais te dire un truc, c'est pas à New York que j'irai la chercher.

Il a distraitement mordu dans un œuf et a immédiatement recraché avant de s'essuyer la langue sur le coin de sa chemise.

– Merde.

Je restais assis, sans voix.

– T'as acheté la fabrique ?

– Fallait bien, a-t-il répondu avec un geste désabusé. Qu'est-ce que je pouvais faire d'autre ? Laisser Kip dans la panade ? Je ferais la même chose pour toi, mon pote, si tu me le permettais. On pourrait être associés.

– Ouais, ben c'est pas demain la veille.

Il s'est tourné vers les phares d'une voiture qui s'approchait de nous dans le lointain. Elle allait vite et zigzaguait sur la surface glissante de la route

– nous nous en sommes tous les deux aperçus, nous entendions les crissements de pneus à chaque virage. C'était typique de la conduite instable et trop rapide d'un type bourré, qui compensait les virages trop tard à cause de la lenteur de ses réflexes et de sa vision houblonnée.

Lee s'est emparé d'un œuf prestement, ses doigts laissant des marques dans l'enveloppe grise et lisse. Le bras bandé, il a attendu que la voiture soit à une dizaine de mètres avant de prendre du recul pour balancer l'œuf – un tir direct, précis et sans appel. Dans ces millièmes de secondes du vol de l'œuf, le véhicule m'a dévoilé de nouveaux détails : petite Mazda au moteur gonflé qui nous était inconnue, jantes étincelantes, châssis émettant une lueur violette éthérée, effet doppler de la musique à fond, pare-brise teinté… puis *paf !* une toile de craquelures sur toute la surface du verre fumé, le crissement des pneus lors du dérapage et le coup de frein formidable du véhicule fantôme pas loin de projeter des étincelles. Et l'arrêt complet.

– Merde alors, ai-je dit. Tu l'as eu, mon pote, et en plein dans le mille, encore.

Le silence s'est installé sur la campagne et nous nous sommes levés pour mieux regarder en bas : le véhicule restait immobile. Puis la portière s'est ouverte et un jeune maigrichon est descendu – ce n'était qu'un gamin –, il flottait dans ses vêtements, portait plusieurs mètres de chaîne en or autour du cou et un short baggy satiné qui descendait presque jusqu'à ses frêles chevilles. Et il serrait dans sa main droite un impressionnant pistolet Beretta chromé. Il ne nous a pas vus, tout d'abord, les phares de la Mazda attiraient son attention sous le pont et sur la route au-delà.

– Hé ! Qui est là ? Quel est l'enculé qui a pété mon pare-brise ? a-t-il hurlé dans la nuit.

Le gamin n'avait pas l'air très sûr de lui et je voyais qu'il faisait de son mieux pour s'affirmer face à nous ; il prenait une voix grave dans l'immensité noire de la nuit et, tout en sachant qu'il n'était qu'un jeune, un ado, j'ai eu peur de lui, peur de son arme.

– Qu'est-ce qu'on fait, maintenant, génie ? ai-je chuchoté à l'oreille de Lee.

– Merde, a-t-il répondu d'une voix qui semblait dessoûlée. Merde. Le pistolet était pas prévu.

– Tu le connais ?

– Mais non. Il a l'air paumé.

Non loin de nous, le gamin se dressait dans son grand tee-shirt blanc, les bras tendus en signe de défi, le pistolet étincelant. Il portait une casquette de base-ball enfoncée de travers, dont le bord était aussi plat qu'une couverture de livre, et nous avons remarqué qu'il tremblait légèrement. Une barbichette blonde ornait son menton fuyant et frissonnant, ses longs cheveux blonds étaient retenus dans une tresse.

Puis Lee a parlé :

– Je suis ici, a-t-il dit, levant les bras en signe de reddition.

Le gamin a jeté un coup d'œil vers nous, braqué son arme et tiré. Le bocal a explosé et les œufs ont dégringolé en une vague nauséabonde de vinaigre et de sédiments. La saumure et les œufs ne sont pas tombés exactement sur lui, mais avec la violente détonation sur le bitume, ses baskets, son short et son tee-shirt blanc se sont retrouvés trempés.

Nous retenions notre souffle, Lee avait toujours les bras en l'air. Je me suis tapi dans l'ombre en sentant le froid humide du rail de la voie ferrée contre ma main.

– Qu'est-ce que c'est que cette saloperie ? a demandé le gamin horrifié.

Il était cloué sur place, les bras tendus, la bouche grande ouverte, tentant de se ressaisir. L'air a soudain empesté le sandwich à la salade d'œufs.

Le jeune s'est tourné vers nous, a grimacé et tiré une seconde fois.

Lee s'est effondré, une balle dans la jambe, mais il n'a pas crié ; il luttait pour reprendre son souffle. Satisfait, le gamin a glissé le pistolet dans l'élastique de son slip et il s'est replié dans sa caisse importée qui tournait au ralenti, avant de disparaître dans la nuit. Nous étions à nouveau plongés dans l'obscurité et je me suis dirigé vers Lee, mon ami ; je me suis penché sur lui.

– Ça fait mal, a-t-il gémi. Je te jure, Hank, c'est brûlant comme l'enfer.

– Je vais chercher le pick-up, mon pote. J'y vais tout de suite. Je vais t'emmener à l'hôpital.

– Va chercher le pick-up.

– T'en fais pas pour ça, Lee. Je vais chercher le pick-up et je t'emmène à l'hôpital.

Sa main est soudain sortie du noir pour m'agripper.

– Non, a-t-il dit. Pas possible.

– Pourquoi pas ?

Il a bruyamment inspiré l'air entre ses dents et expiré en sifflant.

– Parce que premièrement, c'est de la mauvaise publicité, bordel. (Il a pris une nouvelle bouffée avec peine.) Deuxièmement, avec quelqu'un comme moi, les flics vont vouloir enquêter. Et troisièmement, merde, c'est nous qui avons commencé ces conneries en piquant les œufs.

– Qu'est-ce que tu veux que je fasse, alors ?

– Va chercher le pick-up et reviens.

– D'accord. Accroche-toi, mon pote. Je vais chercher le pick-up et j'arrive.

– Je vais descendre jusqu'à la route.

– Non, bordel ! Ne bouge pas, lui ai-je dit avant de partir en courant vers la rue principale.

*

Quand je suis revenu au pont, il n'était pas allé bien loin, il s'était traîné lentement et progressivement pour descendre le talus qui menait à la route. Son front pâle était déjà couvert de sueur.

– Faut qu'on t'emmène à l'hôpital, ai-je décrété. C'est ridicule.

J'ai passé son bras sur mon épaule et nous avons prudemment descendu le talus.

– Non ! Pas d'hôpital. Je saigne pas beaucoup. On va s'en tirer. (Il a examiné sa jambe.) Je crois pas que la balle soit sortie de l'autre côté alors on va juste, euh… prendre une pince à épiler ou un truc dans ce genre, on va l'extraire et, tu sais, on va bander le tout. Pas de problème. Ça fera une bonne histoire, peut-être même une nouvelle chanson. Ça donnera du grain à moudre à ces putains de journalistes, pas vrai ? Quand ça sera derrière nous.

Il a essayé de rire, mais il a retenu sa respiration, saisi sa jambe à deux mains et fermé les yeux.

– C'est ta punition pour avoir volé.

– Punaise, j'aurais jamais cru. Jamais cru que ce soit si brûlant.

Sa respiration était entrecoupée, sifflante, et la douleur telle qu'il déversait parfois des chapelets d'injures, ou riait de son sort, tout pour essayer de respirer profondément, pour expulser l'air en lui et en prendre du frais. La jambe de son pantalon baignait dans un liquide sombre, d'un bordeaux presque noir. Nous avons enlevé sa chemise que nous avons nouée sur la partie charnue de sa jambe. Puis il s'est assis sur le bord de la route, où il a examiné les étoiles pour essayer de penser à autre chose et suivi la trajectoire d'un satellite. Je lui ai donné une minute avant de l'aider à monter dans le pick-up, puis j'ai couru de l'autre côté pour prendre le volant.

– Où on va ? ai-je demandé.

– Merde, je suis pas en train de saigner sur ton siège, si ?

– Non, je l'ai recouvert de sacs-poubelle. Allez, dis-moi, on va où ?

– Chez moi, a-t-il sifflé. J'ai des médocs, de l'alcool. Je peux saigner où je veux. De toute façon, la moquette a besoin d'être changée. (Puis après quelques grimaces douloureuses.) Merde, merde, merde, merde ! OK, on y va !

– C'est parti. Tu l'auras voulu.

Puis j'ai mis la main sur sa jambe blessée et j'ai serré un bon coup. Il a poussé un grand cri en se tournant vers moi, furieux et incrédule, avant de s'adoucir un peu en posant sa tête contre la vitre froide et embuée.

– Putain, a-t-il dit. Faut croire que je le méritais.

J'ai acquiescé avant de partir en trombe.

R

J'étais à Waterloo, dans l'Iowa, chez mon oncle Delmar, qui venait de purger deux ans de prison pour avoir volé la motocross de son ex-copine. Il vivait dans un mobile home près d'une rivière dont j'ai oublié le nom. L'intérieur était assez propre, mais il n'avait pas un meuble : les anciens locataires n'avaient laissé qu'une table basse, une lampe et un vieux matelas merdique qu'ils avaient essayé de brûler et qui n'était plus qu'un tas de ressorts fondus et rouillés dans le foyer devant chez Del.

Nous n'étions pas proches, Del et moi, mais le circuit rodéo passait par Waterloo et ma mère m'avait demandé de lui rendre visite, ce que j'avais fait. Il était content de me voir et m'avait demandé de l'aider à récupérer quelques meubles. J'avais accepté, s'il voulait bien m'héberger quelques nuits.

Les deux jours suivants, on avait donc roulé au pas dans Waterloo, au volant d'une El Camino qui lui appartenait, m'avait-il juré. On traversait des boulevards de banlieue à l'affût de meubles mis au rebut. Et on avait d'ailleurs trouvé quelques trucs.

Une table de cuisine, des chaises, des matelas de lits jumeaux, un canapé. On avait tout chargé dans le plateau du Camino et on était retournés chez lui pour apporter un peu de confort à son mobile home. Ce boulot terminé, il avait allumé une cigarette, laissé échapper une toux étranglée et m'avait dit :

– Merde. Je m'aperçois que je t'ai pas nourri de la journée. Tu veux des hot dogs ?

Il avait sorti un paquet d'Oscar Mayer du frigo presque vide, m'en avait lancé un et avait mordu dans le sien comme ça, sans le faire chauffer.

J'avais hoché la tête.

– Oncle Del, faudra que je fasse griller ce truc avant de pouvoir l'avaler, si ça te dérange pas.

– Comme tu veux, avait-il répondu, on peut se faire un petit feu de joie. Au bord de la rivière. Y a pas grand-chose à manger, mais j'ai pas loin d'une caisse de bières.

*

C'est comme ça qu'on s'était soûlés et que Del m'avait parlé de la prison, posé des questions sur le rodéo et demandé des nouvelles de Little Wing. Ma mémoire n'est plus ce qu'elle était, depuis mon accident, mais j'ai un souvenir assez clair de cette conversation, parce que c'était la nuit où je me suis fait tatouer « CORVUS » sur la poitrine, à côté d'un petit corbeau, puisque c'est ce que « corvus » veut dire.

Del avait appris à tatouer en prison et il m'avait montré toutes ses « encres » autour du feu. En fait, il s'était servi de son corps comme d'un brouillon et avait aussi laissé les autres détenus s'entraîner sur lui. La plupart des tatouages n'étaient pas formidables, mais certains étaient vraiment bien, en particulier un dessin de Moby Dick, qu'il affirmait avoir lu en entier derrière les barreaux.

– Je t'en fais un si tu veux, m'avait-il proposé. Gratis.

– Ouais, mais bon, on pourrait aller en ville s'en faire faire un.

– Bien sûr, mon neveu, bien sûr. La seule différence, c'est qu'en ville, ça te coûtera.

*

Del m'avait fait asseoir à sa nouvelle table de cuisine et m'avait rasé les quelques poils que j'avais sur le torse, juste au-dessus du cœur. Il avait utilisé un rasoir jaune Bic, je me souviens de ça, puis il avait désinfecté la peau avec un mouchoir imbibé de vodka.

– Alors, qu'est-ce qui te ferait plaisir ?

– Corvus.

– Qui c'est ? Une fille ?

– Non, c'est un ami.

– Tu veux te faire tatouer un nom de mec sur le torse ? Qu'est-ce qui lui est arrivé ? Il est mort ?

– C'est un ami qui va devenir célèbre. Tu verras, dans peu de temps, je serai pas le seul.

– Tiens, écris-le sur un papier. En grosses majuscules. Et fais gaffe à pas faire de faute. Ça s'efface pas.

Il avait utilisé une aiguille à coudre et l'encre de stylos trouvés dans la boîte à gants du Camino. Une fois les lettres tracées, il m'avait demandé :

– Qu'est-ce que ça veut dire, au fait ?

Son visage était proche du mien, plus proche que n'importe quel homme avant, et il m'avait soufflé la fumée de sa cigarette en pleine figure. J'avais regardé les rides autour de ses yeux et de ses lèvres. Les dents jaunies dans sa bouche, les gencives sombres.

– Je crois que ça veut dire corbeau. En tout cas, c'est ce qu'il dessine sur tous ses tee-shirts, des corbeaux.

– Tu veux que je te fasse un corbeau à côté ? Je devrais pouvoir t'en faire un pas trop mal.

– T'en as déjà dessiné avant ?

Il m'avait dévisagé.

– Bon d'accord, avais-je cédé, mais je crois que j'aurais besoin d'une autre bière, avant.

– Bonne idée. Et rapporte-m'en une.

*

Je me plais bien à Chicago. Il m'arrive de prendre la « El », avec Christina, notre fillette, juste pour sortir de l'appartement. C'est un ange. Je crois qu'elle aime bien le train. Les gens s'approchent et se penchent sur son couffin. On peut y passer la journée entière si on veut, et y a des jours où on s'en prive pas. Je regarde défiler les grands immeubles et je peux déjà reconnaître la Sears Tower qu'ils appellent je sais plus quoi de nos jours. Et la tour John Hancock où Kip habitait dans le temps. On passe près du stade Wrigley Field et on peut aller jusqu'à Evanston, puis on redescend tout au sud, au-delà de Comiskey et de Chinatown, là où la ville devient plus plate.

Et personne ne me remarque. Personne ne me dit ce que je dois faire ou pas faire. Et quand je me perds, je demande de l'aide, et le fait d'avoir un petit bébé dans les bras facilite toujours tout.

B

Quand nous étions encore ados, Hank m'avait amenée au sommet du silo à grain. C'était une nuit d'été sans un souffle de vent et j'étais sortie en douce de chez moi une fois mes parents couchés. Nous étions descendus en ville main dans la main au vu de tous sauf qu'il n'y avait personne ; personne ne nous regardait, il n'y avait qu'un veuf âgé assis sur la balancelle de sa véranda, qui nous avait salués dans le noir sans cesser de se balancer.

Au sommet du silo, on sentait soudain le vent et, dans la campagne au loin, les éclairs reliaient les cieux à la terre. Nous avions enlevé nos chaussures, et laissé pendre nos pieds. Nous nous étions embrassés ; j'étais gênée de sentir des gouttes de sueur sur ma lèvre supérieure, mais Hank avait l'air de s'en ficher. Il m'avait caressé les oreilles et le cou. Il m'avait dit qu'il m'aimait. Un Hank de dix-huit ans.

Et je ne regrette rien, ça valait le coup. Tout : nos querelles, ces années d'expérimentation puérile, les peines de cœur occasionnelles, le compte en banque dérisoire, les vieilles voitures d'occasion. Ces longues années de vie commune avec un autre être humain, une autre personne, cet homme que j'ai vu changer et évoluer. Le voir devenir meilleur et plus patient, plus fort et capable. Voir son amour pour nos enfants quand il se roule par terre pour chahuter avec eux et les embrasse en public sans aucune gêne. Entendre sa voix le soir, quand il leur lit des histoires ou leur parle de son père lorsqu'il était vivant, ou de moi petite, ado ou jeune femme. L'entendre leur expliquer pourquoi notre coin du monde est précieux. L'entendre prier pour les arbres, la boue ou la pluie, ou pour les gens moins chanceux que nous dans ce monde. Entendre sa voix chanter à l'église. L'entendre encourager nos enfants à protéger leurs camarades d'école qui se font harceler. Le voir s'arrêter au milieu de la route et enlever une tortue serpentine qu'il transporte dans un étang. Le voir sur son tracteur, dans la dernière lueur orangée du jour.

*

Pour l'accouchement d'Eleanore, j'ai fait une rupture utérine. La perte de sang était abominable, mais le docteur m'assurait que tout était normal, qu'il s'agissait d'une simple déchirure. Hank, en revanche, était persuadé que quelque chose clochait. Il avait déclaré que si le docteur ne se *magnait pas le cul* de faire quelque chose, il allait lui mettre un pain qui lui briserait la mâchoire. Deux infirmiers avaient été appelés pour le maîtriser et j'avais moi-même essayé de le raisonner : « C'est bon, Hank, tout va bien. Tant que le bébé va bien, ne t'inquiète pas, s'il te plaît. Va donc te chercher un verre d'eau dans le couloir. »

Je me souviens parfaitement du médecin lui disant : « Je vous conseille d'écouter votre épouse, monsieur. Écoutez-la avant que j'appelle la police. »

La plupart des hommes – la plupart des gens –, dans ce genre de situation, auraient battu en retraite et se seraient soumis à l'autorité du spécialiste, à la force des deux infirmiers qui lui agrippaient les bras, au calme de ma voix. Pas Hank.

Il avait lancé avec un ton de voix que je n'oublierai jamais : « Docteur, ma femme a un problème grave et si vous ne vous occupez pas d'elle immédiatement, je ne vous traînerai pas au tribunal, mais je casserai tous les os de votre corps. »

Finalement c'était une vieille infirmière qui, en m'examinant plus attentivement, avait remarqué la gravité des saignements et, en voyant le teint cireux de mon visage, avait pris la situation en main et rappelé le docteur. Ils avaient arrêté l'hémorragie et ils l'auraient peut-être fait sans Hank, mais je suis certaine que j'aurais perdu beaucoup plus de sang s'il n'avait pas insisté, que la situation se serait encore dégradée et qu'il avait eu raison.

Des jours plus tard, tandis que j'allaitais Eleanore dans le lit, à la maison, je lui avais demandé :

– Comment as-tu su que quelque chose clochait ? Je n'en étais pas sûre moi-même. J'ai juste cru que je m'étais déchiré un muscle de l'estomac ou un petit truc. Comment tu as fait, *toi*, pour savoir ?

Il était à côté de nous, tout près, et il m'avait répondu :

– J'en sais rien. Je *savais*, voilà tout. Quelque chose clochait.

Mais il aurait tout aussi bien pu me répondre : « C'est parce que je te connais mieux que tu ne te connais toi-même. »

C'est exactement ce que représente le mariage à mes yeux.

L

Le jour où Beth et Hank se sont mariés était comme ça : nuages assez bas pour érafler la terre fertile, ruisseaux et rivières gonflés et boueux, tracteurs vert et jaune labourant les champs. Dans le ciel gris laineux, des oies sauvages en V entreprenaient leurs immémoriales expéditions annuelles ; perchées sur les poteaux téléphoniques, des buses à queue rousse guettaient mulots et campagnols ; des vaches paressaient dans la boue ; dans le lointain, une flambée de pneus maculait un coin de ciel.

Une église luthérienne isolée dans un coin de prairie, un modeste parking récemment goudronné, ses emplacements délimités à la peinture jaune. Une haie de thuyas pour abriter du vent, une rangée de pins blancs pour donner de l'ombre. Le cimetière : cent quatre-vingt-dix-neuf pierres tombales, dont celle de « BJORN ERICKSON » datant de 1877 aux lettres gravées encore visibles mais érodées par les pluies acides, le lichen, les vents d'ouest, le gel et la neige. Une balançoire aux chaînes rouillées qui s'indignaient bruyamment au moindre souffle de brise.

Un clocher dominant tout à plusieurs kilomètres à la ronde, hormis deux ou trois silos de maïs et un peuplier faux-tremble près du fossé d'irrigation.

À l'intérieur de l'église, assis sur les bancs de chêne, les premiers venus survolaient le programme, feuilletaient la Bible, jouaient au morpion, dénouaient déjà leur cravate, remontaient leurs collants, se mouchaient, murmuraient des commérages, ajustaient leur appareil auditif, répétaient les commérages... Au balcon, une veuve s'était mise à jouer sur le vieil orgue solennel et tout le monde s'était levé tapageusement. Le doigté de la veuve transformait la musique de marche nuptiale en marche funèbre.

Nous avions une sacrée gueule de bois, les nerfs à vif, à fleur de peau, nos pores suant le poison de la veille dû à un excès de bières et d'alcools forts. Nos mères nous faisaient les gros yeux à travers les larmes qu'elles n'avaient aucune intention de verser, nos pères semblaient groggy et insouciants. Pour une journée de printemps, l'église était surchauffée et tout le monde s'éventait avec le programme. J'avais jeté un coup d'œil dans l'allée : une des demoiselles d'honneur avait une licorne tatouée sur l'épaule droite. La demoiselle voisine était quant à elle plastronnée d'un énorme tatouage représentant un papillon noir. Les deux animaux semblaient se mouvoir pour de vrai, suffisamment pour me donner la nausée et, planté dans mes chaussures, j'avais dû tanguer imperceptiblement d'avant en arrière, comme une fougère très verte dans le vent. Nous attendions l'apparition de Beth.

C'est peut-être révélateur que Hank ne m'ait pas choisi comme garçon d'honneur, préférant son petit frère Simon, qui allait encore au lycée à l'époque. C'était le bon choix évidemment – la famille passe en premier –, d'ailleurs si Hank avait pu connaître les pensées qui flottaient dans mon esprit ou les émotions qui s'infiltraient dans mon cœur tandis que j'attendais avec lui sur le parvis de l'église luthérienne de La Trinité, il ne m'aurait pas invité du tout et certainement pas choisi comme témoin.

*

Nous avions fait une grosse java la veille ; pas de débauche, mais nous avions sérieusement picolé aux VFW, après quoi, à deux heures du matin, nous avions traîné deux caisses de bières tièdes au sommet du silo de la fabrique et passé le reste de la nuit à boire et à rigoler.

Le mot *mélancolie* a une résonance dramatique, mais il arrive que ce soit le terme approprié. Lorsqu'on se sent à la fois un peu heureux et un peu triste, ce genre d'émotion que la plupart d'entre nous ressentent à la cérémonie de fin d'études du lycée, j'imagine, ou en regardant leurs enfants monter dans le car de ramassage scolaire pour la première fois. La veille du mariage de Hank et Beth, c'était exactement ce que j'avais ressenti : une grande *mélancolie*. Chaque fois que je me lâchais, que j'essayais de m'amuser, je repensais à la nuit que nous avions passée ensemble Beth et moi – elle avait été la seule personne que j'avais contactée à l'époque, pourquoi ? Pourquoi elle ? Pourquoi elle et pas Ronny, Hank, ou même Eddy ? Pensait-elle aussi à moi, m'avait-elle jamais aimé ?

Un train de marchandises avait grondé dans la plaine et je l'avais regardé passer en me demandant où il allait. Un petit label venait de sortir mon premier album, *Shotgun Lovesongs*, qui se vendait au-delà de toute attente – à quelques centaines d'exemplaires par semaine. Je n'avais pas encore touché grand-chose, mais les journalistes s'intéressaient à moi. C'était l'époque où j'étais heureux de répondre aux interviews, heureux d'avoir la chance de parler de cet album, du poulailler et du Wisconsin, de cet hiver d'amoureux transi.

Ronny avait dansé en jetant nos canettes vides sur le train. Il rentrait tout juste de son circuit avec un œil au beurre noir et une dent en moins, souvenirs d'un taureau particulièrement mauvais qu'il avait croisé à Cody, dans le Wyoming.

– T'as le trac ? avais-je demandé à Hank en criant pour me faire entendre dans le vacarme du train.

Il avait haussé les épaules et s'était approché de mon oreille :

– Je sais pas. Peut-être un petit peu. En même temps, c'était dans les cartes depuis longtemps, si tu vois ce que je veux dire. J'ai juste un peu le trac pour la cérémonie, peur de me gourer, de tomber dans les pommes ou une connerie de ce genre.

– Tout ira bien, avait dit Ronny en chassant les inquiétudes de Hank d'un geste, comme s'il s'agissait de taons.

– T'as beaucoup de chance, lui avais-je dit.

– Je le sais.

– Beth est… Elle est incroyable. Je suis vraiment heureux pour vous deux.

J'avais siroté ma bière en me félicitant que Hank ne pût pas voir mon visage dans l'obscurité.

– Merci. Tu vas bien, Lee ? T'as l'air un peu, je sais pas, un peu largué ce soir.

Le train avait fini de passer, *ca-clink-ca-clink, ca-clink-ca-clink*, puis il avait sifflé, ce doux jazz de minuit, tout en cuivres et en cadence… *ca-clink-ca-clink, ca-clink-ca-clink.*

– Mais non… Tout va bien, mon pote.

– Bon, m'avait-il dit en me tapotant dans le dos et en finissant sa bière. Je crois que c'est l'heure de me rentrer. J'ai une grosse journée demain.

Il s'était levé, m'avait tendu la main et, après avoir fait passer la canette dans ma main gauche, je la lui avais serrée.

– Tu veux vraiment déjà aller te coucher ? Il est encore tôt.

– Lee, il est trois heures du mat, bordel. Tu devrais aller au pieu, toi aussi.

– Si tu veux, papa. Mais il fera jour dans deux heures. Allez, faut qu'on se fasse le lever de soleil ici, comme au bon vieux temps.

Hank s'était contenté de glousser et était redescendu par l'échelle du silo en m'adressant un signe d'adieu amical ; il avait disparu sur le côté, bientôt suivi par Eddy, les Giroux et Kip, jusqu'à ce qu'il ne restât plus que Ronny et moi, comme d'habitude, et on s'était assis, tournés vers l'est en buvant les bières restantes, de plus en plus tièdes, et on allait chacun notre tour pisser du bord de la tour – forte émotion à deux balles – jusqu'à ce que l'horizon s'adoucît en formes floues et une nuance progressivement plus claire de bleu.

– On y est presque, avais-je dit.

– Je crois pas, avait renvoyé Ronny. *Blasé*[1]. Ça va être terne, ça se voit. Je te parie qu'il va pleuvoir.

– Tu viens juste de dire « blasé » ?

– Oui, c'est « pas grand-chose à voir » en français. Qu'est-ce que tu crois, espèce de connard, je suis cultivé, moi.

Nous avions attendu que les lumières matinales fleurissent, mais en vain. Nous avions fini par abandonner et redescendre, épuisés et bourrés, pour tituber jusqu'à la maison des parents de Ronny, où il

1. En français dans le texte.

s'était effondré dans son lit de gamin et moi par terre. Plus tard, Mme Taylor m'avait sans doute recouvert d'un plaid et, à midi, elle avait apporté deux cafés dans la chambre, ouvert les rideaux et nous avait houspillés :

– Vous avez passé l'âge de telles sottises, tous les deux. Vous êtes des adultes, maintenant. Bon sang, Lee, va te préparer. Le mariage commence dans quelques heures.

Elle m'avait donné un petit coup de pied du bout rose de ses pantoufles en peluche.

*

L'orgue s'était soudain tu. Tous les regards posés sur nous, à l'avant de l'église, s'étaient tournés et braqués vers Beth et son père. Elle était belle. Plus belle que je ne l'avais jamais vue et je la connaissais depuis aussi longtemps que tout le monde, depuis la maternelle, quand elle voulait être vétérinaire. J'avais dégluti si fort que j'en avais eu mal à la gorge.

Quand l'orgue avait repris, plus fort qu'avant, avec la vieille veuve qui se donnait à fond, Beth s'était avancée avec lenteur et indolence, on aurait dit qu'elle glissait. L'église entière devait s'extasier avec moi : les muscles de ses bras, les grains de beauté sur ses épaules, les veines et nerfs de sa gorge, ses dents blanches, ses yeux humides, les torsades de ses cheveux châtains, ses lèvres rouge Revlon. Jamais, dans toute l'histoire de Little Wing, dans le Wisconsin, une femme n'avait été aussi belle que Beth à cette heure-là. Il m'avait suffi de la regarder s'avancer vers nous pour dessoûler et me tenir droit. J'avais observé les hommes de l'assemblée quand elle passait devant eux, j'en avais vu baisser les yeux pour s'intéresser au pavage en ardoise et au vieil enduit patiné de l'église : elle était presque trop belle pour soutenir nos regards. Mon dernier souvenir précis était le discours du pasteur chauve qui avait enjoint les paroissiens de regagner leur banc et, pour ceux d'entre nous à l'avant de l'église, de changer de position et de faire face aux futurs mariés. J'avais prudemment pivoté sur mes talons avinés.

La cérémonie ne m'avait pas marqué. Les solistes n'étaient pas géniaux, les lecteurs avaient choisi des passages bateau et le pasteur s'était lancé dans un monologue sur l'importance de la famille, le don que représentent les enfants, l'abondance de la terre. Je dansais d'un pied sur l'autre en revoyant Beth dans mon lit, au-dessus de moi, ses lèvres, ses longs cheveux qui me couvraient, son parfum, ses yeux brillants cachés derrière le mascara de ses paupières. « Merde, m'étais-je admonesté, ça doit cesser. »

Hank avait enfin soulevé le voile, d'un geste précis mais délicat, puis il l'avait embrassée, sa mâchoire en lame de faux, ses yeux tendrement clos, les mains sur son visage. C'était un beau baiser, assuré, qui unissait deux personnes déjà intimes.

Après le baiser, les sifflets et applaudissements s'étaient déchaînés et le nouveau couple avait descendu l'allée main dans la main, loin de moi, un sourire de bonheur insoutenable aux lèvres. Beth semblait si légère que je m'apprêtais à la voir léviter au beau milieu de l'église. Sur son banc, la mère de Ronny était dans tous ses états, et après plusieurs Kleenex, elle s'était accrochée à la manche de son mari, Cecil, en disant : « On n'a jamais vu mariée plus belle. Jamais jamais. »

Sur le parvis, les jeunes mariés avaient reçu des vœux de bonheur à côté d'une pyramide de biscuits de mariage mexicains en équilibre précaire sur une table, et ils avaient remercié la ribambelle de grands-oncles et tantes, cousins éloignés et germains, anciens camarades d'école, voisins et professeurs. J'avais suivi Ronny sur le parking, près de la porte latérale de l'église où quelques vieux fermiers fumaient des sans-filtres et des plus jeunes crachotaient les brins de tabac sur les gravillons. Ronny leur avait tapé deux clopes et on s'était écartés d'eux, en frottant nos tempes douloureuses. Les cloches de l'église s'étaient mises à retentir dans les plaines et une cinquantaine d'étourneaux avaient soudain quitté l'allée de thuyas et s'étaient envolés dans le ciel. Je m'étais souvenu que notre instituteur de fin de primaire, M. Smith, nous avait dit qu'une volée d'étourneaux s'appelait un « murmure ».

Quelqu'un, une tante de Beth peut-être, était alors accouru, nous avait demandé de mettre nos mains en coupe et y avait versé des pétales de rose : je n'avais jamais rien vu de plus rouge ou senti de plus doux. Ces pétales me semblaient aussi fragiles que mes émotions, susceptibles d'être emportés par le moindre coup de vent, et j'étais resté ainsi planté à côté de Ronny, consterné, avec ma gueule de bois, à songer à ce poids infime dans le creux de ma main, jusqu'à ce que des acclamations nous attirent sur le parvis de l'église où l'air était déjà saturé de fragments de fleurs – des milliers de pétales dans l'air qui dégringolaient et s'accrochaient aux cheveux des femmes.

Puis les jeunes mariés s'étaient enfuis... engouffrés dans la Lincoln, un vieux modèle cela va sans dire, néanmoins une limousine dans laquelle les attendaient immanquablement champagne et chocolats. Beth s'était dressée par le toit ouvrant ; elle était si heureuse, belle et rayonnante. Je n'ai jamais su si elle m'avait regardé, si elle m'avait vu, même, tandis qu'elle envoyait des baisers à ses amis et sa famille avant de disparaître dans la limousine. Mais moi je la voyais et je n'ai jamais oublié ce moment, cette poignée de pétales restée dans ma paume, puis dans mon poing, attendant toujours d'être jetée.

Tandis que la foule se dispersait, Ronny et moi étions restés assis sur l'escalier en grès de la petite église, le son des cloches résonnant encore au-dessus de nos têtes, des pétales de rose collés à nos semelles. Nous avions regardé la campagne où un seul tracteur labourait la terre noire, accompagné d'une petite nuée d'oiseaux qui guettaient les vers à la surface.

– J'ai une gueule de bois carabiné, m'avait dit Ronny.

– Ouais.

– T'as pas l'air bien joyeux, mon pote. Tu me fous le bourdon.

– Ça doit être ce temps pourri. C'est lugubre.

– Ben ouais, mais bientôt, tout sera vert.

– On y va ?

– Je peux demander à ma mère de nous déposer.

– D'accord.

*

Ronny et ses parents étaient depuis longtemps entrés dans le Palladium Ballroom et Supper Club, mais j'avais continué à faire les cent pas sur le parking, trop nerveux pour être en retard, trop fier pour être en avance, vêtu de mon tragique smoking de location, asphyxié par sa large ceinture qui m'avait même fait penser à un corset. J'avais regardé entrer les invités de Beth, suivis de cinq voiturées de la famille de Hank, tous de robustes fermiers en bonne forme physique, le visage et le cou bronzés surmontant des torses costauds et ventres plats, à coup sûr blancs comme des poissons. Ils venaient des alentours de Little Wing, de petites villes agricoles qui n'étaient que des variations sur le même thème affligeant du déclin : un cinéma muré, un magasin vide – Woolworth ou Sears Roebuck, et un garage de voitures d'occasion qui semblait ne jamais rien vendre. J'avais fait signe à des cousins et oncles de Hank que je connaissais vaguement. Les nuages s'étaient tranquillement consumés, le ciel avait pris une couleur de sorbet et une gamme de pastels américains tourbillonnait dans l'horizon fertile.

– Bon, avais-je fini par me dire à voix haute, je vais tout de même pas passer la nuit ici.

Puis j'avais traîné mon cul de minable dans la salle de réception où des petits groupes s'assemblaient ici et là, en sifflant des canettes de bière ou en sirotant des cocktails dans des gobelets en plastique rouge foncé. J'avais été soulagé de voir Ronny s'approcher de moi, deux bières à la main.

– C'est l'heure de guérir le mal par le mal, m'avait-il dit en trinquant.

– Il est sans doute trop tard.

– Allez, fais pas cette tête, espèce de connard, et descends ton verre.

Le DJ sur scène, dans un coin de la salle rectangulaire, était un homme grassouillet en smoking et bretelles rouges. Je l'avais regardé se pencher sur son ordinateur portable et régler un mur d'enceintes surdimensionnées. Le pasteur prenait ses aises dans une chaise pliante en métal, une bouteille de bière

Grain Belt entre ses doigts boudinés. Je savais qu'il avait autrefois été fermier, dans l'élevage porcin, et ses sermons tournaient souvent autour de l'agriculture, des récoltes et de la terre. Par la rangée de fenêtres, on voyait tout un groupe de nos amis de lycée, à l'extérieur, qui s'amusaient à lancer un fer à cheval, pieds nus dans l'herbe haute du printemps, fumant des cigarettes derrière leur Ray-Ban : tout ce monde amical et blagueur, se réconfortant mutuellement, dépourvu des sentiments que je ressentais alors. Et le son du fer qui claquait contre un pieu en acier enfoncé par terre. Les « Ooohhh ! » et les « Aaahhh ! ».

La salle s'était progressivement remplie, les vieux prenaient leur place aux tables rondes, les jeunes restaient au bar, le cortège nuptial arrivait sous des applaudissements et vociférations épars. Beth et Hank étaient entrés dans le Palladium au son de *We Are The Champions* de Queen, les bras levés victorieusement, leurs nouvelles bagues étincelantes aux doigts, serrant tout le monde dans leurs bras pour arriver jusqu'à la scène où une longue table dressée occupait tout l'espace.

– Je vous prie d'accueillir chaleureusement M. et Mme Hank et Bethany Brown ! avait hurlé le DJ.

La foule avait explosé de joie tandis que les jeunes mariés prenaient place à l'avant de la pièce, et soudain la bonne vieille cacophonie de couverts frappés contre le verre avait commencé, tous les oncles, neveux et meilleurs amis mêlant leurs voix en un seul chant : « Embrasse-la ! Embrasse-la ! Embrasse-la ! » Et Hank avait renversé Beth en arrière, comme un simple roseau, un brin d'herbe, tenant son corps presque parallèle au sol entre ses bras musclés, ce corps léger et élégant.

Avant le dîner, le pasteur s'était levé de sa chaise et, sans notes entre les mains, sans Bible – il avait déjà fait cela des milliers de fois –, il avait demandé :

– Prions ensemble... Seigneur, bénis ce beau couple, Beth et Hank... Fais que chaque jour leur cœur soit rempli d'amour, de respect, de patience et de générosité... Seigneur, bénis ce couple nouveau pour qu'il devienne chaque jour plus soudé, et cultive son amour et sa propre famille. Nous prions en ton nom.

– Amen, avait répondu la salle.

Moi aussi, j'avais dit « Amen ».

*

J'avais tout observé du bar : la première danse, avec le père de la mariée, la danse des canards, la choré mambo, l'*electric slide* de country. Je n'avais pas le cœur à danser. Les parents de Ronny, qui me connaissaient depuis l'enfance, avaient quitté leur table avec d'autres couples de parents pour venir me voir.

– Qu'est-ce qu'elle est belle..., m'avait dit la mère de Ronny, Marilyn, en m'embrassant sur la joue.

– Salut, madame Taylor.

– Belle réception, avait dit Cecil, le père de Ronny. Vraiment réussie.

Entre ses mains, la canette de Pabst semblait minuscule. Il était ouvrier routier, toujours brûlé par le soleil, transportant une odeur d'air frais et d'asphalte. Mais il adorait la musique, il avait vu Lynyrd Skynyrd en concert. Cream, MC5, les Stones et Led Zeppelin. C'était la première personne avec qui j'avais fumé, autour du minibar dans le sous-sol de Ronny.

– Comment va la musique, Lee ?

Sa voix de fumeur était aussi graveleuse que les routes sur lesquelles il bossait.

– Elle va plutôt bien.

– Voici la danse des dollars, a annoncé Marilyn, sa voix excitée s'élevant dans les aigus. Cecil, tu n'aurais pas cinq dollars ?

– Cinq dollars ! avait-il ri. Mais c'est Beth ! On la connaît depuis des lustres !

– C'est pour qu'ils puissent s'offrir une belle lune de miel, avait-elle insisté. Et de toute façon, je veux danser avec Hank. Il est beau comme un cœur. Est-ce qu'il a déjà repris la ferme de son père ?

Cecil lui avait tendu un billet de cinq dollars et Marilyn était allée patienter dans la queue pour danser avec Hank, derrière une dizaine de femmes.

– Eh bien, avait dit Cecil, les voilà casés. Deux de vos meilleurs amis qui sautent le pas. Si vous voulez mon avis, c'est ce qu'il y a de mieux à faire, épouser sa meilleure amie. Croyez-moi, une fois que le désir sexuel finit par se tarir – et il finit toujours par se tarir –, vous êtes condamnés à vous regarder dans le blanc des yeux. Alors autant choisir quelqu'un avec qui on peut avoir une bonne conversation. Quelqu'un qui vous aime et se soucie de vous pour de bon.

Ronny et moi avions dévisagé Cecil.

– Je sais ce que vous ressentez, avait-il poursuivi en buvant sa bière. Je sais ce que c'est. (Il avait hoché la tête en tapotant des doigts sur sa canette.) Vous savez pas que votre père vous guette, mais je vous guettais. (Il avait caressé sa moustache et remonté sa ceinture et son pantalon.) Tout le monde s'est marié… reste plus que vous deux. Et maintenant, voyez un peu. Vous auriez sans doute pu tous les deux la demander en mariage. Merde, vous aussi, vous êtes ses amis. Mais Hank est simplement plus malin que vous deux. Plus déterminé.

– Papa…, avait interrompu Ronny.

– Je me souviens d'une fête des écoles. Elle avait chanté une chanson… je crois que c'était *California Dreamin'*. Et je me rappelle avoir pensé : « Cette fille est extraordinaire. » C'était bien elle, non ?

J'avais oublié que Beth était une chanteuse formidable, parce qu'elle chantait peu ou pour elle-même, qu'elle ne faisait même pas partie de la chorale, mais il m'arrivait de la surprendre, dans une fête ou dans la voiture, quand elle s'oubliait et se lâchait : elle avait une voix délicieuse et belle, assurée. Si j'avais été plus futé, je lui aurais demandé d'enregistrer un duo avec moi, mais dans l'intérêt de Hank, heureusement que je ne l'ai jamais fait.

Cecil s'était levé, avait tapoté sa moustache et peigné ses cheveux en brosse. Nous l'avions regardé se ressaisir. Il avait ajusté sa cravate, lissé ses revers et épousseté ses manches et ses épaules. Après une dernière gorgée de bière, il s'était tourné vers la piste où Beth et Hank dansaient avec une suite de partenaires, tandis que le garçon et la demoiselle d'honneur faisaient passer un chapeau qui débordait déjà de billets.

– Je sais pas ce que t'as, Lee, m'avait-il dit ensuite, d'un ton plus sévère. Mais t'as passé l'après-midi à faire la gueule. C'est pas vraiment sympa de la part du meilleur pote du marié et voilà que maintenant, nom de Dieu, ton humeur a déteint sur Ronny qui fait la gueule avec toi. Je suis pas ton père, mais je sais que s'il était ici, il vous ordonnerait d'arrêter de vous comporter comme deux couillons et d'aller vous amuser et danser avec vos amis avant qu'ils entrent dans le monde des adultes.

Et il était parti sans attendre nos objections, mais il est vrai que nous n'avions rien à objecter. Nous avions baissé la tête comme des petits garçons et bu quelques gorgées supplémentaires avant de rejoindre Cecil pour faire la queue avec les autres hommes.

J'étais derrière Ronny et nous étions les derniers cavaliers à patienter pour la danse des dollars.

Nous avions lentement progressé pendant les vingt minutes suivantes, tandis que les chansons exploraient plusieurs décennies de musique populaire américaine. J'ai vu que Ronny tenait quelques dollars froissés dans la main et j'avais fouillé dans ma poche et trouvé un billet de cinq. C'était tout ce qui me restait après pas loin de deux jours passés à picoler. Le tour de Cecil était arrivé. Il avait donné l'argent à la demoiselle d'honneur et demandé une danse avec Beth, qui avait dégagé ses cheveux de son visage puis applaudi avec enthousiasme en voyant que Cecil Taylor l'invitait à danser, dans ses bottes de cow-boy noires bien cirées.

Nous avions regardé Cecil marquer une pause avant d'aller la rejoindre sur la piste. Là, il lui avait fait une profonde révérence – chose que je n'ai jamais vu faire dans un mariage et geste majestueux et inattendu chez Cecil, ouvrier routier et fan de Skynyrd. Beth avait placé sa main sur son cœur, puis elle s'était approchée de lui, l'avait aidé à se relever comme une bonne reine avec un vieux chevalier. Et alors qu'ils commençaient à danser, enlacés, j'avais remarqué pour la première fois l'expression d'amour sur le visage de Cecil. Le voir avec Beth avait suffi à me briser une nouvelle fois le cœur, en mille petits morceaux. Un adulte qui avait peut-être toujours voulu une fille, et qui dansait avec une adulte – une des amies proches de son fils.

J'avais regardé mes mains en me souvenant du poids et de la sensation des pétales de rose.

Je ne me souviens pas de la fin de leur danse, ni de celle de Beth avec Ronny. Je me souviens seulement d'avoir attendu dans la file, amoureux transi et désespéré. Quand mon tour était arrivé, j'avais tendu mon billet à la demoiselle d'honneur et je m'étais avancé sur le parquet rayé, comme dans un état second. J'avais pris la main de Beth, elle avait posé l'autre sur mon épaule, ma main droite avait trouvé sa hanche, et nous avions commencé à tourner comme pour un slow, comme lors du bal de fin d'année ou d'une fête des anciens élèves. Je ne l'avais pas touchée depuis plus d'un an et nos mouvements étaient hésitants au début, puis nous nous étions laissés emporter dans de lentes circonvolutions, nos mains moites de sueur, mes yeux sur son visage, les siens déviant ici et là, pas malheureux mais pas heureux non plus et, finalement, peut-être parce qu'elle était exténuée, sa tête s'était légèrement reposée sur mon épaule.

– Ça va ? m'avait-elle demandé. T'as pas l'air dans ton assiette…

– Si, ça va. Enfin, je veux dire. Je sais pas ce que j'ai. Mais ce qui compte, c'est que tu es d'une beauté inouïe, ce soir.

– Dis donc.

– Oui.

– Tu vas pas faire de conneries, hein ? Hank et moi, on a toujours été ensemble. Tu le sais bien.

– Je le sais.

– Tu fais partie de notre famille, d'accord, Lee ? Allons. Prends l'air heureux.

– Je sais. Je comprends.

J'avais envie de l'embrasser et de tout arrêter : la musique, la danse, le flot de champagne. De dire à tout le monde, à toute l'assistance, que Beth et moi partagions quelque chose d'extraordinaire et de réel et que peut-être – *peut-être* – j'étais encore amoureux d'elle et elle de moi. Mais ce n'était bien sûr ni possible ni souhaitable. Je la tenais serrée contre mon corps et la regardais droit dans les yeux. J'étais conscient de certains regards sur notre danse, ventre contre ventre, je sentais les visages de Cecil et Ronny, ils pensaient sans doute : « Ma parole, il la serre de bien près. »

Sa main tenait parfaitement dans la mienne et je m'étais accordé une rêverie fugace : allongés ensemble sur un lit blanc, les membres mêlés, ses cheveux châtains, le soleil du matin et le bonheur de faire un bébé ensemble. J'avais vu ses cheveux blanchir progressivement : d'abord quelques brins, puis quelques mèches et finalement sa chevelure entière, qui devenait fragile, cassante et rebelle. Je voyais son visage et l'imaginais à travers les années, marqué par le soleil, le froid, les vents de la prairie, par les froncements et les rires. Dieu que ça m'avait rendu malheureux de m'extirper de cette chimère pour voir mon propre avenir se dérouler devant moi, des décennies sans cette femme, des décennies à l'observer avec mon meilleur ami. Mais c'était la réalité.

– Peut-être que je devrais simplement m'excuser.

Elle m'avait regardé.

– T'excuser pour quoi, Lee ? m'avait-elle demandé.

Nous nous étions arrêtés.

– Non, s'il te plaît, continuons de danser. Ce que je veux dire, c'est... enfin. Je sais même pas comment le dire. C'est juste... Je m'excuse pour cette nuit. Pour ce qui s'est passé.

Elle avait reposé sa tête contre mon épaule et je ne voyais plus ses yeux.

– Je ne sais pas quoi te dire, Lee. Voilà des mois que je n'ai plus pensé à cette nuit. Nous sommes tellement heureux. Tout le monde est, tu sais, tellement heureux.

– Pas moi.

– Écoute, je ne veux plus jamais en reparler, d'accord ? Je ne veux même pas y penser.

– OK.

– Et je veux que *toi*, tu n'y repenses plus jamais. C'est entendu, Lee ? C'est du passé et c'est fini, et maintenant on est dans le présent.

– Beth ?

Elle avait levé les yeux vers moi.

Je voulais lui dire : « Je t'aime. »

– Rien, lui avais-je dit. T'en fais pas.

Puis nous nous étions tus. Il ne restait plus que le poids de nos corps qui oscillaient d'un pied sur l'autre, les mouvements les plus minuscules : le flot de sang dans nos veines, qui pompait, nos poumons en action et l'éclair dans nos cerveaux, les courants les plus subtils d'air et de souffle qui soulevaient les follicules de nos cheveux et nos yeux tristes s'ouvrant et se fermant, emmagasinant lumière et obscurité. Le parquet de la salle de bal délabrée du Palladium qui ployait sous nos pas et rebondissait imperceptiblement. J'avais repensé à une nuit, de longues années auparavant, où Hank, Beth et moi, encore enfants, avions campé sous une petite tente en toile au bord du lac. J'avais pensé à cette nuit, à la danse de nos lampes électriques et à nos rires de minuit.

La chanson s'était terminée et un vieillard ridé comme une vieille pomme et s'aidant d'une canne s'était soudain matérialisé à côté de moi et m'avait tapoté l'épaule du doigt avec un grand sourire.

– Excusez-moi, mais je dois vous interrompre. Je n'ai plus souvent l'occasion de danser avec des jeunes femmes.

Et il m'avait tendu sa canne, comme si j'étais un portemanteau ou un porte-chapeaux. Beth m'avait glissé un baiser fuyant sur la joue avant de s'incliner poliment devant le vieil homme. Ils s'étaient mis à danser et j'étais retourné au bar où je m'étais installé entre Ronny et Eddy et avais commandé une bière.

– Faut se méfier de ces vieux croûtons, avait dit Eddy, ils ont le sang froid.

J'étais resté jusqu'à la fin, jusqu'à ce que les lumières s'allument et que tout le monde en redemande : plus de bière, plus de danse, plus de joie. Beth et Hank nous avaient fait signe en quittant la salle et en remontant dans leur limousine, pour se rendre dans un hôtel d'Eau Claire. Je leur avais fait signe aussi, avec tous les autres, je les avais salués jusqu'à ce que le rouge de leurs feux arrière eût disparu.

Puis j'étais allé me coucher sur le canapé de chez Ronny et ses parents, où j'avais regardé le ventilateur tourner au plafond, sans avoir la moindre envie de dormir.

*

Quatre heures du matin et j'avais la main droite levée, le poing prêt à frapper, à quelques millimètres de la porte de l'hôtel où Beth et Hank dormaient, avec l'insouciance de jeunes mariés. Les couloirs de l'hôtel étaient déserts, le gardien de nuit regardait un écran de télé minuscule à la réception. Le seul bruit provenait de la machine à glaçons.

Mais je n'avais pas réussi. Je n'avais pas pu frapper. Parce que le temps avait passé, parce que nous étions tous adultes, qu'il y avait des limites que les adultes ne doivent pas franchir et que c'en était une : deux personnes honnêtement mariées et quelle raison, quel droit aurais-je pu avoir de tout gâcher ? Et pourquoi ? Pourquoi à cet instant ? Pourquoi pas un an avant ? Ou deux ? Ou cinq ? Cecil avait raison : elle avait vécu à dix kilomètres de chez moi ma vie entière et voilà que j'étais dans ce couloir aux relents de renfermé, regardant dans un judas qui me renvoyait ma triste image, le poing levé pour annoncer quoi ? Mon amour ? Mon amitié ?

J'avais pensé à l'avenir, à *mon* avenir, et j'avais vu ma vie étalée devant moi avec la précision de la topographie de Little Wing, ses collines, vallées, bourbiers, crêtes, routes de campagne et champs de maïs, chemins de fer et pistes de jeu. J'avais tout vu : j'allais continuer à composer, jouer de la musique et tourner et, bientôt, ça allait décoller. Les magazines publieraient des critiques, puis des articles. On me demanderait d'écrire des chansons pour des émissions télé et des bandes-son de films et, un jour, je monterais sur scène recevoir mon petit gramophone doré et je parlerais de mes héros devant une salle pleine. Je le voyais, parce que je croyais en la musique, en ma voix, en la musique que faisait le monde à mes oreilles. Je voyais que Hank et moi allions progressivement nous éloigner, par paliers de semaines et mois d'abord, puis par années jusqu'à ce qu'il ne reconnaisse même plus ma voix quand je l'appellerais. Mes amis auraient des familles, des enfants, des maisons douillettes – avec des meubles fatigués et confortables. Pendant ce temps, je sortirais et épouserais des femmes qui m'aimeraient puis me haïraient, qui ne me comprendraient pas du tout, qui s'emmerderaient avec moi, qui détesteraient ma ville natale et toléreraient tout juste mes amis. Puis, un jour, je n'aurais plus d'endroit où rentrer, plus de chez-moi. Plus d'amis, plus de famille, plus de visages souriants, plus de bonjour et au revoir. Je m'étais vu acheter un penthouse gigantesque ou une maison en bord de mer, sur la côte, avec une vue aussi imprenable qu'égoïste et, là, je m'étais vu arpenter les pièces, piaffant comme un vieux cabot.

J'avais baissé le poing en exhalant des années d'amour. J'avais traversé le couloir, j'étais sorti dans le petit matin, monté dans la voiture des parents de Ronny et j'étais rentré à Little Wing.

H

Nous avons roulé à tombeau ouvert vers l'ancienne école de Lee sans projeter un grain de poussière sur les chemins imprégnés de rosée de minuit. Des lucioles s'échappaient des fossés et des champs comme de minuscules lanternes. Et nous avions des papillons de nuit plein le pare-brise.

– J'espère que tu saignes pas trop sur ma banquette.

– Juste sur ton foutu sac-poubelle. Oh, putain de bordel, qu'est-ce que ça fait mal !

– On n'est plus loin, l'ai-je rassuré.

Et c'était vrai. Sa boîte aux lettres est apparue dans les projections coniques des phares à côté du taureau empaillé – notre reflet dans l'éclat rouge de ses yeux en verre –, puis nous nous sommes engagés dans son allée cahoteuse, avec les mares miniatures des nids-de-poule et les grenouilles nocturnes qui bondissaient pour sauver leur peau. Lee s'accrochait de tout son être, il s'accrochait à sa ceinture en grimaçant et en grommelant une histoire de nouvelle allée goudronnée puis, soudain, dans son pré, une bonne dizaine de cerfs tournant leur morne museau pour suivre notre approche, et enfin les lumières de sa maison, son garage et les dépendances. Je me suis garé le plus près possible de la porte, j'ai éteint le moteur et fait le tour du pick-up. Il descendait déjà prudemment et, après avoir passé un bras autour de mes épaules, nous sommes entrés en titubant.

– Emmène-moi dans la salle de bains, d'accord ? m'a-t-il demandé. Mets-moi sous la douche. Ça facilitera le nettoyage.

– Bien vu, ai-je répondu.

En réalité, la traînée de sang était le cadet de mes soucis. Toute cette pagaille était à Lee, rien qu'à Lee.

Nous avons enlevé son pantalon, puis son slip et ses chaussettes. Défait la chemise qui nous avait servi de garrot.

– Putain que t'es pâle…

– Je vais tout balancer. Tout faire brûler. C'est la pire nuit de ma vie.

Il s'est installé dans la baignoire et j'ai fait couler l'eau en testant la température jusqu'à ce que mes doigts rosissent, puis rougissent.

– Tu le veux bien chaud ?

– Bien sûr, t'as qu'à me cramer, tant que t'y es. Saloperies de conneries d'œufs au vinaigre.

La salle de bains s'est embuée. Je me suis assis sur les toilettes en écoutant l'eau couler, la tête entre les mains. Lee faisait des petits bruits infantiles au moindre changement de position.

– Hank ?

J'étais de moins en moins soûl et même les cognements dans ma tête commençaient à s'atténuer. Mais j'étais fatigué, complètement crevé. Prêt à m'effondrer dans mon lit. Prêt à me blottir contre Beth. Prêt à pousser la barque de Leland le plus loin possible de mon rivage, à le pousser dans les vagues embrumées.

– Oui ?

– Tu veux bien regarder dans mon armoire à pharmacie ? Vérifie s'il me reste des Vicodin. Ou de la codéine. Il me faut quelque chose.

– Bien sûr, bouge pas.

J'ai fouillé sa pharmacie, agitant des boîtes orange vides, les retournant pour lire l'étiquette. Et j'ai trouvé le Vicodin, douze cachets récemment périmés. J'en ai donné deux à Lee, puis j'ai ouvert le robinet du lavabo, rempli ma paume d'eau froide et j'en ai avalé deux pour faire bonne mesure.

– Tu crois que ça suffira ? lui ai-je demandé.

– Il me faut peut-être un peu de whisky, aussi. Un truc fort qui agit vite. Pour m'aider à avaler. J'ai l'impression d'être complètement desséché.

L'eau de la baignoire se teintait de rose et j'ai examiné la plaie sur la cuisse de Lee. Une volute de sang duveteuse s'en échappait : la balle était toujours logée quelque part en lui. Dans la cuisine, j'ai trouvé le whisky, j'en ai bu une rasade à la bouteille, puis je lui en ai servi un verre. En revenant, j'ai traversé la salle à manger et j'ai failli ne pas remarquer le nouveau tableau au-dessus de son buffet. C'était le mien – celui qui avait été acheté dans le magasin de Saint-Vincent-de-Paul. Je suis resté planté devant.

– Hank ! a-t-il crié d'un ton irrité, ou simplement désespéré.

– Ouais !

– Je suis en train de crever !

– Ta gueule. J'arrive, j'arrive…

Quand je suis revenu, il se tordait dans la baignoire, les yeux plissés de douleur. Il tambourinait des poings sur le mur. Je lui ai tendu le verre.

– Tiens.

– Merci, a-t-il dit en le buvant à plein gosier.

Il a refermé les yeux et serré les poings.

*

Nous sommes restés ensemble un long moment entrecoupé d'assoupissements occasionnels, Lee dans la baignoire et moi sur les W.-C. Je me suis levé pour arrêter le robinet à un moment et j'ai regardé mon ami, étendu du mieux qu'il pouvait dans son bain, en train de saigner, les bras et le cou bien bronzés mais le reste de son corps aussi blanc que la porcelaine qui le contenait. J'ai vu ses cheveux par milliers s'agiter doucement dans l'eau, comme des algues.

– Je vois que t'as un nouveau tableau, lui ai-je dit, l'air de rien.

– Ouais, et tu me croiras si tu veux, mais figure-toi que je l'ai acheté au magasin de Saint-Vincent-de-Paul. (Il a ouvert un œil et m'a scruté du regard.) Pourquoi ?

– C'est nul à chier.

– Il me plaît, à moi.

– Pourquoi ?

Il a haussé les épaules et refermé les yeux. Puis nous sommes restés un moment silencieux.

– Hank, faut que je te dise quelque chose à propos de Beth et moi.

J'ai plissé les yeux et grimacé en pensant à ce qui allait suivre.

– C'était pas ce que tu crois, Hank. Oh merde, je sais même pas ce que tu crois. Mais c'était pas comme ça. Et c'est pas facile de te dire ce que j'ai à te dire, mais c'est la *vérité*, d'accord ? Alors je vais te le dire, et après tu sauras et si tu décides qu'on doit plus se voir, on se verra plus.

Il souffrait beaucoup, c'était évident ; il me regardait sur le trône avec un rictus qui lui découvrait les dents, le rideau de douche tiré d'un côté, l'air entre nous diaphane et embué de condensation qui devait aussi contenir des molécules de son sang.

– Écoute, je crois qu'on pourra jamais revenir en arrière, mon pote. Y a rien que tu puisses me dire maintenant qui rendra la situation meilleure ou pire. Alors je vais juste refermer les yeux, mais je t'écoute.

– Je suis désolé, mec. Vraiment navré. T'es comme un frère pour moi. T'es *mieux* que n'importe quel frère et je m'en veux à mort.

– Je veux pas l'entendre.

– Faut que je te le dise.

– Je t'ai déjà dit que j'en savais assez.

Je l'ai regardé en plissant les yeux, ils étaient fatigués et sans doute injectés de sang, mon corps exténué.

– J'ai toujours été jaloux de ce que t'avais. Mais elle, je l'ai aimée *à l'époque*. C'est fini maintenant. Et je te prie de m'excuser pour ce que je t'ai fait. Mais si j'ai fait ce que j'ai fait et dit ce que j'ai dit, c'est seulement parce que j'ai toujours voulu ce que toi, tu avais. Y a pas mieux que Beth. Tu sais ? Y a pas mieux qu'elle.

Il a pris une grande inspiration et s'est laissé couler sous l'eau, en faisant sortir des petites bulles par ses narines.

J'ai compté les secondes qu'il passait sous la surface, puis je me suis perdu dans mes calculs, et j'ai placé ma tête dans mes mains, *tellement crevé*, et je lui ai dit « Je te pardonne », mais je suis sûr qu'il ne pouvait pas m'entendre. Ça n'avait sans doute aucune importance. Avec Lee, l'important était toujours qu'il s'entende lui-même.

*

Je me suis levé, je suis allé dans la cuisine et j'ai appelé Beth de la ligne fixe de Lee car j'avais oublié mon portable à la maison. Il était près de deux heures du matin, j'ai bâillé en me frottant le visage et attendu qu'elle décroche. Elle devait être folle d'inquiétude – je lui avais dit que je rentrerais avant minuit. Elle a répondu à la seconde sonnerie, je l'ai entendue attraper le combiné sur notre table de chevet.

– Lee ? a-t-elle demandé en voyant le nom s'afficher sur l'écran de notre téléphone.

– Non, c'est moi, chérie. C'est Hank. Excuse-moi de pas t'avoir appelée avant. Je suis chez Lee.

– Pourquoi ? Et où t'étais ? T'as laissé ton portable ici, j'ai essayé de t'appeler une dizaine de fois avant de le retrouver dans la chambre d'Alex. Tu vas bien ? Qu'est-ce qui s'est passé ?

– Je vais bien. On va bien tous les deux. Mais bon, je préfère passer la nuit ici, d'accord ? D'abord, je suis trop bourré pour prendre le volant.

J'ai décidé d'éviter de lui parler de la balle de Lee.

– T'es sûr que tu vas bien ?

– Ouais, Beth. On va bien, tous les deux. Je t'assure, je vais bien.

– T'es sûr ?

– Je t'aime.

– D'accord, c'est juste… tu peux m'appeler demain matin ?

– Sans faute. Je t'aime.

J'ai raccroché et je suis revenu dans la salle de bains pour m'assurer que Lee ne s'était pas noyé. Il était debout et un filet de sang lui coulait sur la cuisse où il grattouillait la plaie avec son index.

– On aurait peut-être dû aller à l'hôpital, finalement, m'a-t-il dit faiblement.

– T'as pas voulu m'écouter.

– Je crois que je vais m'évanouir.

– Assieds-toi, d'accord ? On va te bander la jambe. Puis je vais te donner un jus d'orange. Tu vas t'en tirer.

– Cet enculé m'a tiré dessus.

– Peut-être, mais t'as jeté un œuf sur sa voiture.

– Et après, il m'a tiré dessus, bordel.

*

Le dimanche matin, alors que le soleil commençait à poindre à l'est, j'ai été réveillé par les hurlements de Lee. Je suis allé dans sa chambre où il était couché, fiévreux, les draps trempés de sueur, la pièce horriblement chaude et étouffante. J'ai regardé par sa fenêtre et vu un corbeau planer sur la prairie et se percher sur un vieux piquet où le fil de fer barbelé s'enroulait en une couronne touffue d'épines rouillées. Dans le ciel, un nuage avait la forme d'un ange soufflant dans une trompette. Et à la lisière au fond du pré, un coyote trottait le long des arbres en reniflant l'air printanier. Lee activait ses jambes qui le démangeaient. J'ai ouvert la fenêtre.

– On va enlever ce truc-là tous les deux, m'a-t-il annoncé, la voix éraillée et rugueuse.

– Ah ouais ?

– Va faire bouillir de l'eau.

– D'accord.

Les pieds sur le plancher, une main sur le lit, Lee a réussi à s'asseoir et à gratter la plaie à moitié refermée jusqu'à en faire sortir du sang frais.

– T'as besoin d'un coup de main ?

Il a hoché la tête.

– Non. Fais juste chauffer de l'eau. On va se préparer un petit déj. Puis on sortira cette saloperie de ma jambe. On va jouer au bloc opératoire, mon vieux. Toi et moi.

Il a boitillé jusqu'à la salle de bains et je l'ai suivi par simple curiosité. Il est vrai aussi que je n'avais pas envie qu'il s'évanouisse et s'ouvre la tête contre la porcelaine. Sous la douche, il s'est shampouiné la tête, savonné les poils du torse, des aisselles, tout en buvant les jets du pommeau, puis il a levé les pieds pour les nettoyer entre ses mains. Il s'est ensuite occupé de sa blessure qu'il a frottée et lavée avec soin avant de prendre un rasoir et de couper les poils qui l'entouraient. Il agitait le rasoir de temps en temps pour faire tomber la mousse et il dégageait les longs poils bruns entre ses ongles. La lame du premier rasoir bientôt émoussée, il en a pris un autre dans l'armoire à pharmacie sans faire attention à moi. Il s'est aussi empressé d'avaler deux autres cachets de Vicodin, la bouche grande ouverte sous le jet de la douche pour les faire descendre.

– Putain, a-t-il juré en crachant l'eau de la douche. Putain.

Quand il a eu fini de se raser, il a rassemblé les poils en une boule qu'il a jetée dans les toilettes. On aurait dit un petit nid d'oiseau mouillé. Il s'est mis à se sécher et je suis alors descendu mettre l'eau sur le feu et j'ai commencé à préparer le petit déjeuner.

– Qu'est-ce qu'on mange ? m'a-t-il demandé, clopinant dans la cuisine en enfilant une chemise. Je crève de faim.

– Des œufs, du bacon, du pain grillé et des saucisses. Le café est prêt. Et y a du jus d'orange sur la table, ai-je répondu en hochant la tête.

Lee s'est versé une tasse de café, a soufflé dessus en marmonnant quelque chose et a regardé par la fenêtre. J'étais devant la cuisinière où je brouillais les œufs et faisais griller les morceaux de bacon grésillants.

– Tu crois que j'ai fait une connerie en achetant la fabrique ? m'a-t-il demandé.

– J'en sais rien, Lee. T'as l'air d'être expert en conneries en ce moment.

– Je devrais peut-être déménager à Los Angeles, passer la journée le cul au bord de la piscine, visiter le manoir Playboy.

– Un peu de soleil te ferait pas de mal. Ou simplement un bronzage mieux réparti.

Les manches de son tee-shirt étaient juste assez courtes pour révéler quelques centimètres de peau très blanche avant la manche de bronzage tatouée.

Lee a acquiescé puis il a boitillé jusqu'au sous-sol en sautillant avec légèreté dans l'escalier. Je l'ai entendu fouiller dans des boîtes de vieux clous et vis, dans des bocaux de vieux outils et, quelques minutes plus tard, il a péniblement gravi les marches, est revenu dans la cuisine et a jeté les pinces dans la casserole d'eau. Il a de nouveau regardé par la fenêtre, vers le ruisseau au bord duquel nous allions souvent discuter, à l'époque où tout était normal et parfaitement au top entre nous. Puis il s'est tourné vers moi, vers la cuisinière où des petites bulles commençaient à apparaître au fond de la casserole. Le bacon noirci s'était mis à fumer. Les œufs étaient irrécupérables. Nous nous sommes regardés, tous les deux incertains de la marche à suivre.

*

Je l'ai attendu dehors, les pinces chaudes entre mes mains sous le soleil levant. J'espérais que Beth avait déjà commencé à traire les vaches ou qu'elle avait demandé l'aide des voisins. Je ne savais plus quand j'avais raté une traite pour la dernière fois…

sans doute pendant notre week-end à New York pour le mariage de Lee.

Il était encore en train de se préparer à l'intérieur ; il avait pris deux autres Vicodin et plusieurs rasades de whisky. Je le voyais par la fenêtre, il faisait les cent pas et j'ai pensé soudain à une histoire qui avait marqué ma jeunesse : celle d'un fermier voisin qui avait perdu ses deux bras dans une moissonneuse trop gourmande. Cet homme, un ami de mon père, avait calmement marché jusque chez lui, il était grimpé dans la baignoire, puis il avait composé le numéro des secours à l'aide d'un crayon serré entre ses dents. Il est resté dans l'eau froide jusqu'à ce que les ambulanciers finissent par le trouver, grelottant, saignant abondamment, mais vivant. Il avait craché le crayon et sifflé aux secours : « Je les ai laissés près du tracteur. » C'est de ses *bras* qu'il parlait. Ils avaient réussi à les rattacher plus tard et il avait repris l'agriculture. Mon père aimait raconter cette histoire qu'il concluait toujours en disant : « C'est pas le comble, ça ? »

*

Lee a fini par sortir de la maison en simple boxer blanc, un rouleau en bois qui servait habituellement de support à un essuie-tout dans la main droite, son allure maladroitement propulsée par une détermination inquiétante. Il s'est assis par terre et m'a fait signe de le clouer au sol avec mon genou. Puis il a serré ses paupières closes en montrant les pinces dans ma main, a mordu dans la tige en bois et j'ai fait ce qu'il me demandait de faire.

Et le voilà qui se débattait sous mon poids : il roulait par terre dans son slip poussiéreux, les dents plantées dans le bout de bois, les jambes barbouillées de sang. Et moi, j'avais un genou qui le clouait dans la poussière, les graviers et les brins d'herbe, la pince à bec à moitié enfoncée dans la charpie de sa jambe, fouillant profondément dans ses chairs pour trouver le reste de balle tirée la veille. Nos corps en nage étaient couverts de terre, nous avions du sang sur les mains, des larmes dans nos yeux tristes et fous, nos cœurs toujours à vif – mais *peut-être* en cours de guérison…

Comme nous avons dû surprendre sauterelles, papillons et abeilles… Nous roulions dans les orties et les petites épines des framboisiers. Et lui, à travers le rouleau en bois qui explosait en échardes, à travers le shrapnel de nos vies décousues qui volaient en éclats, à travers ses dents découvertes, à travers les vagues de douleur inconcevable sur lesquelles le whisky et les Vicodin ne pouvaient plus rien :

– Oh bordel, je suis trop désolé, mec ! Je m'en veux, putain !

Et moi, à travers mes grincements de dents, les muscles en circuit ininterrompu de fils rouges et bleus, mes yeux comme deux spots, mon corps proche de l'effondrement tant il tremblait, comme pour faire vêler une vache, mais en pire, bien pire :

– Tiens bon, mon pote. Bouge plus. Je sens quelque chose là-dedans. Accroche-toi…

Le regard fixe des matous sur la véranda de Lee, les yeux noirs de ratons laveurs furtifs, un putois terrifié prenant ses jambes à son cou… Et dans le ciel d'un vrai bleu d'après-midi américain naissant, les traînées blanches d'avions nous survolant sans rien soupçonner ; leurs passagers feuilletant des magazines en papier glacé ou tripotant des téléphones de luxe tandis que le personnel de vol poussait les chariots de boissons dans des allées célestes et qu'un vautour commençait à tourner dans les hauteurs en inspectant le carnage.

– Tiens bon, mon pote, d'accord ? Tiens bon. Respire un bon coup. Accroche-toi…

*

Longtemps après le départ de Ronny pour Chicago, longtemps après que Lee a acheté, rénové et transformé la fabrique en une salle de concert et un studio d'enregistrement, longtemps après que Kip et Felicia ont acheté une villa en pierre dans Lincoln Park et une poussette à cinq cents dollars pour leur petite fille, il reste toujours aux VFW des gens pour rigoler en regardant l'ancien emplacement du bocal géant d'œufs au vinaigre, et parfois, les soirs d'été, je raconte l'histoire de mon célèbre copain Leland Sutton, KO devant chez lui, une paire de pinces lui sortant de la jambe. Et les gens m'offrent des bières et me demandent de débiter les mêmes détails incongrus : le visage blême de mon ami qui racontait n'importe quoi, mon retour dans la cuisine au pas de course pour mettre de l'eau glacée dans la cafetière et en asperger Lee en tentant de le réveiller, en l'encourageant : « Bon d'accord, nom de Dieu ! T'as voulu qu'on fasse ce truc alors on le fait… on le fait ensemble ! Je t'aime, t'entends ? Mais tu vas en chier des ronds de chapeau ! » Et ce qui fait bien marrer les vieux fermiers, les représentants de semences, les vendeurs d'outils, les profs, les agents immobiliers et les touristes – ce qui les étonne aussi –, c'est de nous imaginer : deux hommes adultes, couverts de sang, qui se disent des trucs comme : « Je t'aime, mon pote » ou « Respire un grand coup, mon pote ».

*

Et aujourd'hui : un nouveau bocal trône derrière le bar, plus petit, de la taille d'un bocal à confiture, chutney ou haricots verts, mais qui contient principalement du vide avec un truc lourd et bruyant au fond : la balle de Lee, sans vinaigre pour la conserver, tirée par un inconnu de passage.

Remerciements

À mes professeurs : St. James Alan McPherson, Sam Chang, Dean Bakopoulos, Ethan Canin, James Galvin, Rebecca Walkowitz, Rob Nixon, David Dowling, Bridget Draxler, Bill Cronin, Joel Raney, Mary Mickel, Steve Umnus, Fred Poss et Doug Smith. À l'Atelier des écrivains de l'Iowa, où ce roman est né. Pour leur aide : les frères Connie, Deb West, Jan Lacina Zenisk, Nicole Neymeyer, Ben Percy, Marysa LaRowe, Mathew Rothschild, Jen Woods, DeWitt Henry, Rick Bass, *Ploughshares*, *Narrative Magazine*, *The Kenyon Review Online*, *The Lumberyard*.

Pour ses conseils, sa patience et sa ténacité : mon agent Rob McQuilkin, qui a travaillé avec moi pendant des mois pour peaufiner une matière brute et lui permettre de prendre une forme inespérée. J'ai eu beaucoup de chance de trouver un représentant aussi talentueux et un *consigliere* aussi attentionné. Pour m'avoir repéré : Christina Shideler.

À mon éditrice Katie Gilligan, qui s'est battue pour ce livre et a levé une armée pour le défendre : je suis à jamais reconnaissant.

À mes amis : Josh et Charmaine Swan, Nik Novak, Nicholas Gulig, Mike et Hilary Walters, Sara et Chris Meeks, Chuck et Shannon Stewart, Sheridan et Betsy Johnson, Tony et Kate Trapp, Tim et Gail Kohl, Tara Mathison, Tracy Hruska, Doug Milek, Mark Horton, Jeff Moore. Pour mon peuple de l'Iowa, qui défie les blizzards : mon pote Marcus Burke, pour la camaraderie et la fumée dans son appart Starlight, mon compagnon de tir *très civilisé* Scott Smith, Kannan Mahadevan, Christina Kaminski, Chanda Grubbs, Adam Soto, Jessica Dwelle, Amy Parker, Lori Baker Martin, Ted Kehoe, Don Waters, Henry Finch et ma collègue de bureau Stephanie Goehring. À Star Liquor, pour m'avoir maintenu à flot. À Erin Celello, Aaron Olver, Carrie Kilman, Chris Bittler (et Marysa LaRowe, encore une fois) : merci de vos encouragements précoces. Aux Études environnementales de Round River, pour m'avoir ouvert les yeux et avoir changé ma vie.

À mon père Raymond F. Butler Jr, qui m'a offert une machine à écrire pour Noël en me disant : « Je crois en toi. » À mon frère Alex et à sa femme Cynthia, qui ont les plus gros cœurs du monde. À ma mère, qui porte le poids du monde sur ses épaules sans jamais les hausser ni demander de l'aide. Je t'aime tant. À Jim et Lynn Gullicksrud – on ne peut pas rêver meilleure belle-famille. À Reidar – mon colocataire occasionnel et beau-frère éternel. Aux membres de ma famille, je vous aime tous : tous les Butler, Lang, Gullicksrud, Heitman, Gumzs, Peterson, Wigmore et Ferris. À mes grands-parents – tous, pour ce que vous avez fait. À Eleanore Butler, qui me manque énormément.

À la ville d'Eau Claire, dans le Wisconsin. À la ville de Madison, dans le Wisconsin, en particulier East Mifflin Street.

Mais plus que tout, à Regina.

Et à Henry et Nora, pour toujours.

Biographie de l'auteur

Nickolas Butler est né en 1979, en Pennsylvanie, et a grandi dans le Wisconsin, où il vit actuellement avec sa femme et leurs deux enfants. Il est diplômé de l'université du Wisconsin et de l'Atelier des écrivains de l'Iowa. Il a exercé diverses professions : agent d'entretien chez Burger King, vendeur de hot-dogs, démarcheur téléphonique… Ses écrits ont paru dans de nombreuses revues littéraires. *Retour à Little Wing*, son premier roman, est publié aux États-Unis par la prestigieuse maison d'édition St Martin's Press. Il est en cours de traduction dans dix pays. Les droits cinéma ont été vendus à la Fox.

Achevé d'imprimer en mai 2014 chez Corlet Imprimeur, France,
pour le compte des Éditions Autrement, 17 rue de l'Université, 75007 Paris.
Tél. : 01 44 73 80 00.
ISBN : 978-2-7467-3491-3. N° d'édition : L.69ELFN000368.A002.
Dépôt légal : août 2014. N° d'imprimeur : 166384.
Imprimé en France.